肖午 杨树◎著

和平饭店

PEACE HOTEL

天津出版传媒集团
百花文艺出版社

图书在版编目（CIP）数据

和平饭店 / 肖午，杨树著. -- 天津：百花文艺出版社，2018.2(2018.3重印)

ISBN 978-7-5306-7470-3

Ⅰ. ①和… Ⅱ. ①肖… ②杨… Ⅲ. ①长篇小说-中国-当代 Ⅳ. ①I247.5

中国版本图书馆CIP数据核字(2018)第015066号

选题策划：唐 嵩 刘 勇 **装帧设计**：郭亚红
责任编辑：唐 嵩 唐冠群

出版发行：百花文艺出版社
地址：天津市和平区西康路 35 号 **邮编**：300051
电话传真：+86-22-23332651（发行部）
+86-22-23332656（总编室）
+86-22-23332478（邮购部）
主页：http://www.baihuawenyi.com
印刷：阳谷毕升印务有限公司
开本：880×1230 毫米 1/32
字数：360 千字
印张：13.25
版次：2018 年2 月第1 版
印次：2018 年3 月第2 次印刷
定价：49.80元

那时中国貌似完成了统一，然后，东三省沦陷了，再后变成了伪满洲国，南京政权除了抗议就是抗议，于是日本关东军又策动起了华北自治……

那时中国有很多选择：联苏抗日，或者傍靠英美制衡日本，或者干脆亲德媚日，满足纳粹规划的德意日中四国轴心。每一种选择都有掣肘，但每一种选择，都会像一根撬动世界的杠杆，瞬间改变貌似平衡的全球政治格局。

那时中国积贫积弱，但依旧是个举足轻重的大国……

第一章

1

男一句,女一句,二人转的调调,却是西装洋裙的打扮。

公寓那么点儿大,不一会儿就唱到了床上。

男的叫王大顶,黑瞎子岭土匪二当家。女的叫刘金花,窑子里赎回来的情儿,好阵子没见,那叫一个干柴烈火,西装撕了,洋裙扯了,大嘴唇都贴上了软胸脯:“哎哟我个小金花儿哟……”

谁想一仰头,王大顶的目光忽然愣了,床头柜上,他俩的合影边上有一块男款的劳力士手表!

“是、是给你买的。”刘金花慌忙解释。

“你当我瞎哪？这都戴过五六年了！”王大顶面露凶光。

两人转着圈儿打起来了,结果王大顶脸上被挠了一爪子,于是刘金花慌不择路逃到了阳台，王大顶气急败坏追到了阳台，一把扛起她说：“我摔死你个浪骚货！”

就在这时“哗啦”一声,隔壁再隔壁的一扇窗户忽然碎开,一个男子破窗摔出,紧接着坠下了楼,“砰”一声贴在地上,挣扎了两下就死掉了。紧接着,一楼闯出一名身穿布衫的男子,撒丫子地狂奔,跟着追出的三名便衣,撒丫子地狂追,讲的都是一口日语。

“出人命啦……”刘金花哆嗦着刚喊出声,就被王大顶拖进了卧室。

刘金花还往外指:“出人命啦……”

“给我闭嘴,”王大顶说,“那里头有日本人,事儿不简单,要有警察来调查情况,就说啥都没看见,懂吗？”然后穿了衣服就要走。

“你去哪儿啊？”

“回头再找你算账！”

“滚蛋了就别回来，老娘这里没你的地儿！”

行李箱跟着王大顶滚下了楼梯，刚才流露出的那点儿小关怀，这娘儿们是半点儿都没体会到……

2

布衫男子狂奔到一座小楼的楼侧，闪身躲进了大电箱和楼墙之间的缝隙里。紧接着奔来的三名日本便衣，没发现什么，又朝前面追出去了。

布衫男子探出身来，四下张望了下，慌慌张张朝另一方向跑了。

这座小楼顶楼的某扇窗户里，一名披着长发的女子正缓缓从拎包里掏出一瓶万金油，哆嗦着手拧开瓶盖，凑着鼻子长长地嗅了一口。她眼里有泪光，视线里，是满地的狼藉，以及地上、桌边、沙发里散着的几具尸体。她发了会儿呆，无声地吁了一口气，走出了这间屋子……

3

在冰城火车站的站前广场，一队骑马的日本宪兵缓缓经过。广场摊贩云集、人流熙攘。长发女子走在人流中，悄无声地观察着四周。

不久，一名拎着旅行箱的中年男子从火车站出口处走出来，他也在观察着四周。不一会儿，他看见几米外的长发女子正从拎包里掏出万金油拧开瓶盖，他眼睛一亮，悄悄地向长发女子走了过去。

中年男子走到长发女子身旁，悄声地说：“小姐，这东西很醒脑，但用得太频繁，会产生依赖。”

长发女子淡然地说：“我只是觉得好闻而已。”

顿时，中年男子轻唤了一声：“陈佳影！”

陈佳影点点头说：“你来得很不巧，冯先生，地区工作站刚刚被日本人清洗。”冯先生不由得一愣。

陈佳影伤心地说：“事发后，我赶到现场，五位同志全都牺牲了！”

就在这时，站前广场对面的街道，一辆厢式警车驶来，一名警佐面无表情地走下车，朝周围看了一眼。

不久，一个日本男子带着几名便衣快步走来。他是日本宪兵队队长石原。石原走到警佐旁边，用日语说："窦警长，我需要你的帮助。"

窦警长名叫窦仕骁，高兰市警务局警佐。他慢吞吞说："什么事？说吧。"

石原掏出一张照片递过去，照片里是那个逃跑的布衫男子。石原说："这名要犯在缉捕中侥幸逃脱，有迹象显示，他想搭乘火车逃离本市，我需要全站范围布网，所以求助你们警务局给予配合。"

窦警长收起照片说："配合你们的工作是我们的职责所在。"

4

在站前广场的一角，王大顶正与小喽啰傻狍子会面。

王大顶问："怎么个路子？"

傻狍子边走边说："那两百箱烟土是日本人的买卖，所以熊金斗亲自过来接货。"

王大顶说："那就盯死他，确定东西存哪儿之后立刻召集弟兄们进城，只要劫了日本人的货，咱就必须往抗日这条道儿上走了，大当家她犹豫也没用！"

傻狍子看了下周围，低声说："巡警裘老七跟我漏的风，说局里要掀起一场剿匪运动，规模相当的大，宪兵队都参与了。"

王大顶愕然说："宪兵队？日本人往里凑，这是要搞大的呀。"

此时，陈佳影与冯先生在人流中穿行着。冯先生说："十四天后，驻共产国际代表团要派遣一名同志回国，与中共中央进行重要会晤，备选路线有三条，经由东北的这条由我负责考察。"

陈佳影说："这条线路是最快捷的，但最近日伪方面的反共形态已近歇斯底里，作为本地的配协人员，我会建议另做选择。"

冯先生说："我们要尽快向组织提供分析报告。"

陈佳影说："我在和平饭店订了房间，住下之后咱们细谈。"陈佳影看到几个日本便衣在人流中搜寻着什么，不由得紧张起来。

突然人群骚动起来，站前广场的另一处，一个派头十足的中年男子坐在一辆人力车里，向车站入口处行来，后面跟着好几个喽啰。

傻狍子指着远处说："熊金斗来了！"

王大顶顺势看去，喃喃地说："好大的阵仗呀！"

正说着，王大顶猛地看到了不远处的窦警长和石原，惊得立马低下了脑袋，闷闷地说："窦仕骁怎么也在这儿？"

傻狍子说："啊？是被咱绑过老婆的那个警长吗？"

王大顶说："嗯，还有日本便衣队，这是联合剿匪的路子呀。"

傻狍子紧张地说道："那咱得躲呀。"

5

在站前广场入口处，布衫男子紧张地往旁边扫了一眼，看到几个便衣和警察正盯寻着行人，顿时紧张起来。他慌忙转身，向另一边走去。石原远远看到了布衫男子，大声喊道："发现目标，准备围捕！"一众人便向布衫男子的方向围拢过去。

冯先生看到这一切，皱眉道："坏了，我们好像被发现了。我们有走漏风声的可能吗？"

陈佳影说："工作站是被突袭的，会不会有什么信息暴露了？"

冯先生与陈佳影换了个方向，边走边紧张地扫视周围。另一端的王大顶与傻狍子也紧张地窥看着周围，却见若干便衣、警察正从几个方向往他们这边走来。王大顶一惊说："他们要合围了。"

话音未落，王大顶猛然看见不远处窦警长与石原从人流中走过来，连忙拉着傻狍子往一边走去。这时，布衫男子从他们身边擦肩而过。

石原突然抬手大吼："截住他——"

"我×！"王大顶拉着傻狍子扭头便钻进了人流中。

警哨声四处响起，陈佳影与冯先生大惊转身，看见几个便衣冲出人流向他们这边奔来。二人当即侧转方向，加快了脚步。

布衫男子慌慌张张从一侧走去，王大顶也正好出现在这一侧。

“给我站住！”窦警长大吼着拔出手枪对天开了一枪，顿时，广场大乱，人群四散而逃。

冯先生一把将旅行箱塞给陈佳影说：“你先撤！快！”

陈佳影接过旅行箱，急促地问：“你怎么办？”

冯先生说：“你别管我，赶紧撤！”

他推开陈佳影，陈佳影隐入混乱的人群，冯先生转身掏枪。王大顶看到有人掏枪，以为是对自己，急忙掀翻了身旁的水果摊，水果“哗哗”地撒了一地。陈佳影循声转身，只见王大顶与傻狍子仓皇地窜逃着。

石原发现了举枪的冯先生，急速掏枪向冯先生开了几枪。陈佳影眼看着冯先生扑倒在地，急匆匆离开。

窦警长、石原和几名便衣、警察围到冯先生身旁，石原蹲下身摸了一下冯先生的颈动脉，冲旁边的宪兵喊道：“赶紧送医院！”

王大顶与傻狍子奔行在尖叫惊逃的人群里，有些犯蒙。

王大顶说：“怎么交上火了？啥路子呀？”

傻狍子说：“不会搞错了吧？”

这时，布衫男子正好又与他们擦肩而过。

“抓住他！”石原指着布衫男子方向大叫。

几个便衣和警察朝王大顶与傻狍子方向奔来，王大顶惊叫一声：“冲咱们来了，奔跑吧，兄弟！”

与此同时，陈佳影快步走出人群，正好有一辆人力车经过，陈佳影伸手叫停，坐了上去。

6

王大顶闪进了一个胡同口，傻狍子却跑丢了。一辆人力车从王大顶身旁滑过，到了前面的“和平饭店”门口停了下来，陈佳影拎着藤编旅行箱下了车。王大顶眼前一亮，心说：“这女人怎么跑到这里来了呢？”

陈佳影进入饭店，一个日本军官迎面而出，陈佳影不觉愣了一下。日本军官打量着陈佳影，眼露凶光。陈佳影突然紧张了起来，就在这时，她的肩膀被人搂住了。

王大顶笑着用日语向日本军官问好说:“您好!”日本军官疑惑地“哦”了一声。接着,一个身着和服的日本女子从饭店的电梯口走了过来,恭顺地挽起日本军官的胳膊,朝王大顶与陈佳影浅浅行了个礼。

王大顶点头还礼,在对方转身走开的同时,他果断地搂着陈佳影走向饭店堂吧。陈佳影吃惊地看着王大顶,挣扎了一下。王大顶将陈佳影搂到临窗一卡座按坐了下来。

陈佳影警惕地问:“我们认识吗?”

王大顶说:“别多想,一块儿避避风头而已。”

陈佳影问:“什么叫一块儿避风头?”

王大顶低声说:“甭跟我装,我都看到你们在广场里的一举一动了。”

陈佳影微眯起眼睛盯着王大顶看,突然想起了什么,她说:“我认出你了,你就是在广场掀摊子跑路的那个人,他们是抓你的?”

王大顶愣愣地看了陈佳影片刻,若有所悟地拍了下大腿说:“我明白了,他们是在抓你们。”

石原和四名便衣气势汹汹地走进饭店,紧接着窦警长和三名警察也冲了进来。石原对窦警长低声道:“有目击者证实,逃犯是从后门溜进了饭店,我们必须对这里进行排查。”

窦警长随即对一楼所有客人高声喊道:“对不起,各位!我们怀疑有名凶犯逃进了这家饭店,所以需要全面清查,饭店内所有人士,都有可能接受问询。现在,请各位住客回自己房间,非本店住客,都请到堂吧集中,未经允许,任何人不得离开!”

两名警察走进堂吧,向客人分发照片油印件。王大顶与陈佳影接过照片一看,只见照片里的人正是那个布衫男子,他们禁不住错愕地对视了一眼。陈佳影悄悄折起油印件塞进了拎包,随即探手去拎座边的旅行箱。王大顶抬手按住说:“少安毋躁,坐着。”

陈佳影说:“对不起,我得回房间。”

王大顶压着声音说:“你带我一块儿回房间。”

陈佳影说:“我想你现在没什么可紧张了,他们抓的是别人。”

王大顶说:“我这是为你好,你订的房间是两人吧?待会儿一盘查,缺了一个,你怎么说?”

陈佳影皱眉说:“这不要你管。”

王大顶说:“你最好想清楚,现在抓的虽然不是你,可之后就保不齐了,你这儿缺一个,广场死一个,而且是个亮家伙的,会不会查过来?”

陈佳影说:“禁不住盘查的应该是你吧?”

陈佳影当即便要起身。王大顶慌忙拦住说:“行行行,其实我真不该暴露身份,我也是共产党。”

陈佳影又要起身,王大顶一把按住旅行箱说:“好吧,我说实话,我就是一名劫富济贫的绿林好汉,告诉你我怕什么,刚才喊话的那个汉奸警长,我绑过他老婆,不求财、不贪色,就为给汉奸一震慑!警务局有我画像,画得不像,但有三分传神,懂了吗?”

陈佳影一惊说:“你是黑瞎子岭的?那件事我知道。三千大洋换回肉票,以致这位窦警长现在还背着高利贷,所以你才怕,对吗?因为这城里谁都知道窦警长从此跟土匪较上了劲,扬言是见一个就杀一个。哼,不为财?黑瞎子岭臭名远扬,只听说劫富没听说过济贫,你忽悠谁啊?”

王大顶说:“那都是谣言,咱不信谣、不传谣,好吗?”

陈佳影说:“算了吧!我最鄙视的就是你们这种没良知没底线的恶棍!空口白牙地喊声共产党,你威胁谁啊?想让我掩护你,做梦去吧!”

王大顶没好气地说:“别给脸不要脸的,真以为缺你就没辙了啊?告诉你,进来之前我就观察好了,大堂那头是歌舞厅,临街的几扇窗都拉着帘儿,因为天色尚早还未开张,包括姓窦的在内共四个警察、五个鬼子,加上前后门各留两个把守,他们一共十三人,那么大个饭店想要盯住根本不够数,我要出去是轻而易举的。”

陈佳影说:“那就不送了。”

王大顶说:“等遭上难了,你千万别后悔!”说着,王大顶起身离座。他走到一扇门外,突然收住了脚步,推门进去,一下子便傻了!大厅中央,几名日本军官正警惕地看着他，在舞台边，有些工人抱着梯子、捧着彩灯，也愣愣地看着他。王大顶支支吾吾带比画着说："呃……那个将军，嗯？将军，刚离开不久……他老婆穿的和服……很漂亮。"

军官甲问："香雉将军？"

王大顶说："对对，香雉将军，他媳妇儿，喔不，夫人，很漂亮。"

军官甲问："你干什么的？"

王大顶说："是这样，将军夫人出门前对这里的布置做了些评价，其实她很不满意，但她是个好人，不愿意影响你们，所以只在私下里说说。"

几名军官面面相觑。

王大顶说："我学过电影，对布景比较熟悉，我便提供了一些建议，香雉将军觉得很好，就让我过来看看。"说着，他朝舞台指指点点起来。

7

在日军驻屯医院，几名医护人员推着担架车匆匆奔向急救室，冯先生双目紧闭着躺在担架车上。

同时，宪兵队大佐日下步与警务局警监那人先走进医院的一个房间，几个日兵正在摆桌子、安装电话。"不要把它当作一起意外事件，直觉告诉我，广场上的这个人绝不只是普通的反日分子。从现在起，这里就是我的临时办公室。"日下步转身看着那警监，"手术之后，人会送来到这里。"

一名便衣走进来，说："日下大佐，石原队长派我向您报告，那名逃犯已被围堵在和平饭店，警务局窦仕骁警长正在与我方联合排查。"

"窦仕骁？嚯，这个暴虐成性的家伙！"日下步对便衣说，"叮嘱窦警长，第一，日方渴望与满洲有更多的建交；第二，出入和平饭店的都是有身份的人，所以请把握住形象，不要随随便便就掏枪挥警棍，弄得满处见血。"

8

陈佳影挎着拎包，提起旅行箱走到前台边，对里面的接待生说："你好，316 房间入住，昨天订的。"

“请稍等！”接待生查看一下登记簿，然后把钥匙递给陈佳影。

陈佳影拎起旅行箱刚要走开，却听见了后面有人喊：“请等一下，小姐。”陈佳影循声一看，只见窦警长正向她走来。

“316房间？”窦警长翻看手中的登记表，随后盯着陈佳影说：“登记信息是两名住客，对吗？”

陈佳影说：“有什么问题吗？”

窦警长说：“另一位客人，没在一起吗？”

陈佳影说：“哦，他要稍晚一些才能入住。”

窦警长接话说：“要晚多久？”

陈佳影一时语塞。

窦警长说：“小姐，这个您必须回答。”

王大顶从远处冒了出来，大声说：“纠正一下，你应该称呼她太太。”

王大顶说着走到陈佳影身边，搂住她肩膀微笑道：“她是我太太。”陈佳影此刻已是骑虎难下，她只好顺坡下驴，对窦警长道：“我先生，王伯仁。”

王大顶说：“他们让我在舞会布置上给些建议，所以耽搁了点时间，不好意思。”窦警长打量了一会儿王大顶，微笑说：“打扰了。”

“咱们走吧。”王大顶搂着陈佳影向电梯口走去。

陈佳影低声道：“你不说有你画像在警务局吗？”

王大顶说：“我说过画得不像，他们一下子认不出我。”

忽然，窦警长叫住他们说：“对不起，二位！”

王大顶与陈佳影同时转身。王大顶说：“还有事儿吗？”

窦警长笑着走近来说：“也没什么，只是觉得王先生有些面熟。”

王大顶说：“是吗？这不奇怪，我是大众脸，人见熟那种。”

陈佳影接话说：“警长是不是经常去山东？我丈夫在那儿有买卖。”

窦警长说：“倒也不是，我只是觉得似曾相识。”

王大顶说：“也许前世有缘。”

窦警长指了指王大顶的衣服说：“您这衣服皱了，要不换一件？”

他转身对陈佳影说：“箱里有替换的吧？”

王大顶说："谢谢，我回房间就换。"

窦警长说："就在这儿换吧。一点儿怪癖，别介意，我对着装讲究的人格外欣赏。"

陈佳影说："既然皱了，就换吧。"陈佳影打开旅行箱，箱里满满都是衣物。

王大顶瞪了眼窦警长，脱去外衣，扔进箱里，然后取出一件西服穿上，气愤地说："还合身吧？警长大人，还有什么怀疑吗？"

"没有没有。"窦警长摊了摊双手，"非常时刻，请王先生谅解。"

王大顶拎起旅行箱，搂着陈佳影转身而去。

9

王大顶与陈佳影乘电梯上了三楼。

王大顶边走边说："这就叫缘分知道吗？我姓王，你男人也姓王，高矮胖瘦还都差不多，这衣服像是专门为我准备的。"

"把爪子挪开！"陈佳影抬手去扒王大顶搂肩的手，却被王大顶一把握住。"台搭上了，咱就演到底，到处都是眼睛，让人看破可就不好了。"

陈佳影随即看见便衣A和一名叫白秋成的警员从走廊拐出。

陈佳影说："见人说人话，见鬼说鬼话，你倒很能装。"

王大顶说："绿林界扬名立万，也得靠素质的。"

说话间，两人已到了316房门外，陈佳影打开房门，两人走了进去。

随着门关上，陈佳影甩开王大顶搂在肩上的胳膊，转身提过旅行箱。

王大顶说："之后还会有盘查，再吐点儿尖货给我，以防万一。"

陈佳影说："什么叫尖货？"

王大顶说："你男人做哪行儿，在哪家做，类似这些的吧。"

"你不会说人话啊？"陈佳影生气地看着王大顶，"开商行、做贸易，主要是丝绸和瓷器，多走海运……"

王大顶说："就这些？信息量不够呀。"

陈佳影说："把西装还给我。"

王大顶慢慢脱下西服说:“也是,要搜的不是你我。那人逮着逮不着的,他们都得回去,几小时够应付就行,哎,那人跟你不是一伙的吧?”

正把旅行箱和西装放到床上的陈佳影当即回身,瞪了王大顶一眼。

陈佳影打开柜门,猛见布衫男子哆哆嗦嗦蜷在衣柜里。

此时,在日军驻屯医院重症室,日下步正对那警监说:“要犯文景轩握着对我们非常不利的材料,广场追捕时,这个人对我们开枪,于是文景轩跑脱了,他们是什么关系?有人看到他跑进了和平饭店,是围堵之下走投无路?还是另有原因?共产党这个工作站被端了,可人都清干净了吗?”

这时,一个日兵握着电话转过脸说:“日下大佐,电话已可使用了。”

日下步说:“打去和平饭店,告诉石原队长,搜捕过程中,有任何进展,任何发现,都需第一时间向我汇报!”

第二章

1

布衫男子从衣柜里爬出，断断续续地对王大顶与陈佳影讲述刚刚发生的事的情景：藤椅上坐着一名身材高壮却面若菜色的男子，布衫男子坐在他对面沙发上。布衫男子正是文景轩，他是一家报社的编辑。

男子对文编辑说："我们都被称作马鲁他，用来做各种实验，伤痛耐受度、滤过性病毒、鼠疫虫疫等活体解剖。关东军防疫班，现在叫防疫部了，防疫？哼，他们是在制造疾疫、传播疾疫，那就是个人间地狱！"

男子从衣兜里掏出盒胶卷递给文编辑说："这是一名良心尚存的士兵交给我的，是他帮我逃出来的，胶卷里是些活体实验的记录，把它带出'满洲'，想办法让它曝光，让全世界都知道日本人的罪恶之举！"

文编辑说："你不跟我一起走吗？"

男子苦笑了一下说："我身上都已经溃烂了，还能去哪里？"

文编辑怔怔地看了会儿男子，将胶卷揣进西服内兜，他探身想拥抱男子，男子却伸手到他胸前抵住，摇了摇头。文编辑迟疑了片刻，转身准备出门，却在这时，他被门外三个持枪的日本便衣抵了回来。男子猛地举起一把木椅砸在一名便衣身上，又扑倒了另两名便衣。

"快跑——"在男子的大喊声中，文编辑夺门而出……

故事讲完，王大顶对文编辑说："英雄，咱这算什么缘分啊？"

文编辑说："我真是走投无路才跑进饭店的，进来我就后悔了，这不等于自陷牢笼吗？也不知道该藏哪儿，正好服务生开门送水果，我就趁其不备闪进来了。"

王大顶说："还闪进来？你等死啊？服务生一走，你就该找出路嘛，这么大的窗也没栅栏，拉开你就自由啦。就算三楼下不去，你也该想别的策略嘛，躲柜子里能管啥呀？他们每个房间都要搜查。”

陈佳影说：“闭嘴吧！我们得帮他出去。”

王大顶说：“你脑袋被硫酸泡了吧？”

文编辑慌忙接话说：“我不会说出去的。”

王大顶看向文编辑说：“你什么意思？”

文编辑说：“进门后，你们的话我都听见了，你是土匪，假装她丈夫。”

王大顶说：“你威胁我？”

陈佳影说：“他要被抓，你我都没好处。”

王大顶不由得眉头一挑说：“你的意思是灭口？”

陈佳影恼火地皱起脸说：“你还有半点良心可言吗？他带着日军的罪证，他正为此遭受凶险。”

王大顶说：“你也知道凶险？是凶险你还想往上扑？”

陈佳影气愤地骂了一句：“人渣！”

就在这时，门铃声响起。陈佳影慌忙转对文编辑说：“快躲起来！”

王大顶走去开门，只见警察白秋成与便衣A正站在门外。

白秋成说：“打扰了，例行盘查。”

话音未落，陈佳影扑身过来“啪”地扇了王大顶一耳光，“砰”地关上了门。王大顶惊怒地说：“你居然敢打我?!”

“就打你个不要脸的！”陈佳影拿起旁边的花瓶，“咣啷”砸碎在墙上。

王大顶顿时明白陈佳影的用意，很配合地喊着说：“哎、哎……再打我就不客气啦！”

门外的白秋成跟便衣A对视了一眼，当即撞开房门，冲了进去。只见沙发上王大顶正手忙脚乱地压制着又打又踢的陈佳影。

白秋成大喊：“不要喧闹！我们在执行警务！”

陈佳影对白秋成说：“把他抓起来！他在外头玩女人！”

便衣A大吼说：“住手！”

陈佳影与王大顶这才消停了下来。

白秋成说："太太，不要妨碍我们执行警务，家事纠纷，稍后你们自行处理。"

王大顶说："我那都是逢场作戏。"

白秋成说："退到一边！我们现在要搜查房间！"

王大顶与陈佳影怏怏地走到衣架边，白秋成和便衣A开始搜查。一会儿，白秋成狐疑地凑近大衣柜，贴耳到柜门边听里面的动静。接着，他一把拉开柜门，柜子里却是空的。王大顶不由得一愣，错愕地看向陈佳影。

这时，窦警长从电梯里出来，拐进走廊。随即，他听到个男声："Get out！"一个小个子白人边咆哮着边将警察B推搡出313房门说："Get out！你找人而已，让我开什么保险柜，那里能藏人吗？"

窦警长拐进313房间，小个子白人看到他，便说："这个警长，我是受法国领事馆保护的，你们没有权利搜我的房间！"

窦警长说："这是谁的地界，我心里清楚。"说着，他给警察B使了一个眼色，警察B会意，便将小个子白人推进房里，"砰"地关上了门，紧接着就是一通警棍的抽打声和惨叫声。窦警长似笑非笑地抽了抽嘴角，自语着说："上楼前有人告诫我要尽量客气，因为这里是和平饭店，象征着外交，但我窦仕骁有个习惯，我在哪儿办案，哪儿就是我的地盘，保险柜的确藏不了人，但让你开你就得开，这叫权力！"

在316房间，白秋成与便衣A走到外间，陈佳影与王大顶连忙关上了大衣柜门。王大顶悄声说："挺得意吧？搜查撞上两口子干仗。"

陈佳影悄声说："我主要是想赢得藏人的时间。"

王大顶说："但事儿太巧了，会遭怀疑，我对你可一无所知，禁不住盘问的。"

这时，白秋成与便衣A走到门边说："先生、太太，打搅了。"

他们一走，陈佳影连忙走到窗边，一把打开了窗户，文编辑正扒着窗台挂在窗外墙体和一块广告牌的空隙里。陈佳影伸出一只手把文编辑拉了进来。

便这时，窦警官从313房间走了出来，白秋成和便衣A迎了过去，低声说起了什么。王大顶刚要关门,窦警长抬手抵住门说:“王先生!”

房内里间的陈佳影和文编辑听到声音,一惊。

窦警长说:“王先生,听说你有麻烦?夫妻纠纷?真巧!”

王大顶说:“嘿,夫妻嘛,哪有不吵架的?”

陈佳影对文编辑说:“回衣柜去,他们不会搜查两遍,快!”

窦警长搂住王大顶肩膀说:“来,我帮你调解调解。”容不得王大顶答应,窦警长就拥着王大顶进到了里间,见到陈佳影,叫了声:“王太太。”

陈佳影说:“原来是窦警长,来,请坐。”

窦警长摆摆手说:“不坐了,我就进来调解一下你们的关系。”他幽幽地扫了二人一眼,“王先生在山东做营生,工厂开得不小吧?”

王大顶冷冷地说:“我不开厂,我做的是贸易,主营丝绸和陶瓷。”

窦警长说:“内运?”

王大顶说:“海运。”

窦警长说:“难怪难怪,跑海路又辛苦又无聊,稍不坚定就松裤带了。”他瞥了眼陈佳影,“王太太应是本地人吧?在职?在家?”

王大顶说:“你是奇怪我们为什么住这儿不回家吧?你已经知道了,我们有纠纷,她不想在家里解决这种事儿。”

窦警长说:“我问的是她在职,还是在家。”

陈佳影刚要开口,却被窦警长抬手止住说:“我在问王先生。”

王大顶说:“我太太在职。”

陈佳影不由得眉头微微一蹙。

窦警长说:“在职?是做什么的?”

王大顶说:“做公共事务的,需要良好形象,所以不想闹得太沸扬。”

陈佳影说:“我在满铁株式会社……”

“王太太!”窦警长转脸打断,“如果我这是在做问询,您接这句话就有串供的嫌疑了。”

王大顶说:“窦警长,您不是在帮我调解纠纷吗?”

窦警长噎了一下,随即干笑起来说:“难道这不是在调解吗?”

接着，窦警长看见王大顶那件外衣团在一边，便走过去，拎着外衣溜达向衣柜，说："不知为什么，从一开始我就对二位很感兴趣，和平饭店的招牌对我有些束手束脚，但这并不代表我必须克制自己的好奇心。"

窦警长打开衣柜，从空空的柜里取下了一个衣架，而他头顶上方的顶格里，文编辑正咬着手指惊恐地躺在那里。

王大顶惊悚地看陈佳影，陈佳影垂在身侧的手"呼"地揪住了衣角。

窦警长将套好衣架的外衣挂到挂衣杆上。

陈佳影说："警长先生！对不起，我现在心情不好，如果你有什么疑问，我可以给你办公室的电话。"

窦警长边关上柜门边说："我会让人记录的。"

这时，便衣 B 走进来说："窦警长，石原队长要您去接待室一趟。"

窦警长回头看了看陈佳影与王大顶，转身出去。陈佳影关好门，皱着眉头走近王大顶，低声道："你怎么知道我做公共事务？"

"眼不贼能活到今天吗？你这外貌、气质不是职员就是教书的，有钱在和平饭店开房，不会是一般职员，所以，我猜你应该是公共事务机构的办事人员。"王大顶走到大衣柜边对文编辑说："下来吧，胖子。"

2

窦警长来到接待室，石原和脸上与头上都裹着纱布的小个子白人正在接待室里。"法国领事馆刚刚打来电话，要我们做出解释。"石原看了眼小个子白人说，"他叫内尔纳，挨打之后，投诉了我们。"

窦警长说："告诉法国领事馆，我们在执行警务时，双方发生了冲突，起因是他袭击警务人员，我警务人员在生命安全受胁之下，被迫实施警戒手段。"

"你这个杂碎！"内尔纳恼怒地蹿起身子。

石原说："窦警长，我需要一份由你签字的述情文件，说明冲突双方只是他和你们中方警察。"

窦警长不由得冷笑说："石原队长，你这叫作又当婊子又立牌坊。"

石原皱眉说："你说什么？"

窦警长说："你听得懂！"

这时，边上的电话响起。

窦警长走过去，没好气地抓起电话说："喂？……呃，日下大佐？"

办公桌边的日下步握着电话说："你是窦警长？"

窦警长说："是，警佐窦仕骁。"

日下步说："站前广场那名持枪男子，我们在他随身物品里发现一张字条，上面是串数字，非常巧合，是和平饭店的电话总机号码。"

窦警长说："您的意思是……"

日下步说："假设持枪男子是那名文姓要犯的同党，我们可否这么怀疑，文姓要犯逃进和平饭店，并非是在围追之下走投无路，很有可能，在和平饭店有他同党。"

窦警长"啪"一声挂掉电话，转身对向石原说："石原队长，立即限制通讯，集中和平饭店所有住客、闲客，以及工作人员！"

316房间里，王大顶面对文编辑说道："大英雄，逃离虎口，把胶卷公之于众，把日军的罪行揭露给全世界，这是何等的壮举？所以，你得赶紧离开这里，完成你的使命。"

里间的陈佳影正在整理旅行箱的衣物，从箱子内壁摸出一个有镰刀斧头图案的圆形徽章。她凝视了徽章片刻，拿过一边的拎包，装了进去。

外间的王大顶一把握住文编辑的手说："实不相瞒，我是要把黑瞎子岭带上抗日道路的，所以壮志未酬之刻，我只能用理智来克制住自己跟你一起赌命的强烈欲望。"

文编辑愣愣地看着他说："你想让我怎么做？"

王大顶说："离我和里头那姐姐远点儿，自己顾自己，祸福由天。"

这时，里间门打开，陈佳影挎着拎包提着一件外衣走了出来。

"把衣服换了。"陈佳影把衣服递给文编辑，然后走到低柜边翻开上面的入住手册，取出一份抬头写着"火災の脱出"的饭店结构图看起来。见文编辑开始换衣服，王大顶走到陈佳影身边，疑惑地问："你想干吗呀？"

陈佳影看着结构图，说："他们不够人手，我们就有机会。"

王大顶说："我说的话你也信啊？"

"你的话可以选择性相信。"陈佳影指着结构图说，"拐口就是消防楼梯，下到二楼躲进边上的公共卫生间，翻窗出去就是清洁通道，顶端出口直连外梯，运气好的话，我们就从那儿出去了。"

王大顶愕然说："万一运气不好呢？"

陈佳影说："你可以不走，但最好不要阻碍我们。"

3

陈佳影挎着拎包，带着文编辑沿消防楼梯匆匆下行。走到二楼拐口，就见警察C从卫生间里走出来，他们慌忙缩回身子。王大顶忽然出现在他们身后，一把捂住她的嘴、抱着她的腰往外拖。王大顶压着声音说："你们找死啊？你都能想到的出口，他们能不设哨吗？幼稚！"

陈佳影说："没试过怎么知道？"

王大顶说："我一混绿林的，这点判断还没有吗？"

陈佳影说："那你负责把他送出去。"

王大顶说："他是你情儿啊？咱俩都悬着呢，还要管他？现在唯一的办法是带他回去！要没人发现，我们出了房间就让他滚蛋；被发现的话，咱就绑了他假装汉奸，舍车保帅！"

陈佳影说："人渣。"

王大顶说："你再说一遍？"

陈佳影说："我说了，你能把我怎么样？人渣！"

"嘘！"王大顶忽然竖起手指示意噤声。接着，有脚步声传来，王大顶往楼下看，只见警察C正沿着楼梯往上走。王大顶慌忙拉着陈佳影与文编辑顺着楼梯往上走去。陈佳影悄声说："你要带我们去哪儿？"

王大顶说："要赌就得赌个赢率大的，唯一会被忽略的出口就是四楼楼顶，因为那根本就不算出口。"

文编辑说："楼顶能干什么？"

王大顶说:“蠢货,这片街区楼挨着楼,找个过得去的间距,咱就能上别家的楼顶。”

说着,几人便到了四楼楼顶出口,却见出口的门上挂着一把大锁。

王大顶暗暗叫苦说:“我去!”

陈佳影想了想,转身就走。

王大顶说:“你干吗?”

陈佳影说:“找个撬锁工具。”说着,陈佳影蹑手蹑脚地走下楼。她来到 411 房与 413 房之间的消防箱处,刚要打开消防箱,白秋成和便衣 A 正好从电梯间拐了出来,他们警惕地盯视着陈佳影。

白秋成说:“王太太,你来四楼做什么?”

陈佳影恐惧地摇了摇头。

白秋成说:“王太太,我在问你话呢。”

“我不知道该怎么办?”陈佳影抬起脸,眼里泪光闪烁,“我想你可能在这里,就来找你,我知道你是有同情心的人。”

白秋成与便衣 A 面面相觑,都是一头雾水。

陈佳影说:“把枪借给我。”

白秋成惊愕地说:“你说什么?”

陈佳影说:“把枪借给我,杀了那个陈世美,杀了他,我就找你自首。”

白秋成被搞蒙了:“王太太,我想你错乱成这样,王先生一定做了很伤人的事,但你冲动到想杀人,还跟警察借枪,是不是太荒唐了点儿?”

陈佳影楚楚可怜地望着他说:“你就成全我好吗?”

白秋成说:“荒唐!赶紧回你房间,跟王先生一起等候集合通知。”

陈佳影说:“我不想回房间,我一见他,就忍不住想杀——”

白秋成厉声打断说:“回你的房间,别影响我们办案!”

这时,413 房门突然打开,一个女人“扑通”倒在门口。

白秋成与便衣 A 奔了过去,白秋成蹲身检查女人状况,便衣 A 掏枪冲进屋里。陈佳影急忙奔到消防箱前,迅速取下一把铁钎,匆匆而去。

4

陈佳影拎着铁钎上到楼顶出口，交给王大顶。王大顶撬开锁示意二人上去楼顶，接着轻轻关上门，跟了上去。

陈佳影指着一边说："那里有一把梯子！"

王大顶与文编辑循声看去，便见一把伸缩梯正靠在水塔壁上。王大顶随即过去抓过梯子，往一边指了指说："那边的楼距比较近。"

王大顶将梯子架到对面楼后，对陈佳影说："你先走。"

这时，陈佳影发现拎包一角有个剐开的破口，她忙往包里一摸，那枚徽章不见了！陈佳影脸色变得煞白。王大顶靠近来说："怎么啦？"

陈佳影说："我丢了很重要的东西，必须找回来。"

王大顶说："别跟我闹妖，啥东西比命重要啊？"

陈佳影猛地瞪向王大顶说："我们这些人的荣誉，还有信仰！"

陈佳影说着便朝文编辑走去，问："你的胶卷呢？"

文编辑愣了愣，从裤裆掏出一卷胶卷盒。

陈佳影从拎包里取出一本便签簿，撕下一页，接过胶卷盒，打开盖取出胶卷，将便笺纸裹上后又塞回去，并对文编辑说："你脱身之后去杨柳胡同，酱门酒坊后院墙上钉着路牌，路牌下数第三十四块砖是活动的，把它转开，放进去再合上，过十二小时回去那里，会有人帮你离境。"陈佳影将胶卷盒塞进文编辑手里，"特殊原因，只能帮你到这儿，走吧。"

文编辑将胶卷盒塞进裤裆，又看了眼陈佳影，转身到梯子边探下身子，颤巍巍向前爬行。

"我们走。"王大顶拽着陈佳影的胳膊就走。

陈佳影边走边挣开胳膊说："这不关你事儿。"

王大顶说："废话！你要被逮了，老子在警务局的画像就写实了！"

5

王大顶与陈佳影顺着楼梯匆匆下行，他们走到二楼楼层拐口处，却见便衣 D 边抽着烟边拐过楼梯角。他推开消防通道的门，便发现了地上有一枚徽章，他捡起徽章看了看，装进兜里走了。

陈佳影绝望地闭了下眼睛，边上的王大顶也无奈地摇摇头。

“去楼顶，快！”王大顶低喝一声，转身拽起陈佳影便往楼上跑去。刚上三楼，就听到有人喊：“顶楼出口被撬了！”接着，他们看到白秋成和便衣A正匆匆往上走去。王大顶拉住陈佳影说：“看来我们得回房间。”

他转身领着陈佳影向通道门奔去。刚拐出拐口，迎面便撞见正走过来的便衣B。便衣B用蹩脚的中文说：“你们、没在房间、干什么？”

王大顶看了一眼便衣B身后，没发现有人，心中已经有数了。

便衣B目光凶狠说：“你们、去哪里了？”

话音刚落，王大顶忽然一掌顶在便衣B的下巴上，就势将他拖转过身从后勒住，“嘎啦”一声拧断了脖子，接着，把他拖进了拐角处，并从便衣B尸体腰间抽出手枪，插进自己后腰。

“快走！”陈佳影低喝了声后，两人奔回316房间。刚关上门，王大顶就抱怨：“这回惨了，我还弄死一人，我跟你下来干吗呀？就算被姓窦的、被所有人都记住长相，那我也跑了呀。”说着，王大顶一把将陈佳影拽进怀里，“我是鬼迷心窍啊，短短的相处，我就放不下你啦。”

陈佳影猛然提膝，顶了一下王大顶的裆部，王大顶顿时捂着裆歪倒在地。陈佳影冷冷地说：“杀人之后还能想着偷枪，说明你逻辑清晰，你跟我回来是因为文编辑逃脱，他们很快就能发现，就会放弃这里去外头搜捕，因此，你很清楚，与其跟着跑，不如回来隐身，丢徽章也好，死个便衣也好，到头来都算到文编辑头上，所以，少跟我来这歪的邪的。”

王大顶躺在地上捂着裆苦着脸，说道：“你只说对了……战术上的那一面……”这时，门铃声响，陈佳影转身去开门，只见警察C站在门外。

警察C说：“太太、先生，请你们五分钟之内，去一楼西餐厅集中。”

6

窦警长蹲在四楼楼梯口，看看铁钎，又看看挂锁，喃喃地说：“跑了，他妈的跑掉了！”这时，石原也上到顶楼，从兜里掏出陈佳影丢失的那枚徽章说:“窦警长,我属下在消防通道发现这个,意味着什么?”

窦警长拿过徽章,眯起了眼睛看着。

石原说:“日下大佐判断的对,这里有要犯的同党,而且是共产党!”

窦警长说:“马上清点所有住客及所有工作人员,少了谁,谁就是共产党,如果没少,这就说明,共产党还隐迹在和平饭店之内。”

这时,警察C惊慌失措走来说:“不好了,窦警长、石原队长,京木殉川死了,就在三楼消防通道边上。”

窦警长与石原一惊说:“什么?”

第三章

1

王大顶陈佳影走进西餐厅，里面已聚满了人，在七嘴八舌地议论着。

一苏联男子，名叫巴布洛夫，说道："抓个人也兴师动众，日本人的手段真是拙劣。"边上的蒙古裔女人，名叫诺尔曼，是巴布洛夫的妻子，附和道："可他们的联合舰队却侮辱了俄国半个世纪。"

一个艳妆女子，叫陆黛玲，皱着眉头说："他们想干什么？我还等着见导演呢。"她旁边的美籍华人，叫乔治白，说："别担心，我是美国公民，可以保护你。"

一张桌子旁坐着两个德国人，一个叫沃纳，一个叫该隐。

沃纳说："这种冒犯对德国人来说是不可容忍的。"

该隐说："相信我的判断，这件事跟共产国际有关系。"

一边的老犹太沉默着，看到王大顶与陈佳影后，朝他们微笑着点头。脸上头上还裹着纱布的内尔纳，抱着一瓶红酒，神经质地自言自语："我会报复的，我一定会报复的！"

门口一阵骚动，刚进门的两个华人及一个美国人跟便衣 A 发生了争执。两个华人是兄弟俩，一个叫陈敏章，一个叫陈敏正；那个美国人叫瑞恩，他与乔治白是一伙的。瑞恩说："你们到底想干什么？搜查房间、限制活动，现在又把我们赶下来。"

陈敏章说："警告你别惹我们，否则直接给你们长官打电话。"

陈敏正附和："是我们在支撑这里的经济，懂吗？给我放尊重点！"

这时，便衣 C 匆匆走进来。"都给我听着！"他大吼着环视人群，"我们已牺牲了一名武士，这里所有人都有嫌疑，警告你们，不要太嚣张！"

陈氏兄弟与瑞恩恢复了平静，他们走向一张餐桌。

王大顶上前拍了一下内尔纳说："英雄，怎么称呼？"

内尔纳警惕地看王大顶说："内尔纳，你有事？"

"没事，打个招呼而已。"他走到陈佳影身边说，"不太对劲儿了。"

陈佳影笑了笑说："感觉正确。闲客和住客全部集中在这里，路上没见饭店工作人员，想必也被圈到了一起，这种手段通常是为了快速清点人数，说明他们相信文编辑还有同伙，清点后要发现少了谁，谁就一块儿跑了，如果没少，就是还隐匿在饭店里。"陈佳影看了一眼王大顶，接着说，"因为那枚徽章，他们会把逻辑指向共产党，所以，你的判断完全错误，为了搜出共产党，他们不惜挖地三尺，绝没那么容易离开这里。"

王大顶被她说得眼都直了："想不到你还真有点儿能耐。"

陈佳影说："你想不到的多了，所以别再满脑子歪念头，我们必须尽快脱身。"

王大顶说："可你现在更吸引我了。"

陈佳影狠狠地瞪王大顶一眼。王大顶转身往后门探看了一下，对陈佳影说："那边是卫生间，在通往厨房的拐口处，还有一名便衣。"

陈佳影说："饭店结构图显示后门往里是个场院，厨房外通道有出口可以到那儿，如果你之前的分析没错，盯守后门的就只有两名便衣。"

王大顶说："相比之下，后门还算是容易突破的。"

陈佳影点点头。

2

窦警长与石原围着便衣 B 的尸体察勘了一遍。

窦警长说："京木殉川是被拗断颈椎致死的，这说明杀人者是个老手而且孔武有力。夺走配枪，意味着他相信还有危险需要应对。同时，尸体是被转移的，但转移路程很短，显然是意外遭遇之际突下杀手。"

这时，白秋成匆匆跑来。窦警长问道："人数清点完了？"

白秋成说："已清点，没发现缺人。"

“那就很清楚了。”窦警长转身对石原说，“文姓要犯的同党帮助对方逃脱之后，又继续在饭店内藏匿，因为他或他们相信你我很快就会放弃这里，转而向外追捕。”

此时日军驻屯医院重症病房内，那警监来到日下步身边说：“一点儿收获都没有吗？”

日下步摇了摇头说：“中共的这个工作站，我们是突袭，可搜到的文件里却找不出任何信息，这意味着什么？”

那警监说：“说明他们的保密措施异常严谨。”

日下步若有所思地说：“那么，习惯如此，还是因为近期有大事件？”日下步凝视着病床上躺着一动不动的冯先生说，“我的直觉告诉我，你就是答案。”

那警监说：“大佐，您确定这名男子跟和平饭店的事件有关联？”

这时，电话铃响起。日下步接过话机说：“石原队长。”

石原说：“大佐，我已下令便衣队全体出动，对文姓要犯展开大范围搜捕，而协助他逃跑的共产党人，现已确定依旧潜伏在和平饭店，我们需要封锁饭店对在内人员逐一排查，希望宪兵队能给予人员上的支持。”

日下步说：“共产党人没有一并逃走，而是继续潜伏，这更让我怀疑他们要有重大活动，我马上从宪兵队抽调人手，配合你们工作。”

3

西餐厅里，陈佳影走进洗手间，站在洗手台边刚要打开水龙头，却听到身后一阵冲马桶声，不由一惊。一个女子踉踉跄跄地从厕位走了出来，吐着酒气扑到陈佳影身边。女子说：“趴半天也没吐出来，难受死了。”

陈佳影不搭理她，欲走。女子突然说：“你有秘密。”

陈佳影停住脚步说：“我不知道你在说什么。”

女子笑了起来：“我们女人，谁没有秘密呢？告诉你，我会读心术。”女子醉歪歪地抱住陈佳影胳膊，“你看上去是个一直在封闭自己的女人，可你现在浑身上下都是荷尔蒙的味道，你很紧张或者很亢奋。”

陈佳影一惊:“你是什么人?”

女子说:“肖弦,这个名字你肯定不知道或者装作不知道,我写小说的,艳情的那种,很畅销。”

陈佳影轻轻扒开肖弦的手说:“哦,幸会了。”

肖弦又抱住了陈佳影的胳膊,陈佳影无奈地搀着踉跄的肖弦一同走了出去。

此刻,王大顶正有意戏弄内尔纳:“您这套行头怎么弄的?”

内尔纳说:“狗日的满洲!”

王大顶站起身,带着内尔纳来到内门右端墙边的电箱旁。

王大顶说:“小样儿的嘴还挺横,踏实在这待着。”

这时,肖弦看了一眼王大顶,边踉跄着往人群里走,边高声道:“我是个不厚道的贼,把赃物一个一个亮出来,弄得苦主们见不得人。”

见众人的目光被吸引,她更来劲了:“当荷尔蒙的气息侵占每个毛孔,放荡罪恶的渴望在霾夜里绽放七彩光芒,如此耀眼!如此神圣!”

王大顶悄悄溜到陈佳影身边,低声说:“那娘儿们什么路子?”

陈佳影说:“不知道,奇奇怪怪的。说正经事。我刚才观察了一下,后门的空场,最快穿越时间十五秒,有两名便衣把守。”

王大顶说:“如果咱俩被拆穿,就说是我胁迫的你,我来扛雷,条件是咱俩瞅个空子造个娃也算退而求其次。”陈佳影不理王大顶,自顾地说着:“从卫生间或厨房翻窗去空场更快些,你有妻子吗?”

王大顶愣了一下说:“倒是有个女人,这我不隐瞒。”

陈佳影说:“那就为了你女人,正经一点,别激我再拿膝盖顶你。”

王大顶抽了抽鼻子。

陈佳影说:“清点人数并不麻烦,我想他们已经发现没少人了。”

王大顶说:“我知道,为展开清查,他们会叫增援,便衣队肯定撤去搜捕文编辑,来这儿的是日本宪兵,以路程计算我们还有十五分钟。”

陈佳影说:“你也知道时间不多,对吗?”

王大顶说:“好吧,我告诉你方案。这里的住客非富即贵,如今被人呼来喝去的很没面子，那些便衣也好不到哪儿去，都死一个了还得在和平饭店这块招牌下讲克制，两边儿都憋着火呢。”

陈佳影回转头看着王大顶说：“你想制造混乱？”

王大顶说：“要不然呢？”

此时文编辑正低着头走进杨柳胡同，按照陈佳影的吩咐，找到酱门酒坊后院墙上钉着的路牌，数到第三十四块墙砖，看四下没人，快速从袖管取出胶卷盒，然后转开墙砖，塞了进去，再将墙砖重新放回。

4

和平饭店的一个地下室内坐满了人，饭店的职员、保洁员、厨师等关押在这里，警察 B 守在一边。窦警长环视了一下，转身要走。

“窦警长！”一侧的饭店经理追上，“我想提醒你，后天的酒会有很多军政要人，如果封锁饭店，后果不堪设想。”

窦警长说：“和平饭店的每次酒会，宪兵队都会派人负责安保，其间不再引进住客也是惯例，外人不会有太多猜测的。”

经理说：“那就请在酒会前办完你们的事！”

窦警长说：“你这算威胁我吗？”

经理说：“我只想提醒你，和平饭店不是一般的场所。”

窦警长“呼”地指向经理说：“你最好摆正自己的位置！”

窦警长说着，转身向屋门走去。他出门后，拍了拍白秋成吩咐道：“这里让林东他们守着，排查可以在宪兵队到位之后展开，我们先帮石原把那些日本住客分批疏散出去，免得发生意外。”

此刻，西餐厅一角电箱下的内尔纳抱着红酒瓶，眼睛在探视着周围的一切。

王大顶与陈佳影到一张桌边坐下。王大顶随手从旁边文具盒里抓过便签簿和铅笔画起画来。陈佳影抬手看看表说：“你在等什么？”

王大顶边画画边朝一边甩了甩下巴，只见白秋成跟两对日裔夫妇说了些什么后，日裔夫妇们起身走了出去。“他们也担心会有冲突，所以要把日裔住客先疏散出去。”王大顶边画边说，“整个过程分批进行，以免被人注意，但这个餐厅里敏感的人太多了。”

两对日裔夫妇跟着白秋成朝餐厅门走，却被瑞恩和陈氏兄弟拦住。

瑞恩说：“日本人可以离开，我们为什么不可以？”

白秋成说：“我是带他们接受问询。”

陈敏章说：“别逗了！头拨儿走的就没回来，你蒙谁啊？”

于是，其他人跟着起哄，一时间，质问声此起彼伏。

王大顶扯下画好的那张便签，边说话边折叠：“我画画还行吧？”

陈佳影说：“相当业余。”

王大顶说：“我不止这点才华的，在绿林界我可出类拔萃了。”

便这时，“砰”的一声，有个人丹胡的日本男子拍案而起：“我提醒大家，日本国的军队也在这片土地上！”

众人突然闭嘴，于是，白秋成带着两对日裔夫妇走出了西餐厅。

王大顶对陈佳影说：“要起事端啦，你去门边儿等着，只要见那便衣冲进来就立马开溜，然后奔去厨房打开离窗户最近的煤气灶。”

王大顶窥视了下四周，探手到右小腿的裤管里掏出那把从便衣 B 那里抢来的手枪偷偷塞给陈佳影。陈佳影不由得蹙了下眉说：“这是干吗？”

王大顶说：“把枪放煤气灶边儿上，完事儿了，你就躲进卫生间，我会把这头的事端燃大，然后乘乱溜去厨房引开把守后门的两个便衣。你记住，只要瞅见那俩便衣离开岗位，立马翻窗逃跑。”

陈佳影说：“那你呢？”

王大顶不由得笑了说：“关心我呀？不怕，我还要跟你双宿双飞呢。”

陈佳影起身走了。王大顶环看周围无人注意，忽然一抖手，将纸飞镖扔了出去，正好落入人丹胡怀里，人丹胡拆开纸飞镖，纸上画的是头身上贴着太阳旗的猪。“八嘎！”人丹胡愤怒地蹿起身子，抓起桌上红酒朝地上砸去！

“砰！”一声脆响，拐口处的便衣 D 不由一惊，拔腿跑了过来。

人丹胡赤红着眼，咆哮着说：“给我站出来！侮辱大日本国民的混蛋！

给我站出来！”

在这一瞬间，陈佳影闪身便蹿出了内门。紧接着，便衣C与便衣A也进了餐厅，紧张地守在门边。王大顶看着这一切，偷偷笑了。不料，肖苰突然歪着身子离开座位，踉跄着朝内门走去。

王大顶暗暗一惊。

5

陈佳影猫身蹿到厨房门外，她看了看两边，刚想推门进去，肖苰忽然从身后贴过来抱住了她的胳膊，醉笑着说："你也饿了吧？"

陈佳影紧张地瞪着肖苰，一时不知该怎么回答。

肖苰说："走，没人给做饭，咱们就偷！"说着，拽起陈佳影推门进了厨房。

陈佳影跟在肖苰后面，边走边借着微明的光线向四周探看着，只见密封窗旁边有两排灶台。陈佳影刚要朝灶台走去，却听到肖苰叫她："你快过来，好多糕点哪。"

西餐厅内，便衣们已陆续将人群阻隔开来。

王大顶站了起来，大声说："你们太嚣张了！太嚣张了！"

众人纷纷看向王大顶。王大顶做义愤填膺状环视了一圈说："大家有什么资格嚣张，啊？脑袋都清醒点儿吧，繁荣经济靠的是我们吗？不是，是秩序！良好的秩序！所以都给我把位置摆正咯！"

人群顿时嘘声一片。沃纳说："滚开吧！卑贱的人！"

王大顶指着沃纳说："我警告你不要挑事儿！在这个地界儿你不够分量，俄国佬、美国佬都不够。"王大顶指向人丹胡说："别说他没提醒过大家，日本国的军队也在这片土地上！"

"去你妈的！"陈敏正一脚踹向王大顶，王大顶"哎呀"一声倒栽了下去。陈敏正刚要再扑上，却被人丹胡扑来推了个踉跄。

"给我抽他！""打他个小日本的！"……人群顿时炸开了锅。

王大顶一骨碌爬起身来，便要往内门那边走。不料，窦警长奔进了餐厅，大声呵斥说："你们干什么？都给我住手！"

厨房里,陈佳影正着急地看着手表。肖弦从储物台里小心翼翼捧出一碟奶油蛋糕,送到一边的台上,说:“想吃啥你选啊?来了就别客气。”

陈佳影无奈地看储物台,看见一排汤罐,不由得眼睛一亮。她上前打开一个汤罐,里面是待熬的煲汤。她一把扣上盖子说:“我去炖汤。”

说着,陈佳影抱起汤罐放到煤气灶上,拧开开关,从怀中掏出那把手枪。谁料,肖弦伸手过来关了煤气,陈佳影慌忙连枪带手又揣进怀里。

肖弦说:“你开火,不怕弄出动静来呀?”说着,便转身去忙别的。

陈佳影慌忙掏出手枪扔在脚边,又走到灶台边,拧开煤气开关。

6

“都冷静点,啊,冷静!”窦警长转向便衣 D,“你为什么不在岗位?”

说话间,他忽然像警觉到了什么,当即转看内门方向,只见内门开着,右端的内尔纳抱着红酒瓶紧张地缩在电箱下。窦警长眉头一皱,指着内门那边对便衣 D 说:“关掉那扇门,清点在场人数!”

王大顶不禁“咯噔”一下,眼见便衣 D 就要走到内门处,灵机一动,高喊着扑了出去说:“窦警长——”

窦警长循声转身,便衣 D 也不由得停住了脚。

王大顶指着陈敏正等人说:“扣押他们!否则要出大乱子啊!”

“我骗了你个贱货。”陈敏正恼怒地扑了上来。

“给我分开,分开!”窦警长连扒拉带拽地分开了王大顶和陈敏正。

王大顶一把抱住窦警长的胳膊说:“你听我说,这场冲突性质不单纯,他们显然是要搞事儿,一旦闹大了就是国际争端。”

“待会儿再说,我先清点人数。”窦警长随即示意便衣 D 去关内门。

王大顶却拦到便衣 D 跟前说:“你们至少先把我保护起来嘛。”

窦警长瞥了眼王大顶说:“你捣什么乱?”窦警长扒开他朝内门那边走,不料却被人丹胡拽住说:“让他跟我们一起离开!”

瑞恩喊道:“要走我们也走。”陈敏章跟着招呼大家:“大家上楼啦。”

窦警长转身怒对陈敏章说:“你想干什么?”

王大顶指着陈敏章说："唯恐天下不乱，这人有问题。"

陈敏章怒指王大顶说："你再说一遍！"话音未落，便被扑来的人丹胡"砰"地一拳砸倒。"揍他们日本猪！"陈敏正咆哮着向人丹胡扑去。

顿时，有更多日裔男性被激怒，随即日裔男性、非日裔男性、便衣们扑到一起打了起来，场面甚是混乱。

混乱中，王大顶喊："别打，都给我住手！"随即便被巴布洛夫一拳砸脸，"哎呀"一声倒退着栽倒在地。窦警长怒吼一声，抽出警棍扑向人群一顿乱抽。王大顶趁机向内门爬去，却见陈佳影抱着肖弦的胳膊走了进来。

"啊——"见这场面，肖弦尖叫着钻进了一张桌底下。

王大顶走近陈佳影说："啥情况呀，你又回来？"

陈佳影说："那作家一直缠着我。"

王大顶说："路数不对就宰了她嘛。"

陈佳影说："行了，就是个喝多的。好在你也耽搁了。"

王大顶说："好在啥呀？咱快没时间了。"

看这混乱场面，窦警长对便衣 A 喊道："挡住他们，我去关门。"

王大顶对陈佳影说："去卫生间等我，快！"话音未落，却见窦警长向内门奔去，王大顶不由得一惊。就在这时，内门右端的内尔纳打开了头顶的电箱门，把电闸一把拉下，西餐厅一下子变得漆黑。

王大顶看见窦警长转身折回，推了一把陈佳影，低声说："快走！"

窦警长转着圈地大喊："警戒——警戒——"

王大顶摸近内尔纳，一拳将他砸晕，飞快地将他拖出内门。

7

陈佳影闪进女厕，轻轻将雕花玻璃窗打开一条缝，向外探看，只见两名便衣一近一远地分别站在饭店空场一侧的墙拐处与后门内侧。

黑暗中，王大顶架着昏昏沉沉的内尔纳走进厨房。他走到邻窗那个灶台，见旋钮是打开的，左轮手枪也在台下，当即扔下内尔纳，抓过手枪甩开弹仓，将里面的子弹全都倒在了灶眼上。

与此同时，窦警长扑到了电箱下，一把拉开了电闸。西餐厅恢复了光明。便衣D“砰”地举枪对空鸣了一枪，大家一时全都愣住了。

窦警长喘着粗气扫了一眼人群，突然喊道：“少人了！有人跑了！”

“你们维持秩序！”窦警长朝便衣们大喊了一声，自己向内门跑去。

这边的王大顶猛地抡起一架推车朝密封窗砸去，玻璃撒了一地。王大顶拎起昏迷的内尔纳挡在身前抵到窗口，内尔纳的上半身像是往外张望了一下，随即隐去。站在饭店楼外的便衣丙仰头看到了内尔纳，惊叫说：“截住他！”说着，跑进饭店。

王大顶抱着内尔纳迅速躲进灶台和碎窗边的间隙里，从兜里掏出个火柴盒，抽出两根火柴用拇指压在火柴盒的划纸上。这时，陈佳影一把拉开窗户，翻身而出，落在成排摞放的空啤酒箱后。

此时，便衣丙奔至厨房那扇被击碎的窗边，环看了下，没发现什么。

内尔纳身后的王大顶拇指一弹，两根火柴划出火苗飞向灶台，煤气被瞬间点着，灶台上的子弹噼里啪啦燃爆起来，画出道道火线。王大顶推开内尔纳，翻身爬上窗台，然后跳了下去，落地后，撒腿就跑。陈佳影也从啤酒箱后跑出，与王大顶会到了一起。

便衣丙冲进厨房，关了煤气。他恐惧地举枪巡视，发现了内尔纳。

王大顶与陈佳影向后门狂奔，至出口时，见窦警长正向出口方向奔来。王大顶连忙拽着陈佳影调头，蹿回卫生间外成排的啤酒箱后面。

窦警长从通道口奔出，随即，两股宪兵从后门拥入。

窦警长大喊说：“把守后门两边，分散守卫！”

宪兵们立刻开始分散站位。啤酒箱后，王大顶惶惶地四下乱看，目光落在了上方敞开的卫生间窗口。王大顶指了指窗口说：“走，我们进去。”王大顶将陈佳影托进了窗内，然后自己也钻了进去。

这时，便衣丙正在厨房那扇碎窗内朝窦警长喊：“这里抓到一个。”

窦警长冲宪兵们大喊：“守住所有门窗！”

便衣丙见窦警长进来，迎上报告说：“这个人想乘我进来时燃爆煤气翻窗逃跑，却昏过去了，想必对燃爆的威力估计不足，反倒被震伤了。”

窦警长看了一眼灶台。便衣丙走到灶前比画着说:“当时还有子弹从这里散状喷射,应该是事先放在这里,让他们遇火燃爆。”

“不对!”窦警长打断便衣丙,快速在厨房环视了一圈,“从餐厅脱逃的还有两人,搜查这边区域。”

此时,在洗手间里,陈佳影正趴着窗台往外探看了一下。

王大顶靠着墙席地坐在边上说:“看也白看,不可能再出去了。”

陈佳影说:“只要没被当场抓到,就还有办法。”

王大顶说:“你真那么想?”

陈佳影说:“就说是害怕打架躲这儿来的,先骗过他们再想办法。”

王大顶摇了摇头,随即从怀里掏出那把手枪说:“这个怎么解释?”

陈佳影顿时就愣了。这时,外头传来动静。

王大顶突然搂过陈佳影的脑袋,“砰”地一头撞去。陈佳影顿时昏厥,握着枪的王大顶也是头晕目眩,歪倒在了她身上。

就在这时,洗手间门开,窦警长和一名宪兵奔了进来……

第四章

1

接待室内，陈佳影缓缓地睁开眼睛，警长将徽章举到她面前说：“这是你们的荣誉和信仰？”陈佳影转过脸，看到王大顶与她一样靠着沙发躺在地上，还没醒。窦警长继续说：“告诉我，你俩躲在卫生间干什么？”

陈佳影呻吟了一声，摸了摸头上的伤处说：“这是哪儿？”

窦警长阴笑说：“抱歉，仍在和平饭店，你俩依然在我们掌控之中。”

陈佳影说：“这是冷笑话吗？”

窦警长说：“我只想知道，为什么宪兵队赶来时，你俩会持枪出现在卫生间里？”这时，王大顶突然开口说话：“我们被解救了吗？真够倒霉的，帮你们说话，却遭人恨了。”

窦警长说：“你什么意思？”

王大顶说：“是一个满头满脸裹着纱布的洋人，把我们劫持了。当时打架，噼里啪啦的，我和我太太想找个地方躲起来，忽然灯黑了，那人就出现了，拿枪顶着我们，挟持我们去卫生间，刚进门，我太太就被他打晕了，我想反抗，也挨了一下，然后就什么都不知道了。”

窦警长说：“可我发现你们时，你手里握着把枪，怎么解释？”

王大顶做纳闷状说：“枪？”

窦警长偏转脸盯视陈佳影。陈佳影说：“我们没枪。”

窦警长说：“其实我有不一样的判断，是你挑起冲突，想乘乱脱逃。然后，宪兵队来了，你们就走不成了。”

王大顶说：“宪兵队来了？”

窦警长说：“别装！你们看到逃不出去，于是自己打伤自己。”

王大顶做哭笑不得状说："自己打伤自己？我们这不是有病吗？"

窦警长盯视了他片刻，探身检查了下他头上的伤，又检查陈佳影的。

陈佳影偏开脑袋说："要都是您这种草包警察，咱们的治安好不了。"

窦警长意味叵测地点了点头，转身向门外走去，白秋成跟了上去。窦警长边走边说："排查已到关键阶段，动静越小越好，我需要天亮之前把和平饭店恢复原样，让暂停接待和宪兵队的出现看上去只是重大活动前的安保措施。客人们该疗伤的疗伤，该安抚就安抚，闲客不具备条件，因此排除嫌疑后，跟日籍住客一同离开。剩下的继续限制外出，直到我们确定王姓夫妇和内尔纳到底谁是共党！"

2

在饭店 401 房间，日本人伊藤三郎和他年轻的妻子凉子正端坐着，窦警长与石原站在他们对面。

石原说："伊藤先生，我这也是为你们夫妇的人身安全着想。"

伊藤说："我和凉子从事教科书修订的审核工作，安全受威胁的概率微乎其微，再说，嫌疑人不是已经抓到了吗？"

石原说："万一共党并非他们，或者还有漏网的，那么——"

"那么你会意识到之前措施完全错误。"伊藤看着窦警长说，"共产国际蔓延全球，我想知道你们凭借什么就轻易排除了日裔住客的嫌疑？"

窦警长说："伊藤先生的觉悟，令人敬佩。"

伊藤严肃地说："忠诚的家奴，应该对主人的朋友也要保持警惕。"

窦警长一下子沉下了脸说："伊藤先生，作为一名警务人员，我有我的职业判断，而且我只忠于我的职责。"

而此刻的杨柳胡同里，一个人正将墙上砖头转开，从里面勾出胶卷盒，随后将砖头复位。来人是地下党员唐凌。唐凌坐上停在一边的人力车，打开胶卷盒，抽出胶卷时有些惊讶地停顿了一下，随后解下裹在胶卷上的便笺纸，正反看了看，又凑到鼻前闻了闻。他想起了一些往事。

江心的一叶带篷小船内，唐凌从陈佳影身上翻下来，长长地吁了口气，两人浑身是汗。陈佳影说："唐凌，从明天起，我们即便对面相见，也只能装作陌路了。记住，你是最隐秘的一颗钉子，只有组织遭到毁灭性破坏时，才会启用。启用你的标志，会是一张便笺纸，带有玫瑰香味。如果纸上没有其他内容，就说明不是我亲自传送，你需要跟传送人接触，通过他来获取信息。"

想到这里，唐凌看着便笺纸，皱了皱眉头。

3

和平饭店接待室里，王大顶与陈佳影依旧靠着沙发边躺着。便衣A正在窗台边擦拭着手枪。陈佳影忽然飞快地用手指在王大顶的手背上画了一行字说：给你更多信息应对预审。

接着，她不断地在王大顶的手背上画着，王大顶默默地解读着。

此刻，在杂物间里，窦警长凑近内尔纳说："是你砸碎玻璃窗引诱后门的守卫，然后引爆煤气，以事先放置在火口上的子弹进行袭击并趁此当口越窗逃跑，而你事先劫持并击昏那对夫妇，还把手枪搁他们身上，是希望我在随后的搜捕中误以为他们才是疑凶！但可惜的是，你策划精密，却低估了煤气燃爆时的威力，逃跑未成反倒被震晕了。"

"No——"内尔纳咆哮了一声，随即哽咽，"请相信我，相信我，呜呜……被劫持的是我，是我！"

窦警长说："嗯，你还被打晕了。说句实在话，你的辩解一点儿说服力都没有，不过倒是可以给我提供一种新的思路。"

窦警长拍了拍内尔纳的脸，起身转对石原说："天亮后给法国领事馆打电话，通报这件事并让他们全都给我闭嘴。"

石原犹豫地说："可是……"窦警长举起徽章亮到石原面前说："你就说共产国际在活动，其余不用多说。"

石原点点头，窦警长说："走，我们一起去厨房看看。"

他们走进厨房，只见台上几个盘子里残留着吃剩的糕点、冷切。

窦警长若有所思地沿着灶台行走，脑袋里浮现出各种凶手作案假设。窦警长转向窗户看了看，突然悟到了什么，情不自禁地说了一声：“应该如此！”他兴奋转身对一旁的石原说，“石原队长，立刻审讯那对自称被打晕的王姓夫妇！”

4

几个便衣架着陈佳影与王大顶分别押进地下室的两个刑讯室。

在关押陈佳影的刑讯室里，窦警长抽出警棍，抵在陈佳影腭前，狠狠说道：“我来给你还原整个过程吧，王太太！餐厅发生群殴时，你和王先生乘乱打晕内尔纳溜出内门。随后你躲进卫生间等待，王先生拖着内尔纳去厨房引诱盯守饭店后门的便衣。当两名便衣被碎窗声惊动后，一人扑进窗口，一人奔入通道口堵截。于是，王先生嫁祸内尔纳制造燃爆并乘机翻出厨房，与同时翻出卫生间的你一同奔去已无人盯守的后门。可谁能想到呢？宪兵队偏巧在这当口赶到，逃离路径当即就被封死，无奈之下，你们只能又溜回卫生间去，因为王先生手里有枪械事后无法解释，于是，你们干脆弄晕自己，嫁祸内尔纳。”

陈佳影冷笑一下说：“您做警察是投错行了，您该去说书。”

另一个刑讯室里，石原将那把手枪指向被反铐在椅子上的王大顶，咆哮着说：“这把枪属于我的一个手下，是你杀了他。”

王大顶说：“拜托，我说过多次，不知道枪怎么来的，我被打晕了呀。”

石原说：“事情已经很清晰了，你不要再狡辩。你在餐厅的所为，明显是在挑唆族群冲突，中国人的诡计！”

王大顶说：“说你有病你还来劲啦！我不就是帮你们说了些话吗？那照你这意思，大东亚共荣都是诡计，抗日才是正道？”

在关押陈佳影的刑讯室里，窦警长恶狠狠地说：“入室盘查时，你们夫妻假装打架，之后你还上了四楼撞见我手下，自称是想借枪杀你先生，这个逻辑倒是成立，但背后呢？四楼之上就是楼顶，在此期间，文姓要犯从那里逃脱了。”

陈佳影说：“你是说，我在帮我同伙逃跑的过程中，还特意找警察暴露一下自己？”

窦警长说：“撬开顶楼门锁的铁钎是从四楼的消防箱里取到的。”

陈佳影对便衣 A 说：“当时你也在，你说，从找你们直到离开，我手里有东西吗？”便衣 A 与窦警长对视了一眼，面露难色。

窦警长说：“很多疑问都会层层揭开的，包括我对你和王先生的那个直觉，你们真的很不像夫妻。”这时便衣 C 推门进来，走近窦警长轻声说：“她男人提供了山东一家商行的电话。”

窦警长眼睛一亮说：“嗯，我这就去核实。”

5

山东华强商行办公室，电话铃响起，一名女职员抓起电话说：“您好，这里是华强商行。”

窦警长握着电话说：“我是高兰市警务局窦仕骁，一名涉嫌管制物品走私的男子声称是贵公司总裁王伯仁，我希望您能在邮寄他相片以及身份材料之前，先口头描述一下他的样貌特征，以便我方初步辨别。”

女职员说：“对不起，首先我行是东印度公司控股的华企，不存在走私概念；其次，鉴别王伯仁先生是否被人冒名，应该由您来描述此人的样貌特征，与我进行核对。”

窦警长皱眉说：“您想率先得到他样貌信息，是有难言之隐吗？”

女职员不阴不阳地说：“这年头骗子太多，尤其是扮警察扮海关的。”

说着，女职员一把扣了电话。“东印度公司……”窦警长没好气地挂了电话，“戴了这顶帽子走私都合法。”

“啪、啪、啪”，女职员拍了几下掌，对同事们说道：“E047 那边出问题了，具体情况不详，我们需要暂时杜绝对方再次核对信息的可能。”

此时，在刑讯室里，王大顶正在对石原说着：“民国十七年，东印度公司控股华强商行，作为它在山东的交易中心，我负责所有在华业务的管理；民国二十一年七月，我结识现在的太太陈佳影，由于她在关外没有亲眷，就在山东举办婚礼；同年，她回到高兰，在满铁株式会社就职，大同元年调岗至东亚经济调查局。直到今日，我们都处于夫妻分居的状态，但为了支持她的工作，我王伯仁无怨无悔……我讲述的，够详尽了吧？”

一旁的警察B捧着个摊开的文件夹走近石原，轻声说：“这是之前与东亚经济调查局的通话记录，他说的内容完全吻合。”

这时，便衣D走进来，低声说：“窦警长说这两人身份敏感，不能再用刑讯，万一判断有误会很麻烦。”

石原皱眉说：“这时候他倒讲究规矩了。”

便衣D对石原耳语说：“内尔纳曾说在事发前，看见陈佳影和413房间的女客先后离开过餐厅，让这两人相互对质，应该更方便判断。”

6

在关押内尔纳的刑讯室里，已经不戴手铐的王大顶与陈佳影走了进来，接着，窦警长也带着肖弦走了进来。肖弦指着陈佳影说：“大家群殴的时候，我跟这位女士，哦，王太太是吧？”

陈佳影点了下头。肖弦说：“嗯，我跟她离开餐厅去了一趟后厨，她先出去的，我是觉得她形迹可疑跟去的，这个女人……哼哼，不简单哪。”

窦警长的嘴角泛起一丝笑意。肖弦说：“为什么说她不简单呢？大家打成一团了，她居然有闲情雅致去后厨偷东西吃，是吧？”

窦警长不由得一愣，肖弦看向他说：“你说的，发现好多空盘子，还有吃剩的糕点、冷盘，我看她那么不简单，于是惺惺相惜，跟她一起大快朵颐，其间对酒当歌十分逍遥。内尔纳先生说我跟王太太离开餐厅，您又怀疑我跟她去过一趟厨房，哎，你们就不觉得荒唐吗？”

王大顶与陈佳影对视了一眼，都是颇感意外。

内尔纳急恼地说：“你、你偷换概念。”

肖弦说：“被拿下了，就乱咬人是吧？我也就去卫生间撒尿碰到过她一回。”她转身对便衣D说，“你看的门对吧？之后还见我出过餐厅吗？”

肖弦又对向内尔纳说：“有个情况我倒是亲眼所见，当时架打得那么酣畅，你拉电闸干吗？难道有什么不可告人的目的？”

石原凶狠地说："是你拉的电闸？"

内尔纳顿时哭了："我想袭击窦警长，呜呜……报复他对我的暴行。"

肖弦对窦警长说："这逻辑你信吗？反正我信了，你俩对质吧，我胃还难受呢，没心情跟你们扯淡。"

王大顶揶揄地说："窦警长的推理叹为观止啊，我们一对儿共产党假夫妻，提前订房入住，以便帮助之后被偶然堵进饭店的同党逃脱搜捕，偏还不一起跑，而是很挑衅地返回饭店杀个人夺个枪，并一直等到宪兵队赶到，挑唆打架燃爆煤气搞出巨大动静，以最华丽姿态束手就擒。"

内尔纳指向王大顶哭喊："是他绑架我，相信我，他们是一伙的。"

窦警长咆哮说："给我拖下去！"警察 B 架起内尔纳拖出了门去。

"我要打电话，我要法国领事馆来人，放开我……"内尔纳哭喊着。

窦警长扫视王大顶与陈佳影一眼说："你们先回房间，等候问询。"

王大顶说："你，必须向我太太道歉。"

窦警长皱眉说："什么？"

王大顶盯着窦警长说："你们在毫无证据，甚至连推理都不能自圆其说的情况下，对我和我太太采用刑讯手段，我要你们道歉！"

窦警长狠狠地盯着王大顶说："等嫌疑彻底解除，我自然会。"

7

便衣把内尔纳押进杂物间。"请给法国领事馆打电话……请帮我打个电话……"铐在暖气管上的内尔纳哭丧地哀求着。

陈佳影与王大顶回到 316 房间，陈佳影环视一圈后，向里间走去。

王大顶跟上说："还真挺凶险，当时着急忙慌把那娘儿们给忘了，好在她也怕惹祸上身，法国佬现在是说啥都扯淡了。"

话音未落，陈佳影突然给王大顶一个耳光，王大顶当即就愣了。

陈佳影说："你凭什么栽害一个无辜的人？你自己就可以燃爆煤气破窗逃跑，你拖上他不就想弄个人背锅吗？"

王大顶说："你这大脑怎么一会儿像人，一会儿像猪呢？咱脱身之后还要有余地逃出这座城啊，不用他拖住姓窦的，他一个电话满世界都能设上路卡，明白吗？”

陈佳影说：“出去再想出去的办法，他也是父母生、父母养的，凭什么替你遭罪？”

王大顶说：“你有病啊？自己都保不住你还管他？你管管我行吗？我还得把黑瞎子岭改造成抗日武装，扬名立万呢，我不比他金贵啊？”

陈佳影冷冷地说：“对不起，你侮辱了‘抗日武装’这四个字。”

王大顶急了说：“那就挑明了说，你，共产党，我，土匪，假扮夫妻不是为了传奇，是为求生，就这么简单！”

陈佳影说：“王大顶，人利己之外还有利他，如果为求自保就视他人生命为草芥，那么灾难面前，我们就只会是一盘散沙。”

此时，窦警长、白秋成和石原一起走进饭店的接待室。刚一坐定，石原就问：“窦警长，你确定内尔纳就是文姓要犯的同党吗？”

窦警长说：“我有我的判断。”

石原说：“共产国际？无法准确辨别的时候，我会本能地同情没有串供可能的那一方。”

窦警长笑了，随后走到电话座边，抓起电话拨号。

电话另一面，一个国民政府警官抓起电话。

窦警长说：“喂？我是高兰警务局窦仕骁。”

警官说：“您好！我是青岛市公安局杨静哲，华强商行刚刚遭受排外学生打砸，现已封闭，职员也已疏散，若有联络需求请先与市局接洽。”

窦警长挂下电话转对石原说：“华强商行，忽然出事儿了，哼，巧合太多或许只能说明一点，配合完美。”

石原想了想，转对白秋成说：“那个肖弦什么背景？”

白秋成说：“饭店的人说她是个艳情小说作家，很受追捧，据说跟她信件往来频繁的读者或笔友里，也不乏日裔人士，包括香雉晋安将军。”

窦警长笑了笑说：“哈，香雉将军可真够好学的。”

石原看着窦警长说：“现阶段，我不在乎她说没说实话，我只需要她看上去很惨。”

窦警长若有所悟地看着石原，点了点头说：“并且先放过内尔纳。”

8

文编辑在一个公用电话亭里，握着话筒急切地说：“小晴，你别挂！别挂！这是我最后一次跟你说话了。”

电话另一头，一个哭花了眼影的女子握着电话听着，身后一个便衣用枪指着她的头，沙发里还坐着几名便衣。

女子整了整情绪后说：“你是用哪里的电话？”

在医院的重症病房内，那警监匆匆进来说：“日下大佐！”

日下步抬头看着那警监说：“你有事？”

那警监说：“刚才便衣队汇报，文姓要犯的处身范围已经被锁定。”

在和平饭店西餐厅，肖弦正埋头吃着牛排，身后坐着沃纳与该隐。

沃纳说：“我髌骨受了轻伤，看来打架真不是我们的强项。”

该隐说：“但这场架打得很见效，至少明晰了日本人的心态。”

这时，诺尔曼走了进来。

沃纳看着诺尔曼说：“貌似同盟中的，却各怀鬼胎。”

诺尔曼走到巴布洛夫旁边坐下，说：“那俩德国人跟你一样，是用打架来刺探别人的态度。”

巴布洛夫说：“该死的法国佬，搅得大家都神经敏感。”

另一张桌上的陈敏正问陈敏章：“你说内尔纳是不被打傻了？自己往枪口上撞。”

陈敏章说：“如果他真是想乘乱逃跑，那就古怪了。”

乔治白与瑞恩在慢慢地品着咖啡。乔治白说：“你挑起这场群架是有效果的，我注意到一个细节，那中国兄弟表面上围在你的左右，但过程中却主动为苏联人挡了一桌板，中国人通常只对有利可图的人付出，所以内尔纳说的情况恐怕不假，他们双方暗地里正在交易。”

瑞恩说：“不奇怪，亲美还是亲苏，汪蒋政权一直都在摇摆。”

靠里一桌坐着陆黛玲和老犹太。

陆黛玲边吃边说："真长见识，原来法国也有共产党。"

老犹太说："我可不关心这些，免得惹祸上身。"

这时，便衣 A、D 走进餐厅，他们走近肖弦说了些什么后，肖弦便跟着他们走了出去。

便衣 A、D 随着肖弦进入 413 房间，便衣 D 突然按倒肖弦，便衣 A 迅速用布团塞住了她的嘴，随即，对她一阵拳打脚踢，肖弦"呜呜"地惨叫着。

9

陈佳影刚洗完澡，裹着浴巾走了出来。

王大顶喷着粗气推门进来，把陈佳影推到床上，并将她压在床上。陈佳影挣扎着说："你干什么？放手！"

王大顶喘着粗气说："做我的女人，双宿双飞……黑瞎子岭咱俩一块儿当家……"

陈佳影说："混蛋，你放手！"

王大顶说："要暴露我一个人扛，记得这话吧？够利他吧？条件是咱得当一家人。"

陈佳影抬起一只膝盖，顶向他的裆部，"咚"的一声闷响，王大顶顿时痛得松了手。他哭丧着脸说："又来这手！"

陈佳影捂着浴巾翻身站了起来，说："王大顶，我警告你！这行为我记下了，你要敢有第二次，我就抱死了你从三楼跳下去。"

王大顶捂着裆说："这就是第二次了。"

陈佳影说："王大顶，你就是个人渣！"

王大顶怒了说："我警告你，别再让我听到'人渣'这两个字！"

陈佳影狠狠地说："人、渣！"

"你……"王大顶指着陈佳影，气得说不出完整话，"良心……良心哪……你……你肯定想都没想过，我是真因为你，才没跟那死胖子跑路。"说到这，他眼圈红了。

陈佳影心有点软了，说："好了，你先出去，待会儿找你商量下一步的事。"王大顶怒冲冲地转身出到了外间。就在这时，有人按门铃。

"谁啊！"王大顶没好气地一把拉开房门，只见窦警长正站在门外。

王大顶说："我太太在换衣服，不方便。"

窦警长说："我只是想请你出来，单独聊聊。"

王大顶想了想，便跟着窦警长走了。他们刚走到三楼走廊，便见警察B带着内尔纳从他们身边经过。警察B边走边说："我们都解除你的嫌疑了，别再叨叨叨地没结没完行吗？"

王大顶不禁暗暗一惊。窦警长把王大顶带进厨房，说："王先生，有一则科学问题悬而未解，所以我一直藏在心里。"

王大顶不自然地抽了下鼻子。窦警长说："从餐厅灯灭到煤气燃爆一共三分半钟，从一个灶眼里释放的煤气想要达到燃爆烈度，需要八九分钟时间，所以这过程不是一个人能完成的。"

王大顶说："呵呵，很有意思。"

窦警长带着王大顶向那个残留着几盘剩糕点和冷切的台边走去。

窦警长说："后厨的工作人员声称，集中前他们收拾得很干净。那么，来偷吃的人即便有这雅兴事后也会收拾，对吧？是另一个人，而且必然是被酒精或者别的刺激搞得精神不正常的人，是那个女作家？"

王大顶不由得一个激灵。窦警长说："或者是内尔纳，他精神不正常得怪我，我忘了阻止手下人打他。"窦警长遂又堆笑说，"瞎猜瞎猜，反正不管是谁，这个不正常的家伙，肯定让预先来开煤气的人烦透了。"

接着，窦警长又把王大顶带到顶楼。

窦警长对着楼间距比画着说："架上把梯子就走啦，那名文姓要犯，就是这么跑的，当时现场足迹杂乱，他绝对不是一个人，那其他的为什么不跑呢？或许有重大使命需要继续留在饭店，也或许……"

窦警长忽然转身对王大顶说："你真名叫什么？"

王大顶一惊说："什么？"

窦警长笑着说："与你开个玩笑啦，警察年头干长了，会变得多疑，别介意啊，我真怀疑过你跟王太太是假夫妻。"

王大顶的眼角微微抖动了一下。窦警长拍拍王大顶的肩膀说："从前次问询的状态来看，你们夫妻如果有过串供，那主要提供信息的，应该是王太太，因为不管你叙述多完整，但始终有一点过不去，王伯仁管理的华强商行在用各种方法，躲避描述王伯仁的样貌特征。"

王大顶苦笑了一下。窦警长说："王先生，我无非是想表达警方以及日方对这案子的态度，饭店里有共产党，必须挖出来，这是铁任务！你玩儿什么都可以，唯独共产党，千万别沾，因为玩儿不起。"

王大顶的额角冒着汗水。窦警长说："走吧，回去跟王太太准备一下，过会儿我再找你们一起吃个饭，就算为我一些欠妥的举动道个歉吧。"

10

413房间内，便衣A从肖弦嘴里拔出布团。此时的肖弦已鼻青眼肿，满脸满身的血，席地靠在沙发边沙哑地呻吟着。便衣A看了看表，对一边的便衣D点头示意，便衣D开门正要走出去，却碰见窦警长带着王大顶经过门外。王大顶往门里看了一眼，肖弦的惨状让他愣了。

窦警长摊了摊双手说："我说过，没有依据，推理就是扯淡，不过，我已经很接近真相了。"

王大顶不由得愣了一下。窦警长说："你先回房间吧。"

王大顶刚走进房间，陈佳影便迎上来问道："窦警长跟你说什么了？相信我，不管听了什么，见了什么，都是诈供手段，因为反常。"

王大顶说："我是混绿林的，还不明白这个？"

陈佳影说："我们商量一下之后的问询怎么应对。"

王大顶说："我们临时搭伙禁不住刨根问底，怎样都有活的可能，唯独跟着共产党玩儿不起。"

陈佳影眉头一蹙说："告诉我，窦警长究竟跟你说什么了？"

这时，门铃响起，王大顶去开门，只见窦警长正似笑非笑地站在门外。王大顶指着陈佳影说："都别费事儿了，她就是共产党！"

第五章

1

在西餐厅里，乔治白对瑞恩说："听说内尔纳没事儿了。"

瑞恩说："那就好，他要被日本人错抓了，可是你我的损失。"

而在此时，有一名医生拎着医药箱跟着警察 B 走出 313 房间。

内尔纳向门外大吼："别以为这样就能息事宁人！我不会善罢甘休的！"接着，他迅速走到保险柜边，打开虚掩的柜门，探手进去，摸出一个粘着胶条的小圆筒，抠开盖，倒出里面的东西，正是一枚胶卷。

与此同时，陈氏兄弟和陆黛玲从电梯里走出来。

陈敏章说："放宽心吧，姑娘，大家能回房间，就说明事儿快结了。"

陆黛玲点了点头后，向与陈氏兄弟不同的方向走去。

当陈氏兄弟走到 310 房间时，内尔纳忽然从 313 房间探出头来，看到陈氏兄弟后，又退回房间。陈敏章悄声地说："内尔纳的确有古怪。"然后，他转身进入 310 房间，而陈敏正回到自己的 314 房间。

此时，413 房间内，医生正在给肖弦清理伤口，便衣 A 正对石原耳语着什么。石原转看肖弦说："如我所料，杀鸡骇猴。"石原得意地拍了拍便衣 A 的肩，走出 413 房间，然后下楼敲开 316 房间的门。

房间里，王大顶正对窦警长说着："她就是共产党，没跑儿。"

见石原进来，窦警长向他点了点头。

"我是路过和平饭店，想进来喝杯咖啡，看她有几分姿色，就上去搭讪，开始她爱答不理，可没多久你们堵进来，她就变态度了。"王大顶瞥了眼陈佳影，"她说她丈夫没来，但房间订的是两人，盘查的时候恐怕说不清楚，所以，她就恳求我暂时冒充她丈夫，还暗示我可以像真夫妻一样。"

"人渣！"陈佳影恨恨地骂了一声。

王大顶看了眼窦警长，继续说："后来我俩进了房间，谁想你们要抓的那家伙就躲里头呢，而且紧接着你们就来查房，这要撞个正着就百口难辩了呀，所以，我俩就假装夫妻打架，把你们挡过去了。你们要发现我俩跟那家伙在一屋子里，肯定得怀疑我们是同伙，对吧？"

窦警长冷冷地说："说过程。"

"那个戴眼镜的白胖家伙，是我连威胁带哀求才把他打发走的。把那白胖子打发走之后，我以为就没事儿了，还觉得这场艳遇挺刺激，谁想又活见鬼地你们查起共产党了。"王大顶转向陈佳影说，"这时候她紧张了，也是这个时候，我才意识到，她是共产党，她把我拴一根绳上跳进黄河也洗不清了。结果我只能受她胁迫，乘大家打架的时候夺路逃跑，没想到还被人打晕扔进卫生间了，多亏最后窦警长教导了我，警醒了我，才让我鼓起勇气，站出来揭发她，从而不让自己越陷越深。"

窦警长冷冷一笑说："陈女士说得一点儿没错，你的确是个人渣！"

2

窦警长将陈佳影押进地下室的一间刑讯室里。窦警长说："陈女士，您那假丈夫为了明哲保身，口供里肯定删减或改动了很多情节，不过那些都无关痛痒，因为重点在你之后会给我们提供什么信息。"

陈佳影说："直接杀了我。"

窦警长不由得一愣说："什么？"

陈佳影恨恨地说："或者割掉那王八蛋的舌头剁碎喂狗！"

窦警长说："事到如今，就别再扮演怨妇了，你这个谎撑不下去的。"

在316房间，石原依旧审问着王大顶。

王大顶说："事实上，我的日本名字叫川岛……"

石原一个大耳刮子将他扇了回去："说实话。"

王大顶委屈地说："我发现您很奇怪啊，我给日籍客人们帮腔，您愤怒；我说有日本名字，您也愤怒，您对自己的出身到底有多自卑啊？"

石原又扬起了手，王大顶本能地抬手止住：“我警告你啊，我虽然被胁迫着做了些事儿，但我也是个有身份的人！我……我那个……”

石原说：“你什么？”

王大顶干咳一声说：“我那个给一些场所提供医疗用途麻醉品。”

石原不由得一脸惊愕说：“你走私鸦片？”

王大顶慌忙说：“哎，我检举共产党，总算是立功的吧？”

刑讯室里，陈佳影歇斯底里地说：“我没说谎，是他在说谎，替我宰了他，我给你回报。”

窦警长大吼说：“别把这里当游戏场！”

陈佳影说：“那些鬼话漏洞百出，你听不出来吗？”

窦警长说：“那就请你给我一个清晰的解答。”

316房间的王大顶依然扯着淡：“我的鸦片买卖来源渠道特殊，直接影响了官方贸易，我有罪。”

石原说：“停止！我没兴趣听你说鸦片买卖。”

王大顶说：“那你让我说什么呀？”

石原说：“我们搜捕的那名要犯，不是自己跑掉，是你们帮他跑的。”

王大顶说：“你没完没了？盯着我干吗呀？真神我都请出来了，有问题你们去问她呀。”

石原盯视着王大顶说：“其实我很清楚，你在耍花腔，但是，我一点儿都不心急，因为那名要犯已在我们掌控之下，你是什么人，跟女共产党是不是同伙，不用多久，我们都可以验证出来。”

3

唐凌拉着人力车来到一处楼角停下，边啃着大列巴边窥扫周围，他的斜对面就是那个酱门酒坊，街道上人流如常。不远处面包店边，有个卖烟男子靠墙站着，面包店对面的有轨电车站，一个男子正在看报纸。

唐凌心头不禁一紧，心说：“不好，都是些便衣！”

这时，文编辑从胡同口走了出来，他看到前方有个瞎子居然回身看了他一眼，便意识到被人盯梢了，于是，回身狂奔起来。

这边的唐凌猛抓起车把便想冲过去，不料，紧接着有警哨声响起，他当即停了脚步。在楼顶，一个粗壮男子正吹着警哨。

狂奔的文编辑猛见一对男女拔枪扑来，转身便跑，却又见两名男子边追过来边掏枪出怀。瞎子闪身出来，大叫说："抓活的，别开枪！"

瞎子话音未落，那对男女已经"砰砰砰"地向文编辑开了几枪，文编辑随即中枪倒地。瞎子蹲在文编辑身边，摸了一下颈动脉后，缓缓站起身子，忽然转身"啪啪啪啪"给了那对男女一通耳光。

唐凌看着这一切，脸色沉了起来，拉着人力车，悄然离开。

医院重症病房内，日下步暴怒地转向那警监，咆哮着说："活的！我要开口说话的活人，那帮蠢货却把唯一的活口给打死了。"他转指病床上的冯先生，"难道真要把希望寄托在这个生死难卜的重伤者身上吗？"

在316房间，石原听到汇报后，惊愕地说："打死了？有没有发现？"

便衣A低声说："没有，搜检尸体没有发现胶卷，确定已被转移。"

石原狠狠地骂了一句："八嘎！我们靠自己吧。"

4

在刑讯室内，陈佳影面无表情地说着："我是满铁株式会社东亚经济调查局的文员，从事数据分析工作，主管课长是野间平二，至于我的混蛋丈夫王伯仁……"

窦警长咆哮打断说："给我闭嘴！别说我没提醒你，在这里，把真话说出来对你是一种解脱，而对我，仅是让业绩再扩大一点儿。无所谓，你迟早要被送去宪兵队，但区别在于让他们撬你的嘴会异常的残酷。"

这时，石原心急火燎地走了进来，与窦警长耳语："文姓要犯在围捕时中弹身亡。"石原看了眼陈佳影，"她交代了没有？"

窦警长说："快了。"

"八嘎！"石原顿时气急败坏，撸着袖子要扑向陈佳影。

"给我打住！"窦警长一把将他拽住，"你在那头没开和急了眼，就来这边儿抢功,不仗义吧？”

石原皱眉说:“你说什么？”

窦警长冷冷地说:“不是吗？”

石原咬牙切齿说:“那你就尽快让我看到成效。”

窦警长说:“放心吧。”说着,他忽然绕到陈佳影身后,猛地抓起她反铐在椅背木条上的双手,往两边反拧开去,陈佳影痛声惨叫。

窦警长说:“给我听好了,你的身份、任务、所属组织及其成员都给我老老实实吐出来！否则,我保证你送去宪兵队的时候,就已经残废了。”

陈佳影舔了舔嘴唇说:“民国……二十一年……十月十六日……大宏米店人去楼空……从掌柜到伙计至今下落不明。场所内残留信息痕迹经整合分析之后,证实这是一个秘密通讯点,在觉察到秘密围捕的风声时,迅速做了转移……行动前夜,几名宪兵在艺妓馆醉酒,围捕信息的泄露,疑是由此导致。”石原眼睛一亮说:“这是警务厅的机密档案。”

陈佳影又说:“去年二月,市警察厅泄密事件,两名华警被秘密处决,事后经信息痕迹分析,确定是起冤案,泄密者应是外部人员。因为涉及市厅内部的权力斗争,此案未做后续调查。”

窦警长说:“对不起,这也是一起已做存档的机密事件,除非你知道真相,否则此类口供毫无用处。”

陈佳影继续说道:“樱花道十四号维纳利商行,疑是共产党的一处秘密站点,监视令下达十六小时后,也就是昨天,我被困在和平饭店当天的上午,该商行却忽遭洗劫,人员因发生抵抗全数被杀,所存材料亦被全数带走。经过残留信息痕迹分析,确定施袭者是宪兵队的特务部门,两方撞车有可能是情报沟通不畅,或者是某一方急功近利,不讲规矩。”

窦警长惊愕地说:“两方？宪兵队和满铁？”

陈佳影说:“分析报告我还没来得及形成文字。”

石原说:“你是什么人？”

陈佳影盯视着石原说:“我给你一个电话号码，拨完后，再加拨7423,之后你可直接核实我的身份。”石原接过号码,走出刑讯室。

不一会儿，石原返回刑讯室，走到窦警长身边说：“刚才我电话咨询了，陈佳影不只是经济调查局的文员，她还是满铁情报机构特聘的行为痕迹分析专家，这层身份绝密。”

窦警长一惊说：“所以她一直这么隐晦？”

石原说：“窦警长，满铁征召机要人员，审查非常严苛。”

窦警长无奈地说：“我知道，可她那位王先生，又是什么情况？”

石原喃喃地说：“我也在想这个问题。”

5

陈敏章拎着瓶红酒从310房间出来，走进陈敏正的314房间。

一进门，陈敏章就对陈敏正说：“这对夫妇一个圈屋里，一个被带走，而内尔纳似乎就没事儿了，同样是现场逮着的嫌疑人，他凭什么？”

陈敏正说：“除非他能证明自己仅就是个情报贩子。”

陈敏章说：“拿什么证明？”

陈敏正顿时一惊说：“胶卷？”

陈敏章拍了下桌子说：“他见到我们反应惊慌，就是因为这个。”

陈敏正说：“可是那枚胶卷能勒索我们一座金山。”

陈敏章说：“性命攸关了，他还舍不得破财吗？”

陈敏正说：“都怪巴布洛夫大意，说什么饭店里绝对安全，结果全被偷拍。这也赖我们自己，内尔纳既然给胶卷报了价钱，就应下嘛。”

陈敏章说：“谁知道日本人会进来呀？行了，先把情况搞清楚再说。”

陈敏正说：“我们这当口去找内尔纳合适吗？”

陈敏章说：“我需要最快时间证实自己的判断！非同小可呀，这事儿。内尔纳要真把胶卷给了日本人，咱俩就得想办法跑路了。”

陈敏正说：“是的，内尔纳的胶卷里不只是你我的秘密，还有苏联政权的秘密，要泄露了咱就等着被追杀吧。”

陈敏章说：“日本人最急迫的是挖共党，我们还有时间另做打算。”

此时的王大顶正在316房间看着手里的饭店结构图，接着，他拿着一张信纸和一支铅笔走到桌边，对照着“火災の脱出”的饭店结构图勾画起来。不久，他放下铅笔，举起信纸端详起来，只见纸面勾画的内容，竟是饭店建筑一半区域的立体透视图！接着，王大顶握着把裁纸刀走进卫生间到洗手台边，抓过香皂，用裁纸刀切下一块，扔进漱口杯，又往杯里接了些水，快速搅拌起来。

王大顶握着漱口杯出来，杯中肥皂水已呈白色并带有泡沫。他蹑脚到门边，对着猫眼往外看，只见白秋成正守在房门外。他举起杯子，含了一大口肥皂水进嘴，然后撂下杯子踉跄扑向门边。“砰”的扑门声响，惊得门外的白秋成忙握着枪，推门进来，只见王大顶口吐“白沫”，倒在地上。白秋成收起枪，蹲下检查起来，并问道：“王先生，你什么情况？”

这时，白秋成搓着沾到“白沫”的手指，疑惑地欠起了身子。就在白秋成将手指送到鼻前嗅闻之时，王大顶忽然睁开了眼睛。

与此同时，陈敏章抓过案台上的红酒瓶和三个高脚杯，与陈敏正来到313房间门外，里面的内尔纳打开门看见是他们，当即便要关门。

陈敏正迅速用脚抵住门说：“不想喝两杯吗，朋友？”

陈敏章说：“来吧，给你压压惊！”

陈氏兄弟簇拥着内尔纳将他抵进屋里，关上了门。

一进屋，陈敏章便变了脸说：“勒索价我们也认，胶卷呢？”

内尔纳神经质地说：“别提胶卷！别再提什么胶卷！”

陈敏正说：“王八蛋，你把胶卷给了日本人？”

内尔纳说：“别再说了！他们就在抓带胶卷的人。”

陈敏章一愣说：“什么？”

内尔纳瞪着双眼喷着鼻息说：“要抓的人有枚胶卷，跑了！所以在查，所以你们别再提什么胶卷了，以免给自己招灾惹祸。”

陈氏兄弟惊愕相觑。

陈敏章说：“那么说胶卷还在你这儿？”

内尔纳说：“你想干什么？”

陈敏章说：“那就简单了。”

话音刚落，陈敏正便猛地捂住内尔纳的嘴将他按倒在沙发上，狠狠地说：“怕遭灾就把胶卷拿出来赶紧毁掉！钱我们照付，一分不会少你。”

内尔纳猛地顶开陈氏兄弟跑去拉开房门大喊：“救命啊！”

听到喊声，白秋成撂下王大顶，抽出警棍跑出316房间，直接冲进313房间，大声问道：“怎么回事？”

内尔纳惊恐地指着陈氏兄弟说：“他们要伤害我。”

陈敏正大吼说：“他精神错乱啦，你们到底对他做了什么？”

陈敏章说：“真没想到会这样，想一块儿喝几杯给他压压惊，刚开始还挺好，可一见我倒出红酒，忽然就疯了。”

内尔纳说：“他撒谎！撒谎！他们要伤害我！”

陈敏章柔声地说：“内尔纳，你说说看，我们为什么要伤害你？”

内尔纳顿时噎住了。陈敏正对白秋成说：“警官，他这个精神状况，应该是拜你们所赐吧？”

白秋成说：“这位先生，说话要负责任，有些敏感的问题不是你我……”话到一半，白秋成眉头一跳，像是想到了什么，“糟糕！”他嘟囔了一声，慌忙转身奔出门去。他顶开316房门，却没看到王大顶的踪影。

6

王大顶藏在走廊顶端的夹层里，白秋成一走，他迅速跳了下来，走到近窗处，拉开墙上的活动挡板扑进用来输送垃圾的坠送口，飞速滑出，“扑通”跌进一大堆床单与被罩当中。他连滚带爬地扑到地井盖边，使劲拉起把手。他吁了口长气，自言自语：“按照饭店结构图走就对了。”

此时，关押陈佳影的刑讯室里，窦警长为陈佳影松开了手铐，说：“陈女士，你的身份已经核实了。”

陈佳影揉着手腕，看向石原。

石原说：“对于你所遭受的一切，我们深表遗憾。”

“但有一些疑问您需要进行说明。”窦警长绕到陈佳影身边，“您那位丈夫，他的诡异举动，到底是怎么回事？”

陈佳影深深叹了口气说:“这也是我想知道的。”

窦警长说:“陈女士——”

陈佳影咆哮打断说:“我不知道他为什么会恨我到这个程度。”

窦警长与石原面面相觑。

陈佳影眼圈通红说:“他想让我死吗？我死了，他就可以为所欲为了。”这时,忽然传来警哨声,窦警长皱眉看向石原:“发生什么了？”随即转对陈佳影,“很抱歉,陈女士,您还需要在这里待上一会儿。”

陈佳影不耐烦地说:“你们到底有完没完？”

窦警长说:“相信我,这里是安全的。”

窦警长转身与石原一同匆匆离开,便衣C随即关上铁门。

窦警长、石原与便衣C循声跑到后门空场,白秋成迎了过来。

窦警长问:“究竟怎么回事？”

白秋成说:“那姓王的不见了！我们现在采取应急措施,排查所有可能经过的路线,以及可能的藏身之处,封锁一切有逃脱条件的出入口,而且楼外各个区域的执勤人员一直在严防死守,从没有过松懈。”

窦警长厉声说:“你想说明什么？”

白秋成吓得噎了片刻,讷讷地说:“这个人像是蒸发了。”

7

在刑讯室,“砰”的一声,王大顶从排气口滑落到地面。

陈佳影错愕地说:“王大顶?！”

王大顶嘿嘿地笑了笑说:“媳妇儿,我救你来了。姓窦的那番诱供没吓住我,但却让我明白他咬上咱俩就不会撒嘴,必须尽快跑路。唯一能出去的路,就是排污渠,其中一个检查口在洗衣房,顺着通风管道爬,就可以溜之大吉。听明白了吗？”

陈佳影皱眉说:“王大顶……”

王大顶抬手打断说:“不用内疚,我知道你是真以为我出卖你,我就是要你出现逼真的绝望反应,这样才能骗过敌人,让他们对我掉以轻心,否则，我也没那么容易逮着空子。”

陈佳影说：“王大顶，你可真是成事不足、败事有余。”

王大顶傻了说：“你什么意思啊？”

陈佳影说：“刚才到处在吹警哨，想必就是发现你消失了，你知道吗？宪兵队的警哨是一种语言，从开始到结束所有警哨一共布置了五道任务，第二道就是派人搜索排污渠。”

王大顶愕然说：“这也太专业了吧？”

这时，急促的脚步声从门外传来。王大顶说：“他们回来了？”

陈佳影说：“你听我说，之后你必须延循一条逻辑……”

“咣啷”一声门开了，陈佳影马上做出反应。“你少来这套！”陈佳影猛地推开王大顶，“现在扮演好丈夫你来不及了！”

刚进门的窦警长和石原看见这番情境，大惊地掏枪对向王大顶。

窦警长说：“退后！从她身边走开！”

王大顶慌忙高举起双手说：“别别别，别开枪！”

陈佳影恼怒地说：“隐瞒身份不是我的错，你没理由……”

石原咆哮打断说：“给我闭嘴！不可以再有交流！”

这时，窦警长忽然掏出枪，对着王大顶右腿就是一枪，王大顶捂着右腿栽倒在地，陈佳影不由得瞠目结舌。窦警长缓缓地收起枪，转看陈佳影说：“连妻子都忍心伤害的男人，猪狗不如，您什么都不用说，这口气我帮你出了。”窦警长转向石原说，“赶紧把他带走，先医治，再过堂。”

于是，便衣C和一名宪兵一起押着王大顶到了接待室，不一会儿，一名医生拎着急救箱匆匆进来。窦警长与石原也跟了进来。

石原看着窦警长说：“你这一枪打得好，陈佳影把他男人描述成无耻之徒，加上满铁机要人员的护身符，差一点儿就万事大吉了，偏巧她男人的矛盾行为，给了我们继续追查的理由，自然要当机立断隔离他们。”

窦警长说：“我只是想斩掉他的行动力，否则太抢风头了。”

石原望着窦警长说：“我开始了解你了，传闻中暴虐成性的窦警长，其实就是一个为了职责不管不顾的人。”

第六章

1

唐凌走进租住的民宅，房东胖大嫂过来搭讪说："这就歇工啦？"

"拉肚子，跑不动了。"唐凌应了一句，径自进入偏房，并把门关上。唐凌从外兜掏出一盒纸烟拆开，取了锡纸铺平，对折，随后伸手抓过窗台上的针线盒，从里面取一把锥子，用锥尖在锡纸上一针一针地扎了起来，纸面上的针眼逐渐显示出几行字，唐凌默默念着说："我是最隐秘的一颗钉子，我被启用就意味着本地组织遭遇了毁灭性的破坏。胶卷我安置妥善了，但与我会面的人却已身亡，那么佳影，我的爱人，还有谁能告诉我，你在哪里？你遭遇到了什么？"

此时的重症病房里，日下步正站在听着电话。

日下步说："满铁机要人员，丈夫却说她是共党，后又试图营救？"

病床上冯先生的喉结忽然动了一下。

窦警长握着电话说："陈佳影肯定有问题，所谓丈夫肯定也是假的，是临时组合，所以没路走了就出卖。自以为能逃脱了，又色胆包天想带她一起跑。日下大佐，我想我的猜测已经很接近真相了。"

"猜测？"日下步不由得蹙了下眉，"直到现在你都仅是猜测吗？如果仅是猜测，那你就要注意，机要人员都经过严格的审查。"

窦警长说："难道这就不容置疑了吗？"

日下步说："你误解我了，搜检文姓要犯的尸体，我们并未发现胶卷，这说明它已被转移，那么在谁手里了？外面的人？还是和平饭店里的共产党？饭店这些人多数受邀于香雉将军的酒会，就在明天，如果你错判陈佳影夫妇，那我们就再无时间去辨别真正的共产党了。"

窦警长握着话机一动不动，直到有人喊了声“窦警长”，才恍醒似的挂下话机，转过身来，只见设备台一端的两名话务兵正怔怔地看着他。窦警长说：“怎么了？”

话务兵甲说：“今天所有电话进来，都被我们以故障检修为由做了截断。这个理由不能用太久，长时间阻隔通讯，必会引发外界的猜测。”

窦警长说：“你昏头了吧？你想恢复通讯，让共产党跟外界通气吗？”

话务兵甲嘟囔着说：“我们可以监听……”

窦警长厉声打断说：“给我闭嘴！”说着，他转身离去。

石原随后匆匆追上说：“窦警长。”

窦警长看着石原许久，叹了口气说：“大佐也算给我提了个醒，陈佳影这身份的确是掣肘，我们动不了刑，只能靠侦讯技巧。”

这时，话务兵甲探出门来说：“石原队长，有一个外部电话进来。”

窦警长皱眉说：“你把我的话当放屁吗？”

话务兵甲说：“是香雉将军的电话，要接413房间肖苰女士。”

“什么？”窦警长惊悚地看向石原。石原说：“走，去肖小姐那里。”

而此刻的413房间内，电话铃声响起，窦警长与石原正好走进来。

窦警长说：“肖小姐，接吧。”

肖弦缓缓拿起话机：“香雉将军，宴会？对不起，您邀请得有点晚，也不凑巧，我身体出了些状况，很遗憾，感谢您的厚意，再见。”

肖弦挂了电话。窦警长向石原点了一下头，两人走了出去。

没走几步，石原站住了脚说：“窦警长，不能再阻隔通讯了，毕竟这里是和平饭店。”

窦警长说：“问题是话务兵可以监听通话，但辨认不了暗语。”

石原说：“那个话务兵就是暗语专家。”

窦警长顿时一脸惊愕。石原说：“你太小看宪兵队了。”

2

白秋成把陈佳影送回316房间。白秋成说：“房间里有礼宾部提供的换洗衣物,一会儿我再送餐过来,您先休息。”

陈佳影说:“告诉窦警长,他说开那枪是为我出气,猪都不会信。”

白秋成挤出些笑容鞠了躬,出了门。陈佳影把门关上,向里间走去,换洗衣物摞放在床上,陈佳影掏出万金油,边嗅闻着边溜达到窗边,却见隔壁 314 房间的阳台上陈氏兄弟正看向她,她缩回身去。

此时的王大顶蜷在接待室的沙发里,枪伤处已经做了包扎。

在门外,窦警长对石原说:“他显然不知道陈佳影有满铁的护身符,否则不会铤而走险。”

石原说:“所以你确定他们不是同党,而是临时组合。”

窦警长说:“拆穿这一点,陈佳影就无处遁形了,为什么要临时拽个丈夫?害怕什么?因为房间订的是两个人,而另一个人来不了了。”

石原眉头一跳说:“站前广场那个持枪男子?”

窦警长点点头说:“我们很接近真相了。”

石原说:“吓唬他,诱他回到夫妻谎言上,就可以迅速击溃他。”

窦警长笑了笑说:“夫妻是最不能造假的关系,我们现在就去会会他。”说着,两人走进接待室。窦警长指了指王大顶的腿说:“我说开这枪是给陈女士出气,你信吗?”

王大顶恼恨地说:“我告诉你,姓窦的!”

窦警长厉声说:“已经很清楚啦,你揭露她共产党身份,是为了骗取时间。你们什么关系敢这么铤而走险?夫妻?别逗了,你们是同党。”窦警长一脚踹在王大顶的伤腿上,吼道,“说,你们究竟什么关系?”

王大顶说:“别他妈扯淡,我们就是夫妻!”

窦警长说:“好,你爱玩儿,就陪你玩儿。我问你,你们怎么认识的?”

“我们怎么认识?这问题太无聊了,算不上风花雪夜,但我觉得很浪漫,对,那种光影效果,当时主光源在她侧面,让她的轮廓很漂亮。”王大顶有点陶醉地说着。

此时的陈佳影正在 316 房间焦急地踱着步。

白秋成端着一碗面进来说:“这是我们给您准备的热汤面,请慢用。”

陈佳影淡淡地说:“放那吧。”

白秋成放下面,转身欲走,这时舞曲响起,陈佳影软软展开双臂,对他勾了勾手指。白秋成尴尬地笑了笑,迎上陈佳影,随她跳起舞来。陈佳影柔柔地说:“我不相信寞警长会为我出气,但那枪的效果我很受用。”

“是吗?”白秋成笑了笑,“说句话您别介意啊。”

陈佳影说:“说吧。”

白秋成说:“我搞不懂王先生对您是种什么样的感情。”

陈佳影说:“他又说是我丈夫了?”

白秋成不由得一愣说:“你们怎么认识的?”

陈佳影说:“乏善可陈。”

白秋成说:“有孩子了吗?”

陈佳影说:“没要。然后呢?”

白秋成说:“什么然后?”

陈佳影贴他耳边说:“然后的问题是什么?”白秋成脸色一僵。

陈佳影说:“你们为我和王先生设计了同样的问题,不是吗?”

白秋成说:“对不起……”

“行了。”陈佳影抬手捏住白秋成的下巴打断了他,“你什么目的我一眼就能看出来,主动引你提问是省得你兜圈子浪费时间。懂吗?”陈佳影松开手,关了音乐,“王先生试图营救我的行为,让我被迫曝光的机要身份瞬间失去了说服力,我又被挂上了共产党的嫌疑,对吧?”

白秋成一时无语。陈佳影说:“王先生害怕被沦为同党,就忙不迭地把我们的关系往回找补,夫妻恰恰是最不能作假的关系,因为假夫妻无法做到彼此透明所有的隐私,根本禁不起追问。”

接待室这边,警察B递给寞警长一张折叠的纸后,转身离去。寞警长打开纸,纸上的字密密麻麻却都是重复的“壹贰叁肆伍陆柒捌”。

寞警长将纸收进口袋,盯着王大顶说:“陈女士不能生孩子,导致你们感情出现裂痕,这是你在外头找女人的原因吗?”

王大顶说:“当然不是这样。”

窦警长忽地说："放屁！你跟李小婉可是被捉奸在床的。"

王大顶脱口而出："那就是玩玩儿。"

窦警长紧跟着说："跟谁？"

王大顶顿时意识到秃噜了嘴，一时怔住。窦警长得意地说："李小婉？一个我临时蹦出来的名字？我早就说过你玩儿不起。"

王大顶瞠着双眼看着窦警长。窦警长咆哮了起来："别再浪费时间了，把我想知道的一切都说出来，否则，有你受的！"

316房间，陈佳影依然与白秋成在兜圈圈。

陈佳影说："这会儿，窦警长应该达到他的目的了。"

白秋成看着陈佳影说："可你看上去一点儿都不紧张。"

陈佳影说："我当然不紧张，因为王先生就是我丈夫。"

陈佳影微笑地看着白秋成。

在接待室里，窦警长盯视着王大顶，嘴角泛起一丝得意的微笑。

窦警长对石原说："叫人进来做笔录吧。"

王大顶突然发飙："你扯淡，我也扯淡，大家都扯淡，记录个屁啊。"

石原一脸错愕地看着王大顶。王大顶说："我自始至终都没回答过一句真话，知道为什么吗？因为我压根儿就不知道哪种信息会涉及所谓的机密，导致我太太里外都不是人。"

石原说："什么？"

"为了不让她的隐秘身份曝光，我铤而走险演出这场戏来换取时间，找上一条路求个脱身，结果你们还是掀了她的底儿。"王大顶指着众人说，"你、你们，知不知道我太太身份曝光了有多危险？如今哪个正常人会相信满铁背地里那些营生只是传闻？结果，一个中国女人在那里。"

这时，白秋成从门外走进来。王大顶还在继续说："你们知不知道，因为这个，我一直生活在恐惧里，怕她暴露遭人戕害。说我在外头搞女人，是，我不否认，因为我需要发泄，我恐惧呀！"他看着窦警长说，"尤其是饭店里人多嘴杂，你还非拉着我俩刨根问底，你有病吧？"

窦警长说："声情并茂，表演很到位！但你忘了一个人，文编辑！"

王大顶说："什么文编辑？"

石原脱口而出："你没见过吗？"

窦警长说："别假装不认识，你说你跟陈女士接触过他。"

王大顶说："你是说戴眼镜的白胖子，对吧？那不你给的提示吗？"

窦警长说："放屁！当时他就在你们房间，也因为他，你意识到陈佳影是共产党。"

"当时你，"王大顶又指白秋成，"他，检查过两次房间，那家伙在吗？"石原看着白秋成，白秋成尴尬地揉了揉鼻子。

王大顶说："干点儿正事儿吧，蠢货，别再浪费时间了。共产党逮不着，给自家人刨坑，你长脸啦？"窦警长瞪着王大顶，半句话都说不出来。

3

西餐厅里，陈氏兄弟、伊藤夫妇、乔治白三桌客人正在用餐，他们相互间隔得很远。

陈敏正说："我觉得不对，内尔纳是怕日本人误以为要找的胶卷就是他手中的那枚，既然如此，他应该巴不得我俩接过这块烫手山芋啊。"

陈敏章说："听他的鬼话呢，就算日本人发现那胶卷，又能误会他什么？共产党吗？胶卷一洗出来就看到内容了，误会也误会不了多久吧？我怀疑他不肯拿出胶卷是因为他也在跟别人叫卖，而且价钱更高。"

陈敏正一惊说："你是说那个乔治白？"

诺尔曼从厅门走来。陈敏章招呼说："夫人，您先生没有同来吗？"

诺尔曼微笑说："因为你们两个蠢货让他没了胃口。"

诺尔曼走到一张桌边坐下，与此同时，乔治白起身离席。

陈敏章对陈敏正说："必须尽快处理掉那枚胶卷，决不能让美国人发现你我招完他们，又掉过头去跟苏联人谈判，要是冲击到了政权利益，你我连亡命天涯的可能都没有。"

这时，瑞恩走出电梯口，乔治白匆匆迎了上去，低声地对瑞恩说："一会儿去我房间。"瑞恩说："怎么了乔治？"

乔治白说："我怀疑陈氏兄弟已经知道胶卷的事了。"瑞恩大惊："怎么可能？除非内尔纳自己兜底，可他还在等我们出价呢。"

乔治白说："刚才用餐时，我一直在观察他们的交谈，其中有两个口型多次重复。"乔治白放大、放缓地模拟了两个口型。

瑞恩对应着说："胶卷……内尔纳？"

乔治白说："这意味着什么？"瑞恩的眉头皱了一下。

4

窦警长铁青着脸随着石原匆匆走进休息室。

窦警长说："改变调查方向？这就是现在你的态度？你放弃了？"

石原说："临时组合，不可能知道对方的机密身份。"

窦警长说："不不……不，在我们撞见之前，他俩已经串供好了。"

石原说："窦警长，你知道吗？我们的假设忽略了一个重要问题，王大顶是什么人？能有这个胆量为萍水相逢的人玩命？"

窦警长说："他是……贪、贪恋女色……"

石原摇头说："这个理由太牵强附会了。"

窦警长刚要开口，却被石原沉声抢话："已经很尴尬了，日下大佐之前就有叮嘱，在和平饭店行事必须谨慎，而我们呢？那个女作家，她与香雉将军会有日常的电话往来，这绝非一般的读者关系，我们却为了恐吓陈佳影夫妇而殴打她。"

窦警长疲惫地说："你再让我确定一下。"

石原说："什么？"

窦警长说："王先生的华强商行，记得吗？得知我们调查后，就很巧合地遭人打砸、清了场。"

石原说："你尽快落实吧。"

窦警长说："我现在就打电话给山东警察局。"他拿起电话，拨号。

窦警长说："我找杨警官。"

杨警官握着话筒说："我是杨静哲，哦，是窦警长，您有什么事？"

窦警长说："事情依旧跟那家华强商行有关，该商行负责人王伯仁现在我处，我需要核对他的一些个人信息，所以，请您给以协助。"

杨警官说："他因为什么落你手里了？"

窦警长说："真对不起，这个请恕我不能透露。"

杨警官不耐烦地说："那就先发个函吧，我还得看上头批不批呢。"

窦警长说："杨警官……"

杨警官打断说："给我听好了，二鬼子！出了东三省，没人会买你面子。"说完，杨警官便"啪"地挂掉了电话。

窦警长浑身哆嗦地挂了电话。这时，一个宪兵进来说道："窦警长，满铁的野间课长要见你，他现在在休息室等你。"

窦警长与石原一起来到休息室，野间连忙起身与他们握手，然后，将两本请帖轻轻放到茶几上。野间说："香雉将军举办宴会，照例都会给我部两张请帖，不填姓名，意思是我们谁参加就填谁。"

窦警长看了一眼请帖说："野间课长的意思是……"

野间说："恰逢王伯仁先生回来省亲，这次酒会就由他们夫妇出席，我也是借此表达我部对前任课长新佑卫门的敬意。"

窦警长不由得眉头一跳说："您见过王先生？"

野间说："没有。我部人员中，见过王先生的只有新佑先生及其两名亲随，但他们都因'327火灾'事件回国了。那次事件中，有一些文件不幸焚毁，其中包含陈女士的背景材料。"

窦警长失望地看了一眼石原。野间说："我来这里，绝无左右办案之意图，只是想对二位做些陈情。陈佳影女士，是新佑先生亲自选拔，背景审查历时九十天，异常严苛，包括对其丈夫王伯仁，否则，新佑先生绝不会借用王先生之名，作为华强商行注册的总裁。"

窦警长惊愕地说："什么？"

野间说："华强商行是我部在山东的一个工作站，所以需要有位名义上的总裁，需符合的条件是，身在局外又足可信任。"

5

307 房间，乔治白端起两杯咖啡来到沙发边，递给了瑞恩一杯。

乔治白说："瑞恩，我明白怎么回事了，内尔纳宣称拍下了陈氏兄弟和苏联人的秘密交易，于是奇货可居，待价而沽。"

瑞恩说："他让我们出价的同时，也去勒索了陈氏兄弟？"

乔治白说："如果内尔纳所说属实，就证明南京政权在美苏之间耍两面派，陈氏兄弟比我们更想拿到胶卷，内幕曝光，他俩的罪过可就够死了。于是我们就会相互竞价，最后被那该死的情报贩子赚得个钵满。"

瑞恩说："相互竞价，就让人讨厌了。我们必须看到胶卷内容，确定这桩秘密交易是否真的存在，有谁要抢，就借日本人的手去办这事。"

乔治白笑了笑，从边上的文具盒里取出便签本，抽出铅笔，随即换用左手写下两个间断的法文单词，意思是说：胶卷、危险。乔治白撕下便笺纸向瑞恩举起说："日本人兴师动众，不也是为了一枚胶卷吗？"

西餐厅里，石原与白秋成看着窦警长稀里呼噜吃着面条。

石原说："窦警长，必须调整方向了，文姓要犯把胶卷转移给饭店里的共党是很有可能的，你我都要知道问题的严重性。"

窦警长抹抹嘴说："这不就是日下大佐的分析嘛。"

石原说："你自己有数，其实我们搁置了另一个嫌疑人内尔纳。"

"试试看吧。"窦警长转对白秋成说，"内尔纳现在什么状态？"

白秋成说："一直很神经质，可能是……"

这时警察 C 进来，将一张皱巴巴的便笺纸摆在了桌上，说道："窦警长，这是我在搜检废弃物时发现的，是法文，我查了字典。"只见纸面上，两个间断法文单词，下面用铅笔附了中文"胶卷、危险"两字。

窦警长与石原异口同声说："法文、内尔纳？"

窦警长说："走，去审这家伙。"

几个人跟着窦警长匆匆走出西餐厅，来到 313 房间。

内尔纳看到他们进来，先是一惊，接着怒吼："你们又来干什么？"

窦警长说："胶卷呢？"

内尔纳惊恐地说：“什么意思？什么胶卷？不知道你们在说什么。”

窦警长冷冷地说：“饭店所有人里，你应该是最了解我的手段的。”

内尔纳说：“你们搞错了，没有胶卷，什么都没有。”

这时，电话铃响。内尔纳一脸讶异地盯着电话。窦警长甩了甩脸，示意内尔纳去接电话。内尔纳战战兢兢地接起电话说：“你好。”

话机内传出男声：“内尔纳先生，那枚胶卷事关重大，你必须……”

“No——”内尔纳大叫着挂掉电话。窦警长阴沉地看着内尔纳。

此刻，一个女扮男装的人走出电话亭。与此同时，瑞恩抬手看了看表，朝对面沙发上的乔治白点了点头。

313 房间，窦警长阴森森地说：“是不是文姓要犯把胶卷给了你？”

内尔纳惊慌失措地说：“No、No，不是这样！你们搞错了。”

窦警长向白秋成说：“不管什么手段，半小时之内，让我见到胶卷。”话音刚落，警察 C 握着一大团湿漉漉的浸血药棉从里间出来说：“窦警长，这些是在卫生间发现的，堵了抽水马桶，应该是没被冲掉。”

内尔纳蹿身要跑，被拦住。窦警长摸了摸那团浸血药棉，竟摸出一筒胶卷。窦警长举着胶卷，问内尔纳说：“这是什么？”

内尔纳忽然发狂般挣开石原和白秋成，狂叫着冲了出去，窦警长等人紧接着追了出去。这时，陈佳影正好打开 316 房门接服务员送来的餐具，内尔纳冲过去，一把勒住陈佳影的脖子，将她拖进 316 房间，一路抵到桌边，然后从笔筒里抽出裁纸刀抵到了她的腭下。

窦警长等人纷纷掏枪对着内尔纳喊：“给我住手！”“你不要乱来！”

内尔纳号叫：“让我走！让我离开这鬼地方，否则我就杀了她！”

窦警长示意大家收起枪。这时，石原突然喊道：“白秋成！”

内尔纳愣了一下神，“砰！”白秋成眼疾手快朝内尔纳开了一枪，正打中他的面部，当即倒毙在地。陈佳影见状，惊叫了一声。

窦警长上前去抱住陈佳影，安慰道：“没事没事……没事了。”

6

在警察B的护送下，王大顶拄着双拐，走进316房间。

王大顶说："佳影，我那个得说清楚，内尔纳这下场不能赖我。"

陈佳影说："我也没想跟你掰扯这个了。"

王大顶说："你早说你还有道护身符，我就不会瞎折腾了。"

陈佳影说："我是要说的，没来得及开口就被你出卖了。"

王大顶说："那不就是虚晃一枪嘛，是为了救你。"

陈佳影说："曝光我是共产党，再救我，我就无路可走，只能跟你混黑瞎子岭，对吧？"

王大顶说："黑瞎子岭走抗日道路，想要你辅佐嘛。"

陈佳影说："王大顶，利己无可厚非，但不能损人，这是底线，想有更高追求，那就还要懂得利他、利众，如果你期望黑瞎子岭走向光荣，就必须补上这一课。"

王大顶说："这个主题很大，先搁着，最紧要的是接下去怎么办？"

陈佳影说："事实上没有王伯仁这个人，其身份、履历都是虚拟的，这是我和前任课长新佑卫门的秘密，所以这个人你怎么演绎都不过分。"

王大顶突然醒悟说："太邪门儿了吧？怪不得呢，让我死扛住夫妻这个关系，因为你丈夫他们压根儿就查不到，哈哈，原来你没丈夫！"

陈佳影说："我后腰下左右两个酒窝，我真正的丈夫喜欢亲吻那里。"

王大顶当即又萎了说："你伤我自尊了。"

陈佳影说："我和我丈夫相处时的所有细节，你都要了解，因为我们必须把夫妻关系夯实，从此不被质疑。我们只有这一晚上时间，敌人洗出胶卷，就会知道是搞错了，所以我们需要面对的还多着呢。"

王大顶说："那我们赶紧补一补夫妻这门课。"

第七章

1

借着夜色,一辆邮车开进邮局货场里。两名邮差走下车来,一名计件员走向他们:“二位辛苦,食堂有粥有包子,趁热吃点儿去。”

两名邮差说:“行嘞,你们忙着。”

计件员见他们走远,沿着车斗侧边扫了一眼,车斗下沿有条粉笔画的小道道。他迅速擦掉,将手探进车斗下沿内侧一个特制的小龛槽,从里面拿出一个胶卷盒。他走回办公室,一名中年职员抬头看他。这名中年职员叫老左,是地下党组织哈尔滨站的负责人。

计件员走到老左的桌边,低声道:“奉天区送来一枚胶卷,应该非常重要,同时还附有一则密码便条,内容是‘奉天已极度危险,暂缓或停止一切与其相关的行动计划’,奉天区已遭毁灭性破坏,因为送件人是钉子。”

老左不由得眉头一跳:“钉子被启动了?”计件员点点头。

老左不由担忧起来:“看来形势越来越复杂了!”

与此同时,唐凌拉着人力车边跑边默默地在心里说着:“佳影,你托付的胶卷已经安全,现在我唯一的任务就是你了,你生,我与你同行,你死,我继续你的使命!”

2

乔治白与瑞恩在商量着。

瑞恩说:“想好了吗?用什么途径得到胶卷里的内容?”

乔治白说:“日本人发现自己搞错胶卷之后,明白内尔纳是冤死的,所以会继续封锁饭店,排查共党。我们显然还出不去,所以最快捷的途径是密电一个外事观察员，让他去找日满机构，用同等情报进行交换。”

瑞恩说：“这样最好，你我都不用暴露身份。”

乔治白说：“但事成之后，这名外事观察员就得人间蒸发。”

瑞恩说：“当然，美国不承认‘满洲’，怎么可能跟它有情报上的合作。”

此刻，内尔纳的尸体正摆放在饭店的冷库里，陈氏兄弟在给内尔纳做超度，他们出来时，看见巴布洛夫与诺尔曼手握康乃馨走来，将花放到墙根。巴布洛夫转身问陈氏兄弟：“确定没有问题吗？”

陈敏正说：“是真死了。”

诺尔曼说：“绝对是美国佬搞鬼，想借日本人的手获知胶卷内容。”

巴布洛夫说：“日本人得到胶卷获知这桩交易，倒还可以协调，但要是被美国人拿走，必会搞得整个西方都一片哗然，南京政府若由此被扣上一顶倒向共产主义阵营的帽子，就再也别想得到它们任何支持了。”

陈敏章愕然说：“你是说杀了美国佬？”

巴布洛夫说：“到了现在这个地步，你们得自救！”

陈敏正说：“巴布洛夫先生，我和敏章只是南京方的谈判代表，痛下杀手，我们没这个能力。”

诺尔曼说：“那你们好自为之，我们走吧。”

说着，她拉起巴布洛夫回到418房间。

“软弱的中国人！”诺尔曼嘟囔了一句，没好气地走到梳妆台边坐下。

巴布洛夫说：“这也充分说明，南京政府是最不可信任的墙头草。”

诺尔曼说：“那我们自己动手干掉美国佬！胶卷里的内容若是流入西方，会导致苏联想要破坏全球势力平衡的误解。”

说着，她抓过五颜六色的方形粉盒，转开粉盒下半部分，里面装着一个小匣子，盛有肉色粉末。她指着粉末说：“高浓度的三氧化二砷，无嗅无味，用指甲挑出点儿来溶进咖啡里，十五分钟即可毙命。”

巴布洛夫沉思了片刻，点了点头说：“嗯，若要做得巧妙，谋杀的嫌疑只会落在端咖啡的侍者身上。”

3

316房间内，陈佳影刚一睁开眼睛，就看到王大顶坐在轮椅上一动不动地看着她。陈佳影一惊，连忙抱住胸说："你干什么？"

王大顶哭丧着脸说："我一整宿都想把咱的经历从头到尾捋一遍，所有细节我想知道有没有忽略掉啥，以后好补漏洞。可我想着想着就会想你，你把自己描述得那么细致，连胎记到偶有便秘，你不等于给我洗脑吗？我一大老爷们儿，正血气方刚，我还怎么集中精神想正事儿啊？"

陈佳影叹了口气说："你别太焦虑了。"

王大顶说："集中不了精神想正事儿，很危险呀，这一宿我废了，可敌人没废呀，他们肯定已经发现胶卷搞错了，肯定还要跟我们没完，咱俩如履薄冰，可我连脑子都废掉了。"

陈佳影温言劝道："没事儿，我们兵来将挡，水来土掩。"

王大顶说："可我没法……"

陈佳影突然变脸说："闭嘴！克制好肾上腺素，你自然就能精神集中。我们之前可以强行过关，以后也肯定能有对策，忽略了什么，哪里要补漏洞，我们一一分析就是，只要搞清楚每个人对内尔纳的死都什么反应，我们就能够探寻出自己可走的途径。"

王大顶愣愣说："没懂。死了内尔纳别人啥反应，跟咱有关系吗？"

陈佳影说："这件事我想了很久，内尔纳冤死得蹊跷，我敢确定是人为导致，这意味着饭店内有人因乱生乱，那么是谁？对你我来说是喜？是忧？是会形成障碍？还是可以借力？搞清楚这些，咱俩才能有的放矢，想搞清楚这些，咱俩就得把饭店里的人全都摸排一遍。我说明白了吗？"

王大顶说："那下一步我们怎么办？"

陈佳影说："接下来你就听我的安排吧。"

4

第二天清晨，换了一身新衣服的王大顶坐在轮椅上被陈佳影推着走了出来。王大顶说："我假装膜拜你的专业，可以增进感情吗？"

陈佳影说:“记住是专业就行,否则,你会把我当成妖精。”

这时,他们看到巴布洛夫正低着头从电梯间拐出,不久,他放下了一直划着墙的右手,悄悄走了。陈佳影看到壁纸上留有划痕,小声对王大顶说:“行走时下意识用拇指划墙,代表此人正在做一个为难的决定。”

王大顶回过头看了一眼,巴布洛夫正站在314房间外按门铃。

王大顶说:“划墙这种动作一般都用食指吧?”

陈佳影说:“食指代表思绪在飞。”

314房门打开,陈敏章和陈敏正看到巴布洛夫站在门外都是一愣。

巴布洛夫说:“我做了个为难的决定, 对手若是铁了心要撕破脸,就铲除掉。我想,你们是否参与,应能体现南京政权亲苏意愿的真实性。”

陈敏章惊悚地回头看陈敏正,陈敏正也一脸纠结,不知如何回答。

在电梯里,王大顶对陈佳影说:“你卖弄专业,是因为对我萌生出了一种征服欲吗?女人跟谁炫耀智商,就是对谁情不自禁。”

陈佳影说:“为什么?”

王大顶说:“昨晚听我透露自己是东三省唯一拥有高等学历的土匪之后,你的心就跟我有了一种莫名的接近。”

陈佳影揶揄地说:“呵,你学的是电影制景吧?”

王大顶说:“电影制景怎么啦?你可以鄙视我,不能鄙视我的专业!”

陈佳影笑笑说:“故作轻松调戏我,又开不起玩笑,你太过焦虑了。”

王大顶说:“从头到尾我们都是见招拆招, 节奏快得都来不及细琢磨,我真害怕有哪个环节被忽略掉,而且是致命环节。”

陈佳影柔声说:“放松一点儿,只有放松,才能更好地进入角色,这是表演学的基本要求。”

王大顶说:“我是学制景的,没学过表演。”

陈佳影说:“但现在你必须学会表演。”

说着,电梯到了一楼,陈佳影推着王大顶走了出来。窦警长带着白秋成正好经过,窦警长看了下王大顶的腿,问道:“伤口没事吧?”

王大顶说:“你说呢?”

窦警长似笑非笑地说:“结果很快就出来了,少安毋躁。”

说完,窦警长带着白秋成走了。王大顶显得很紧张地说:“窦仕骁阴阳怪气地想表达什么?他打心底里就没消除过对我们的怀疑。”

陈佳影说:“那是一定的。他比你更没底气。”

王大顶说:“凭什么呀?”

陈佳影说:“晚上的酒会现在就得准备,饭店工作人员需要各就各位,外部交互也会越来越频繁,午后开始相关人等就得陆续进来,封锁即将形同虚设,这一切他都无法掌控,心里的疑惑越多,他就越没底气。”

说话间,二人来到了大堂。陈佳影说:“窦仕骁刻意呈现得高深莫测,只是为了掩盖自己的虚弱,所以请你尽快摆脱这种跟你恶棍素质极不般配的焦虑,给我恢复常态。”

王大顶说:“你确定吗?”

陈佳影说:“他对自己的外观从来都是一丝不苟,可我刚才发现他连枪套都忘了按扣儿,这一痕迹传达的信息就是六神无主。”

陈佳影推着王大顶进入西餐厅,只见伊藤夫妇、老犹太各自坐在一张台边喝着咖啡。后门边的一桌,陆黛玲正欠着身子跟沃纳与该隐说:“我是电影明星,酒会不可能不邀请我的,一定是请帖寄丢了嘛,你俩就帮个忙呗,晚上带我一起入场。”

陈佳影推着王大顶走向一张双人桌边坐下。

这时,瑞恩与陈氏兄弟,乔治白与苏联夫妇连续走进西餐厅,几人都是一脸的肃然。接着,他们走到落地窗边的一个六人桌坐下。

王大顶逐一给陈佳影介绍那几个人:“美国佬名叫瑞恩,边上是他的搭档乔治白,都是搞金融的;对面的苏联人巴布洛夫是北满铁路的工程顾问,他媳妇诺尔曼在饭店兼钢琴师、蒙古人;那俩南方人长得天差地别但据说是亲哥俩,左边儿的叫陈敏章,右边儿陈敏正,据说干的都是大买卖,这帮货色随便劫上一个就够黑瞎子岭吃三年。”

陈佳影转脸看王大顶说:“你什么时候查的户口?”

王大顶说:“昨晚你睡下之后,我为了避免荷尔蒙泛滥,就去前台唠嗑了,除了所有住客的来路,还嚼巴了后头那位三流影星的绯闻。”

陈佳影说:“焦虑到这个程度就叫恰到好处,再接再厉。”

在六人桌那边，服务生正要端着咖啡壶离开，却被巴布洛夫叫住：“咖啡壶放这里吧,我们人多。”

服务生放下咖啡壶离开。诺尔曼把咖啡壶往里侧挪了挪,并把壶嘴转对自己,陈佳影看着这个动作说:“掩饰该物体的重要性。”

陈佳影收回视线说:“奇怪,现在这些人比你和窦仕骁更为紧张。”

5

在重症病房内,日下步转过身对刚进来的那警监说:“疑犯很快就苏醒了,而且恢复得相当不错,一旦意识清醒,就可以注射较大剂量的吐真剂,让他在药物的作用下把知道的一切都交代出来。”

“大佐,和平饭店截获的胶卷已经——”那警监瞥了一眼病床那边,凑近日下步耳语起来。日下步眉头一皱说:“什么?”他思索了片刻说,“给和平饭店打电话告知情况。”

那警监说:“是。”

和平饭店总机室里,石原匆匆走到设备台边,抓起电话说:“什么?胶卷竟会是这样……这是日下大佐的意思吗? 明白,我会照办。”

此刻的西餐厅,陈佳影正在给王大顶分析客人的行为痕迹。

陈佳影说:“局面变得微妙了,伊藤夫妇选择的座位,可以清晰地观察那六个人的情况,两位德国人跟小影星终止了交谈,而终止得有些生硬,看来他们也貌似无意地选择了一个观察位。”

这时,两名德国男子端着餐盘走到老犹太那桌,在老犹太对面坐下。

陈佳影收回视线说:“这说明,伊藤夫妇和德国人对那桌的情况都很好奇,但正如你所了解,这些人都是饭店的长期住客,相互熟悉,谁跟谁凑在一起吃饭都不算反常,所以,伊藤夫妇和德国人必是因为知道什么情况,才会好奇瑞恩他们的聚集。”

另一边,巴布洛夫开了口:“打开天窗说亮话吧,内尔纳死得很蹊跷,我们很紧张。”

瑞恩说：“你们觉得我跟乔治与此事有关？”

诺尔曼说：“我们无意追究，只要二位不再争抢内尔纳的那枚胶卷。”

瑞恩说：“害怕西方世界了解到你们的秘密交易？”

诺尔曼说：“不信谣、不传谣，对二位没有坏处。”

瑞恩说：“抱歉，大家对于情报的热情都是一样的。”

诺尔曼顿时板起了脸，没好气地靠到椅背上，从拎包里掏出方形化妆盒，补起妆来。

陈佳影给王大顶继续分析着：“陈氏兄弟及苏联夫妇对瑞恩和乔治白一直呈现对峙态势，代表双方爆发了巨大的冲突急需解决，那么在饭店还被封锁的情况下，什么冲突急迫得连暂时搁置都做不到？唯一的解释，就是燃发冲突的事件本身也正在倒计时。”

“内尔纳的胶卷?”王大顶咽下口中食物，“诡了！胶卷有秘密，他们在争抢，没准内尔纳就死在这上头，也许这就是你猜测的因乱生乱。”

陈佳影说：“你焦虑保持在这程度，可算物超所值。”

王大顶说：“那你啥结论哪？该喜该忧哇？”

另一边，陈敏章说：“瑞恩，大家在和平饭店这么久了，都有很深的友谊，何必要为一些小事扯破脸嘛。”

诺尔曼边看着瑞恩，边扣上化妆盒的透明盒盖，而在她转开化妆盒底部暗匣的瞬间，悄无声息地将一抹粉末抠进小指甲盖内。

“小事？”乔治白转脸看陈敏章，“你们上来就买美国的援助，我俩稍一犹豫，买卖就调头给了苏联，面儿上还忽悠着我们，这么玩弄政治，你说是小事？”

瑞恩说：“何止是在美苏之间摇摆啊，让德国牵线跟日本亲和，南京也在尝试呢。”

陈敏正忙辩解说：“这都是谣言。”

诺尔曼阻止说：“停！停止这种话题，它对我们的交流毫无益处。”

乔治白、瑞恩、陈氏兄弟都不再说话，各自喝着咖啡。

诺尔曼抓过咖啡壶为陈氏兄弟续杯，咖啡却没倒出来，便打开盖看了一眼，喊道："咖啡不够了。"就在这时，她的小指在扣回壶盖的瞬间轻磕了下壶口，甲盖中的粉末悄然落入壶中。

巴布洛夫随即转身招手说："服务生，给我们加点咖啡。"

陈佳影微蹙眉头收回视线说："巴布洛夫叫服务生时，陈敏章不自主地打了个冷战，说明那一刻他非常惊恐，之后，陈敏章的目光就再没给过瑞恩和乔治白，这意味着他知道对方将面临某种不可挽回的结果。"

王大顶说："那啥结论啊？和平饭店都是大角色，他们因乱生乱，要乱到局面无法控制，日本人就顾不上排查共党，咱俩也可以走了，对不对？"

陈佳影却是一脸凝重说："结论恰恰相反，若要乱到失控，和平饭店里最无路可走的就是咱俩！"

这时，服务生陆续为六人桌的客人续上咖啡。巴布洛夫说："德国和日本建立同盟恐怕将是必然，苏美面对着共同的威胁，不该再对立下去，两国乃至你、我，都应积极营建包容的合作关系，事实上，南京政府如它统治的国家一样脆弱，它倒向哪个阵营无关痛痒，真的无须介意。"

"巴布洛夫！"陈敏章顿时涨红了脸，"请您说话注意分寸！"

巴布洛夫冷冷地说："南京真会从反共变亲共吗？主心骨都没有了，谁能重视你们？"陈敏正捶了一下桌子，与陈敏章起身离席。

随后，巴布洛夫与诺尔曼也走了。

陈佳影心悸地窥看着他们说："这四人离场意味着什么？"

王大顶说："谈崩了呗。"

陈佳影说："那致命的结果又是什么？"

陈佳影看着摆放在六人桌正中央的咖啡壶，惊悚地说："服务生新送的咖啡那四人一口都没喝！"

这时，瑞恩和乔治白正双双拿起自己面前的咖啡。

"不对，咖啡里有鬼！"陈佳影当即便蹿起了身子。

这时，忽听有人大声喊道："对不起，各位！"只见窦警长、石原与白秋成走进餐厅，并抬手示意正往外走的陈氏兄弟和苏联夫妇止步。

陈佳影与王大顶遂又看向乔治白与瑞恩，二人正看着窦警长，缓缓放下了手中的咖啡。

白秋成环视着说："大家暂时停顿一下，我们有事要宣布。"

接着，窦警长开口说："很抱歉，打扰了各位的早餐，我方经过努力，排查出了共党嫌疑人内尔纳，并在其暴力拒捕之时，果断击毙。同时，他所藏匿的机密胶卷也被截获，虽然胶卷在截获时已经严重曝光，但对我方，以及备受其困扰的各位，都是可喜的结果。"

人群里一阵骚动。窦警长摆摆手说："现在我宣布，排查至此结束，但由于一部分宪兵将留用于酒会的安保，因此饭店的封锁还需在交接工作完成之后，才能彻底解除，请大家谅解。"说完，窦警长等人转身走了。

苏联夫妇面面相觑，陈氏兄弟看向那边的六人桌，猛见乔治白与瑞恩再次拿起咖啡杯。陈敏章慌忙招手大喊说："乔治！"

瑞恩和乔治白都愣了一下，陈敏章匆匆来到桌边，抓起咖啡壶说："咖啡凉了，伤胃，别喝了。"说着，陈敏章端着咖啡壶转身走开，瑞恩与乔治白对视一眼，显然明白了什么，放下咖啡恨恨地看向苏联夫妇。

陈佳影长长地松了口气说："内尔纳的死，必定牵连着一个惊天秘密！"

6

窦警长与石原走进接待室。石原埋怨地说："窦警长，只是结案告知，为什么要公布胶卷损毁的事情？"

窦警长冷冷地说："直白的结果才能让人彻底放心，从而掉以轻心。"

石原说："你仍旧抱有期望？"

窦警长说："难道你没有吗？"

石原说："接到电话得知胶卷损毁后，我第一反应竟是这样的假设，我们搜捕藏匿胶卷的共党，而内尔纳恰巧有胶卷，还曝光了什么都看不到，他的恐惧并非因为他是共党，而是因为落到我们手里，他无法澄清自己不是共党，窦警长，我们应该搞错了。"

窦警长说："所以我想，真正的共党若掉以轻心，终会露出马脚。"

石原说："没机会了，如果我的假设没错，那真正的胶卷，就早在耽误掉的时间里转移了。日下大佐要求结案，就是对我们的彻底失望，他已不想让两个一事无成的蠢货，再干扰了香雉将军的酒会。这里大多数住客都是酒会的受邀者，都是大人物。该死的外交需求！该死的和平饭店！"

此时西餐厅里，只剩下陈佳影与王大顶。王大顶说："知道哪来的好运吗？昨晚我还遥拜了创建黑瞎子岭的祖奶奶。"

陈佳影说："刚才命案若是发生，就什么好运都别想了。"

王大顶说："你看，还说我焦虑呢。"

陈佳影说："知道为什么吗？我说若要乱了，最无路可走的是咱俩，因为这些住客大都不是善类。"

王大顶说："我也算不上善类嘛。"

陈佳影说："这些人都是超乎于他们表面身份的人。他们不关注生命，只关注利益，他们最高利益就是内尔纳之死幕后的秘密。所以日本人排查共党，他们没当回事儿，但他们若要乱了，就会为了掩饰这些秘密毫不犹豫地跟日本人妥协或者并轨成为帮凶，完全没有底线可言，于是，你我周围便将虎狼环伺、防不胜防！"

王大顶说："你真的是妖精，弄得我在你面前跟没智商一样。"

陈佳影说："不是智商问题，是你从没跟这类人群有过深度接触。"

王大顶说："不管怎样，都结束了对吗？这课我以后再补。"

王大顶与陈佳影朝门口方向走去。这时，一名女子牵着一个六七岁的男孩，与白秋成边谈笑着边进向餐厅走来。

"我去！"王大顶慌忙调转轮椅把脸藏到陈佳影身后，"窦仕骁他老婆！"

陈佳影说："你连他老婆都怕？"

王大顶说："不瞒你说，我曾经带着兄弟们到过窦的家里。"

陈佳影说："嗬，我差点忘了，你曾经敲诈过他。"

王大顶说："那不是敲诈，姓窦的，刮了不少不义之财，兄弟们就想到他家拿几个花花。"

陈佳影没好气地说："土匪思维！"

白秋成笑盈盈地与窦妻、窦子走来。见窦妻越走越近，陈佳影一时无措。王大顶忽然猛拽了下陈佳影，并把她抱进怀里横挡在了脸前，毫无防备的陈佳影"啊"的一声惊呼。白秋成和窦妻面露惊讶地回头看着他们，陈佳影当即又换上了一阵笑声："哈哈哈……"

"走嘞！"王大顶调转了轮椅，借着陈佳影身体的遮挡，快速离开。

王大顶与陈佳影回到316房间。

王大顶突然问陈佳影说："你真的有男人了？"

陈佳影一愣。王大顶慌忙说："没事，瞎问，你去收拾吧。"

陈佳影笑了笑说："我先给野间课长打个电话，让他派车来接我们，你腿上有伤，提前一点儿离开，窦仕骁应该没什么理由阻拦。"

7

窦警长对白秋成吩咐："石原说香雉将军已经到了，他的卫兵会分出四人参与安保，加上留用的宪兵人手应该够了，完成交接后，让兄弟们回家休息，你辛苦一点儿随我回趟局里，跟石原一起做个案情陈述。"

白秋成说："我先去话务室交接监听结果。"窦警长点点头。

窦警长走进西餐厅，摸了摸儿子的头说："慢点儿吃，别噎着。"

窦妻低声说："高利贷又来家里了。"

窦警长说："没事，等这边结束，我找他们协调。"

窦妻叹口气："真被那些土匪害死，借高利贷付赎金，还都还不清。"

窦警长说："没事，有我呢。"

这时，陈佳影走进来，打招呼说："窦警长，不好意思，打搅你们了。"

"没事，哦，这是我太太。"窦警长对妻子说，"这位是满铁的陈佳影女士。"

窦妻说："我们见过，真羡慕您和您先生那么甜蜜。"

陈佳影笑了笑说："谢谢。"转对窦警长说，"我先生那腿伤我有点儿担心，想早走一些，带他去医院看看。"

窦警长说："那我帮你派辆车。"

陈佳影说："不用了，野间课长一会儿开车来接我们。"

“砰”的一声，餐厅门忽然被重重推开。香雉将军怒气冲冲地走了进来，身后是一脸惶恐的石原。窦警长连忙起身说：“香雉将军……”

话音未落，香雉将军上前“啪、啪、啪”给窦警长几个耳光，随即咆哮说：“肖弦小姐是位可敬的作家，告诉我殴打她的原因，我需要解释！”

窦警长咬着腮帮子，对妻子说：“美琴，你先带儿子去学校吧。”

窦妻慌忙拉起儿子离开。陈佳影也走出餐厅，回到316房间。

陈佳影进门就急急地对王大顶说：“你之前的焦虑不是空穴来风。”

王大顶说：“出什么事了？”

陈佳影说：“我们最大的忽略是漏掉了一个人，那个女作家肖弦，她与香雉将军关系不一般！”

王大顶惊愕地说：“那酒鬼娘儿们是香雉的情儿？”

陈佳影说：“人在醉酒之后无法进行分析，因为逻辑不正常，正出于这个，我几次都没把注意力聚焦到她身上。可现在想来，那几次接触，事实上都很吊诡。”

王大顶说：“可她算是帮了我们呀，后来还被揍了。”

陈佳影说：“还是内尔纳的幕后秘密使然。”

王大顶说：“那她就是最早把内尔纳拱进死路的人？”

陈佳影摇了摇头说：“恐怕没有进行辨别的时间了，要如猜测的那样，我们就是被一个装醉的聪明人给耍了，我们其实早已暴露在她眼里，我们必须马上离开，一分钟都不能耽搁！”

陈佳影快步走到窗边，打开窗往外看，只见一辆黑色轿车拐进饭店楼下，停下。陈佳影说：“野间的车到了，我们走，离开这里再做打算。”

王大顶抱着行李箱坐着轮椅，由陈佳影推着走出房间。

王大顶说：“以前老嫌和平饭店太贵，要知道水这么深，再贵也得混上几次探探风哪，丢死个人的，黑瞎子岭这是有多穷啊。”

陈佳影说：“少絮叨两句行吗？哪儿都是眼睛，别显那么紧张。”

话音未落，陈佳影“噌”地站住了脚，只见在堂吧里，窦妻正哄着儿子说：“别怕，小武，爸爸不是挨打，爸爸是要演电影，他们在排练。”

第八章

1

西餐厅内，窦警长在向香雉将军解释："饭店里有共党，我要把他们挖出来，就这么简单。"

香雉将军怒吼："这难道就是你殴打肖弦女士的原因？"

石原当起了和事佬："香雉将军，您当知道我们侦讯的是一宗要案，您也当理解我们的办案手段。我们知道'满洲'需要更多外交，要有亲善的形象，我们也知道和平饭店在外交上有象征意义，但我们更清楚，境内的共党，都是最坚定的反日力量，所以代价再大，也不能放过他们一个！"

香雉将军说："但肖女士不是嫌疑人，你们杀鸡骇猴，必须是她吗？"

石原说："我不是在辩解，我只想说，窦警长不但是个资深的办案人员，更难能可贵的是他对职责、对大东亚共荣的忠诚。恳请将军珍惜！"

香雉将军说："好吧，为了'满洲'的长治久安，我原谅你们。"

话音刚落，白秋成带着话务兵甲匆匆进来。石原说："什么事？"

白秋成说："发现重要情况，昨天一则往外打出的英文电话掺有暗语，提示被叫方半小时后用中文与内尔纳进行交易，半小时后，也正是我方围控内尔纳之际，一个神秘电话进来，导致他暴力拒捕，遂被击毙。"

石原对话务兵甲说："这个暗语电话是谁打的？"

话务兵甲说："饭店的总机。总机是步进式交换系统，所以我们能够监听电话，但无法辨识电话来自哪一部分机。"

"窦警长！"石原惊呼，"我们就是被误导了，内尔纳不是共党！"

石原转对白秋成说："必须找出打暗语电话的人，他有重大嫌疑。"

白秋成为难地说："我们没有这个技术能力，除非挨个儿上刑讯，但这是和平饭店。”

香雉将军皱眉说：“警事人员的手段就这么单一吗？”

“不，我知道一个人有这样的技术能力，陈佳影！”石原转对窦警长说，“窦警长，我们可以求助陈佳影，她是行为痕迹分析专家。”

“我们已经结案了。”窦警长忽然大吼着打断石原，随即看向香雉将军，“日下大佐要求结案，是不想我们两个，他眼里看来的蠢货，干扰到香雉将军这场让我等蠢货都领会不了意义重要在哪儿的酒会！”

香雉将军看向石原说：“你、你们，也许是对的，应该继续。”

香雉将军又转看窦警长说：“如果屈辱让你无心战斗，我可以向你道歉，但你必须记住，恪守尊卑，也是‘满洲’长治久安的基础。”

这时，窦警长瞥见黑色轿车从窗外开过，当即叫了声“石原”，拔腿便跑。石原惶恐地看了眼香雉将军，也拔腿追了出去。

2

不远处的堂吧内，窦妻还在哄着哭泣的儿子。

这时，野间从大门走了进来。陈佳影蹙眉说：“糟了，野间进来了，估计是想给我们房间打电话。”

王大顶说：“我们被窦仕骁他老婆堵这儿呢，他打个屁电话呀。”

陈佳影说：“废话！他又不知道我们下来了。”

野间走到前台说：“小姐，请帮我给316房间客人打个电话。”

女服务生拿起电话打了起来。过道口内，王大顶焦虑地看向堂吧说：“再没人接，他得上房间来找咱俩吧？”

陈佳影说：“你别絮叨行吗？”

前台内，女服务生放下电话说：“野间先生，电话没人接。”

野间微蹙着眉头对女服务生说：“谢谢你，我上房间找他们。”

白秋成走进大堂，看到了窦妻说：“哎，嫂子，怎么了？”

“你忙吧。”窦妻吸了口气站起了身，“我该走了，帮我跟仕骁说一声，案子办完，早点回家。”窦妻牵着男孩离开了堂吧。

通道口内,陈佳影推着王大顶刚出通道口,便撞见了走来的野间。

陈佳影做意外状说:“呀! 野间课长,我们正想到大堂等您呢。”

野间说:“哦,怪不得房间电话没人接呢。车在门外了,走吧。”

野间转身向门口走去,陈佳影推起轮椅跟了上去,她俯身与王大顶低语说:“到了医院我就打发走他,然后我们以最快速度隐匿。”

他们上了车,窦警长追出来时,车已开出一段距离。

“给日下大佐打电话!”石原当即便要朝门里奔去,却被窦警长一把拽住,“电话让香雉将军来打,这样就不是我们在节外生枝了。”

石原望着窦警长,笑着说:“你这个坏家伙。”

3

医院重症病房里，一名医务兵正与日下步及那警监走到器械台前，放下手中一个金属提箱。医务兵打开箱盖,箱内是铺在冰块上的一排玻璃管装药剂。日下步看着药剂点了点头说:“东莨菪碱让人进入特殊的镇静状态,在无意识之下准确回答问题,完全不能抗拒。”他转身看向病床的冯先生说,“他是什么人?来这里做什么?与和平饭店的共党什么关系?之后,他都会无法自控地、不停地解答。”

日下步对那警监说:“多国考察团即将过来医院参观,审讯前的准备工作必须半小时内完成,一切都要依我所说部署下去,疑犯转移之后立刻恢复常态。”那警监点点头。

日下步说:“同时,封锁东侧楼地下室,选择合适房间作为刑讯使用,并加设实时监测身体情况的设备、急救的器材和药剂,为疑犯在大量注射东莨菪碱后,尽可能多地延长生命。”

那警监说:“好,我这就去安排。”

在门诊楼前,那警监与一名便衣小声说着些什么。这时,陈佳影与野间走进了医院。陈佳影对野间说:“伯仁的伤口没太大问题,家也不远,换完药我们自己回去。”

野间说:“那我就先走了,你先休几天假,等你的身份暴露程度界定清楚，再来研究工作调动之事，你要有准备，很可能会把你调去印度。”

陈佳影点了点头说：“我听安排就是。”

野间拍拍她肩膀，转身走了。陈佳影走进诊室，医生刚给王大顶处理完伤口。医生说：“伤口正在愈合，放心吧。”

陈佳影说：“谢谢。”等医生走出门后，陈佳影快步来到王大顶身边说：“野间已经打发走了，咱们动作快点儿，先离开这里。”

王大顶边系裤子边说：“跟我回黑瞎子岭呗。”

陈佳影说：“我有自己的安排，出城后咱们各奔东西。”

王大顶说：“那就相忘于江湖了？”

陈佳影脱口而出：“忘得了吗？”

王大顶不由得一愣。陈佳影说：“我是说，你若立志抗日，就该记得我跟你说的那些话。”

王大顶说：“你呢？”

陈佳影说：“我会把你留在视线里。”

王大顶长吐口气说：“走吧，至少从旋涡里挣出来，心里踏实了。”

陈佳影推起轮椅往门外走。一名便衣匆匆走到他们身边说：“陈佳影女士，日下大佐派我接您返回和平饭店，那边有要务需您协助。”

陈佳影与王大顶同时一愣。王大顶说：“我太太要不愿意呢？”

陈佳影说：“没什么愿不愿意，日下大佐发话，应该算是命令了。”

便衣说：“大佐还吩咐，王先生身体不适，会有专人送他回家。”

陈佳影说：“不用了，我们难得团聚，不想分开，他一起回饭店。”

王大顶不解地说：“我？”

在医院里，日下步与那警监边说着话边上楼梯：“窦仕骁这个家伙，还是有脑筋的，很快就能领会我的意图。”

那警监说：“这也是您想得周到，让将军自己接过球去，他主动要求继续侦讯，就再没理由排斥任何的办案需求。”

日下步说：“事实证明，内尔纳就是被人陷害的，此人很可能想让内尔纳李代桃僵，让自己得以隐匿。”

那警监说:“让陈佳影协助侦讯,是彻底解除她嫌疑了?”

日下步说:“不知道,但至少又把她控制在视线里了。”

说话间,两人走进会务室,里面坐着若干白人、南亚人与中国人。

“感谢各位的到来!”日下步热情洋溢地走到会台,“各位代表把医院作为考察参观的一站,是对民生、民益之高度重视。”

4

和平饭店里,窦警长与石原正在对手下安排工作。便衣 A 从门外匆匆进来说:“窦警长、石原队长,陈佳影到了。”

石原说:“太好了。”

窦警长说:“走,去看看。”

窦警长与石原走了出去,迎上陈佳影和王大顶。

窦警长说:“陈女士,我们需要您的帮助。”

陈佳影笑了笑说:“所以,我们回来了。”

石原说:“请!”窦警长与石原带着陈佳影、王大顶进入接待室。石原指着话务兵甲说:“这是我们的暗语专家,你再把过程描述一遍。”

话务兵甲说:“在给内尔纳的神秘电话进来之前,共有七则电话由饭店向外打出,我们在进行录音分析之后,发现其中一则全程英文,但在一分零四至零九秒、一分二十三至三十秒这两个时段有拉丁文单词混用,可确定是暗语模式,单词分别为‘半小时’‘坏家伙’‘中国文交易’。”

陈佳影微微地蹙了下眉。窦警长举起那张皱巴巴的法文字条说:“暗语通话十九分钟后,警察宋大友发现这张字条,上面内容所含信息全都在把嫌疑指向内尔纳,于是我们赶去他房间对他进行控制,随后,给内尔纳的神秘电话打入,时间正好是暗语通话后的半小时。”

陈佳影说:“就是说,有人暗中做局指引你们去控制内尔纳,并让外面的人在这时打进电话,加重内尔纳嫌疑。暗语‘中国文交易’,是要求对方给内尔纳打电话时使用中文,连监听都考虑到了,一定是个老手。”

窦警长说:“陈女士,因为这是和平饭店,必须把侦讯时间压到最短,所以又冒昧地请你回来,希望你协助尽快挖出打暗语电话的人。”

陈佳影说:“内尔纳不是共党对吗?”

窦警长说:“当时我们以为要找的胶卷就在饭店的共党手里,而内尔纳恰巧也有一枚胶卷,因为严重曝光,他担心无法澄清内容,所以恐惧之下做出了歇斯底里的抗拒行为,导致我们被迫开枪,误伤致死。”

陈佳影说:“既然是废胶卷,又会招来祸端,他为什么不早早扔掉呢?还是那句暗语‘中国文交易’,可以判定内尔纳的胶卷是要用来交易的。而他在发现胶卷报废并恐惧会因此遭祸的情况下,依旧没有将之丢弃,说明他的交易方也是能要他命的人,所以只能留着胶卷,以期躲过排查后能向对方证明,交易废止的原因是出于事故,而并非他的主观。”

石原若有所悟地说:“看来那个打暗语电话的人是把一切都看在眼里的,陈女士,请你务必协助我们找出这个人。”

陈佳影莞尔一笑说:“我不正在帮你们吗?”

窦警长说:“这样吧,陈女士,您先跟王先生回房间休息,我们如有什么需要,随时叨扰您。”

陈佳影说:“也好,这事也不是一时半会儿就能解决的。”

5

陈佳影与王大顶回到316房间,王大顶闷闷地坐到一边。

陈佳影走近他说:“你是不是怪我为什么让你一块儿回来?”

王大顶说:“怎么会呢?反正我也不想与你分开。”

陈佳影说:“关键是你跑不了,他们既然是看管,除了身旁几个便衣,周围还会布设暗哨,你伤着腿坐着轮椅没能力跑掉。”

王大顶说:“所以我屁话没说就跟你回来了,真当我没智商啦?”

陈佳影说:“但你对我有情绪,我能看出来。”

王大顶说:“我是怕你了,自从沾了你就一直倒霉,怕什么来什么,祖奶奶都保佑不住。算了,我认了。反正又回到旋涡里了,那就来吧,不说和平饭店里都是牛×的角儿吗?会会呗。老子是东三省唯一受过高等教育的土匪，这他妈不算开洋荤！”

陈佳影说：“王大顶，如果我拒绝协助，会很敏感，我只能蹚这个旋涡，没什么大不了的。只要我们不暴露，协助完了也就能脱身了。”

门铃声响起。陈佳影出去开门，只见肖苰站在门外。

肖苰说：“我就知道你们会回来，哪有那么容易脱身呀？”

王大顶说：“你什么路子啊？”

肖苰却对陈佳影说：“你玉骨冰清，他一看就是个杂碎，假扮夫妻很委屈吧？又要忍受这种鲜花被迫插牛粪的感受，想想都难熬。”

王大顶怒瞪着肖苰。

肖苰转看向他说：“克制一下杀我的冲动好吗？这里不方便的。”

肖苰转对陈佳影说：“从你在后厨里搁手枪开始，我就明白咋回事了，你就是他们要抓的共党，满铁机要人员的双重身份，让你瞒天过海，但也让你惹上了意想不到的麻烦，那么既来之，则安之吧。”

陈佳影说：“你想干什么？”

肖苰说：“告诉你们，我想干什么，他们不是要你协助侦讯吗？那么就借这过程把和平饭店所有人的底儿都查出来，然后告诉我。”

王大顶说：“如果我们不答应呢？”

肖苰说：“你们没资格拒绝，因为我随时都可以掀你们的底儿，你们欠了我的情，得还。”

6

那警监与日下步走进重症病房。

那警监说：“哎呀，可算把观察团给打发走了。”

日下步说：“哼，他们对香雉将军的酒会，比参观考察更有兴致，所以说，‘满洲’只被一些傀儡国家承认远远不够，必须要拉拢到大国。”

那警监说：“大佐一语中的，这真就叫作站得高、看得远啊。”

日下步笑了笑说：“走吧，刑讯那名嫌犯。”

一名警佐慌慌张张走进来说：“日下大佐，出事了！佐藤他出事了！”

那警监说:“怎么回事?”

警佐说:“佐藤被人袭击了。”

日下步说:“走,去看看。”

说着,他带着那警监急匆匆走出重症室。

在一个池塘里,佐藤正泡在水里,几个宪兵小心翼翼地将他拖上岸,割断捆绑手脚的绳子,拔掉口中布团。

日下步说:“佐藤,谁袭击的你?”

佐藤慢慢睁开眼睛,虚弱地说:“清早、我想上厕所,结果、被人从后袭击,醒来的时候就泡在水里了……”

那警监说:“清早儿?一个多小时前明明我还见过你呢,日下步大佐,您也看见了吧?”

日下步看着佐藤,眉头越皱越紧说:“我们看见的佐藤,又是谁?”

他想了想,大手一挥说:“跟我来!”

日下步带着几个人急匆匆奔向地下室的一个大敞间。便衣乙躺在刑床上,四肢分别被绑在床上,瞪着眼睛挣扎着。

日下步快步上前,抠出便衣乙嘴里的纱布。

便衣乙恐惧地说:“佐藤!佐藤袭击了我!”

接着,他惊魂未定地给大家讲述刚刚发生的一幕。

将冯先生挪至刑床后,便衣乙给冯先生贴心电仪贴片,就在这时,他看见佐藤面无表情地站在他跟前。

“佐藤……”便衣乙刚开口,便被击晕……

日下步惊愕地看向那警监说:“佐藤?两个一模一样的佐藤!”

此时,在一个靠着小山包的房屋内,佐藤正推着担架车进屋。佐藤关好门后,将罩着的床单掀掉,露出躺在底架上的冯先生。

冯先生虚弱地说:“你是谁?”

佐藤说:“钉子。”随即,佐藤用手从腮两边往前上方搓脸,随着胶泥状物的不断掉落,他露出了真容,竟是唐凌!这个所谓的“佐藤”是唐凌通过易容术假冒的。

“这里非久留之地，我们必须尽快离开。”唐凌扶着冯先生上了停在旁边的人力车，“车里有衣服，一会儿换上，我带你去一个安全的地方。”

7

和平饭店总机室里，话务兵甲还在介绍情况：“那个神秘电话打出者是位女性，音质较为低沉，被叫方是名男性，有五次答话。”

陈佳影在边上仔细听着。她来到摆放录音设备的工作台前坐下，戴上耳机，设备上的磁带转盘开始转动。陈佳影听了一会儿，按停设备摘下耳机，对话务兵甲说：“请把被叫方内容全部摘掉，将打出者的通话内容剪辑到一起，还有给我准备纸笔。”

话务兵甲把一盘磁带装进录音设备，然后，递给陈佳影一本速写本和一支钢笔。陈佳影说：“好，我们开始。”

磁带转盘开始转动，陈佳影便在速写本上写画起来。听了一会儿后，陈佳影摘下耳机，把三排画着音频图的速写纸贴到墙上。

陈佳影说：“通过分析语音波频记录，我注意到了一个有意思的现象，当语音在五倍慢速和二倍加速时，其波频暴露出了腹腔共振的特质，这说明打出者在通话时运用了腹语，目的就是避免被听出真实声音。性别、年龄，腹语都可以伪装，所以我们不能确认打出者就是一名女性。”

石原皱眉说：“难道排查范围又要扩大到所有的住客？”

此时的310房间内，陈敏章对陈敏正说：“那对夫妇又回来了，好像是跟日满方有合作，而且宪警人员一个都没撤走，搞什么名堂？”

陈敏正说：“日满方定是觉得内尔纳的死有蹊跷，敏章，他们若以此为基点展开调查，事态可就升级了。”

307房间内，瑞恩坐在办公桌前与乔治白聊着天。瑞恩说：“撤案是幌子，调查会继续，日满方是对内尔纳的死存疑了。”

乔治白说：“为了胶卷，苏联人差点儿杀了我们，这说明内尔纳没吹牛，他拍下了苏联人和陈氏兄弟的交易！胶卷有内容，我们等于协助破获了一桩有反日意味的政治事件。可胶卷曝光什么都证明不了，调查一展开，苏联人若用内尔纳的死来做文章，什么脏水都能往我们身上泼。”

瑞恩想了想说：“给苏联人打电话，就说我们愿意友好。”

乔治白给巴布洛夫打电话，向他转达了瑞恩的意思。

418 房间内，巴布洛夫挂上电话后，旁边的诺尔曼关心地问：“美国佬主动求和，不会是耍诡计吧？”

巴布洛夫说：“拿中国人的话说，搬起石头砸自己的脚，哼，胶卷里屁都没有，内尔纳的死，他们就得吃不了兜着走。”

诺尔曼说：“你不要掉以轻心，日满方铺开了调查，就不会轻易收手，内尔纳的胶卷废了，但跟南京的这桩交易，未必就不会再被掀开。”

巴布洛夫想了想说：“记住那串字符，然后烧掉所有材料，凡能成为证据的都别留下，一切秘密存进大脑。”

此时，饭店歌舞厅里，一名戴着面具的歌女上台，唱着《妹妹我爱你》的歌曲，唱到高潮处，歌女摘下了面具，竟是艳妆女子陆黛玲。

第九章

1

日下步捡起一块散落的碎胶泥，这是唐凌遗落在地上的，“几处现场痕迹基本可以确定，侵入者对佐藤施以袭击，并利用藤崎鲇美易容法快速进行脸部倒膜和面具吹塑，伪装成佐藤样貌劫走疑犯，并利用人力车，运送离开。事发期间，市内各人力车行皆无车辆失窃情况，可以判断侵入者的日常身份就是一名人力车夫。”日下步对那警监说，“马上彻查所有人力车行在该时段内的出勤车辆！”

就在这时，唐凌拎着一壶酒从酱门酒坊走出，然后拉起空车向河边走去。他走进一间简易棚屋，从酒壶里倒出半碗酒，抓了些药粉放进去，然后，端着汤药递给躺在床上的冯先生。冯先生接过，一口气喝了。唐凌说：“这药是用白酒引的，有点儿猛，但你有长途要走，得靠它扛着。人、船，我都安排好了，清晨接你出发。”

冯先生说：“一名驻共产国际代表将受派回国，如果我遭遇不测，请尽快代为汇报特委，放弃东北，考虑另两条备选路线。”

唐凌说：“你放心吧，你一定可以圆满完成任务，相信我。”

冯先生点点头说：“请确定陈佳影的情况，我很担心。”

唐凌轻轻拍了拍冯先生说：“我马上落实。”

2

接待室墙上贴了几排表格，每排一个房间号，排列着日期和人名。陈佳影眯着眼睛审视着表格，窦警长与石原站在她身后。窦警长说：“您要饭店提供长期住客的来访记录，是想整体有个背景调查吗？”

陈佳影说:“我只想跟他们交流时，能让自己像个高深莫测的妖孽。在我演绎妖孽之前,必须放风出去暗语电话被发现了,你们认定是打电话这人把内尔纳栽害成了替死鬼,你们要把这人刨出来。”

窦警长说:“放风可以,但风声得像是不慎流露。”

石原说:“可是,怎么才能做到那样?”

这时,王大顶操控着轮椅进来,边上跟着白秋成。白秋成说:“王太太,王先生说,您撇下他跟别的男人扎堆儿,他很不爽。”

王大顶说:“可以带我玩儿吗?我都无聊到趴后台看女人打架了。”

石原纳闷地说:“谁跟谁打架?”

王大顶说:“403 房间那个小影星,抢了歌女的活儿,就打起来了。”

窦警长说:“也好,你陪陈女士工作,说不定可以激发她的灵感。”

他对石原说:“我们先撤吧。”说着,他走了出去,石原跟了上去。

陈佳影推着王大顶快步走向后台。陈佳影说:“他们同意带上你不是因为被你煽情,而是依旧没有解除我俩的嫌疑,团在一起更加便于观察,所以整个过程你必须严格依从我的步骤,不许自作主张。”

王大顶说:“放心吧,我是你的牵线木偶,你牵线,我跳舞。”

陈佳影不由得失笑。王大顶操纵轮椅转身推开门进到歌舞厅的后台，却见不远处陆黛玲和一个歌女及其经纪人正相互揪着头发拧成一团,一堆舞女、员工在一旁围观着。

歌女气喘吁吁说:“不要脸的,你砸我场子,我跟你没完。”

陆黛玲说:“你敢打我,我是有背景的,我上头有人毁死你信吗?”

经纪人说:“臭娘儿们,萍姐可是熊老板的人。”

王大顶看不下去,大吼一声说:“都给我住手!”

几人转身看向王大顶。歌女疑惑地说:“你谁啊?”

王大顶说:“不知道这里谁说了算吗?不想混了吧?”

歌女与经纪人面面相觑。王大顶操纵轮椅过去,一把将陆黛玲拽坐到怀里,然后,一脸匪气地说道:“陆黛玲、陆小姐!爷,现在要捧她,爷捧谁,谁就得是主台,不服就让熊金斗过来跟我说话。”

歌女有些发怵了，悄声问经纪人说："他到底谁啊？"经纪人也蒙了，悄声说："不知道啊，敢直呼熊老板的名字，应该来头不小吧？"

王大顶悄声对陆黛玲说："做邻居的只能帮你到这儿，现在舞台归你了，可劲儿造吧。"然后，他塞给她一张字条说："拿着，用这段台词，去宣告明星的诞生。"

陆黛玲打开字条，惊道："这么长？我没演过有台词的角色呀。"

王大顶轻声地说："不怕，用心感受，用心体会，大家都是表演家。"

陆黛玲登上了舞台，对着台下观众说："让风吹起来吧，掀起裙边与翻飞的落叶一同起舞，在阳光的阴暗处、群星的旋涡里。那本是我触及不到的世界，用暗语传达心声的动物，拉丁口音耐人寻味……"

人群中的瑞恩眉头一皱。陆黛玲说："像是幽谧森林中睿智的狼，献出猎物，让自己逃遁，以致奥林匹斯山的众神，在黑暗里交头接耳，摸索着踪迹，追踪他的巢穴；而我看不见、听不到，月夜下的一切琐碎，我只是一个灵魂的歌者，信奉着我自己的光芒。"

人群中，乔治白竖耳听着。巴布洛夫夫妇听到"巢穴"时，不由得对视了一眼，双双向人群某侧看去，不远处的陈氏兄弟正将视线投来。

悠扬的音乐声起，陆黛玲双手握住麦克吟唱了起来。

歌声中，沃纳对该隐说："为了机会，她也蛮拼的。"

该隐说："我们带她进场，用中国话说，就算'贵人'了。"

陈佳影转脸看身边的王大顶说："你这段词儿很像肖弦的调调嘛。"

王大顶得意一笑说："风格不重要，信息量饱满是关键。"

陈佳影扫了一眼歌舞厅说："所以立竿见影了。不过，说实在的，你跟陆黛玲那段表演非常浮夸。"

诺尔曼走近乔治白揶揄道："你的小情人似乎听到了什么风声，在给你报信呢。"

乔治白说："陆小姐只是个三流演员。"

诺尔曼说："和平饭店里谁是单纯的？以后跟人上床多出力，少说话！哼，奥林匹斯山的众神要追根溯源了，从哪追起？内尔纳的死？"

瑞恩说:“那就是个意外。”

巴布洛夫说:“你跟我们狡赖没用,想破案的是日本人。”

瑞恩说:“别想裹挟我们,背后的秘密要刨根问底,你也没好处。”

“所以,我们已经在一条船上了,同舟就得共济,必须形成攻不破的联盟。”巴布洛夫说,“之前您给我电话,不也是这个意愿吗?”

乔治白耸耸肩说:“我了解到, 陈佳影其实是个侦讯方面的专家,大家要小心。”

陈敏章说:“日满方不会停止排查共党吧?”

陈敏正说:“不,我想他们会误认为栽祸内尔纳的人就是共党。”

另一个角落,王大顶握着香槟对陈佳影说:“这个观察位可以吗?”

陈佳影说:“可以。我们之前就判断内尔纳的死跟这六人有关,而且幕后有大秘密,你一放风,就激起了反应,他们刚才敌对痕迹很重,现在却貌似轻松,说明各自感到危机,于是结盟了,那段台词效果不错。”

王大顶一语双关地说:“心怀鬼胎地在一起,注定是脆弱的。”

“说对了,如此同盟,见个缺口就能塌,塌了就彻底乱了,这就是我要的效果。”陈佳影推起轮椅说,“走,搞塌这个同盟!”

王大顶说:“你是被迫协助调查,要这么兴奋吗?”

陈佳影边走边说:“既然无法避免,那就打起精神,想不想知道我怎么搞塌这个同盟?”

王大顶说:“饭店里还有别人在窥探他们, 而那些来访记录上的人名,可以让你迅速跟窥探者建立话题,不管话题是什么,接触本身就会让他们因为找不着北,心虚到崩溃,我们绿林界把这叫作遛狗惊出贼。”

陈佳影说:“满分,绿林界不容小觑。”

王大顶说:“天眼我是没开,但托祖奶奶的福,贼心眼儿还够富裕。”

这时,陈佳影看见几米外的沃纳与该隐在一边聊着什么,便微笑着迎了上去说:“沃纳先生、该隐先生,日后若有合适时机,请帮我跟费泽仁先生做个引荐,可以吗?”

沃纳一怔说:“王太太,您一句话就让自己成了今晚的主角。”

此刻，陈氏兄弟往陈佳影这边看了一眼。陈敏章紧张地说："陈佳影夫妇跟德国佬状态暧昧，谈的肯定不是社交话题。"

陈敏正说："我们跟苏联有秘密交易，其实已经在饭店传开了，内尔纳的死会让这传闻更具吸引力，谁都想求证。敏章，如果陈佳影承诺用求证结果换信息，德国佬会不会就口无遮拦了？"

陈敏章说："大家互相都握着把柄呢，他们要敢打破缄默，咱就揭他们走私军火。"

陈敏正说："日本正在巴结德国，这点把柄哪还制衡得了他们？"

陈佳影推着王大顶走向不远处的伊藤及其妻子凉子。

王大顶说："伊藤先生，夫人真是个万里挑一的美人哪。"

伊藤说："王先生过奖，你夫人也不错。"

陈佳影笑笑说："野间课长常说起酒井小姐，没想到你们也是朋友。"

伊藤顿时神色僵硬说："酒井小姐跟我只是偶有往来，但请你们，不要在我夫人面前提起她。"

陈氏兄弟看向陈佳影与王大顶。陈敏正说："相信我，陈佳影就是在套取信息，这秘密守不住的，我们就是得跑，没别的可选。"

陈敏章说："瑞恩他们和苏联人不会想办法斡旋吗？"

陈敏正说："他们是列强，我们是草根，他们有资格斡旋，我们没有！"

与伊藤分开后，陈佳影对王大顶低声说："真是遛狗惊出贼，我看陈氏兄弟绷不住了，盯住他们。"

这时，白秋成走到陈佳影面前，说："窦警长担心会有些事儿你们不方便应对，所以抽调我来配合。"

王大顶讥讽地说："嗬，真是来配合就好了。"

3

废弃船坞内，冯先生下了床，他举举左臂，又举举右臂，感觉轻松了许多，自言自语说："这药够猛的。"

在和平饭店大门外街道，唐凌正拉着人力车走着，身后传来喊声："前面的站住！”唐凌调转车头，只见一个穿不同款马甲的胖车夫打量着他。

胖车夫说：“锦龙车行的？越界了吧？这片儿可不是你们的地盘儿。”说着从后腰里抄出一根短棍。

唐凌慌忙撂下车把，举起双手说：“大哥，行行好吧，我家孩子得了痨病，每天都咯血我得给他治啊！我知道规矩，是我不对，打吧，别打腿就行，打完了放我拉个活儿就走。”

见他这副样子，胖车夫挥手说：“算了，让你拉一趟吧，就一趟啊。”

唐凌抱拳拱手说：“谢谢大哥，谢谢！”

4

歌舞厅内，香雉将军走到舞台上，开始讲话：“作为酒会的主办者，非常感谢大家的到来……”

坐着轮椅的王大顶轻声说：“陈氏兄弟不见了，估计是要跑路。”

陈佳影说：“然后会被截回来的，这一出一进，就能让六人同盟被猜忌砸烂，我们就快赢了。”

沃纳低声对该隐说：“日本人越来越会作秀了。”

该隐低声回应说：“都是跟纳粹学的。”

在另一边，乔治白皱着眉头对瑞恩说：“陈氏兄弟不见了。”

瑞恩一惊，说：“什么？”

此刻的陈氏兄弟一左一右搂着醉醺醺的歌女从西餐厅里走出来。

歌女边走边骂：“陆黛玲，听着就是粉楼花名，抢我的台，不要脸！”

陈敏正说：“骂半天了，你消停点儿吧，我们送你回家。”

他们走到门口，陈敏章抬手招人力车。随即，一辆人力车跑了过来。陈氏兄弟将歌女架上人力车。这时，窦警长带着警察B向他们走过来。窦警长说：“二位先生，坐我们的车吧，尽完绅士义务之后，能快一些返回。”

陈敏正说：“对不起，我们今晚不回饭店了。”

窦警长说：“我们还没有彻底解除封锁，敬请二位不要在这样的重大活动中引发不必要的冲突。”陈氏兄弟快快地松开了歌女。

跑出来观察动静的乔治白刚好看到这一切,连忙折回歌舞厅。

乔治白走到瑞恩身边低声地说:“俩兄弟想出去，被截回来了,日‘满’方的确还在执行封锁。”

瑞恩说:“他们出去想干什么？”

乔治白皱了下眉说:“陈氏兄弟和苏联人在耍我们。内尔纳的胶卷废了,那桩秘密交易被内部验证的途径就没了,所以接下来就该封堵饭店外头的可查渠道,哼,同舟共济那套蜜糖话,无非就是为了稳住我们,好偷偷出去干这个！”

瑞恩说:“他们太小看美利坚了。”

这时,一个八字胡男子走进歌舞厅,他就是龚自朝导演。

龚导演穿梭过人流,迎上陆黛玲说:“陆黛玲小姐。”接着,他掏出一张名片递给陆黛玲说:“请原谅一个仰慕者的唐突,陆小姐。”

陆黛玲看了下名片,抬头说:“导演?哎,林怀南、林公子您认识吗?他让我来‘满洲’,说要介绍一位导演,是您吗？”

龚导演说:“呃,非常可惜,林公子因为资助抗联,被拘押了。”

陆黛玲说:“哦,难怪我来了就一直没见到他,抗联是干吗的？”

龚导演愣了愣,随即堆笑说:“咱们不谈这些,我有一部正在筹拍的电影,您应该更感兴趣,一起聊聊吧。”

陆黛玲笑了笑,便挽起龚导演的胳膊。

一旁的陈佳影看着王大顶说:“看来鱼儿上钩了。陈氏兄弟逃跑未遂,必然导致另外两方满肚子猜忌,焦点是那俩兄弟出去想干吗,越猜心里就越打鼓。”

王大顶说:“同盟靠不住,自由被限制,想探外头的风,就得靠外头的人了。”

陈佳影说:“对,外头的自己人。注意靠近苏联夫妇及瑞恩和乔治白的人,挺大的酒会,我不信外来的宾客都是陌生人,虽然会假装陌生。”

王大顶拍了拍轮椅扶手,示意陈佳影注意另一边的动静,只见不远处的瑞恩握着餐盘走近龚导演,瑞恩微微蠕动着胸腹部。

陈佳影眼睛一亮说:“瑞恩在使用腹语,打暗语电话的人就是他!”

此刻的餐台边,瑞恩嘴皮丝毫未动地发出低沉女声:“对方所有涉及外事活动的机构都要密切观察,挖掘可疑的人员。”

龚导演默默地点点头,然后端着盘子走开。

5

医院重症病房内,日下步指着办公桌上铺着的几排照片对那警监说:“事发期间的人力车共 19 趟次、11 名车夫,其中这名车夫分别在大门、西侧门出现且未有载客,最后一次露面是行往北口也就是密林方向,轨迹和行迹符合观察、埋伏乃至逃遁的特征。”

日下步将抽出的三张照片摆成一排说:“可以确定这名车夫就是侵入者!”三张照片都是唐凌与他的人力车或待客或行走的不同动态。

歌舞厅里,王大顶笑着对陈佳影说:“打暗语电话的查到了,接着就该掀这背后的秘密了,对吧?”

陈佳影说:“你好像比我还有把握。”

王大顶说:“你这么欢愉,当然是因为胜利在即嘛。”

陈佳影笑了笑。王大顶说:“费泽仁,你从访客表里挑出这个人名儿,是要一家伙砸中德国佬的软肋。正巧这个人名儿我不陌生,他是个武器贩子,他一发小还是张学良的掮客,相传两人每次隐秘往来东北军就有德式装备添加,货源从哪儿来,现在清晰了。”

陈佳影惊异地说:“哈,我该对你刮目相看了。”

王大顶说:“没想到吧?土匪也有别具一格的信息途径。你妖孽地砸出这个人名,无非在暗示德国佬,你能否对他们和东北军的敏感买卖继续保密,就取决于他们能否透露你想知道的故事,而且你确定他们会顺从,因为他们也想利用你,验证这个故事的真伪。”

他忽然目光往某侧一盯说:“见证奇迹的时刻到了。”

这时,该隐走近王大顶与陈佳影。该隐说:“和平饭店的魅力,就在于它总有故事莫名其妙地对应着世界的格局。”

陈佳影与王大顶对视了一眼。

该隐继续说："美国，一切向钱看，为了争取日本在中国的经济合作，名义上虽不承认'满洲'，但政策却一直都在绥靖。而我们德意志，像是发自内心地亲近中国，但从纳粹的核心利益出发，抛弃中国跟日本结盟却是必然。那么苏联呢？承认'满洲'还卖了铁路，貌似跟日本关系不错，但这显然只是一个稳住日本、拖延日德结盟避免被东西夹击的权宜之策。"

王大顶说："这叫床板夹屁股，有苦说不出。"

该隐笑笑说："苦的是南京，美英靠不住，让德国做中介合日反苏吗？有可能。但联苏抗日，很多内政问题可迎刃而解。那么该如何选择？南京在试探，大国们也纷纷在猜测。于是故事来了，风传南京政权秘密筹集了一笔数额巨大的政治献金，向苏联抛出诱饵。钱就在'满洲'，如果这个传闻是真，如果中苏因此合璧，那现今的全球政治格局可就全都变了。"

陈佳影脑中一片轰鸣。王大顶见她有些发怔，有些不解。

该隐对陈佳影笑了笑说："这样的故事，有谁不想探究个真假呢？"

该隐说完，悠闲地走开了。

"背后真是大秘密！"王大顶笑盈盈地正回身子，"可以交差了。"

陈佳影脸色煞白说："什么都别说。"

王大顶说："你啥意思啊？要仕骁他们，还有肖弘想要的，现在都满足了，还不赶紧交了差脱身？"

陈佳影说："你要知道，这个内幕牵涉面太过重大了！"

王大顶说："关你屁事？"

陈佳影急了："关键是说了就能脱身吗？"

王大顶说："是你告诉我的，协助完他们，咱就脱身了，现在机会来了，你试都没试就否定，是真觉着脱不了身，还是压根儿就不需要脱身？"

陈佳影有点儿慌乱地说："对不起，这个发现出乎我的意料，我现在心里很乱。我知道我们都得尽快脱身，你容我点儿时间，让我想想。"

这时，便衣 B 走过来，对陈佳影说："满铁派人给你送材料，在大堂。"

6

陈佳影匆匆来到大堂，一位抱着文件簿的职业装女子向她走来，递上文件簿说："陈女士，我是野间课长的秘书，这是您要的材料。"

陈佳影打开文件簿，可见封面印有"密"字的文件，文件背后还插着一把万能钥匙。陈佳影讶异地合上文件簿，对女秘书说："我要材料，只是想找些历往信息，给我万能钥匙干什么？"

女秘书说："野间课长吩咐，协助办案中若有价值性的发现，您可变协助为主动，这把钥匙以后或许对您有帮助。"

陈佳影说："请转告野间课长，饭店里的情况，我会自行判断。"

女秘书说："是，告辞了。"

陈佳影把女秘书送到饭店门口，看到街道斜对面待客的一排人力车中，忽有一辆被车夫往前拉出队列，车夫正是唐凌！唐凌拽着车把双脚离地，陈佳影分析这个动作并默默念着："营救。"接着，唐凌拉着人力车原地转了一圈，陈佳影默默地念着："圆满、妥善。"

陈佳影暗暗自语："冯先生还活着，已经安全了。"

这时，女秘书的车已经启动，陈佳影"呼"地转身，追上轿车。

陈佳影对女秘书说："我要把调查升级，帮我向课长申请公务令，还有要求家眷保护，买一张去山东的车票，把我丈夫送走。"

7

陈佳影握着文件簿匆匆走进大堂，窦警长正好从里面走了出来。

窦警长说："王太太，这么急匆匆地是抓到线索了吧？"

陈佳影说："还需调查。"

窦警长指指她手里的文件簿说："您是有的放矢，获知答案应该不会太久。当然，我们有两手准备，如果酒会结束前您无法提供答案，饭店就恢复全面封锁，继续由宪警方进行排查，共党绝无漏网可能。"

陈佳影说："我相信你们有这样的决心，失陪了。"

陈佳影急急进入316房间，奔向窗边拉合纱帘，然后关掉电灯。人力车队中的唐凌看到饭店三楼的一个房间灯灭。他明白了什么,静静地盯着这个房间看。

陈佳影把灯打开,身影印到纱帘上,通过形体动作在向唐凌传达着消息:新的重要发现、驻留。

唐凌喃喃说:“留下吧,你和冯先生的使命万无一失。”

他沉了片刻,抓起车把,走开。

陈佳影眼圈潮红地望着窗外自语:“你们万无一失，我就该选择留下。”此刻,她想起了与唐凌的一些往事。

船篷下,陈佳影有些迷离地看着唐凌,说:“你一身本领,从此却隐身在我之后,不觉可惜吗?”

唐凌微笑着说:“我陪伴你成长,看着你脱胎换骨,已经很骄傲了。”

陈佳影说:“唐凌,你不属于我一个人。”

唐凌说:“当然,但能为所爱的人当守护者,是件幸运的事,如果组织允许,我愿意当一辈子。”

陈佳影柔声说:“船一直在漂着。”

唐凌说:“随它去吧,反正现在这片星空只属于你我。”

想到这里,陈佳影喃喃说:“我渴望与你相聚,渴望一样的星空。”

她从抽屉里拿出小瓶万金油,拧开瓶盖,放到鼻下长嗅了一下。

这时,门铃响起。陈佳影慌忙收起文件簿放进抽屉,随后起身去开门,只见王大顶与肖弦站在门外。

第十章

1

肖弦一进门就说:“这杂碎描述了你的侦讯过程,专业技术结合心理战,堪称精彩。”陈佳影瞪了王大顶一眼。

王大顶赶紧解释说:“她捏着咱的短儿,换你也扛不住吧?”

陈佳影沉着脸说:“你跟她说什么了?”

王大顶说:“南京那边儿想用一笔巨额政治献金当敲门砖,跟苏联拜把子,陈氏兄弟跟巴布洛夫两口子是双方密使,没想交易时被内尔纳偷拍了。大家都想证实这事儿,因为影响世界格局啥的,美国佬为了抢先,就弄个法文字条并用肚子打电话之类,反正挺巧那么几番儿,误导石原和窦仕骁捏了内尔纳弄到胶卷,结果胶卷严重曝光啥也看不到。”

肖弦接话说:“陈佳影,我要你在酒会上把这一切公之于众。”

陈佳影咬牙切齿地对王大顶说:“刚才我下了决心留下,于是升级调查,借此要求亲眷保护,让你打道回府,结果扭脸你就乱飞口条!”

陈佳影转向肖弦说:“你要我把那些公之于众什么目的?”

肖弦说:“这你不用管。”

陈佳影说:“我如果不呢?”

肖弦说:“那我就直接告诉他们你是共党。”

“你不会的。”陈佳影转对王大顶说,“我们起先的猜测是错的,她不是敌人,因为缺乏处心积虑的纵深逻辑。”又对肖弦说:“相信我,把那些公之于众,作用会是负面的。”

肖弦说:“什么负面作用?”

陈佳影说:“你的内心并不会因此归于平静。”

肖弦吼道:“我要你把和平饭店、把这肮脏世界的华丽外衣全都扒掉。这是怎样的丑恶?二十万东北军逃之夭夭,于是这里成了‘满洲国’!我们的南京政府,除了抗议什么都不敢,就会搜刮民脂民膏做什么政治献金乞求友国出头!友国?友国都在下面参加酒会呢,他们向来只拿钱不出力,该出卖时照样出卖,谁会管你的黎民百姓承受屈辱!”

陈佳影说:“肖弦,我之所以留下,就是想探查传闻的政治献金。”

肖弦说:“酒会上有记者,消息掀得出去。”

陈佳影说:“钱怎么来的另做深究。如果传闻属实,至少能说明南京政府在尝试联苏抗日,这是一个良性意图应该给予保护啊。”

肖弦冷笑说:“那个政权我都不信,你信?一个共产党?”

陈佳影说:“肖弦,我们就事论事好吗?愤怒救不了国。”

“你们继续做梦吧,揭面皮的事我来干。”说着,肖弦夺门而去。

王大顶瞥了陈佳影一眼,问道:“刚才说让我打道回府,什么意思?”

陈佳影说:“你留在饭店,危险不可估,对你也不公平,得让你走。”

王大顶说:“你不外头还有事吗?”

陈佳影说:“结束了。就在跟你分开之后,我发现我可以不出去了,所以我启用满铁的亲眷保护程序,先让你走,这里的事你玩儿不动。”

2

肖弦走进歌舞厅,登上舞台,抓过麦克风向台下大吼:“噤声!”

音乐声戛止,宾客们纷纷向她投去讶异的目光。

肖弦说:“你们大多数人都不知道吧?就在你们觥筹交错的同时,这里还在调查一桩命案,死者是法国住客内尔纳,他是被陷害死的,因为他不自量力地想要周旋于这个丑恶世界。陷害内尔纳的人,也是和平饭店一名常住客人,他叫瑞恩·吉格斯!”

然后,她指着台下瑞恩的方向说:“就是他!他是祸首,我就从他开始掀开这桩命案的内幕。”

大家纷纷向瑞恩那桌看去。瑞恩和身边的乔治白脸色煞白,人群里的苏联夫妇和另一端的陈氏兄弟相互递了一下眼色。

这时，陈佳影冲了进来，登上舞台，大声喊道："接下来的由我来说！"陈佳影抢过肖弦手里的麦克风说，"有你这个平地惊雷的开场，我就不担心之后的讲述会枯燥了，多谢。"陈佳影转对台下说，"各位，这桩酒会前夜发生的疑案，已产生出了各类版本的猜测，以致香雉将军如鲠在喉。肖弦女士希望尽早公开案情性质，以正视听，让将军放下心头的包袱，其诚意可鉴。因之我的讲述，也必将是客观、准确、负责任的。"

肖弦不解地看着陈佳影。陈佳影说："这起命案的内幕是一起丑闻，涉及和平饭店的另外四名常住客人，北满铁路的工程顾问巴布洛夫及其夫人诺尔曼，还有正在考察大宗贸易市场的陈敏章与陈敏正两位先生。某日，他们几人在418，也就是巴布洛夫夫妇的房间里彻夜玩性游戏，却被潜藏在房中的内尔纳暗中拍下了照片，随后即遭对方勒索。而瑞恩先生，出于美国人对苏联的敌视，想把胶卷里的内容曝光，以示羞辱，正巧宪警方随后进入饭店，搜查被某逃犯藏匿于饭店的一枚带有关键证据的胶卷，于是，瑞恩先生暗中使用不良手段，误导宪警方认为要找的胶卷就在内尔纳手中，结果宪警方在使用强制手段控制内尔纳的过程中，因对方激烈抗拒，不慎将其误伤致死……"

惊愕的人群里，香雉将军若有所思，两名德国人似笑非笑，而窦警长与石原一脸的迷茫。

陈佳影说："肖弦女士说得没错，这桩命案背后是个丑恶世界，是被丑恶的人心污染了的世界！瑞恩先生正在协助'满洲'的金融市场评估，接受着外交性质的保护，或许其行为将被赦免处罚，但我要说，你的灵魂将永远为此不安！"

全场死寂般的无声，肖弦看了一眼轮椅里的王大顶。

3

窦警长与石原带着陈佳影和王大顶来到接待室门外。

窦警长推开门，同时转对王大顶说："你在外面等着。"

王大顶说："为什么呀？"

窦警长说："这里还是我说了算吧？王先生。"

王大顶无语地看着他们几个进入接待室。

窦警长对陈佳影说："肖弦是怎么回事？"

陈佳影说："我想应该是香雉将军授意的，她说这事儿已经在酒会上扩散了，要我给个息事宁人的说法，有效遏止议论。"

窦警长说："所以纯粹是胡说八道。"

陈佳影说："是，焦点转移到情色上，舆论就不再有危险。"

窦警长说："那真相是什么？"

陈佳影说："我不敢说。"

窦警长说："过分了吧？你现在由宪警方调用，你是对我们负责！"

陈佳影说："我已经申请公务令了。"

石原不由得一惊说："什么？满铁要抢这个案子？你凭什么？"

陈佳影说："这里有矛盾，必须由中立方协调。"

4

回到316房间后，王大顶走近陈佳影说："你在他们眼皮子底下搞鬼，怎么就放过你了？"

陈佳影说："拿满铁压的他们。"

王大顶说："这么简单？"

陈佳影焦躁地说："这个你就别上心了！"

王大顶闭眼不语。陈佳影说："我之所以让你什么都别说，是为了把信息控制在自己手里，赶在宪警方之前，求验政治献金的存在及其属性，为此我申请公务令，把调查从协助变为主动，本可以等你走后整体、细致地铺开工作，结果你漏风给肖弦，她那么一闹，现在全得变了。"

王大顶说："内幕不都盖过去了吗？"

陈佳影说："是盖过去了，但猪都不会信，我越掩盖，窦警长他们就越迫切想究根问底。现在我没有细查的可能了，只能快打。"

王大顶说："什么快打？"

陈佳影说："刚才交锋的时候，我假装说漏嘴，释放出了两个误导信息，窦警长和石原会因此掉进我的逻辑陷阱，最终把矛头偏离瑞恩，指向伊藤夫妇，误以为我掩盖的内幕就是他们。"

王大顶一头雾水地说："伊藤夫妇？那对日本人？"

陈佳影说："当宪警方把注意力集中去了错误方向，我才有机会避开盯梢，对政治献金之事进行快速取证。"

王大顶说："没懂。"

陈佳影说："具体的回头再告诉你，免得你劝导肖弦时又乱飞口条。"

王大顶说："你要我去劝导肖弦？"

陈佳影说："我去，她至少有一百个问题等着，你去反倒容易沟通。"

"哦，我去就对了。"王大顶调转轮椅向房门走去。

王大顶敲开肖弦的413房间。

肖弦劈头盖脸说："陈佳影为什么要盖住内幕？她说我为香雉将军卸压力是保护我吗？她赌着凶险截我，总有她的理由吧？"

王大顶说："本来她搞不懂你的，可你呢？非自己露出个反日面孔。"

肖弦有些蒙了说："你什么意思啊？"

王大顶说："陈佳影是满铁密探，如有共党身份也是埋进去的细作。"

肖弦说："放屁吧，你。"

王大顶说："我一直守在她身边，我发现的。"

肖弦说："这是真的？"

王大顶说："我把整个过程从头到尾捋了几遍，越捋越清晰，她跟一共党约在和平饭店见面，可那人在站前广场就折了，她为啥还要来这里？等着吊下一个，否则帮文编辑逃跑那会儿就该闪了。而且当初她真是帮他逃跑吗？那家伙逃出去反倒死了，关东军防疫部的罪证也没了。是她捎带帮着满铁抢走了警务局一活儿。起初隐隐晦晦是双面身份所迫，但因为有我搅和躲不过去，她就跟窦仕骁和石原亮了相，过程中双方有啥约定谁知道？反正排查共党，现在莫名其妙变成了政治献金，诡异吧？"

肖弦惊悚地说:“那你?”

王大顶说:“我,她得留着,沾上了就得将错就错,否则太过露骨。”

肖弦说:“我是说她那么眼毒,怎么就没看出你有二心呢?”

王大顶说:“你这种缺心眼儿,特定情境下都能显得高深莫测让她看走眼,更何况我们刀尖上起舞的绿林人士?”

肖弦皱眉说:“你是土匪?”

“回头采访吧。”王大顶焦虑地闭了闭眼睛,“现在你也暴露了,等他们办完大事儿,剩下的就是你我了,所以咱们得跑。”

肖弦说:“怎么跑?”

王大顶说:“你跟香雉将军编个理由。”

肖弦说:“滚蛋吧,你知道那畜生对我做了什么吗?他想把我当成玩具,任他泄欲的玩具。”

王大顶一愣说:“姐,留得青山在,日后好烧柴,利用一下畜生而已。”

肖弦皱眉说:“不行,我觉得恶心。”

王大顶顿时急了说:“吊着命呢,你磨叽啥呀?”

5

歌舞厅里,瑞恩和乔治白沉着脸走到苏联夫妇和陈氏兄弟桌边坐下。瑞恩对陈氏兄弟说:“告诉我,之前你们为什么想溜出去?”

巴布洛夫对瑞恩说:“我们也在问这个。”

陈敏正吁了口气说:“我们就是害怕,想跑。”

乔治白懊恼地捶了下桌子说:“我们中计了!陈佳影之前是在故弄玄虚制造恐慌,引起我们互相猜忌,然后伺机寻找破绽。”

巴布洛夫对瑞恩说:“你也偷干了什么吧?用腹语,结果被发现了。”

瑞恩说:“政治献金的事,我没提过。”

诺尔曼说:“陈佳影显然知道这个传闻了。”

乔治白说:“饭店里也有其他人听说过这事。”

巴布洛夫说:“好了,都不要太焦虑,陈佳影捏造那么一桩丑闻,是想暂时掩盖这件事情，包括对宪警方、对香雉将军。不管目的是什么，这一举动至少说明他们不是一条心。”然后，他看向陈氏兄弟说，“只要他们不一条心，大家就还有余地。”接着，他又看着瑞恩与乔治白说，“所以吃一堑长一智，别再钩心斗角了，抱起团来想对策吧！”

6

日下步带着那警监及一名宪兵快步冲进唐凌所住的大院，两名宪兵从屋里急急走出来。一宪兵汇报说：“大佐，疑犯唐凌未在住所，房内亦未发现有效线索。”

日下步说：“院内所有住户，严加拷问。”

话音未落，几名宪兵赶着若干男女老少出来，胖大嫂双手双脚被反捆着，哭叫着说：“饶命啊，我知道一个地方，是一个废弃的船坞。”

日下步对士官说：“船坞几年前就已废弃，因此环境较为单一、很容易觉察周围动静，我们的行动，必须做到无声、迅速，绝不能让疑犯存在任何对抗机会，必须生擒！”

“是！”士官一个敬礼，接着，小跑着奔向卡车。

废弃船坞内，唐凌正与冯先生交谈着。唐凌说：“陈佳影知道你安全了，因此决定留住和平饭店，她发现了一些重要情况，急需探查。”

冯先生说：“唐凌，这不是我最迫切想知道的。”

唐凌说：“以我所见的情形来看，她的人身自由受到一定程度限制，所以饭店被暗中封锁的传言应该是真的。”

冯先生说：“本地组织已遭破坏，她单枪匹马如何保证安全？”

唐凌抬眼说：“就像孤独的中国，如何在虎狼环伺中突出重围。”

冯先生深沉地说：“希望与信仰！”

唐凌点了点头，掏出怀表看了看说：“十五分钟后，船就到了，船夫是信得过的人，到岸后，他会一直护送你到安全地点。”

夜色下，数十名宪兵悄声地抵近船坞的场院外。日下步、士官、三名宪兵和那警监形成一组，悄悄走到残墙边，包围了空场。

"砰！"一士官猛地踹开门，随即，士官与宪兵们突然愣住了，紧接着日下步扑进屋内，也愣住了，只见屋里，在一堆篝火边，两个席地而坐的乞丐在就着篝火取暖，见有人进来，都异常恐惧。

日下步瞪着两个乞丐，咆哮着说："八嘎！"

唐凌搀扶着冯先生迅速沿着棚户之间的小巷，走向河岸，他们跳上一艘运砖的小机动船，紧接着，船夫把船开离岸边。那两个乞丐也是我地下党员，他们利用障眼法掩护冯先生与唐凌撤离。

7

陈佳影推着王大顶进入歌舞厅。窦警长迎过来说："王太太，我们已不再需要您的协助，鉴于双方机构尚未进行有效协调，暂请回避。"

陈佳影说："对不起，我已向机构申请——"

窦警长打断说："公务令不还没到吗？"

陈佳影"呵"了一声，一把调转了轮椅，走了。

在过道，陈佳影说："他们屏蔽我是想自行展开调查，他们上钩了，很快会把注意力集中去错误方向，这样我就有机会避开盯梢，对政治献金之事进行快速取证。"陈佳影推着王大顶进入电梯，"现在告诉你，我为什么能让窦仕骁和石原把矛头偏离瑞恩而指向伊藤夫妇，因为他们误以为我强行掩盖的内幕就是这些人干的勾当。"

王大顶说："你说过，你假装说漏嘴，对窦和石原释放了误导信息。"

陈佳影说："窦仕骁他们不愿被满铁抢走案子，就会急于自行破解真相，越着急就越容易把误导信息当关键，从而掉进我的逻辑陷阱。还记得我对伊藤提及的那个人吗？酒井美奈。"

王大顶说："也是你从访客表里挑出来的人名，伊藤听到后非常紧张，让我们别跟他老婆提这人，好像关系不太干净。"

陈佳影说："那是装蒜！酒井美奈是被满铁秘密录入黑册的一个间谍，服务于外务省，负责刺探军方的情报。当时我在访客表里看到这个名字，就有一些模糊印象，所以才调取相关材料做求证的。我相信，伊藤夫妇明里是做教科书的修订工作,但暗中一直在为外务省收集关东军的情报。换句话说,这里是外务省监视关东军的一个站点。关东军炮制出个'满洲国'后就一手遮天,让外务省权力受到威胁。"

王大顶说:"于是矛头便指向伊藤夫妇。"

陈佳影说:"正是!窦仕骁和石原势必要在第一时间搜查伊藤夫妇的房间,因此,这段时间我脱离了所有人的视线,是最佳的取证机会。"

王大顶说:"你要怎么做?"

陈佳影说:"我要在盲区时段潜入苏联夫妇的房间展开搜索,政治献金之事若为真实,从他们那里取证概率最高。所以,王大顶,我说过最好不需要你,但对不起,请你帮我。"

王大顶说:"你说。"

陈佳影说:"不管取证是否成功,我都得在盲区时段结束,否则什么意外都有可能发生,所以整个过程,你得帮我把风。"

王大顶说:"你和宪警方的活动都在四楼?"

陈佳影点点头说:"现在我回房做些准备,你去四楼找个观察位蹲守,只要看到窦仕骁和石原带人过去伊藤房间,立刻通知我。"

在歌舞厅内,陆黛玲正在舞台上唱着:"毛毛雨,下个不停,微微风,吹个不停……"宾客们多在交头接耳,端坐的龚导演看得入神。

二楼看台上,窦警长与石原交头接耳。窦警长说:"我们自行破解出答案,就有理由拒绝满铁的介入。事实上,陈佳影已经说漏了嘴。"

石原说:"没错,她泄露了关键的信息,我们可以借此推理。"

窦警长说:"陈佳影捏造了一桩色情丑闻来掩盖真相,但打暗语电话的人是瑞恩,这倒是真的。"

石原说:"当时除了内尔纳自己,没人知道胶卷是损毁的,因此瑞恩设计他,是有意让我们得到胶卷,获知里面的内容。"

窦警长说:"内容就是陈佳影不敢说的真相。什么真相陈佳影不敢说呢?而且有需要中立方协调的矛盾,她说的中立方是满铁,所以她向满铁申请公务令改协助调查为正式介入。"

石原说："满铁作为中立方协调矛盾，难道是我们内部的矛盾？"

窦警长说："日方和'满洲'方，应不存在无法自行解决的矛盾。"

石原脱口而出说："是外务省？关东军战无不胜，但一直都是外务省的眼中钉。窦警长，到现在，唯一没有受过问询的只有伊藤夫妇。"

窦警长惊悚地说："如果他们是外务省的人，那这里就是外务省监视关东军的一个工作站？"

石原说："没错，所以陈佳影不敢说。或许胶卷损毁前，就记录了这个秘密，瑞恩想让我们知道，借刀杀人，除掉伊藤夫妇这个工作站。"

窦警长说："陈氏兄弟、苏联人、美国佬，他们是一伙儿的，他们都有间谍属性，所以忌惮身边还有日方工作站，所以想要铲除，但他们不敢明着来，所以就要利用关东军与外务省的敌对关系。"

石原说："我要搜查伊藤夫妇房间。"

窦警长说："可这跟排查共党有毛关系？"

石原低吼说："窦警长，内鬼与外敌同样可怕！"

8

在歌舞厅的二楼看台，身着便衣的白秋成与几个便衣悄悄散布在歌舞厅的各个位置。陆黛玲怀抱一捧花束，与对面的龚导演聊着天，伊藤夫妇正一边说着话一边穿梭在歌舞厅里。

陈敏正走近瑞恩与乔治白说："我们跟巴布洛夫分析，陈佳影暂时掩盖她所获的信息，是想让满铁来主导调查，这个传闻若是……"

乔治白皱眉打断说："别遮掩了行吗？你们就是倾向了苏联政治献金真实存在！"

陈敏正说："真实与否无所谓，你我都不愿意事态扩大，对吗？若被追根究底，对我们这些人来说都是灾难。所以巴布洛夫让我来告诫你们，别做任何举动，以免节外生枝，我们会想办法避免陈佳影因循这条轨迹再走下去，实在不行就伪造事故弄死她。"说完，陈敏正转身而去。

警察 B 撩着幕布往外窥看了会儿，然后转身点了点头，对面窦警长甩了甩头，随即与石原一同向出口走去。窦警长边走边说：“搜查过程细致一点，如果没有发现异常，所有翻找过的地方都要回复原样。”

此时，王大顶正操纵着轮椅，来到413房门外按门铃，肖弦探出身来，王大顶看了她一眼说：“拜托，是跑路啊，别打扮成这样子。”

肖弦说：“呵，你弄得我好心慌啊。”

316房间内，陈佳影抬眼看了下墙上的挂钟，然后一把拉开抽屉，取出那把女秘书送来的万能钥匙，起身走了出去。陈佳影刚走到走廊，便见窦警长、石原和警察B从电梯口走出，她缩回脑袋，观察了一会儿后，转身走向三楼防火通道，刚要拐上四楼，却听到王大顶说话的声音。

王大顶说：“你就编个理由忽悠一把香雉那畜生，很难吗？”

肖弦说：“我一个人好骗，可带上你，理由就不好想了呀。”

王大顶说：“编织个人物关系嘛，我告诉你，肖弦，我又装傻又煽情稳住陈佳影可不容易，咱就这么一空当，走不掉就得被她发现，一发现，噩梦就得提前降临，你看着办吧。”

“可是……”肖弦纠结地站住脚，“我仍不相信陈佳影是假共党。”

王大顶说：“姐啊，日本人剿匪也伪装过本地武装，也他妈像着呢。”

就在这时，肖弦突然倒吸一口凉气一把抱住王大顶的胳膊。“啊，你？”王大顶瞠目结舌地看着前面，只见陈佳影脸色铁青地瞪着他们。

第十一章

1

陈佳影扑上去，将王大顶连人带轮椅从肖弦身边扒开，然后把他推进316房间，肖弦跟了进来。陈佳影说："王大顶，你就是个人渣。"

王大顶说："算了吧，你别装了！你说梦话喊着野间的名字，并说你差点儿被当成共党，我亲耳听见的。"

陈佳影惊愕地瞪大了眼睛说："你居然乘我做梦套我话？"

王大顶说："我没套话，是你自己——"

陈佳影打断说："你肯定说话了，否则，我不会有反应！这是长期训练的，睡眠中也得保持警觉。"

王大顶说："别再拿什么专业来唬人，你破绽太多啦。你要真是共党，咱俩早就跟文编辑跑没影儿了，一枚徽章就返回来，至于吗？"

陈佳影说："它对我们的意义你是不会懂的。"

王大顶说："你说和平饭店水深狼多，可你偏就屁颠颠地往里扎。你说你满铁的身份就是拿来利用的，那你用啊！你不很快就公务调查了吗？不说有亲眷保护吗？哪儿呢？"

陈佳影说："王大顶，是我错了，我偏就没看出你来。你一会儿阴阳怪气，一会儿装腔作势，我怎么就没往阴暗处想呢？"

王大顶不由得与肖弦怔然相觑。

陈佳影说："说什么至少可以外围保护我，闭嘴吧，你什么都不用做，记住一点就行了，假夫妻的关系还有用，在你滚蛋之前。"

说完，陈佳影拉开门，走了出去。

2

窦警长站在四楼电梯边。警察B走过来说:“窦警长,发现状况了。”

窦警长转身叫上白秋成说:“走,去看看。”

陈佳影上了四楼,看到窦警长与白秋成走进402房间。陈佳影快速蹿至418房间外,掏出万能钥匙打开门。

402房间里,办公桌上摆放一台箱式发报设备、几本牛皮纸卷宗及一本小册子。先期赶到的石原举起小册子翻了翻,叹了口气说:“这是我没见过的一种密电码,对照的是日文。”

窦警长说:“你打电话给机要处,查验这个站点是否有内部注册。”

石原走到电话旁,拨起了号码。过了一会儿,石原怔怔地放下电话说:“这里未经注册,警视厅怀疑是外务省为了监视关东军所设。”

窦警长说:“那些住客可以解除盯梢了。带上这些证物,走吧。”

此时陈佳影已潜入418房间,她走进书房,在书柜旁扫看着,不久,便看见某格内摆放着一本笔记本,她拿出笔记本翻了起来,只见有明显的撕掉一页的痕迹。她握着铅笔在摊开的笔记本上飞速地涂抹着,随着涂抹区越来越大,拓痕陆续显现,呈现出一排字符“DY0179”。

她突然眼睛一亮,自言自语说:“应该是犹太国民银行保险柜号码!”

陈佳影从笔筒抽出裁纸刀,折起拓印纸页,裁下,撕碎……

3

歌舞厅内,瑞恩正与乔治白说着话。

瑞恩说:“我们是外交身份,跟那些享有杀人执照的特工不一样。”

乔治白说:“我们已经失去先机啦,陈氏兄弟的最初意愿是美国,因为我们的怠慢转了风向,这是政治啊,瑞恩。一根杠杆就能撬翻地球。”

瑞恩皱着眉头叹了口气。

乔治白说:“陈氏兄弟和苏联人是恐惧陈佳影查出政治献金的证据,否则不至于动了杀心,所以我们必须抢先下手从陈佳影那里抢到证据,至少还能破坏这场交易。”

瑞恩说:“可那些盯梢的不撤,我找不到机会啊。”

一个角落里,苏联夫妇和陈氏兄弟正围站一起说着话。

巴布洛夫说:“等陈佳影回来,我会找她谈判,从政治层面暗示她大事化小,并且透露前段时间伪钞入市背后是美国人在操纵,收获到这样的情报够惊喜了,陈佳影若还不上路,那就只能让我夫人出马了。”

伊藤夫妇随着警察B走进接待室,石原和窦警长已等在那里。

石原愤怒地咆哮说:“历史的车轮,永远是前进的,不可阻挡!”

伊藤夫妇随即看到一边桌上摆放的箱式发报设备、几本牛皮纸卷宗及一本小册子,已经明白了什么。

4

陈佳影溜出418房间,走到靠墙的弃物箱边,将手心里的一部分纸屑扔了进去。瑞恩忽然从另一侧蹿出,猛地从后勒住陈佳影并将手中一块毛巾狠狠捂住了陈佳影的口鼻,没多久,陈佳影便失去了知觉。

瑞恩将陈佳影放倒在地,搜遍全身却一无所获,他探出头看四下没人,便放下陈佳影,急忙向一边奔去。

不一会儿,陈佳影一个干呕睁开眼睛,痛苦地蜷起身,浑身抽搐着。

316房间里,肖弦对王大顶说:“杂碎,我想我们做错事儿了。”

王大顶表情复杂地看着她。

肖弦说:“我是作家,所以我懂观察,至少她刚才情真意切。”

王大顶说:“你别忘了我是老江湖。”

肖弦说:“你是土匪,所以,你心里没好人。”

王大顶发怒说:“我就当了她是好人,才陷里头的,我真就好几次按正常逻辑能走,是被她用片面逻辑拽回来,我有爱情啊!”

肖弦说:“是爱情就该盲目、傻傻地相信到底。”

王大顶说:“那是文艺情结。”

肖弦说:“她刚才说你什么外围保护?”

“她说必须在盲区时段完活儿。”说到这,王大顶像是意识到了什么,操纵轮椅奔向房门。这时,“砰”一记拍门声响起,王大顶开门,陈佳影身子扑倒进他怀里,瞪着双眼、艰难地说:“我中毒了……是次氯酸钠……会死……”

肖弦惊悚地问:“是谁干的?”

“你帮我记……记住一组字符……”陈佳影脑袋一歪,昏死过去。

王大顶探了下她的颈动脉说:“还有脉息,活着。”

肖弦压着声音咆哮说:“你是大夫啊,杂碎!去呼救啊。”

王大顶慌忙调转轮椅滚出房门,这时,野间正好快步走了过来。

野间说:“王先生,我来给您太太送公务令。”他从兜里掏出一张火车票扬了扬,“去山东的,深夜两点发车。刚来就让您走,真是抱歉,但公务期间,我们必须采取亲眷保护措施。”

王大顶接过火车票,怔怔地看着野间,突然哭了起来。

野间一愣说:“您怎么了?”

王大顶指了指房间,野间顿时意识到了什么,冲进316房间,看见肖弦怀里不省人事的陈佳影,一声惊呼扑了上去,问:“她怎么了?”

肖弦惊慌地说:“中、中毒,次氯酸钠……”

野间慌忙给陈佳影搭颈动脉,翻眼皮,说:“尚未致死,但次氯酸钠会严重摧残脑神经,天哪,她的逻辑思维,超强的逻辑思维,全完了!为什么不叫医生?八嘎!”野间骂了一声,奔出门去。

5

在宪兵队,日下步对那警监说:“我要你全面铺设警力,调查锦龙车行人力车夫唐凌的所有社会关系,这个人比想象的还要危险,绝不能让他就此匿迹。”

电话铃响起,日下步抓起电话说:“嗯,好,知道了,我来处理。”

日下步挂下电话,紧皱眉头。

那警监说:“大佐,是和平饭店那边出啥状况了吗?”

日下步说:“外务省在那里秘密设置了监视站点。”

那警监说:“我什么都没听见。”

“八嘎!”日下步沉声打断,“我告诉你这个,是要你明白,我们为了‘满洲’承受着怎样的压力,你,以及你们的皇帝,应当心存感恩、真诚为报。”

那警监说:“这是当然,当然。”

一宪兵拿着本文件夹走进来说:“大佐,和平饭店的暗岗送来拍照记录,疑犯唐凌曾在那里出现。”宪兵打开文件册,是一张唐凌正拉着人力车走出队列的照片。宪兵说:“城内各大车行都有势力划分,锦龙车行很少会有车夫在城东区拉客,因此,唐凌出现在和平饭店,应属非常行为。”

日下步眯起眼睛喃喃说:“和平饭店!走,我们现在就去和平饭店。”

他们的车开到和平饭店的门口,野间慌忙迎了过去说:“日下大佐,我部陈佳影女士遭遇暴力施毒,警务局却置若罔闻,而我叫来医生还被限令就地治疗,不能将患者带走。请问,这究竟算个什么道理?”

日下步说:“来前我跟这边通过电话,中毒事件关乎重大内幕,陈女士作为重要证人,当然不能离开。”

野间说:“随行医疗设备并不完善,她需要住院治疗。”

日下步说:“野间课长,你对这名中国人似乎过于热心了。”

野间不由得恼然说:“陈佳影是我的技术专家!”

日下步说:“荒唐!日本国难道就找不出一个可以替换的人才了吗?”

6

日下步走进接待室,香椎将军、石原、窦警长与伊藤夫妇正横眉冷对处于一堂。日下步对香椎敬了个礼后,对窦警长说:“你出去。”

窦警长皱眉说:“日下大佐……”

“啪!”日下步甩手给窦警长一记耳光,“有关日方机构的内部事件,你难道不懂得回避吗?”

窦警长说:“日下大佐,你们的外务省跟关东军的矛盾是他妈的秘密吗?机构之间相互监视,算他妈的稀罕事儿吗?满铁还想往这里插一杠子呢。我查案而已,职责所在,别他妈的出了丑拿我撒气。”

日下步刚要开口，窦警长却“呼”地转身走了。

香雉将军摇摇头说：“出丑，这是真正的出丑。”

他怒指着伊藤夫妇说：“你们简直就是日本国的耻辱！”

伊藤说：“天皇阁下只是担心军部的扩张策略太过膨胀，不切实际。”

香雉将军说：“告诉我，和平饭店里到底发生了什么？”

伊藤淡淡地说：“发生了什么，外务省会直接呈报天皇阁下。”

香雉将军说：“那就也请敬告天皇阁下，还是那句话，关东军有能力自行建立国家！”

同时，在316房间，陈佳影被两名医生架着对着浴缸呕吐，另一个医生将一根粗长的灸针在颈动脉上猛地一扎，顿时有血飙出。

野间与王大顶看着这幕，都皱起了眉头。随队医士走过来，向野间汇报：“我们采取的是一些强化治疗措施，带有创伤性，但可以最大程度削减毒素对神经、血液及机体的侵蚀，过程不会太长。”

7

王大顶操纵着轮椅冲入歌舞厅，单手抄起一根架拐，奔向人群。

窦警长看到这一幕，惊呼：“王先生——”

“砰——”王大顶操纵轮椅探手便拽翻一个宾客，挡住了跟着追来的窦警长与白秋成，惹得边上宾客一阵惊呼。

正在自助餐台边选取餐点的苏联夫妇还没来得及反应，王大顶就手撸起台上一坨奶油蛋糕砸来，“啪”地贴在了诺尔曼脸上。

“王八蛋！”王大顶怒吼着冲向不远处的瑞恩、乔治白与陈氏兄弟，然后抄起架拐，向瑞恩胸口扫去，接着，王大顶怒吼着扑出轮椅，展臂将陈氏兄弟扑倒，又翻身拽住乔治白的皮带将他拖倒，然后挥拳猛打。

窦警长、白秋成从后扑来，七手八脚抱住王大顶。

王大顶红着双眼大吼：“王八蛋，老子扒了你们的皮。”

香雉将军与日下步冲了进来。香雉将军大吼：“全都停止！”

香雉将军狠狠地盯视了王大顶一会儿，又扫视了一圈人群，然后登上舞台，拿起麦克风说："各位贵宾，今天的酒会设计、操办都很有戏剧性，美好和乱象交织在一起，充分地展示了新旧时代交替的复杂现状，充分说明建立新的世界秩序的必要性。现在，我宣布，酒会圆满结束。"

人群一阵骚动，慢慢散去。

不久，香雉将军上到413房间，冷着脸走到肖苰身边说："不管什么目的，什么动机，这里任何事，你都给我离远一点儿。"

说完，香雉将军转身离去。

窦警长边走边对白秋成说着："日下大佐判断疑犯唐凌的短暂出现，是企图或已经与饭店内的潜藏共党联系，因此酒会后伊藤夫妇将由香雉将军带走另案处理，其他长期住客仍需限制自由，饭店也将继续封锁展开侦讯，侦讯工作由日下大佐直接指挥，直到一切水落石出。"

8

江边，一辆小机动船静静地停在岸边。船里，冯先生正向远处眺望着，听到汽车喇叭声远远传来，便走下船去。一辆厢式邮车停下，随即后厢门开，老左与计件员走下车来，冯先生迎了上去。

老左说："冯先生，您和您的任务都已绝对地安全了。"

计件员说："应该是在您启程同时，钉子就把讯息发出来了，他跟我们有特殊的联络途径。"

密林处，被五花大绑的胖大嫂惊恐地号哭着，邻居们也被绑着，跪在地上，两名宪兵挎着步枪守着。不远处，军用带篷卡车旁，一名士官与一名宪兵说了些什么，接着，士官忽然揪起胖大嫂的头发拖到沟渠边，"噌"地抽出腰刀便要砍下去。沟渠内忽然有一人破开污泥和烂叶弹身蹿出，手中顶端削尖的树杈猛扎进士官颈部。

"有人！"两名宪兵惊叫着举枪对去，未及开枪，那人已扑来，放倒了他们。那人吁了口气，边抹着脸上的污泥边爬起身来，是唐凌！

唐凌从腰后拔出把小刀，依次割断捆绑的绳子。

唐凌对老乡们说："你们去乡下投奔亲戚，暂时都别回来。栓子、大壮、丁大哥，跟我换上鬼子的衣服，我开车送你们一程。”

9

在 403 房间，龚导演抱着陆黛玲躺在在床上。

龚导演轻声说：“换上衣服，我带你去片场转转。”

陆黛玲说：“那我得好好打扮一下。”

不一会儿，化好妆的陆黛玲挽着龚导演出了门。刚走到饭店门口，白秋成便走上前拦住他们说：“对不起，陆小姐，这位先生，我们已恢复全面封锁，饭店现在只许进，不许出。”

龚导演说：“你这叫什么事儿啊？”

白秋成说：“什么事儿我们也想搞清楚。”

接待室里，日下步坐在会议桌首座，石原坐在他身旁。窦警长匆匆走进来说：“舞厅男厕内发现一些残留液体，是洁厕液与卫生消毒水的混合，这种混合可产生致命浓度的次氯酸钠，二十分钟就会挥发至微毒，由此可见，陈佳影的施害者只是就地取材，所以搜查谁的房间藏毒，这条路行不通了。第二，施害过程应是制毒后二十分钟之内完成，否则毒性挥发，无法构成伤害。”

日下步说：“你对该案的见解，会是我的重要依据。”

窦警长说：“我们被耍了。陈佳影发现的是另外一个秘密，为了能够单独调查，她故意误导我们把注意力集中去伊藤夫妇那里。”

石原对日下步说：“依照现场勘察，陈佳影应是在四楼电梯间被袭击，说明当时她在利用我们查证的空当单独行动。”

日下步说：“也就是说，她有两个发现，一个是伊藤夫妇的监视站，另一个应该是更为重大的事件，所以满铁才试图介入并主导该事件的调查，或许潜藏共党也正窥探也未可知。”

说话间，日下步打开一个文件夹，拿出一张照片推到窦警长面前。

日下步说：“人力车夫唐凌，营救了被我方击伤的那名共党男子，之后又在和平饭店出现，因为什么？”

石原不由得皱眉说："恰恰是在陈佳影介入调查之时？"

日下步说："你们对陈佳影夫妇还心存疑惑吗？"

宾警长说："大佐，陈佳影遇袭，我们是要去了解下情况的，她脑神经已受破坏，反侦讯能力大减，砸些手段上去，她应该是应付不过来。"

日下步说："这是好主意！"

316房间内，陈佳影眨巴了几下眼皮，睁开眼。

王大顶眉头一跳说："佳影，你醒了？"

陈佳影看到他，却没任何反应。王大顶说："大夫说救治过程很顺利，警务局的随队医士会负责日常检测和护理，我也会配合他。"

陈佳影看着他，依然没有反应。王大顶说："野间走前让我转告你，满铁已不被允许介入这里的事务，要你避免与宪警方发生冲突。"

陈佳影呆呆地看着他。王大顶小心翼翼说："你还认得我吗？"

陈佳影突然开口说："笨蛋，我是中毒，脑神经损伤，不是失忆。"

王大顶吁出一口气说："告诉我，谁害的你？"

陈佳影说："是从后面袭击的，没看见脸。"

王大顶说："你要我记住一串字符，没来得及说就昏迷了。"

陈佳影不由得微皱起眉头。王大顶说："你好好想想，你硬挺着回来房间，就是要我帮你记住，应该很重要。"

陈佳影皱着脸想着，许久竟顺口溜出了个唱腔说："毛毛雨，下个……不停……"她一惊说，"坏了，我脑子废了！"

第十二章

1

王大顶安慰着陈佳影说:“行行行,咱不想了,没多大事儿。”

陈佳影情绪低落地叹了口气说:“部分失忆还不是关键,最严重的是我思维逻辑性被破坏,没能力再博弈了,我们怎么办?”

王大顶说:“没事儿,还有我呢。”

陈佳影忽就恼了说:“王大顶,我告诉你,你怎么对我、怎么骗我、怎么害我落到这田地,我清楚着呢,你得负责任!”

王大顶说:“别记恨我,求你。”

陈佳影说:“记恨有什么用?有这工夫,不如做点思维恢复训练。”

王大顶有些感动说:“陈佳影,丢人我丢过了,毁人我也毁了,所以这个龙潭我来蹚,不见得能蹚利索,但我发誓,决不让你死在我前头。”

陈佳影说:“其实昨晚我看到一个人,看到他,我就放心了,可以更迭新的使命,无所谓生死。”

王大顶说:“谁啊?”

陈佳影说:“我丈夫。

这时,门铃声响。王大顶说:“肯定是窦仕骁他们。”

陈佳影说:“什么都别说。”

王大顶说:“就说饭店里没人比你更像共产党!”

陈佳影顿时就惊了说:“什么呀?”

王大顶说:“往这上说,你才能做到什么都不说。”

王大顶去开门,只见窦警长与石原一起站在门外。

窦警长说:“我们要跟陈女士了解一些情况,请您回避。”

王大顶无奈地操纵着轮椅出门。窦警长与石原走进房间，陈佳影木然地看着他们。窦警长说：“陈女士，你昏迷这段时间，唐凌被宪兵队抓获了，他一直隐匿于锦龙车行，是你的同党，共产党。”

陈佳影颤抖着声音说：“饭店里没人比我更像共产党。”

窦警长说：“是跟王先生合计好了这么说的吧？”

陈佳影不由得怔然。石原说：“你们这是一个愚蠢的方法。”

窦警长讥讽说：“这招叫作灯下黑，装疯卖傻地蒙混过关。”

陈佳影说：“上来就什么车行、什么唐凌，谁啊？管他谁呢！给点儿钱写个证词，证明我是同党，是共党，我还怎么蒙混？”

窦警长厉声说：“陈佳影——”

陈佳影大声抢话说：“有本事叫上野间课长，让我当他的面，跟你们那个唐凌对质，做得到吗？”窦警长顿时就被噎住了。

陈佳影已是眼泪盈眶说：“多能耐啊，案子破不了拿我交差，乘着我糊涂，怎么说怎么是呗。”

窦警长说：“这也算你咎由自取，你误导我们去查伊藤夫妇，却乘机避开我们视线……”

陈佳影抢话说：“共党智勇双全。”

窦警长恼火说：“你脑神经受到了破坏，但你没傻。”

陈佳影冷冷地说：“那就借口我是共党，对我用刑吧。”

2

西餐厅里，陆黛玲边喝着咖啡，边对龚导演说：“你跟他们说，咱俩啥都不是，让他们放人，别耽误我们拍电影。”

龚导演说：“你先告诉我到底出了什么事儿？听说还有共党呢。”

陆黛玲说：“我不好奇这些的。”

这时，陈氏兄弟来到瑞恩与乔治白的桌边坐下。

陈敏正刚坐定便开口说：“让你们不要节外生枝，怎么说不听呢？你们想干什么？抢走陈佳影搜索到的证据？那倒是把活儿做干净呀。”

瑞恩说:“你们想多了。”

陈敏章说:“行了吧,瑞恩! 陈佳影搜索到了什么?”

乔治白接话:“实话实说,放倒她后瑞恩搜过身,什么都没找到。”

陈敏正说:“诺尔曼发现有一笔记本被动过,还被小心地整页裁掉。”

瑞恩说:“我再说一遍,我的确没从陈佳影身上发现任何东西。”

陈敏正说:“瑞恩,不管从她身上搜到了什么,都请销毁,相信我,这对你们只有好处没有坏处。”

这时,王大顶操纵着轮椅走了进来,一路来到肖弦对面。

肖弦说:“你把陈佳影一个人撇屋里啊?”

王大顶说:“窦仕骁和石原在跟她问话。”

肖弦一惊说:“啊? 她脑袋应付得过来吗?”

王大顶说:“应付不过来,所以我要她就围着一个内容说,饭店里没人比她更像共党。”

肖弦大惊说:“你有病吧?”

王大顶说:“我能害她吗? 宪警方一直都没消除对我们的怀疑,她出这事儿,也等于暴露了误导宪警方的意图,于是嫌疑再度放大,赶上她脑子锈了,窦仕骁他们不可能不乘这机会搞诈供。”

肖弦琢磨着说:“我好像有点儿明白你用意了。”

王大顶说:“对,她现在的状态什么都应对不了,那就借这状态斗演技吧,我们绿林界把这招儿叫灯下黑,装委屈也好,装撒泼也好,反正他们诈什么就给什么,给到他们自己都没脸信自己,也就脱扣儿了。”

肖弦竖起了拇指说:“高!”

王大顶说:“她只有这样才能熘过去,只要她熘过去,我就能让宪警方对她的怀疑彻底打消,我有全盘计划,我要让她踏踏实实离开这里,作为一个亏欠了感情的土匪,我说到做到。”

肖弦说:“可是她能按你说的做吗?”

王大顶闭了闭眼睛说:“那就赌吧。”

白秋成走到王大顶身边说:“王先生,我们现在需要对您做个问询。”

王大顶头也不抬地说:“告诉我在哪儿,用完餐我自己过去。”

白秋成说:“那我到门口等您。”说完,转身离开。

王大顶拍了一下桌子说:“成了,佳影破了他们的诈供,摺过去了。”

肖弦说:“废话!否则你早被按翻了,还等你吃饭?一会儿问询,你说什么呀?”

王大顶说:“说她不肯说的,那笔政治献金的内幕!听好了,这个内幕就是南京想用一笔政治献金卖好苏联,苏联是什么?苏维埃!苏维埃在饭店里干这么大一票,还排查谁是共党啊?苏联夫妇就是!我要让日本人相信,他们排查的共党,不是中共,是苏维埃,让他们死盯住苏联夫妇,那陈佳影还能吸引谁的眼球啊?”

肖弦说:“这就是你那全盘计划?”

王大顶说:“酒会后,宪警方就不再掩饰对和平饭店的封锁,这摆明是要磕到底了,正好我让他们跟苏维埃磕去,让陈佳影彻底被忽略。”

肖弦说:“可她觉得这是南京想联苏抗日,所以才不让说的。”

王大顶说:“陈佳影是好人,她干不出来,但我是坏人,我无所谓呀。”

肖弦撇撇嘴。王大顶说:“告诉你这些,就是为了露馅儿的时候,能有个人证明,我是为了她好,免得她气疯掉。”

3

王大顶操纵着轮椅在白秋成的陪同下,来到接待室,日下步、窦仕骁与石原正在那里等着。王大顶说:“你们一无所获对吗?我太太就算脑神经没受损伤,也还有机构利益的约束呢。”

窦警长说:“满铁永远都是挡箭牌,对吗?”

王大顶说:“其实所谓的秘密就是一笔政治献金。”

日下步说:“什么?一笔政治献金?”

王大顶说:“南京政府想用这笔献金开路,跟苏联结盟。都说南京在犹豫三个选择,一是傍靠英美,二是亲德和日,三是联苏抗日,现在路子好像明确了,是为对付谁?你们自己想去吧。陈氏兄弟和那对苏联夫妇是双方密使,两个美国佬为什么裹在里头我不知道。我太太很可能已经查出了什么,但被他们弄坏了脑神经忘了。他们是要杀我太太,我心里清楚得很。我担心的都发生了,她在日方机构做事就这后果。”

窦仕骁说:“王先生——”

王大顶咆哮着打断说:“排查共党?你们都是用猪脑在排查吗?南京正在联苏呢,苏维埃!”

石原皱了一下眉头。王大顶说:“满铁出于什么目的要求我太太独立调查,我不了解,也不想了解,所以上述内容,别说是我透露的。”

日下步说:“联苏抗日?或许共党潜藏于饭店,就是为了刺探这个政治献金的内幕,或者是南京与苏联的交易,苏维埃?”

石原说:“大佐,我也正在想这个问题,或许共党根本不用排查,那对苏联夫妇本来就是,这一点他们甚至都没否认过。”

窦警长惊愕地说:“饭店里是苏共,不是中共?”

4

王大顶悄悄进入316房间,陈佳影正举着水杯服下一把药片,看到王大顶进来兴奋地说:“我搞懂你为啥要我栽自己了。我装委屈、装生气,他们就露馅儿了,他们是要诈我!”

王大顶却做低落状说:“哎……”

陈佳影说:“你怎么了?”

王大顶说:“我可能做错事儿了。”

陈佳影说:“他们也对你做问询了?”

王大顶点头说:“昨晚你那抢救过程特别痛苦,我实在心疼,就冲动了,把瑞恩、乔治白、陈氏兄弟和那对苏联人都给打了。”

陈佳影顿时亢奋说:“一个打六个?!”

王大顶说:“我把那些家伙打了,等于给了宪警方提示,袭击你的凶手,就在这六个人中间。”

陈佳影说:“他们总是要查的。”

王大顶说："他们知道政治献金的事儿了。"

陈佳影顿时愣了，说："什么？这个速度比我想象的要快。"

王大顶说："那个日下大佐亲自过来督案了。政治献金的事儿，日下步势必要追查到底，而且已经顺理成章地锁定了那六个家伙，他们就是裹挟成的同盟，很脆弱，只要日本人不再装文明，会很快垮掉。石原和姓窦的都算经验丰富，日下步就更不用说了，他们很容易就能找准人物关系、分而击之。"

陈佳影沮丧地说："关键是这秘密其实就隔了层窗户纸，一捅即破。"

王大顶说："其实这个内幕落到日本人手里，从事业角度上说，你肯定是败了，但要从安全上看，对你是有益的。"

陈佳影不解地蹙了下眉。王大顶说："这是南京对苏联的交易，那挖出涉共的事儿不也就挖到姓共的人了吗？巴布洛夫、诺尔曼！"

陈佳影"呼"地蹿起身说："不能是这个结果，南京是有意要抗日。"

王大顶说："听我的，既然无法挽回，就别再把自己搭进去，你现在的状态什么都做不了，所以放弃吧，咱们以安全为重。"

5

刑讯室里，窦警长将脸凑近陈敏章说："大佐发话使用刑讯真是大快人心，我早看你们不顺眼了，假装考察大宗贸易环境的两个间谍！"

陈敏章咬着牙说："我抗议，抗议这种暴虐行径。"

窦警长说："联苏抗日，很难避免共党势力再度壮大，这是南京愿见的结果吗？"

陈敏章说："我不知道你在说什么。"

窦警长说："要买通苏联，一定数额庞大吧？那笔政治献金。"

另一个刑讯室里，白秋成从诺尔曼手包里搜出化妆盒，递给石原。

石原拧开装有粉剂的暗匣，闻了闻说："三氧化二砷，剧毒，还有使用过的痕迹。满铁的陈佳影女士，恰巧在昨夜被人施毒。"

巴布洛夫说："这跟我们没关系！"

石原说:“我知道,不是一样的毒剂,但这说明不了什么,你们有制毒能力,还有动机。或许那笔政治献金已经改变了贵国对日本的态度。”

巴布洛夫与诺尔曼顿时一愣。

瑞恩与乔治白被捆在另一个刑讯室里。日下步狠狠说:“陈女士被袭,我就有理由抵制你们的外交保护。我很不理解,南京病急乱投医,不惜倒向共产主义阵营,你们代表美国,怎会参与其间?是因什么被裹挟了吧?”

瑞恩说:“政治献金就是个传闻。”

日下步说:“如果我们证实传闻是真,那这笔政治献金或就可以转而成为日美友谊的桥梁,这一点,您二位肯定没想过吧?”

乔治白眼睛一亮。日下步说:“争取英美代表的西方大国,一直都是‘满洲’的愿景哪。想一想吧,我给你们时间,我相信这里的刑讯设备是不会用到你们身上的。”

6

一辆带篷军用卡车缓缓驶进日军设的检查路卡。后车厢内,穿着宪兵制服的栓子与大壮端着枪, 像是看守着胖大嫂及其他邻居的样子;同样穿着宪兵制服的唐凌开着车,副座是穿着士官制服的丁大哥。路卡边一名日兵走过来,抬手示意停车。

唐凌停车,探头出车窗说:“宪兵队押送人犯。”

日兵走到车后,往后车厢里看了一眼,随后小跑着到路障边,招手示意通过。岗亭的电话铃声急促响起,岗亭外一名日兵转身走进门去,抓起电话说:“什么?”日兵面色一惊,当即挂上电话奔出岗亭,边指着前面的军车边喊:“军车是被劫持的!拦住它——”

唐凌通过后视镜看到了日兵的举动,猛地踩一脚油门,军车轰鸣着加速冲了出去。日兵大叫说:“快追!”

各处日兵奔向岗亭边排列的三辆跨斗摩托车骑上追来。

唐凌朝车里大吼:“都给我待稳咯!”

他猛一脚刹车并转动方向盘, 卡车在刺耳的刹车声中猛然横转,前两辆摩托当即撞上卡车车斗，车翻人飞；后一辆摩托车猛然打把躲避，却控制不住“砰”地撞向了路边的山壁，爆炸，起火……

和平饭店接待室里，日下步与窦警长及石原在分析案情。

日下步说：“初次交锋下来，我可断定，政治献金之事客观存在，我们是否可以就此把排查共党和追查政治献金，两案并作一案？”

窦警长说：“饭店里除了苏联夫妇，没有别的共党，这是两案并一案的基础，需要对此推论进行反向追问，避免存有被忽略的逻辑漏洞。”

日下步点了点头。窦警长说：“站前广场被击伤的共党男子，是准备前来和平饭店的，怎么理解？”

石原想了想说：“政治献金之事，意味着南京政府有意投靠苏联，中共若是得到了风声，必然会派人来刺探情况。”

窦警长说：“唐凌救走该男子后，又在饭店外出现，目的是什么？”

石原说：“观测环境、评估风险，确定能否接续被救同党的任务。”

这时，电话铃响。日下步起身去接电话：“那警监。”

那警监说：“唐凌和他劫走的那些邻居，差一点儿就抓到了。可他利用日产军用卡车的坚固性恶意制造事故，最终侥幸脱逃，追击过程中，我宪警人员尤其是日籍士兵，表现出了极高的军事素质以及……”

日下步打断说：“好了，我知道了。”日下步挂了电话，回到会议桌边说，“唐凌再次逃脱，就像泥鳅一样。”

窦警长与石原相觑了一眼。日下步说：“但我在想，用唐凌来求证我们的推论，应该会更有力度。瑞恩那些家伙再给一次重击，相信就能见到效果，那么我们就让效果更大一些！走，再去会会他们。”

日下步带着窦仕骁与石原上到四楼，边走边说：“既然是打重拳，就要打出声响，不但要一把击溃瑞恩他们，还要让外界感受到我们的凶悍。如果唐凌仅为接续任务，风险过大就不会再来，他若依旧现身的话，就可说明饭店内还有他放不下心的同党，苏联夫妇之外的中共！”

说话间，他们已到 403 房间门边，日下步推门进去，其他人也跟了进去。坐在沙发上的陆黛玲与龚导演惊诧地起身看着他们。

日下步看了眼陆黛玲，对龚导演说："听说你一不小心就困在这里了？酒会的请帖，谁给你的？"

龚导演说："是东京映画，我为他们筹拍一个电影。"

日下步说："文艺人士嘛，很好，容易引起关注。"

7

在316房间，陈佳影正闭着眼睛蜷在沙发里。

王大顶说："进去睡会儿吧，你得休养。"

陈佳影说："我在想，宪警方通过什么知道了政治献金的事儿？满铁情报那么先进，也没半点儿风声，那些家伙更不会自曝，除非……"

她说着，看了一眼王大顶，王大顶连忙避开了她的视线。陈佳影懊恼地说："呵，就卡在这里，我现在没法组织推理，你知道吗？"

王大顶说："知道知道，所以才让你休养嘛。"

陈佳影说："或许你以为苏联夫妇替我障了眼，也是不错的结果吧？"

王大顶说："你看，苏联承认'满洲'转卖铁路，其实挺不仗义的，虽说也姓共……"

陈佳影打断说："你知道苏联的意义吗？"

王大顶一时语噎。陈佳影说："它实践了马克思主义，十月革命一声炮响，落后的国家迅速被改变成为强国，它让我们看到了希望。"

在歌舞厅里，陈氏兄弟、苏联夫妇、瑞恩、乔治白正聚在一起。

陈敏章说："他们把大家圈这里想干什么？"

瑞恩说："别紧张！要知道大家都不是随便能惹的人。"

巴布洛夫说："瑞恩，你从陈佳影身上搜到的东西销毁了没有？"

瑞恩咬牙切齿地说："我对上帝发誓可以吗？我什么都没搜到！"

巴布洛夫说："那就好。大家都听着，日本人现在是虚张声势，因为他们没有证据，只要大家求同存异，紧密团结，这场博弈他们不会赢。"

话音未落，"砰"的一记开门声响，陆黛玲与龚导演被两名宪兵押着连滚带爬地进来，后面跟着日下步、窦警长及石原。陆黛玲与龚导演贴着身子躲着宪兵们连连晃来的刺刀。石原与窦警长互递了一下眼色，石原说："行动吧！"几名宪兵上前分别抱起陆黛玲与龚导演扔出窗外，两人摔到街上，然后尖叫、哭号着滚爬起身，不知方向地踉跄逃窜。

一个宪兵随即向他们开枪，"砰"的一记枪响，龚导演中枪倒地。

听到枪声陈佳影与王大顶扑向窗边，只见下方的街道上，陆黛玲正跪在龚导演身边，惊恐地哭号着。这时，俩宪兵赶来，一把架起左臂一片血污的龚导演往饭店里走，随后一个便衣拽起陆黛玲走进饭店。

瑞恩、乔治白、陈氏兄弟、苏联夫妇等人脸色一下子煞白。

陈佳影对王大顶说："这是在拿无辜的人做恐吓，宪警方穷凶极恶了，看来他们势在必得。"

窦警长转身对向瑞恩等人说："坦白地告诉大家，那两人是无辜的，但他们的遭遇可以编成各种版本，比如谋杀了你们中的谁或者全部！在逃跑时被宪兵击伤、束手就擒，我敢担保，不管你们遭受怎样的厄运，我们都可以做出合情合理的解释，丝毫影响不了我们的对外关系。你们要知道，这片土地上谁在掌握话语权？"

日下步扫视了瑞恩等人一眼说："我只想说，我们没有耐心了。"

乔治白尖叫着说："我和瑞恩是被裹挟的，我们跟这事儿没关系。"

陈敏止咆哮着说："你给我闭嘴！"

瑞恩说："政治献金是南京和苏联的交易，我们只是被裹挟，其实我们也想查探，我们可以跟日方合作。"

日下步说："我不想听你们废话了。把他们通通押到地下室！"

8

在301房间，德国人该隐与沃纳并肩坐在沙发上喝着红酒。

该隐说："我们应该选择什么态度？"

沃纳说："日方若查出政治献金，就跟他们合作；若没有，就迫使和平饭店归于平静。"

在316房间，陈佳影浑身战栗地看着王大顶说："已经祸及了无辜的人，事态怎么变到这样？”

王大顶说：“是日本人穷凶极恶，不赖你，也不赖我。”

陈佳影说：“不行，我得想办法，不能束手无策。你说我查到过一串字符，对吗？如果那是关键线索，现在想起它，就还有可能抢在日本人前头进行追溯，或许就有机会找出之后的应对策略。”

王大顶说：“可你脑子已经大不如前了。”

陈佳影说：“我不甘心，我不想看到你说的那种结局。”

第十三章

1

关押瑞恩与乔治白的刑讯室里。日下步说:“抱歉,饭店里合适的场所有限,但愿这里没有引起你们的不适。”

瑞恩说:“我和乔治保证所说的一切都是真实的。”

窦警长说:“按你说的,你误导我方,试图让胶卷先落入我方手里,然后以情报换情报的方式获知其中内容,谁料内尔纳死了?”

乔治白接话说:“关键是胶卷曝光了,这样我们误导宪警方的动机解释不清,苏联人要想泼脏水,我们一点儿办法都没有,所以就被裹挟了。”

日下步说:“你们真的是想多了,事实上,只要坦诚相见,我们愿意并肯定会相信你们的任何解释,内尔纳就是个情报贩子,命不值钱。”

瑞恩说:“陈女士也是我袭击的。”

日下步说:“我们想到了,即便她身份特殊,所受伤害也比较大,但这就像国与国之间,只要建立了合作,曾经的争端总有办法忘记的。”

瑞恩说:“我敢保证传闻的政治献金真实存在。”

乔治白补充说:“因为我们发现陈佳影正在调查,且显然已到取证阶段,苏联人和陈氏兄弟非常紧张,甚至想要制造事故弄死她,其实我们袭击她只是为抢先一步劫走她的取证,但很可惜我们什么都没搜到。”

瑞恩说:“但我可以肯定,陈佳影已经获取到了极为关键的线索,因为苏联人说,他们有个笔记本,被非常小心地裁掉了一页。”

日下步说:“感谢你们的坦诚,今天就到此为止。”

日下步等人转身走了出去。走到门外时,日下步转身对石原与窦警长说:“难怪满铁想要替换我们,政治献金之内幕,意味着世界格局正在悄悄发生变动,而我们正在追踪它,我们介入了历史!”

2

陈佳影自言自语地念叨着说:“有可能的, 那串字符是关键线索,那我就能抢在日本人前头了。”

王大顶说:“我个神仙姐姐,抢日本人前头能够怎样?”

陈佳影说:“抢了就有机会知道一切。”

王大顶说:“佳影,听我说,别再继续了,咱就缩了行吗?脑子烧了,总得换个安全吧? 你现在就是我的命啊。”

“那串字符,我当时让你记住它的对吗?那就说明遇袭前我已经记住它了,存在脑子里了。”陈佳影抿着嘴比画着双手,脑子里闪过进入苏联人房间的各个画面。陈佳影突然睁开眼睛说,“想起来了,是一张纸,被我撕碎扔进走廊的弃物箱,而且不止一个,我肯定会分散扔进几个弃物箱,这是最基本的措施。”

王大顶叹了口气说:“你是真不肯消停啊。”

陈佳影闭着眼睛说:“保洁员十一点钟做打扫,得赶紧……”

王大顶说:“行了,我知道了,你躺下休息,翻垃圾那活儿我帮你干。”

3

王大顶操控着轮椅坐电梯来到四楼。女保洁员推着保洁车向电梯口走来。王大顶说:“哎! 你在打扫楼层?”

女保洁员说:“是,刚做完清扫。”

王大顶说:“楼道的弃物箱也打扫了?”

女保洁员说:“都打扫了,先生。”说完,便推车进了电梯。

王大顶跟了进去。电梯下行,王大顶突然摸了一下女保洁员的屁股。

“您干什么!”女保洁员惊叫着给王大顶一个耳光,并挣脱开身子拉开了制动闸,冲了出去。王大顶随即从保洁车里拎起保洁袋放在怀里,回到 316 房间。陈佳影从沙发上蹿了下来,惊讶地看着王大顶。

王大顶说:“保洁袋里应该有你要的东西。”

陈佳影接过保洁袋,口朝下一倒,东西撒了一地。陈佳影跪下身子寻找着碎纸片说:“碎纸片如果都在里头,就可以还原。”

王大顶说:“还原这些碎纸片需要时间,我担心会来不及,楼层的宪兵看我抱这么一大包儿回来,肯定会起疑心。”

陈佳影边剔出碎纸片边说:“我有特殊方法,应该能快一些。”

与此同时,日下步、窦警长与石原正在接待室开会。日下步说:“我们必须研究一个方案,对付苏联人和陈氏兄弟,速度要快!”

石原说:“可处理这类事务这类人,我们没有经验,使用酷刑吗?”

窦警长说:“刑讯手段可能够呛,因为所涉事件意义重大,他们会紧咬牙关,从实质上说,瑞恩和乔治白并没提供出任何证据,没有证据就很难撬开他们的嘴。”

日下步说:“是的,他们只要挺到苏联领馆介入进来,刑讯就很难再继续,他们是特殊人群。”

白秋成匆匆进来说:“报告!三楼宪兵曾见王伯仁怀抱保洁袋走出电梯回到房间,随后我了解到,保洁袋是清扫四楼的女保洁员遗落的,她被同乘电梯的王伯仁非礼,慌忙逃离,保洁车因此落在了电梯里。”

日下步、窦警长及石原不由面面相觑。窦警长对石原说:“四楼的废弃物?难怪瑞恩在陈佳影身上什么都没搜到。”

石原说:“证据?”

日下步对窦警长说:“为什么你到现在都没解除对陈佳影的怀疑?”

窦警长说:“也许是因为总听不到她不设防时的声音吧。”

日下步说:“或许这是个机会,能让你听到这对夫妇的私密话。石原,你想办法在其房间安装窃听器。”石原点点头,然后跟着窦警长出门。

4

316 房间，陈佳影正拼着纸屑。碎纸片上依稀可以辨认拓印字样“DY0179”。“DY0179……”陈佳影抬头看着王大顶。

王大顶说:“什么意思？”

陈佳影说:“DY,犹太国民银行的缩写,这应是它的一个保险柜。”

王大顶说:“那是笔政治献金哈,拜托！一保险柜能搁多少钱？”

陈佳影接话说:“里头肯定不是钱。”

王大顶说:“那就一定跟政治献金有关？”

陈佳影接话说:“否则我记它干吗？”

“砰”的一声,门被撞开,窦警长、石原与白秋成拥了进来。陈佳影抓起信纸,窦警长厉声喝止:“陈佳影,把手里东西放下！”

陈佳影无奈地将信纸放回桌面。石原抓起信纸,递给窦警长。

窦警长看了看信纸,转身对陈佳影说:“太令人感动了,脑子都烧了,还这么敬业,不惜翻找垃圾来帮助我们取证。”

石原走到边上,抬起电话拨了 0 号,然后迅速从口袋里取出一样东西塞进电话机座。在另一个房间里,话务兵甲在设备台前迅速拨下接通按钮,并戴上了耳机。

窦警长举着信纸对王大顶抖了抖说:“这是她昨晚的收获吧？”

王大顶说:“窦警长——”

窦警长打断说:“非常感谢您能主动汇报政治献金之事,还忍受身体不便不顾颜面非礼那位名女保洁员,为我们获取到了重要证物。”

陈佳影顿时明白了什么,惊愕地看向王大顶。王大顶看了陈佳影一眼,然后低下了头。接着,窦警长等人走了。

他们一走,王大顶随即惶惶地看着陈佳影说:“佳影,你听我解释。”

陈佳影顿时爆发说:“你这个骗子！”

王大顶忽然给了自己一大耳刮子。

“陈佳影,你敢打我？”王大顶边说边指书桌上的电话机,示意陈佳影有监听。陈佳影转身看向书桌,发现电话机座被垫高了一点儿,也明白了刚才石原拨电话的意图。王大顶说:“你脑子都坏啦,还给满铁卖什么命？交给他们处理不就完了吗？”

陈佳影心领神会,假装发怒说:“那是我先发现的,野间课长对我寄予厚望，结果你出卖我。”过程中王大顶频频向陈佳影点头，于是陈佳影开始摔东西，“我脑子坏了，你们就欺负我，混蛋！”她一把举起电话摔在了地上，电话线断了，设备台前监听的话务兵甲皱着眉一把摘掉耳机。

王大顶长长地松了口气说：“幸亏我眼贼，否则就被算计了。”

陈佳影说：“我现在想知道，你是怎么算计我的？”

王大顶哭丧着脸说：“不是……我那个……”

此时的日下步手中捏着那个拓页信纸，看着依稀可辨的几个字符，对一旁的白秋成说：“这是犹太银行的保险柜，我需要一份特别调查令，打开它，取出证据，陈氏兄弟和苏联人就别打算说谎了。”

话音刚落，窦警长和石原走进来。日下步说：“怎么样？有收获吗？”

窦警长说：“窃听结果显示，陈佳影对她丈夫非常恼火，因为王先生导致了她和她的满铁彻底丧失了介入政治献金一案的机会。”

石原说：“对她的疑虑应可解除，我们为此饱受困扰，真是够了。”

日下步说：“唐凌不来，没中共，唐凌来，有中共，但即便有，不是陈佳影也足够欣慰了，否则，一个为日方服务的机要人员，让人毛骨悚然啊！”

5

肖弦在316门外敲门。王大顶打开门，肖弦走了进去。

肖弦说：“你打电话叫我过来，有事儿？”

王大顶说：“你给我证明，点爆政治献金这事儿，我一丁点儿坏心都没有，只是为了她能从容脱身。”

陈佳影闭着眼一声不吭。肖弦怯怯地说：“他是跟我这么说过。”

陈佳影瞪了一眼肖弦。

王大顶上前握住陈佳影的手说：“认同很重要啊，佳影，我们破了诈供、反了窃听，就是建立在相互认同的基础上，我知道你看不得苏联人有难，哪怕他们害你在先，所以这事儿我干，这份苦心你得认同吧？”

陈佳影甩开王大顶的手，转对肖弦说：“肖弦，餐厅里有些益智玩具，请拿一些给我，我要做些辅助训练，恢复思维逻辑性，否则，王大顶这王八蛋会骗死我，还会弄得我走投无路。”

王大顶说：“不是——”

陈佳影抢说：“脑子坏了不代表专业直觉也会丧失，我敢跟你打赌，王大顶，你低估了所有人。”

此时，窦警长与石原押着苏联夫妇及陈氏兄弟沿着地下室的过道走着。走近一个房间时，门开了，随队医士捧着盛有沾血的手术刀片、废药棉和纱布等物的托盘走了出来，房间里龚导演正趴在一张台案上，对战战兢兢缩在台案边的陆黛玲哭着说：“连麻药都不打呀，疼死我了。”

看着这一切，苏联夫妇与陈氏兄弟都紧张起来，他们被押进一个大刑讯室，看到瑞恩与乔治白正靠墙站着，他们脸色变得越来越难看。

窦警长看了眼瑞恩与乔治白说：“日下大佐要我把你们放到一起，是希望大家别再浪费时间，面对面了，就坦诚一点儿，早配合早踏实。”

苏联夫妇与陈氏兄弟同时看了眼瑞恩与乔治白。窦警长说：“咱们预测一下，政治献金的内幕败露，南京政府会怎样？”他对陈氏兄弟说，“他们绝对不敢承认，百分之一百会抛弃你们，但‘满洲’可以保护你们。”又对苏联夫妇说，“苏联呢？一样不予承认吧，但你们会因办事不力调遣回国接受残酷的惩罚，‘满洲’也可以保护你们，王道乐土就这么任性，值得合作。”

巴布洛夫说：“简直是天方夜谭！”

窦警长说：“何必让自己难堪？能跟你们直面相对就不会只有空口白牙。”窦警长从口袋里掏出那张拓页信纸举到巴布洛夫面前。

诺尔曼顿时怒对瑞恩说：“你说陈佳影身上都没搜到。”

瑞恩说：“这不是我搜到的。”

巴布洛夫愤怒地说：“你们这些蠢货！早晚会为你们的劣根性付出代价。”旁边的陈敏章突然扑上前去扭住瑞恩，劈头盖脸便打。

这时，日下步走了进来，大吼一声说：“给我住手！”

日下步将手中的塑料袋口朝下一倒，“咣啷”一声，塑料袋中的两块金属模板落到桌上，还有一个信封。日下步说：“DY0179，我申请强制调查令，让犹太银行打开这个保险柜，里面居然是一对满币的伪钞模板，和一张签收单，签字人，瑞恩·吉格斯。”

瑞恩与乔治白不由脸色煞白。

日下步说：“谁能解释一下，这跟政治献金之事该如何关联？”

6

316 房间，陈佳影面前的办公桌上摆着若干益智玩具，陈佳影正专心地摆弄着一个孔明锁。王大顶看着陈佳影说：“哎，你说我低估那些家伙，那就把道理说出来咱们辩论，别抛出悬念你又不管。”

陈佳影说：“我现在组织不好逻辑，但我很清楚你是错的。”

王大顶说：“你们这些人真就那么怕苏联吗？”

陈佳影说：“这跟怕不怕没关系，我说过多少次了，无论什么情况都不能害人！”

王大顶说：“他们先害的你啊。”

这时，门铃声响起。陈佳影放下孔明锁，去开门，窦警长站在门外。

窦警长说：“王太太，您的情况还好吧？”

陈佳影说：“您有事儿吗？”

窦警长说：“是有事儿，您与王先生得跟我们走一趟。”

7

陈佳影与王大顶跟着窦警长走进刑讯室，只见在一张桌上摆放着伪钞模板和一个信封。陈敏正对陈佳影与王大顶说：“请您二位到场是我的建议，因为貌似满铁也在等答案吧。”

他转对窦警长说：“窦警长，让您失望了，我们为南京服务的内容没那么神秘，只是为它关注‘满洲’的经济环境并提供评估，仅此而已。”

陈敏正转对日下步说：“在我们的记录里，满币发行以来，高仿伪钞规模性涌入市场共有两次，追根溯源后发现，源头来自美国，而就在这时我们得知，苏联人抢先找到并截获了用以制造这些伪钞的模板。”

陈敏章补充说:“与模板一起的,还有由瑞恩·吉格斯签字的收凭。”

巴布洛夫说:“陈氏兄弟担心我们借此做文章，于是暗中找到我们,想接手这副模板。我也的确想做些文章,所以谈判不算顺利。”

陈敏正说:“双方的接触有些隐晦,加之时机敏感,我想这就是所谓政治献金的谣言产生的原因吧。”

陈敏章对瑞恩与乔治白说:“内尔纳的确偷拍了我们一些谈判过程,但我怀疑他自己都不知道我们在谈什么,也就见你俩是冤大头,便顺着谣言喊高价。我说没说过他在骗你,瑞恩?你信不信?要不是宪警方打断这事儿,你给了他钱就找不到他人啦。愚蠢啊,南京不惜代价接手此事,就是为了避免美国陷入尴尬,谁想还被你们闹成了一场政治阴谋!”

巴布洛夫接话说:“存放伪钞模板的保险柜编号，原先记在笔记本里,为了保护美国佬,就烧掉了,后来我发现次页被裁走,就料到是被陈佳影做了拓印,所以才要瑞恩无论从她身上搜到什么都得销毁。”

乔治白说:“算了吧,要真为了保护我们,你们早就挑明说了。”

乔治白转身对苏联夫妇说:“你们也别想做什么文章,这块伪钞模板的确是美国人做的,但那仅是个人行为。”

瑞恩说:“这是可以证实的。”他转身对日下步说,“制作这块伪钞模板的人,此前已被秘密擒获,并押送回国了,他会受到法律的制裁。你们通过相关渠道向美方求证此事，应该不会太难。”又转身对苏联夫妇说,“伪钞模板是我方观察人员查获的,我做的签收,并要求尽快送往美国,谁想中途是被你们截了,运送人员至今还失联呢。”

日下步盯视着巴布洛夫说:“你是说政治献金的事纯属谣言?”

巴布洛夫说:“您不就在证实吗?”

日下步转身对窦警长与石原咆哮道:“那谣言是怎么被当真的?怎么放大到了言之凿凿的地步?”

窦警长说:“陈佳影你一直都在误导我们。”又指着王大顶,“还有你,政治献金的事儿是你说的!你们策划好了要把大家搅乱是不是?”

陈佳影厉声说:“闭嘴吧,都怨我好了,责任都推给我,这就是你们警务局的一贯作风！”

王大顶说：“还真是呀，我说她不愿透露所获信息，就因为政治献金之说仅为传闻，结果你们反倒听风就是雨，见点儿动静就撒欢儿，没有专业性，违背方法论，摆了乌龙丢了人，还往我太太身上推。”

日下步咆哮说：“够了！政治献金的信息，你们究竟从哪里得来的？”

王大顶说：“是德国佬该隐告诉我们的。”

陈敏章惊叫说：“天哪，德国佬！他们的话你也能信？他们是破坏分子知道吗？东北军的德式装备都是他们走私的。”

日下步大惊说：“什么？”

8

王大顶与陈佳影回到316房间。王大顶说：“想想苏联人是故意留下痕迹让你查获那个字符，他们想用一桩有惊无险的伪钞案彻底掩盖掉政治献金的事儿。你说得对，我确实低估了那些家伙。”

陈佳影漠然转身向里间走去。王大顶跟了进去说：“这对我们有危害吗？姓窦的当场发难，你是有点无措，所以只能装委屈，但好在我心有灵犀，组织了你想组织的逻辑，巧然应对之后，他哑口无言。”

陈佳影抱起梳妆台上一瓶鲜花放到窗台上。王大顶说：“姓窦的没有穷凶追咬，代表宪警方已对你再无怀疑，巴布洛夫那些家伙也没后手，说明他们想到此为止，这个结果显然比我设计的还好啊。”

说话间，陈佳影又将茶几上的一瓶鲜花移去了外间窗台。王大顶说：“既没让你反感地害到苏联人，又能让宪警方查无所获，尽善尽美啊。”

“谢谢啊！”陈佳影甩下一句后，便摆弄起孔明锁来。

王大顶说：“还打不开啊？”

陈佳影恨恨地抬头说：“我以前分分钟就能打开，都是拜你所赐。”

王大顶说：“其实吧，你也就是赌气，心里头吧，早就认同我了，对不对？你也相信宪警方就快待不住了，所以才会把花儿都移窗台上。”

陈佳影不由得眉头一跳。王大顶说：“那是暗号，提示外头的同伙，啊呸，同志，胜利将近，别进来添乱。”

9

日下步边说边带着窦警长与石原拐进电梯间：“机要处表示，瑞恩所说的情况，会请求外事部门出面向美国核实。”

窦警长说：“瑞恩能把处理伪钞事件的单位亮出来，应该没说谎。”

不一会儿，他们走进了 301 房间，沃纳与该隐正在房间里。

日下步直入主题说：“请二位跟我说说政治献金的事。”

沃纳说：“政治献金之说，乔治白漏过，伊藤夫妇也议论过，但最早是从哪里起的我们也不清楚。”

该隐说：“你们既然在做调查，我和沃纳当然要提供些信息嘛，至于走私军火给东北军的指控，我们不接受。”

沃纳说：“谁指控谁举证，拿证据说话，否则，德意志会怀疑日方在故意制造事端，破坏两国共同愿景的良好关系。”

日下步指了指沃纳与该隐说：“你们最好别太嚣张！”

接着，他转身对窦警长与石原说：“走，我们再去看看那对男女。”

日下步带着窦警长与石原直接到临时医务室。日下步一把揪起趴在病床边的陆黛玲说：“他冤枉，你可没有。舞会上若没心怀鬼胎，凭什么接王伯仁的纸条帮他做暗示？”

陆黛玲说：“我不知道那是暗示，那些台词我都没懂。”

日下步咆哮说：“你说谎！”

陆黛玲吓哭了说：“那我说什么呀，都被你们闹蒙了，呜呜……王先生不跟你们是一拨吗？”站在一边的窦警长与石原不由得面面相觑。

418 房间，瑞恩、乔治白与苏联夫妇及陈氏兄弟在一起议论着。巴布洛夫说：“瑞恩，你说实话，制作伪钞模板的人，真的已在美国入监了？”

瑞恩说：“哼，否则我就被你们害了。”

乔治白说：“别告诉我你们当初劫走模板和收凭是善意行为。”

诺尔曼说：“但客观上，这个行为帮了我们大家。”

乔治白说:“是帮你们掩盖了政治献金的内幕。”

巴布洛夫沉声喊道:“乔治,收起这种对立情绪吧!有些道理大家心知肚明,间谍是个特殊的物种,他们没有敌人,只有对手。一个间谍如果不再给对手留有余地,原因只可能有两种,一是他接到了死任务,二是他的任务,就是去死。”乔治白与瑞恩对视了一眼,默然。

陈敏正说:“乔治,大家扮猪吃老虎躲过一劫,不挺开心的吗?”

诺尔曼说:“所以跟上头编个理由吧,中止你们的‘财富’行动。”

瑞恩和乔治白惊愕看向诺尔曼说:“你们怎么知道‘财富’行动?”

诺尔曼冷笑说:“这就是间谍让人觉得神通广大的原因。”

这时,在和平饭店的临时指挥部,日下步、窦警长与石原正在开会,话务兵甲走了进来,打开一个文件夹递上说:“总部发来专电,和平饭店所发事件若无涉共性质,可转交对外事务机构负责处理。”

日下步看了电文,幽幽转对窦警长说:“我们真就陷入窘境了吗?”

窦警长不置可否地摊了摊双手,边上的石原皱着眉头低下了脸。

此时,一辆小货车从和平饭店后门方向驶进,后场通道口外停下,一名男子从车底钻出,这个男子正是唐凌!

第十四章

1

饭店临时指挥部，日下步狠狠地说：“中共不存在，政治献金纯属谣言，苏共、美国人和南京陈氏兄弟也都在显示自己对日亲善。可信吗？”

窦警长说：“不可信，那些家伙把自己包装得就像‘满洲’的守护天使，太露骨了，日本国的外交关系，还没到谁都自发自愿来捧场的地步。”

石原说：“没错，这些人都是间谍，在‘满洲’都有不可告人的任务。”

日下步说：“短短几天，我们翻出了一个间谍窝，你们想过没有？和平饭店这些住客，每个人手里都有可能掌握着大把我方没有掌握的情报，这里是座宝藏，必须要牢牢地攥住啊。”

石原说：“按程序，我们应做详细的报告，移交关东部斟酌处理。”

日下步沉下脸说：“移交关东部？那最终还会是满铁接手。”

石原说：“对于国际间谍事务，我们没有经验，也没有权限。”

日下步闷闷地说：“行啦，谁也不要急着下定论，中国有句老话，活人不会被尿憋死。”他走向洗手间，却发现马桶里漂浮着一些碎小的污浊物，他摸出一小抹，揉搓了几下说：“这是胶泥？唐凌？！”

日下步从洗手间冲了出去说：“石原队长，你看看。”他把手中一团湿漉漉的手绢包递给石原说：“有迹象显示，共党唐凌已潜入饭店！”

日下步又对窦警长说：“没有同党挂怀，唐凌何必潜入饭店？”

石原揉搓着手指间的一抹肉色黏块说：“大佐，这是一种水溶性的可食用胶泥，通常用来制作蛋糕模具。”

日下步说：“它也可以用作易容，藤崎鲇美易容法里提到过。”

他想了一会儿，转身说：“立刻对整个饭店进行全面检查！”

2

门铃声响起，王大顶去开门，只见白秋成一脸严肃地站在门外。

白秋成外里面看了一眼说："王先生，您太太呢？"

王大顶皱了下眉说："有事儿吗？"

这时，陈佳影边从里间走出来，手里摆弄着孔明锁。

白秋成说："日下大佐有令，所有住客请在宪警人员的陪同下清洗面部，然后下楼去西餐厅等候。"

王大顶说："你看我们洗脸？有病吧？"

白秋成说："大佐那么命令，我就这么执行，没办法。"

陈佳影放下孔明锁，对王大顶说："我们去洗脸吧。"

她走进洗手间，王大顶跟了进去，白秋成站在洗手间外看着两人。

二人洗完脸后，白秋成把他们带到西餐厅。厅内已坐着陈氏兄弟和该隐与沃纳两桌。陈佳影领着王大顶到一张双人桌旁坐下，又摆弄起了孔明锁。

王大顶凑近陈佳影说："干点儿正事儿行吗？这像是有情况啊。"

陈佳影抬眼说："我的正事儿就是尽快恢复我的思维逻辑性。"

这时，肖弦、瑞恩、乔治白、苏联夫妇、老犹太陆续进来，并分散到各张桌边坐下。肖弦来到陈佳影对面坐下，说："有要求你们洗脸吗？"

王大顶点了点头。肖弦又对陈佳影说："你还不想搭理他吗？"

陈佳影边摆弄孔明锁边说："我说过，他低估了所有人。日下步是条疯狂的狗，而这里的人显然已经激怒了他。"

"咔啦"一声轻响，陈佳影手中的孔明锁忽然打开了！

在四楼走廊，窦警长边说着话边跟日下步与白秋成从一个房间里走出来。窦警长说："从地下室到四楼，包括楼顶，所有可藏身的地方都依次做了排查，排查时，场所周围十步一岗，应不存在有藏匿者在过程中转移位置的可能性。"

日下步皱着眉头说："也没发现有人被仿制样貌？"

窦警长说："我们的检查当算是滴水不漏了，大佐。"

这时，石原拎着一个厨师走来。石原说："那些胶泥是他落下的。"

厨师战战兢兢地说："我我、我琢磨了个新的……雕花款式……想捏个模型没没……没捏成就扯碎了冲马桶里……"

窦警长大吼："模型你去厕所捏啊？"

厨师说："我今天闹肚子呀，我……"

石原说："大佐，宪警人员不做无谓消耗，请考虑撤离。"

日下步闷声道："和平饭店继续封锁，不管什么理由！你们几个先去西餐厅看看。"窦警长、石原与白秋成连忙走进西餐厅。

白秋成向大家喊："请各位注意！因和平饭店连续出现非预见性事件，出于对各位人身及财产安全考虑，宪警方决定延长封锁时间，直至确定无安防隐患存在，请各位配合！"住客们顿时嘘声一片。

窦警长说："大家现在可以回各自房间，但千万别离开和平饭店！"

3

陈佳影与王大顶回到316房间。卫生间的门忽然打开，满身脏灰的唐凌从里面闪了出来说："佳影……"

陈佳影惊异地说："唐凌?!"唐凌看到后面的王大顶，一愣。陈佳影随即扑进唐凌怀里说："没事儿，那就是个混蛋。"

王大顶一时支吾起来说："你、你就是他同伙，哦不、同党，啊呸，同志！你怎么进来了？"

唐凌往卫生间里指了一下说："通风管道。"

王大顶捂了捂额头说："我问的是你怎么进来了？你没见花都移窗台上了吗？佳影那就是提醒你不要进来裹乱。"

"我必须来。"唐凌转对陈佳影说，"我探听到野间已电函日本，要求探访前任课长新佑卫门，核查你的情况，所以你要立刻终止行动，离开这里。"他从怀中掏出一个小铁盒塞给陈佳影，"里面的药片，服用后会产生类似风湿性过敏的症状，起红疹、呼吸困难，会显得很严重，这样你就能出去了。"

陈佳影不解地说:“怎么这样就能出去?”

唐凌讶异地端详着陈佳影说:“病重必须送医院治疗,你又是满铁机要人员,宪警方不敢阻止,所以就离开这里,这个逻辑很简单呀。”

王大顶见唐凌疑惑地看过来,慌忙比说:“她脑神经损伤,中毒了。”

唐凌惊愕地说:“什么?”

王大顶慌了说:“别人下的毒,我是没看好,当时也不能全怪我,她双重身份我难免疑心,所以不算故意甩下她……”

陈佳影对王大顶说:“别结巴了,外头待着,我要跟他说话。”

说着,陈佳影抱着唐凌胳膊进了里间,关上了门。王大顶愤愤贴近门边说:“哎,正牌来了,冒牌的就甩了是吧?当我没女人啊!”

此时王大顶的女人刘金花正看着与王大顶的合影发呆。合影里,刘金花笑妍如花,王大顶的脸部却被刘金花的头遮挡了四分之三。刘金花想起了什么,走到床头柜边摸了摸,说:“奇怪,那块表呢?”

她突然想起了她的另一段风流韵事——

下半身裹着浴巾的乔治白走出卫生间说:“准备好了吗?宝贝儿。”话音刚落,他便看到刘金花虎着脸看着他。

乔治白说:“你怎么了?”

刘金花说:“你把我当啥了?酒吧里灌点儿马尿,我就跟你上床?”

乔治白说:“你什么意思?是你要我跟你回家的。”

刘金花大吼:“我有男人了。”她抓起床头柜边的男士衣裤连连向乔治白扔去,“滚!……滚!……给我滚!”

乔治白手忙脚乱捡起地上的衣裤,狼狈地走出房间。

刘金花打了个酒嗝儿,转身看到床头柜上有一块男款劳力士手表,好奇地拿起手表看了看,然后放回原处。

想到这里,刘金花喃喃自语说:“难道手表长翅膀飞了?”

4

418 房间,巴布洛夫刚发完电报,收起匣式无线电收报机,藏进空调换气口。书房门打开，诺尔曼来到客厅，陈氏兄弟正坐在沙发里。

诺尔曼说："据我方密探了解，熊金斗根本就不认识王伯仁。"

陈敏正皱眉说："当时那歌女告诉我，她经纪人报出熊老板后，王伯仁就直呼其名熊金斗，以示来头不小。当然那叫虚张声势，但我就是想不通，王伯仁长居山东，怎会对奉天城的地头蛇熊老板熟知底细？"

诺尔曼说："还有个情况也颇有趣味，熊老板曾得线报，黑瞎子岭土匪二头目王大顶意图劫持他周二运抵的一车皮鸦片，于是亲去火车站接货，想把暗中盯梢的此人引诱出来，结果因为宪警方围捕要犯引发骚乱，这事不了了之，而蹊跷的是王大顶从此再无踪迹，仿佛人间蒸发。"

陈敏正说："站前广场骚乱后不久，这里被宪警方封锁，当时王伯仁夫妇正在办理入住，可这两者之间有关系吗？"

"纠缠这些有用吗?!"这时巴布洛夫从里间出来，"本次对外联络，重点不是解答你们之前这个小疑问，而是要求我的外事部门以官方名义给日本人施压。大家别这么紧张，日下步已经理屈词穷，所谓延长封锁无非是给自己挣个脸面而已，撑不了太久的。"

陈敏正说："我终归觉得，作为平民，王伯仁里里外外地搅和，过界得有点耐人寻味。"

此时，随队医士与便衣 A 刚把龚导演送回 403 房间，乔治白便走了进来，陆黛玲一脸憔悴地呆坐在沙发上。乔治白从兜里掏出一把钥匙递给陆黛玲说："你暂时住我房间吧，老陪着个伤患不方便。"

陆黛玲犹豫了下，起身接过乔治白手里的钥匙，出了门。

乔治白在龚导演旁边蹲下说："你这不自作自受吗？龚观察员。"

龚导演叹气说："不是瑞恩指使，我不会男扮女装去打那个电话的。"

乔治白说："我的事怎么样了？"

龚导演说："陆小姐我探过了，是平民，睡就睡了，出不了事儿。"

乔治白说："所以你也睡？"

"行了，我够倒霉了，早知道酒会上就把事儿跟你结了。"龚导演从手腕上褪下一块男款劳力士手表说，"帮你取出来了，这么机密的东西，也能落女人家里。”

龚导演见乔治白戴上手表，又道说：“我查过了，里面的微型胶片还在。”

乔治白凑近龚导演说：“你取表的时候，有没有注意到刘金花的床头柜上有一张合影？”

龚导演说：“我想它解不了你的疑惑，那男的面部暴露部分太少，无法辨析样貌相似度。”

乔治白说：“但总有痕迹可循。”

5

316房间里间，唐凌正在给陈佳影做针灸。唐凌说：“丈夫王伯仁是你和新佑卫门虚拟出来的角色？野间一旦联络到新佑，那王大顶就会露馅儿，所以情况比我在外的预估更为严重，恐怕你得离开‘满洲’了。”

陈佳影刚要开口，却被唐凌制止说：“我知道你想说什么，但听你刚才的叙述，我会有种担忧，陈氏兄弟、苏联人、美国人把政治献金的事情褶过去了，而日下步，显然是不甘心一无所获，那双方就会展开博弈，日下步有可能输，这样最好，但他若是赢了，和平饭店必将乱中生变。所以，你不能赌，无论出现怎样的变局，以你现在的状况，都是无法应对的。”

陈佳影说：“我是不舍得，费了挺大劲儿却要放弃。王大顶要没裹乱，情况不至于那么复杂，恨死这混蛋了。”

唐凌笑说：“他想保护你，只是踏进一个陌生领域，不得章法而已。”

陈佳影也笑说：“其实我有点儿晕，真不知道该怎么看这人才对。”

王大顶在房门口面无表情地哼着《毛毛雨》曲调。窦警长与石原向王大顶走来。窦警长说：“王先生，在干吗呢？”

王大顶挑衅地说：“毛毛雨，下个……不停……”

窦警长笑了笑，凑近王大顶说：“日下大佐有这样一种疑虑，瑞恩和巴布洛夫那票家伙会不会是移花接木，用伪钞模板褶掉了政治献金的事儿，他让我们征询一下您太太的意见。”

王大顶说："你觉着她现在这脑子够用吗？"

窦警长说："相互研究一下而已。"

王大顶冷笑说："我可真佩服您这张厚脸皮，私底里帮你吧，你出卖我，事儿搞砸了又过来卖笑，您这天赋干什么警察呀，开个妓院多好。"

窦警长愠怒地说："王伯仁，其实刚才那些话我跟你说不着，我说是低个姿态好让双方都有台阶下，您要不想和解就靠边站吧。"说完，窦警长便要走向316房门。王大顶倒着轮椅拦住说："我太太在休息。"

"给我滚开！"窦警长恼怒地要推开轮椅，不料却被王大顶扒拉开手臂，并就势揪住衣领拽倾了身子。王大顶恶狠狠地说："窦仕骁，你给我听着！我太太吩咐过了，因为无法有效合作，从现在起，她拒绝跟宪警方有任何交互关系，她隶属的是满铁，不是你们怎么着就怎么着。"

石原拉住窦警长说："我们走吧。"

两人进入临时指挥部。日下步闷闷地说："关东局受到苏联外事机构的严厉质问，建议和平饭店所涉问题，交由咨情机构进行观察，呵呵，观察，巴布洛夫向外告状，我们却没监听到相关内容的电话！"

石原说："我和窦警长会撰写详细的报告——"

日下步厉声打断说："石原，我很欣慰，以职责出发你敢于跟我意见相悖，可是，这是战争，我不希望我们成为战争中落败的那方！"

这时，话务兵甲快步进来说："报告，大佐，两名德国住客闯进总机房，强行对外通话，明显带有挑衅意味。"

与此同时，在总机房，沃纳在众人的紧张围观中昂首而立，右手高举一面纳粹旗帜。另一边，该隐握着电话说着："路德维希会长，德国公民也被同等禁锢，这是无法容忍的……"

6

在西餐厅内，苏联夫妇、陈氏兄弟坐在靠窗边的餐桌边。

巴布洛夫说："关于王伯仁的话题就打住吧，我厌烦了，我们的外勤也没义务为你俩服务。"

诺尔曼笑笑说:“其实巴布洛夫很想报复那家伙。”

巴布洛夫说:“事要有轻缓,国家既已出面,就不要再节外生枝了。”

陈敏章说:“我们担心宪警方大张旗鼓地要没点儿收获下不了台。”

巴布洛夫说:“还是多想想我们的交易吧。”

陈敏章说:“这你放心,一切都在按部就班。”

这时,瑞恩与乔治白也来到餐厅,找到一空桌坐下。

乔治白说:“好像德国佬也对封锁不耐烦了,日下步要是没完没了,不小心掀出他们跟东北军那点儿勾当,可就打脸了。”

瑞恩说:“但要日下步善罢甘休并不容易,巴布洛夫拿伪钞模板圆了谎,并没让他到此为止,相反欲望更大,他现在的苦恼是没有权限介入国际间谍事务,可别忘了还有陈佳影,她的机构在这方面无障碍。”

乔治白说:“刘金花那张合影里男子无法确认样貌,龚观察员提供了一个细节,该男子衬衫后领阴影中有片区域色度更深,应是胎记。”

瑞恩说:“你说王伯仁跟照片里的男人只是感觉有些相似,何以这么上心?”

乔治白说:“有人说刘金花的男人是个土匪头子,叫王大顶。”

瑞恩不由得眉头一跳说:“所以你才急着弄回那块手表?”

乔治白说:“所以两者这种相似感,才越来越让我觉得吊诡!”

此时,在316房间,唐凌正在给陈佳影拔出银针。

陈佳影说:“新佑卫门因为‘327火灾’事件引咎回国,之后隐居乡野,那么找到他问询,直到信息反馈回来,需要多久?”

唐凌柔声说:“你自己想。”

陈佳影说:“野间从协调国内机构找到新佑卫门再进行反馈,最少需要七天时间。”

唐凌说:“算出来了?”

陈佳影得意地说:“从解开孔明锁,我就对恢复超强大脑充满信心。”

唐凌点点头说:“那还好,七天时间足够安排你不动声色离开‘满洲’。”

陈佳影说:“你接手我的工作,也要接手王大顶,你要跟他交朋友,他很烦人,但也挺好。”

王大顶不耐烦地调转轮椅,滑到里间门外,抬手要敲门,这时门开了,唐凌出现在面前。王大顶尴尬地说:“我就提醒一下,该吃晚饭了。”

陈佳影走过来说:“我们不去餐厅了,麻烦你带点儿回来。”

7

王大顶操纵着轮椅进入西餐厅,径直走到肖弦那桌坐下,愤愤地说:“人生不过是个行走的影子!一个在舞台上指手画脚的拙劣的伶人……莎士比亚。”

肖弦说:“陈佳影又折磨你了?”

瑞恩看了一眼王大顶说:“乔治,如果王伯仁跟土匪王大顶是一个人,会不会太疯狂?”

乔治白说:“其实疯狂的事儿,我们也遇见过不少。”

瑞恩说:“证明给我看,他后脖颈有没胎记。”

乔治白晃晃悠悠走近王大顶,忽地探手钩向他衬衫后领,不料王大顶瞬间将轮椅调转,猛地弹起左腿踢中乔治白裆部。瑞恩见状,忙从桌边蹿出。王大顶对捂裆倒地的乔治白补了一脚说:“他妈想偷袭我?”

瑞恩慌忙上前抱住王大顶说:“您误会了,王先生,是我让他过来替我向您和您太太表达歉意。”瑞恩拍拍王大顶的后背,并有意拉了一下他的衣服,王大顶后脖颈下露出了胎记的局部。瑞恩不由得一愣。

8

满铁野间办公室,女秘书走进来说:“野间课长,电报中继站转来国内回函,他们会找到新佑先生,并要求他亲笔回复您提出的问题。”

野间说:“合香,别让陈佳影发现我在调查她。”

女秘书说:“我明白,这是课长您对陈佳影的一种情感。”

野间说:“她暂时留在饭店里也好,能避免不少尴尬。”

这时,一个职员走进来说:“野间课长,警务局警监那人先求见。”

话音刚落，那警监从职员身后走出来，笑容可掬地从公文包里取出一封信，将信双手呈上说："这是日下大佐的亲笔信，让我呈交给您。"

野间接过信，打开一看，只见信写着：野间课长，之前礼数不周之处还请原谅，我需要您的帮助……

野间说："看来日下大佐遇到麻烦了。"

此时的日下步正在临时指挥部里对窦警长与石原等人训话。

日下步说："这个策略必然是有效的，由满铁主导调查，宪兵队进行安全方面的配合，这种合作方式给足了野间面子，他没理由拒绝，除非他对和平饭店这个间谍窝毫无兴趣。"

窦警长说："大佐这个以退为进的策略，应能解开我们目前的困境。"

"满铁以陈佳影遇袭为由介入饭店，以评估事件属性，这样几国外事单位就没理由再做干涉了。"日下步对窦警长说，"从现在开始，非日籍警务人员就需要离开了，你们跟之后的事务性质不对等。"

窦警长冷冷地说："我可以说脏话吗？"

他狠狠瞪了日下步一眼，然后拂袖而去。

9

该隐与沃纳走进电梯里，他们每人脚边都有一个大行李箱。

该隐说："路德维希会长承诺第一时间就向关东局施压，所以只管放心。"正说着电梯缓速停下，只见窦警长正阴沉着脸站在电梯外面。

该隐对窦警长说："告诉日下大佐，我们就在大堂等他，我们需要一个明确的态度。"

"傻×！"窦警长骂了一句，没好气地按了下行按钮。

电梯继续下行，沃纳与该隐面面相觑。

此时，瑞恩与乔治白正在房间里讨论着。

乔治白说："如果传闻不虚，王伯仁就是土匪王大顶，瑞恩，如果日下步非要挖出什么才肯罢休，那这个悬疑够不够满足他？"

瑞恩说："的确是个重磅炸弹！但我不希望苏联人看出我们放弃政治

献金一事儿只是借坡下驴。”

乔治白说：“我知道你在矛盾什么，苏联人的概念里，我们的‘财富’任务指的就是调查政治献金，出局意味结束，既然结束，我们对延长封锁还焦虑什么？饭店封锁，‘财富’就进不来，而我们这任务却有期限。”

瑞恩说：“是呀，苏联人肯定会用外交力量施压，德国佬显然也在使劲，但能否见效，你我的判断都不乐观。”

乔治白说：“相信我的预感，这个炸弹足够让日本人再顾不上和平饭店，王伯仁或者王大顶，人憎鬼嫌的谁不想报复？”

瑞恩点点头说：“走，我们出去探探风。”

这时，日下步与石原快步走到沃纳与该隐身边。

日下步说：“久等了，二位。”

瑞恩与乔治白也来到了堂吧，看到日下步等人后，停住了脚步。

日下步说：“关东局已向我转述了路德维希会长的电话，我想我有必要向二位解释一下……”

该隐冷冷打断说：“不必了，大佐，我们将参加经济研究会的重要议事，必须离开饭店，我想大佐应该清楚，研究会的作用不只限于经济，它还在德国是否承认‘满洲’的问题上提供具有效力的意见。”

沃纳补充说：“事实上，连日来的禁锢以及不友善的质询，已让我们开始质疑贵国与大德意志帝国建立良好关系的意愿。”

这时，野间突然出现在堂吧。野间说：“对不起了，沃纳先生！我方东亚经济调查局高级职员陈佳影，昨日在饭店内遭遇袭击，虽然袭击者已经确定，但因该职员工作性质复杂，我们需要评估袭击事件的属性是否涉及国际安全，所以，事发场所的所有人员，暂时还不能离开饭店。”

一直在不远处观察着的瑞恩与乔治白面面相觑。

第十五章

1

窦警长喝着酒想起一桩不堪的往事。

一年前,他的妻子与儿子被黑瞎子岭的土匪绑架了。窦警长拎着一个大包,走到约定的枯井边,转圈喊着说:“我没带枪,来拿钱啊——”

没人回应,窦警长看到门边贴着一张纸条,写着“钱放地上,人在驻马店砖窑”。窦警长把钱放下,赶往驻马店砖窑。他猛地踢开砖窑木门,借着微弱的烛光,可见妻子和儿子一起被捆坐在立柱边。窦警长迅速扑上,帮他们解开绳索,安慰着儿子说:“没事了,小武,爸爸来了……没事了……”

窦妻说:“你哪来的钱赎我们?仕骁,你是不是借高利贷了?”

窦仕骁说:“这些你都别管,有我呢,办几个大案就还清了。”

想到这里,窦警长狠狠地说:“日下步,你休想抢了我的功劳!”

2

在316房间,唐凌对王大顶说:“我和佳影对撤出计划做了修改,在新方案里,你要起到决定性的作用。”王大顶疑惑地看看唐凌。

唐凌说:“晚上九点,佳影服药,十五分钟后药效发作,届时你把随队医士叫来,他会要求把佳影送院治疗,你会跟她同去,车到半途,制伏司机和随队医士。然后,带佳影去福明街土地庙,神龛下有我配的解药,不比日本医院的差。陪到清晨,你就可以走了,她知道该去哪儿。”

王大顶说:“你告诉我,你这破方案要出了错,她耽误救治会不会死?”

陈佳影说:“人生很多地方需要冒险,就当是赌呗。我运气向来很好。”王大顶刚要开口,陈佳影抢话说,“我已经跟唐凌说了,我们分开后,你们要成为朋友。”王大顶瞠着眼，一时不知该说什么。

陈佳影拍拍王大顶说：“让我把你留在我的视线里……”

3

野间走进临时指挥部，日下步起身相迎。野间说：“两个德国人回房间了，至于德方经济研究会的关系，关东局会配合外交部进行协调。”

日下步说：“我没想到您的态度会这么积极。”

野间说：“强制封锁，当然会导致外交意义上的矛盾，但若能通过这些住客捏到各方把柄，也未必不是一件好事，我就是用这个理由，说服关东局的。至于合作，在码平需要的关系之后，我会增派两名调查员进来，但名义上的负责人，依旧是陈佳影。”

日下步眉头一跳说：“为什么？”

野间说：“实质上，主导合作的依旧是你们，您还担心什么？”让那些警察离开吧，现在的事务性质，跟他们不对等。”

日下步说：“窦仕骁应是在跟便衣队交接了，这个目无尊卑的混蛋！”

在418房间，苏联夫妇与陈氏兄弟议论着。

巴布洛夫焦虑地说：“野间正式介入，就等于给日下步填充了权力缺陷，只要名义上由咨情机构牵头，他们什么都能玩儿转，而且以评估遇袭事件性质为理由，会让各方的外交介入变得小题大做。”

诺尔曼说：“日本人要玩儿狠的了。我们圆了谎，不代表他们真就相信政治献金这事儿纯属谣言，继续纠缠下去，美国佬会不会出卖我们？”

巴布洛夫说：“是他们被踢出局，也等于不再被欲望捆绑。”

陈敏正说：“我说过，别对你们的政权过分自信，日本人要是什么收获都没有，不会甘心离开的。”

巴布洛夫烦躁地说：“我再说一遍，熊老板不认识王伯仁，不见得王伯仁没有途径听说过他。你们这点儿小疑惑搅不上局！”

陈敏章说：“但至少能分散些注意力吧？”

这时，门铃声响起。诺尔曼去开门，外面站着瑞恩与乔治白。

乔治白说:“宪警方跟满铁联手了,饭店的封锁不太容易会解除。”

巴布洛夫说:“这跟你们还有关系吗?”

乔治白说:“我能让日本人顾不上大家,条件是政治献金交易不管结果如何,都要给我们一份真实不虚的记录材料。”

巴布洛夫说:“哈,还不甘心结束你们的‘财富’任务。”

瑞恩说:“我们不参与、不影响,但需要情报交差,这个要求过分吗?”

巴布洛夫说:“如果能让日本人滚蛋的话,可以满足。”

乔治白说:“王伯仁很可能是假的。”

巴布洛夫惊愕说:“什么?”

乔治白说:“我收集的信息要是没错,他很可能是个土匪头目。”

陈敏章接话说:“黑瞎子岭的二头目,王大顶。”

乔治白一惊说:“你怎么知道?”

陈敏正讥讽地看向巴布洛夫说:“一个离政治太远的小疑惑。”

巴布洛夫皱着眉对瑞恩说:“确凿吗?”

瑞恩说:“七成把握值得试吗?”

乔治白说:“王伯仁是土匪王大顶,那陈佳影怎么回事?满铁机要人员、土匪,八竿子打不到一块儿的,却在假扮夫妻,够吊诡吧?这背后肯定大有文章,如果真就是颗重磅炸弹,谁还顾得上我们?值得试吗?”

瑞恩对巴布洛夫说:“事实上,大家也都很想报复那个家伙,对吗?”

巴布洛夫说:“既然大家已达成了共识,就散了吧,时间不早了。”

于是,陈氏兄弟、瑞恩与乔治白跟苏联夫妇告别。

瑞恩和乔治白边说边沿着走廊快步而行。瑞恩说:“你这办法很好,提出交换条件,他们就不会怀疑我俩的动机。”

乔治白说:“要份情报交差也恰如其分。事实上,就算咱俩不帮忙,没点儿条件就出局也说不过去,干咱们这行的向来都贼不走空。”

瑞恩说:“动作快点儿吧,‘财富’进不来饭店,这趟‘满洲’就白来了。”

4

歌舞厅里，窦警长扫视了一下面前的白秋成、警察B与警察C,说道:“因为现在调查工作的属性发生改变,我们都将撤出和平饭店,以及关于这里的所有事务。”他对白秋成说,“秋成,你跟我去做交接,其他人都走吧,回去睡个好觉。”

路上,白秋成气不忿儿地说:“招之即来,挥之即去,日本人把咱当啥呢?”

窦警长说:“该干吗干吗,哪儿那么多废话。”

白秋成说:“怎么就废话啦?您不想办大案挣奖金啦?”

说话间,二人猛见乔治白站在面前。乔治白说:“我在‘满洲’经常会碰上一些不可思议的事情,让我感叹现实要比故事更为传奇。”

窦警长与白秋成对视了一眼。乔治白说:“风传饭店封锁之后,一个进了城的土匪头目王大顶忽然人间蒸发。”

窦警长一惊说:“王大顶?”

乔治白说:“对,王大顶!有人说谁要看到一个后脖颈下有胎记的男人,千万得躲着点儿,因为那就是土匪王大顶,但吊诡的是,我真就看到过一个如此特征的人,但他是陈佳影的丈夫王伯仁!”

窦警长上前一把攥住乔治白衣领说:“假洋鬼子,我警告你!我窦仕骁没什么幽默感,所以别跟我逗闷子,尤其是用‘土匪’这个字眼儿!”

乔治白掰开窦警长的手说:“闲来无事,找点儿乐子也无妨嘛。”

乔治白转身离去。窦警长说:“秋成,你听着,乔治白想搞什么花样我不清楚,至少不会是故意找打,他说的这个再不靠谱,我也得求证。我把交接工作放慢点儿,你跟宪兵借辆摩托车,最快速度把嫂子接过来认人。”

白秋成说:“可上次来的时候,嫂子见过王伯仁啊?”

窦警长说:“所以我才奇怪呢。”

白秋成突然想起了什么,说:“嫂子应该没看到王伯仁的正脸!”

窦警长说:“秋成,我要百分百肯定,不允许丝毫错误可能,懂吗?”

白秋成说:“懂,想拿就得拿准,要不是,该干吗干吗,要是,一家伙砸日本人面前,惊到他们丫嘣出屁来。”

窦警长拍拍白秋成肩膀说："你真是我的好兄弟！干活去吧。"

乔治白回到419房间，蜷缩在沙发里的陆黛玲看到乔治白走进来，连忙起身抱住他幽幽地说："我不会再跟你上床了。"

乔治白不由得一愣。陆黛玲说："你说你能保护我，吹牛呢，看着都有头有脸的，不一样被日本人拎过来拽过去地折腾吗？没见你们多大能耐。"

乔治白说："你小看美国人了，只要我们想，就能影响地球上的每一件事儿，并操纵它。这就是我十八岁时，选择了美国的原因。"

5

316房间，穿着睡衣靠卧床上的陈佳影倒出药片，唐凌端着一杯水递给陈佳影说："半小时药性就会发作。"

陈佳影将药片就水吞下。王大顶转对唐凌说："你消失吧！"

唐凌轻轻拍了拍他的肩膀，然后走进卫生间，爬上排气管道。

唐凌一走，王大顶就换上睡衣，守在床边。

与此同时，野间与日下步边说着话边走过通道。野间说："遇袭经过你们记录得还算细致，陈佳影要还没休息，就让她签个字。"

说话间，二人拐进电梯。这时，陈佳影忽然艰难地倒吸一口长气弹起上半身又栽落。王大顶慌忙扑去，陈佳影已是挠着胸部呼吸困难，脸上、颈上满是红疹。

"佳影，你没事儿吧？"王大顶慌张地看了下表，"你一定要挺住！"随即抓起床头柜的电话，"喂，医生……你快来，我太太喘不上气了！"

王大顶挂了电话一瘸一拐奔出房门，大声呼喊："快来人啊……"

听到喊声的日下步与野间快步奔来。日下步说："出什么事了？"

王大顶说："我太太……太太……喘不上气了……"

日下步与野间奔进房间，陈佳影正艰难地挣扎着。

"陈佳影。"野间抱过陈佳影，掐起了她的人中。

此时，窦警长与石原正走向一楼前台，见随队医士挎着医药箱匆匆奔向电梯间。窦警长叫住随队医士说："又出什么情况了？"

随队医士说："王先生刚打电话给我，说他太太出现严重呼吸障碍。"

窦警长不由得蹙眉说："王先生？这么巧？"

石原端详着窦警长说："窦警长，你看起来有点儿奇怪。"

窦警长说："石原，帮我个忙，具体你先别问，我只是需要一些时间。"

6

白秋成骑着挎斗摩托车到了窦警长家大院，推开院门进院，边喊边走："嫂子，我是秋成，嫂子！"没反应，白秋成预感到了什么，一把推开厅门，厅内一地狼藉，几名手持棍棒的流氓正围着窦妻和窦子。

白秋成怒喝："你们都什么人？在干什么？"

为首流氓说："窦仕骁已经两期欠款没还了，我们来要钱。"

白秋成环视了流氓们一圈，对战战兢兢搂着小孩的窦妻说："嫂子，窦警长有急事儿找您，跟我走。"

几个流氓围了上来。白秋成说："干什么？债务纠纷应由法律途径解决，上门威胁我可有权抓你们！"

"哎哟哟……'满洲'是个法制社会吗？"在流氓们的哄笑中，为首流氓又恶狠狠地说，"我告诉你，窦仕骁不回来，这娘儿俩就别想走！"

白秋成掏枪对向围来的流氓们说："都给我散开！"

为首流氓说："你他妈不想混啦？我们可都是给熊老板当差的！"

为首流氓一棍子砸在白秋成手腕上，手枪顿落！白秋成本能弓身要去捡枪，却被另名流氓后脑一棒击倒在地，流氓们棍棒拳脚齐上，殴打声砰砰作响，白秋成手护着脑袋把手枪压在身下。窦妻见此情景，搂抱着孩子恐惧尖叫："别打了！你们别打他！求求你们啦……"

白秋成突然抓起身下手枪，顶开棍棒，朝为首流氓膝盖开了一枪，为首流氓栽倒，流氓们都惊住了。白秋成握着手枪，踉踉跄跄爬起，边吐着血边冲着流氓们闷吼："给熊老板当差？来呀！老子陪你们玩。"

为首流氓见势不妙，被喽啰扶着跑了。白秋成连忙叫上窦妻与窦子上了挎斗摩托车，然后开着摩托车向和平饭店疾驰。

316房间，随队医士检查着陈佳影的身体状况说："是严重过敏。"

日下步说："因为什么？"

随队医士说："不清楚，但病症是急性的，她现在呼吸道水肿，必须送院救治，我这里没有条件。"

王大顶急切地吼道："那就快啊！"

野间对日下步说："先送她入院吧。"

日下步点点头。于是，随队医士背起陈佳影冲出房间，野间、日下步与操纵轮椅的王大顶跟了出去。刚走到大堂，窦警长迎了上来，挡在王大顶轮椅前说："王先生，你等等！"

王大顶说："你干吗呀？"

窦警长说："大佐、野间课长，王先生暂时不能离开这里。"

日下步恼怒地说："你怎么还在这里？"

窦警长大吼说："您忙您的，不耽误！"

日下步与野间疑惑地对视了下，没再说什么，跟着身背陈佳影的随队医士走了出去。王大顶当即便要跟上，却被窦警长一把抵停轮椅说："我说了，你不能走！"

王大顶恼怒说："你到底想干什么？我太太病重啊！"

窦警长说："有个镰刀斧头的徽章你见过吧？那是证物，不见了。"

"去你妈的！"王大顶起身离开轮椅便走，不料窦警长就势将他拖下轮椅，一个擒拿动作将他压倒在地，随后窦警长快速从裤兜里掏出那枚徽章，抵手往王大顶身下一掏，假装搜出了东西。

窦警长将手中的徽章举到王大顶面前说："它怎么会在你身上？"

王大顶大吼："窦仕骁，你存心栽赃是吧？"

窦警长压住王大顶，凑近他耳边说："好好说你不听呀，逼我出手。"

说完，窦警长从腰间摘下手铐，把王大顶双手给铐住了。

这时，随队医士和一名宪兵一起将陈佳影抬上了车。

野间转身对日下步说："问问窦警长怎么回事。"

日下步点点头说："你先走吧，这里由我来处理。"

日下步转身,石原向他走来。

石原说:“大佐,窦警长说请您给他一点儿时间。”

日下步说:“他到底要干什么?”

石原说:“他希望最后一次跟您证实他的职业能力。”

石原上前与日下步耳语。日下步一惊说:“窦警长这么说的?”

石原说:“还不能完全确定,所以才要他妻子过来做辨认。”

日下步皱眉说:“这个王伯仁若真是土匪王大顶,太不可思议了!”

石原说:“窦警长总是隐隐感觉陈佳影夫妇不像真的,但那次窃听之后,这个疑惑彻底消除了。”

日下步说:“那又是什么原因让他再次起疑?”

石原说:“他说要证实自己是对的之后,再做透露。”

日下步说:“满铁现在是我们的支柱,不能再得罪了,他要搞错的话,这辈子就别想再做警察了。”

石原说:“但正如您所说,陈佳影是为日方服务的机要人员,她要有问题,性质就太可怕了!有多少秘密被她泄露?她背后又有多少秘密?”

日下步不由得眯起了眼睛。石原说:“若窦警长对了,那就是破了一个惊天大案,若陈佳影的确有鬼,面对被揭露的假丈夫,她就不可能再有撒谎的机会。

7

邮局货场,计件员正匆匆走进一间办公室说:“主任。”

老左抬起头说:“‘钉子’发来的那封密报,有一点非常需要重视,陈佳影当前的调查活动是因有意外发现,而且危险是否超越警值尚未可知。这意味着,陈佳影正处于凶险环境。”

计件员说:“我也担心,钉子一个人帮不帮得过来。”

老左说:“所以我要求,实施A级保护预案,山东那边得有所作为。”

计件员说:“我马上跟那边联系。”说着,走了出去。

山东某住宅,一老年男子转身对向一少年说:“陈佳影的眷属关系每天必须背五十遍。”

少年有模有样地说道：“先生，这宅子要不要再弄破败一些？按照前年的修改案，他已经破产了。”

这时，一个壮年男子从楼梯上下来，接话说：“已经够萧条了，弄破败了反倒做作，毕竟还有你们两个家佣陪着我嘛。”

老年男子说：“我俩在这里工作，进出会有邻居看到，但你一直很少过来，若有人探访周边的话，会不会有问题？”

壮年男子说：“富人区人口稀疏，主人又都忙，好久不见也算正常。”

老年男子说：“可你破产了。”

壮年男子说：“破产不耽误奔忙，任务突然，但也别太紧张了。我这个丈夫是陈佳影和新佑卫门虚拟出来的，但正因为此，对方才要求她备留一个预案，以便特殊情况下有得应对。谁又知道她的预案是由我们在负责呢？”

老男子却忧虑地说：“从发来的指令看，组织上也不太清楚陈佳影具体遇到了什么情况，预案是启动了，可我担心够不够她当前的需求。”

壮年男子说：“若出现问题，随机应变就是，我这丈夫活生生地杵在这里，总不至于反倒害了陈佳影吧？”

8

和平饭店西餐厅内，老犹太正摆弄着塔罗牌。他抬头看着陆黛玲说：“塔罗牌只是一种玩具，算不出命运，回去睡吧，孩子。”

陆黛玲说：“我害怕一个人睡。”

“非得有男人陪吗？”肖弦从后面走来，“和平饭店的男人你睡几个了？有安全感吗？”

陆黛玲说：“肖弦，我哪儿得罪你啦？”

肖弦说：“我就烦你这模样，你以为挨个儿睡，就能睡出个金主吗？这样下去你啥也落不着，最终连寻找爱情的机会都得丧失。”

陆黛玲弱弱地说：“可我没法跟你比嘛，你能自己养活自己，我又不能。”

肖弦说："姑娘，人生若要无憾，至少得经历一次彼此无猜的爱情，所以珍惜自己的肉体吧，否则，它会让灵魂失去感受。"

说完，肖弦向服务员要了两瓶酒，走出了西餐厅。刚走到三楼，陈氏兄弟正送巴布洛夫从310房间出来。巴布洛夫对肖弦说："是要找陈佳影吗？"

肖弦说："她怎么了？"

陈敏章接话："陈佳影得了急症，被送去医院了，王先生被扣下了。扣下的原因也很吊诡，有人怀疑王先生不是商人，而是一个土匪，真名叫王大顶。估计是谣言吧，和平饭店从来不缺谣言，不过，肖女士您跟香雉将军关系亲密，乱七八糟的事儿还是离远些吧，免得将军脸上不好看。"

肖弦面无表情地转身便走。陈敏正转对巴布洛夫说："听我跟翁秘书长通这长途，该放心了吧？我方第一时间就调整了那几项条款，干脆利落。"

陈敏章补充说："你那边也要快给答复，赶紧把交易推进下去。"

巴布洛夫说："没想到你房间里还有这样的玄机。明天见。"

此时，窦警长带着窦妻正走向刑讯室。

窦妻说："秋成吐了好多血，可能受内伤了。"

窦警长说："已经安排人给他找医生了，你就放心吧。"

他们来到刑讯室门外。窦警长轻声说："美琴，这件事儿非同小可，你一定要看仔细，时间长点儿没关系，一定要百分百确定才行。"

窦妻走通过换气窗往里看，王大顶正闭着眼睛坐在轮椅里。

窦妻一惊说："就是他！烧成灰我都认得他！"

窦警长说："可上回你来饭店是见过他们的。"

窦妻说："当时陈女士正好挡着他，没看清楚脸。"

窦警长若有所思地点点头，对身边警察说："带嫂子去401房间。"

他们一走，窦警长走进刑讯室，还没等王大顶反应，便一把抽出警棍向王大顶迎面抡去，王大顶一声痛呼连人带轮椅翻倒在地。

刑讯室上方排风扇后面，唐凌藏在上面紧皱眉头看着外边。过了会儿，他挪动身子，轻轻顺着管道向后爬去。不久，唐凌从坠送口滑出，落到洗衣房地面，他环视了一下，来到大水槽边，此时井盖的把手已与井盖边添装的一个钉地铁环之间拴了链条，挂了锁。唐凌蹲下身子，从贴身的、插满各式工具的马甲中找出一把万能钥匙，打开挂锁，然后掀开井盖，钻了进去。他猫着身子，蹚着污水沿着通道一路走去。

不久，他拐出弯道，却发现通道被一堵铁栅栏给阻隔了。

9

日下步与石原刚走进刑讯室，窦警长一把掰起王大顶的脸吼道："他叫王大顶，黑瞎子岭二当家！这段时间，他一直扮演陈佳影丈夫王伯仁，土匪、满铁机要人员，这种奇妙组合，大佐您英明睿智，给个判断！"

日下步与石原对视了一眼。

窦警长松开王大顶说："事实上，我们一直都在给他们圆谎。"

石原息事宁人地说："窦警长——"

窦警长咆哮着打断说："别忘了我们最初来干什么，莫名其妙变成查间谍窝了！老子不是日本人，就不对等了？他妈宪警部门的职责是肃正，我们是来排查共党的！"他又掰起王大顶的脸冲向日下步说，"他和陈佳影排查共党的时候，假扮夫妻，啥路子我不知道，您给开示！"

日下步铁青着脸对石原说："你马上给野间打电话。"

石原说："是。"说着，石原走到旁边拿起电话打了起来。

在医院的野间接到石原的电话，脸色同样铁青，他跑进治疗室，攥住陈佳影的双肩说："我刚接到电话，我要疯了，陈佳影，告诉我，你丈夫怎么成了土匪王大顶？你又怎么回事？你是通过严苛审查的机要人员！"

陈佳影瞠着双眼张着嘴，发出艰难的呼吸声。

野间说："告诉我真相，否则，就停下你的治疗，让你憋死在这里！"

大夫说："野间课长，她现在呼吸困难，说不了话。"

第十六章

1

陈佳影躺在病床上，迷迷糊糊中，脑子不断闪现过去片段。

教堂内，女子默默看着外面，她与陈佳影很像，但头发较短、肤色较黑。一个男声说："行为痕迹分析是一门生僻的学科，我们能够帮你进行大脑强化训练，重筑思维结构、改变分析事物的方法，但进入专业，一切就得靠自己。如果发现或意识到无法胜任，请果断放弃，因为你提议的这种尝试凶险无法估量。"

一个带有南方口音的女声说："给我半年时间，半年时间，够我专注于研究，也够我皮肤变白、头发变长，从此脱胎换骨。"

教室里，陈佳影站在小黑板前讲着："什么叫行为痕迹分析？概括说，就是通过痕迹，分析产生痕迹的行为，从而倒推行为发生时的情境。"

窗外，女子模仿着陈佳影、用浓重的南方口音讲："从而倒推行为发生时的情境。"陈佳影讲一句，女子就模仿一句，而且模仿得越来越逼真，直至一模一样。

某日式建筑楼外，男声："你将扮演的陈佳影是个极为可怕人物，她留学日本多年，智商超高、专业精湛，曾为日方情报机构破解过数宗疑案，是满铁调查部一课课长新佑卫门手下爱将，这个人心里没有民族，没有大义，甚至没有起码的是非，她的存在，似乎就为了破解一切别人无法破解的秘密……"

说话间，陈佳影匆匆进入火场，这里刚刚发生一起火灾。

野间对陈佳影说："新佑课长被救出时，已经昏迷。"

陈佳影说："其他人呢？"

野间说："档案室一人重伤，其他科室还有三人轻伤。"

陈佳影闭了闭眼睛，无声地吁了口气。

陈佳影、野间和一名便衣撩起警戒绳进了屋里，陈佳影微微蹙起眉头，环视屋内。野间说："鉴定报告刚刚出来，相关人员的口述正在整理，还需要几天时间。"

陈佳影说："您能陪我来现场，就说明心里一样存有疑问。"

野间说："火灾是从档案六处开始的，蔓延非常迅速。火灾的起因，是外间存物架的布帘脱钩被蚊香引燃，随后燎到窗帘。发现火起后，宫本玄一试图扯下燃烧的窗帘，却不慎撞倒了存物架，导致架上成排的油瓶碎裂，瞬间助燃了火势，并迅速向周围蔓延。"

陈佳影转对一便衣说："当时宫本正在查阅材料，这个位置，背对储物架七米距离，对吗？"

便衣说："是的。"

陈佳影对野间说："布帘、窗帘，事先都被涂抹了助燃剂，所以宫本玄一的感官还来不及反应，火势就已燃烧剧烈。"

野间皱脸说："火灾是人为的？

陈佳影又对便衣说："帮助里间档案室两名职员逃生的那个家伙，叫什么名字？哪个部门？"

便衣说："韩在京，勤务科，朝鲜裔。"

陈佳影冷笑了一下说："这场火灾是韩在京一手炮制的。从时间上看，韩在京从外奔入后，首先是撞见浑身着火、尚未失去知觉的宫本，出于本能，他第一个救援的人应该是宫本，但他不是。"

野间对便衣说："走，去医院！"

左肩臂裹着纱布的韩在京靠躺在病床上，两名便衣走了进来一拥而上，给韩在京铐上了手铐。

教堂钟楼内，男声说："'327 火灾'被陈佳影破解后，特工总部第一时间销毁了潜伏人员韩在京档案，环境严苛，我党组织已无力展开营救，唯一能做的，就是利用这个当口帮你彻底替换陈佳影。"

女声说："那陈佳影呢？"

男声说："她马上会消失。"

公寓，陈佳影刚走出门来，一名男子从后蹿出，一手箍身一手环颈捂嘴将她倒拖进廊下一个角落；与此同时，从角落走出来的女子交错过他们，走去楼梯口下楼梯，女子与陈佳影同样的发型、衣装、身姿。女子上了一辆轿车，车到办公楼前停下，司机打开车门，女子下车，脸冷无表情。

不一会儿，野间迎了上来说："火灾中焚毁了部分档案，包括你的。"

女子淡淡一笑说："别忘了我月薪多少就行。走，去提审韩在京。"

女子在野间的指引下进入刑讯室。

预审员说："你还有什么隐瞒？"

韩在京说："实施纵火的过程，我都已经说了。组织就是给我任务纵火，目的是什么我不知道，组织跟我也一直都是单线联系，每次交互都是通过樱花道那个通讯点，藏设纸条联系，人从不露面。"

预审员说："相信我，你的态度能决定你家人的命运。"

韩在京说："组织在这里埋设的潜伏人员不止我一个，调查部一课课长野间平二，早已被收买了。有高层怀疑，之前野间经手的一份重要材料被窜改，纵火当时，宫本正在审核那份材料。"

女子把视线投向野间，野间面无表情地看着韩在京。野间转对女子说："对于韩在京的指认，我可以接受内部调查以作核实。"

女子说："浪费时间，而且毫无必要。韩在京说到潜伏人员不止他一个时，本能地眨动眼皮并避开预审人员目光，这是典型的说谎反应。"

野间凝视了她一会儿，笑了。女子说："您这个笑容告诉我，新佑课长将会受累于这个内鬼引咎辞职，他的位置将会由您替代。”

女子进入陈佳影的公寓，边环视着屋内的陈设，边喃喃自语说：“我现在就是这里的主人，我叫陈佳影！”

一会儿，野间忽然从门外进来，一把抱住她，呼吸粗重地说：“佳影……我仰慕你很久了……我要你……要你做我的女人……”

陈佳影冷冷地说：“野间课长不希望我再为机构效力，就请这么做吧。”

野间顿时僵住了动作，随后，丧气地松开了她。

男声说：“此时此刻，我不想说太多祝福的话，因为李代桃僵只是开始，日后的道路步步惊心，我只想请你原谅，原谅我曾怀疑你是否能够创造奇迹。是的，你创造了奇迹，南门瑛，这个名字我将从此收藏。”

说话的正是唐凌！

陈佳影说：“唐凌，从明天起，我们即便对面相见，也只能装作陌路了。”

2

黑暗中，唐凌匍匐到刑讯室屋顶的通风口边，悄悄观察着屋里的动静。屋里，王大顶坐在轮椅里闭着眼睛，窦警长摆弄着各式刑具。

王大顶说：“我不是她丈夫，我是假的，是她情儿……”

窦警长说：“少跟我编故事，说点儿有用的。”

王大顶说：“她后腰有两个旋儿很迷人，我就这么爱上她了。”

“咚！”窦警长一拳击向王大顶。王大顶咆哮说：“她丈夫是个混蛋，很少回来看她，因为搞了很多女人乐不思蜀。可王八蛋发现我和佳影相好，就打她、伤害她，于是我就宰了那个王八蛋。”

窦警长说：“什么时候发生的？”

王大顶说：“十二天前，那王八蛋回来，我跟佳影正好在一起。宰了他之后，我就把他弄到西山，埋掉了。那阵子我在盯熊金斗的货还走不掉，佳影又不想我在她家久留，所以让我住进和平饭店，谁想一进来就碰上排查共党。”

窦警长大吼：“编这些鬼话想骗谁？你俩就是共党。”

王大顶说：“我再说一遍我是土匪！少他妈把我往共党那边儿靠！”

“王八蛋！”窦警长低吼着，掏出枪对向王大顶。

日下步沉着脸说：“窦警长、石原队长，你们先跟我出来。”

窦警长与石原跟着日下步走出刑讯室，进入另一个房间。日下步说：“窦警长，你是一个老警察了，应该知道冲动是刑讯中的大忌。”

窦警长说：“您这是在责备我吗？我要没死皮赖脸耗在和平饭店里，没叫我太太过来认人，这俩没准儿就金蝉脱壳了吧？”

日下步说：“对陈佳影和王大顶来说，这是一个突发情况，事先不会有串供，现在也不可能有串供机会，一方说谎，从另一方嘴里就能验证，他们很快就会明白，这次谁也别想心存侥幸。所以不要心急，慢慢挖，把他们以及背后的一切，挖个彻彻底底，这不是一个小工程。”

窦警长点了点头。日下步笑笑说：“你太太还没走呢，去陪陪她吧。”

窦警长说：“谢谢。”

窦警长走到四楼走廊时，肖苰正好从房间出来。

窦警长说：“肖女士，这么晚了还不睡？”

肖苰说：“陈佳影他们出啥事儿了？”

窦警长说：“饭店里就你和他俩最近乎，我还想问你呢。”

肖苰皱眉说：“会说人话吗？”

窦警长顿了顿说：“满铁是陈佳影的护身符，香雉将军是你的，但究竟管不管用呢？归根结底是看自己，之后免不了麻烦到您，别着急。”

说着，窦警长走向401房间。

3

刑讯室里，王大顶看了眼不远处墙上的通风口，然后“扑哧”一声笑着说：“唐先生，我知道你在偷听了，后腰有俩旋儿，想着都色情……”

一个纸团抛到了王大顶脚边，王大顶捡起纸团，打开，只见纸团写着：稍后给你张信纸，你在左下方按拇指印，我收回后，你写字给我看，我要仿你笔迹给你写救命符，看完后请把纸团吃掉。

王大顶"哗"地揉起纸，塞进嘴里。随即，从通风口落下一根细线吊着的夹子，夹着信纸。王大顶取下信纸，抬头小声地说："印泥呢？"

唐凌说："你身上就有。"

"你够狠！"王大顶轻声骂了句，然后咬破左手，用右手拇指蘸了渗出的血，在信纸左下方按上指纹，随后将信纸夹回夹子，唐凌抽回夹子。

王大顶从炭盆里取了一块炭，跪趴在地上，写起字来。日下步等人走了进来，只见王大顶面前的地上是一片繁体字。王大顶大声念了起来："当你说我爱你的时候一定要很小声，千万不要让天上的神听到，因为他们会很嫉妒的……莎士比亚。"

窦警长看了会儿地上那片字，疑惑地看着王大顶。

王大顶转对向他们说："红颜祸水，我却为她痴狂，这就是爱情！"

4

在医院治疗室，野间凝视着陈佳影说："我害怕了，你破解过那么多疑案，让新佑前辈视若珍宝。其实我也一样，我是如此爱你，我可以原谅你有任何瑕疵，但不能容忍自己对你有任何怀疑。"

陈佳影说："王大顶他怎样了？"

野间摇摇头说："我不能告诉你，因为害怕被你捕捉到任何信息。"

陈佳影说："我脑子已经坏了。"

野间说："抱歉，我必须防止你和王大顶有一丝丝的串供可能。"

陈佳影说："我要回饭店。"

野间想了想说："我答应你，但你不许见王大顶，否则，谁都帮不了你。"陈佳影点点头。

不久，陈佳影与野间一起进入了316房间。野间走到里间的卫生间看了看，然后出到外间对陈佳影说："我在外面等你。"

陈佳影转身进去里间，随后走进卫生间，环视了一下周围，不久，目光停在了挂在门后的浴衣上。陈佳影取下浴衣，翻开浴衣衣领，得目光一定，浴衣衣领内侧，沿着接缝有加固的缝线，她手指轻轻摸过缝线，这是几排莫尔斯密码。不久，换了一身旗袍的陈佳影走出去。

陈佳影说：“野间课长，我给您答案、真实的。”

野间满眼期待地看着陈佳影。陈佳影说：“情况就是这样，我丈夫忽然回来，撞见我们在一起，于是……当时他很凶，想伤害我，王大顶就跟他打了起来，结果失手……失手导致了他死亡……”

野间微微眯起眼睛。陈佳影说：“尸体埋在西山，我们一起埋的，事实上，在这之后，我有强烈的心理不适感，所以不想他在家里久留，所以让他来住饭店，因为怕被发现我们不是夫妻，我用我丈夫的名字做了客房登记，谁知道，一进来就碰上排查共党。”

野间疑惑地看了陈佳影一眼。

陈佳影说：“依照肃正纲要增补项第十二条，我的级别有权力在特殊情况下对立誓效忠的污点人士自行招安、事后备案，我承认这么干是为了保他性命，但自从交好之后，他实质上已经成了我的秘密线人，应该得到备案身份。后来饭店被封锁，我就把他的忠誓书收进行李箱了。”

野间说：“拿来看看。”

陈佳影走进里间，把行李箱拎了出来，从箱里取出一个信封递给野间。野间看了看，又将信封翻转到背面，只见封口有一团蜡封，压着方形的人名印“陈佳影印”。野间用小指甲拆开蜡封，打开信封，只见信纸上写着：本人王大顶，系肃正纲要增补项第二条所述之污点人士……

在刑讯室里，王大顶说：“忠誓书是我当时照着她的口述亲笔写的，并签字画押，按她跟我讲述的细则，这样就已符合程序……”

石原急切地说：“那忠誓书呢？”

王大顶说：“忠誓书她收起来了，一直带在她身上。”

野间握着一个文件夹快步走进刑讯室。他放下文件夹，从里取出一张纸与一支笔，转身对王大顶说：“王先生，请默写你的忠誓书内容。”

日下步、窦警长及石原同时看向王大顶。野间说："那是你效忠'满洲'的誓言，应该铭记在心，别告诉我你忘了。"

窦警长掏出钥匙，解开王大顶的手铐。拿起笔，顿了顿，边念边写：本人王大顶，系肃正纲要增补项第二条所述之污点人士……

5

临时指挥部，会议桌上，一张印有饭店标识的白纸写着忠誓书内容、签字下盖着指纹，另一张是忠誓书原件。野间、日下步、窦警长及石原围站桌边看着两张纸上的笔迹。野间说："现写的这张字迹有些抖，但仍可辨析是一人所写，右手拇指指纹也是一样的。"

日下步说："经查，316房间除了饭店提供带有印刷标识的纸张之外，未发现其他纸张。如果忠誓书是住进饭店后为防万一所写，要么使用饭店提供的纸张，要么事先有带其他纸张。"他转对窦警长和石原说，"你们第一天就检查过房间和行李箱，有发现其他纸张吗？"

石原与窦警长摇了摇头。日下步说："还有与蜡封印记相同的印章。"

石原摇头。日下步说："应可判断是进入饭店之前所写。"

窦警长说："我不相信这是真的。"

石原说："窦警长，他们没有串供条件。"

窦警长说："但他们可以有预案。"

石原说："来饭店之前吗？"窦警长不由得语噎。

此时的413房间，肖弦正握着一杯红酒坐在沙发上，回味着不久前发生的一幕。

肖弦刚要打开卫生间门，唐凌从里面蹿出，一把捂住了她的嘴说："佳影说你是可以信任的人，我现在松开手，你不会再喊了，对吗？"

肖弦点了点头。唐凌松开手说："我要一张纸和一个信封，不是饭店提供的那种，有吗？"

肖弦说："你是谁？"

唐凌说："一个看过别人写字就能仿下笔迹的高手。"

肖弦说："喜欢你这种不要脸的自我介绍，书桌中间抽屉。"

唐凌说："万一事后被调查，你应该不在现场，知道怎么做了吧？"

肖弦走出房间，当她走到走廊时，撞见窦警长向她的方向走来。

窦警长说："肖女士，这么晚了还不睡？"

肖弦说："陈佳影他们出啥事儿了？"

想到这里，肖弦笑了笑。

此时唐凌正从通风口进入312房间，坐到沙发上回顾他的杰作。

在肖弦房间，唐凌握着钢笔在一张纸上一笔一画地写着，越写越快，只见纸面上都是文字的偏旁、部首。然后从一边捻过印有王大顶指印的信纸，边轻声念边写：本人王大顶，系肃正纲要增补项第二条……

唐凌从裤兜里掏出一个削成长方体的萝卜，萝卜底部截面是仿刻的印章。唐凌折叠起写满字的信纸，装进信封，随即取过蜡烛，在接缝处滴蜡。接着，萝卜章压在软软的蜡团上，蜡团印出"陈佳影印"。

第十七章

1

唐凌从一个通风口钻了出来，进入饭店储藏室。他拿起一个瓶子看了看，接着，从工具箱里拿出防护眼镜戴上，然后用围巾系挡着口鼻，小心翼翼地将一个危险标志蒙色玻璃瓶中的液体混入另一个危险标记的透明玻璃量杯中。过程中，唐凌自言自语："王伯仁只是个虚拟人物，这一真相几天之后就会揭晓，我们无法做到封堵谎言中必然存在的漏洞。那就打个赌吧，王大顶，赌这瓶王酸的腐蚀性够不够融开那道铁栅栏让我出去，填上所有漏洞。"

唐凌将盛满棕色液体的量杯装进一个棉口袋里，然后走出储藏室。

在陈佳影公寓，野间在办公桌上仔细搜查着，他发现了一个印章盒子，打开一看，正是陈佳影一直使用的人名章。野间拿起人名章看了看说："与蜡封上的完全吻合，应该可以证明，忠誓书是在进入饭店之前所写。"

此时，窦警长与石原来到了316房间。

窦警长说："陈佳影，你再谈谈你与丈夫的情况吧。"

陈佳影说："身为机要人员，我不能接触王伯仁的人脉圈，我们连结婚仪式都很隐秘，所以让我说出王伯仁再多的亲友关系，比较困难，他的底是新佑课长查的，查完后就给了一句话，可以结婚。"

2

西山一个土坑边，验尸官对日下步说："从尸体的腐烂程度判断，此人的死亡时间，与王大顶及陈佳影所述的时间接近。"

日下步面无表情地点点头。

山东住宅，老年男子跟少年说："公馆的电话已停机很久，但保护预案开启之后，它就挂了一个幽灵号码，可用特殊方式拨通。它若响铃，就是自己人打来的，而且必然是很重要的指令，所以任何时间，大厅里都得有人，保证没有任何来电被我们错过。"

壮年男子从一边走来说："那边没有新的指令过来，可能状况还算简单吧？"

老年男子说："也可能是复杂到了难以发出指令。"

和平饭店 409 房间，窦警长对乔治白说："你指认王大顶不会只凭一块胎记，我相信你有更多的线索来源。你们也希望和平饭店可以尽快恢复平静，对吗？把来龙去脉都告诉我。"

乔治白说："刘金花……她是王大顶的女人，我跟她有一夜之缘。"

窦警长说："你再好好想一想，回头我再来找你。"

说完，他与石原走出 409 房间，直奔临时指挥部。见窦警长与石原进来，日下步便开始分析起来："陈佳影与王大顶两人的口供是吻合的，除非有神仙在帮助他们串供。那份忠誓书也可证明是在进入饭店之前所写，包括尸体腐烂程度显示与两人所述的死亡时间相符，所有证物不可能同期、同一条件下进行伪造，应可判断口供情况属实。"

野间补充说："陈佳影的档案已在'327 火灾'中焚毁，但之后补登的材料中有王伯仁，准确说是夫妇俩在青岛的住址，只是电话已经停机。"

窦警长接话说："妈的，早干吗了？"

野间说："窦警长，你要明白，机要人员的所有信息都是保密的，之前您的怀疑仅停留于猜测层面，不足以要求我们提供这些内容。"

石原说："王伯仁的亲友关系，陈佳影还提供了他父母，在山东高唐县的乡下，查起来很困难……"

窦警长打断说："她是在给我们制造困难，满铁机要人员陈佳影与黑瞎子岭的土匪二当家王大顶因奸情败露合杀亲夫，又为求给对方脱罪，利用特权将他招安？咱们王道乐土的风气，还真是堪忧啊。"

野间刚要开口，窦警长抢话说："我从警至今没发现过一条谎言不存漏洞！无论撒谎者有多机巧。现在有两条线可以追溯，一是陈佳影夫妇在青岛的住处，可让当地潜伏机构出人探查；二是王大顶有个女人叫刘金花，家住六合公寓307室。”

日下步皱眉说：“六合公寓？”

石原说：“对，当时我们追捕文姓要犯，正是从那里开始的，305与307两户是否存在关联，尚未可知。”

日下步说：“那就两条线同时铺开。”

窦警长说：“陈佳影与王大顶要貌似解除禁锢，让他们回到一起。”

野间疑惑地看着窦警长。窦警长说：“我要刘金花带来之后，能结结实实地看到奸夫淫妇正在一起，对付女人，离间的手段向来管用。”

3

西餐厅里，肖苰在小簿上写着什么，瞥见陆黛玲在对面坐下，“哗”地将纸团在手里。

陆黛玲可怜巴巴说：“姐姐，以后我可不可以跟你过夜？”

肖苰摇摇头说：“不可以。”陆黛玲瘪起嘴，快哭出来的样子。

肖苰柔声说：“对不起，我在等人。我在这里等两年了，虽然饭店还封锁着，但我仍旧相信忽然就有一天，他会拎着行李按响我的门铃。”

陆黛玲说：“我也是等人，林公子让我来的，谁想就再没见到过他。”

餐厅里靠窗一桌，苏联夫妇和陈氏兄弟在交谈着。巴布洛夫说：“我方的回复昨晚下来了，你们的条件应可允许，但说实在的，上面一直都有疑问，如此巨额的政治献金藏匿在‘满洲’，非你们的地盘，怎么做到的？”

陈敏正说：“一些金融手段而已，我只能说到这里。”

这时，窦警长与石原走进316房间。

窦警长一把拽住陈佳影说：“你知道我跟王大顶的关系吗？我曾发誓要把王大顶千刀万剐，现在却得奉命来告知他将不再接受刑讯，如果你愿意的话，他可以回房间跟你同处，继续保持你们的肮脏关系。”

陈佳影说：“请注意你的言辞！”

窦警长说："你不觉得可耻吗？小小的特权！谋杀亲夫可以免罪，你那奸夫也能脱罪，仅就因为被你招安立誓效忠！"

陈佳影说："招安并不是护身符，也有可能在终审后遭到否决，所以我依旧忐忑，对我丈夫的死，我也并不痛快，所以你给我闭嘴吧。"

说完，陈佳影开门而出。窦警长与石原追出门外说："你要去哪儿？"

陈佳影头也不回地说："我要见他！"

陈佳影往刑讯室方向跑去，窦警长与石原也小跑着跟上。陈佳影冲进刑讯室，抱着双手铐在轮椅扶手上的王大顶一个亲吻。

陈佳影挑衅地看向窦警长和石原说："把他手铐摘了。"

窦警长犹豫了一下，掏出钥匙给王大顶打开手铐。就在这一瞬间，陈佳影下意识地往斜上方瞥了一眼。捕捉到这一细微痕迹的窦警长当即侧转身来，看到不远处墙上的通风口，风扇缓慢在转着。

窦警长眯着眼睛琢磨了一下，对陈佳影说："从现在起，二位暂时可以在不离开饭店的条件下，自由活动，但愿二位纯属奸夫淫妇。"

陈佳影推着王大顶向门口走去，便衣A跟了出去。

陈佳影与王大顶走后，窦警长指指墙上的排风扇说："看看这个。"

石原说："怎么？"

窦警长说："通风管道里老鼠多啊。"

石原与窦警长对视一下，当即向门外奔去。

4

窦警长边走边对石原说："王大顶曾利用通风管道窜来窜去，还想带陈佳影从排污口逃跑。如果有人潜入，错综密布的排风管道就是最好的隐身之处，帮他们串供的神仙万一就存在呢，大佐可是怀疑过的。"

石原说："但自那以后，通外的出口，我们已做封堵。"

窦警长说："砸开那道铁门就能从外潜入。"

石原说："那是铁门，在狭窄的排污渠，固体传声会很响，砸铁门的动静不可能没人听见。"

这时，饭店经理从前方岔口出来。窦警长当即喊道："马经理！"

经理转身，窦警长说："饭店里是否储有危险液体，强腐蚀性的。"

经理犹豫了片刻说："储藏室存有一些硝酸和盐酸，稀释后用于管道除菌和一些金属物件的清洗。"

话音未落，窦警长便转身奔进了岔口，边走边说："浓硝酸和浓盐酸一比三混合就可生成王酸，腐蚀性极强，可以快速融化金属包括融开铁门。如果有潜入者，即便不从排污渠进来，也可以用这方法从那儿出去。"

窦警长带着石原冲进洗衣房，来到大水槽边，见拴着井盖把手和井盖边钉地铁环的链条挂锁扣合着。石原抓起井盖往上一抬，井盖一端露出空隙。石原转脸看窦警长说："井盖可以拉开空隙，人下去之后，可伸出铁钩，拉拢链条，并借助这个空隙，重新扣锁。"

5

在316房间，陈佳影对王大顶说："你听好了，唐凌走前留了两个信息，一是配合你要流氓，二就是312房间有条私设的电话线，从外头拉进来的，跟总机房不连，估计是哪位大神秘密联络用的。正好我要打个长途，但屋里得有人把风，所以才急着拽你回来帮我。"

王大顶说："唐凌都知道有外线了，电话他打呀？"

陈佳影说："长途是个幽灵号码，他不知道。在地下室我故意暗示通风管道有玄机，就是为了支开窦仕骁和石原，争取我俩独处的时间。"

王大顶说："我只是想问312房间锁着呢，你怎么去？"

陈佳影说："废话，通风管道啊。"

王大顶说："爬管道得知道哪儿避免承重，这技术活儿你会啊？"

陈佳影一时有些发愣。

王大顶说："脑子没恢复，还那么大主意！告诉我，电话怎么打？"

陈佳影显得有些犹豫。王大顶说："我知道，这什么幽灵号码挺秘密，您要不着急，就慢慢权衡。"

陈佳影说："废话，我要圆你的谎啊！"

王大顶说："说的是呢。"

陈佳影犹豫了会儿说："我也是一赌，但愿那条外线能通长途。"

王大顶说："那我来试吧。"

陈佳影是把号码告诉王大顶。王大顶钻进通风管道，爬到了通风口，见陈敏章正在打电话："这边你放心，金融版面我每天都在关注。"

说完，陈敏章挂掉电话，拆掉一根电话线将它塞回地毯与墙体接缝处，挪回电话柜，挡住线头部分。然后，他走到里间，打开衣柜门，钻了进去，卸下一块儿背板，后面竟是个半开的门。陈敏章从门里钻出，便进入了 314 房间。原来 312 与 314 房间通过这个衣柜可以进行互通！

陈敏正从一边走来问："李佐是不是有些担心了？"

陈敏章边关上衣柜门边答："是，但我跟他保证，交接钱款那天肯定能见我们活人。"

这时，石原与窦警长已经进入排污渠。二人拐过弯道，只见不远处阻隔通道的铁栅栏依旧立在那里。二人到铁栅栏边，石原拽着竖栏猛力晃了几下，铁栅栏依旧坚固。石原转看窦警长说："是完好的，没有被动过的迹象。可以放心，饭店里没有神仙存在。"

窦警长吁了口长气，二人走出排污渠口。石原眉头忽然紧锁。

窦警长拍了他一下说："怎么了？"

石原说："你说是捕捉到陈佳影心虚地看排风口，才产生猜测？"

窦警长说："老警察就不会看走眼啊？"

石原说："不是，陈佳影，一个行为痕迹分析专家，怎会让你捕捉到痕迹？"

窦警长随即脸色大变说："你是说她故意对我暴露痕迹？"

石原说："不应该吧？她脑子烧掉了。"

窦警长说："可烧到什么程度，谁知道？走，去看看她到底唱哪出。"

窦警长与石原一走，唐凌便从排污渠一个出风管道边闪了出来。他取出那瓶王酸，往铁栅栏上倒。烟雾一时弥漫，刺痛双目，铁栅栏却纹丝不动。唐凌只好退出，沿通风管道摸向楼顶。看四处无人，他纵身一跃，径直落入对面楼三层的阳台上，然后从阳台边顺着一根水管慢慢爬了下去。

唐凌终于顺利走出了和平饭店！

6

在临时指挥部，野间挂下电话，转身对向日下步说："青岛的特勤组织，已派人伪装成当地警察去王伯仁住所调查了。"

一个身着警察制服的男子在青岛住宅前抬手按门铃。老年男子示意壮年男子上楼，然后与少年起身朝厅门方向走去。

此时，王大顶已经潜入312房间，移开电话柜，拽出隐藏的电话线插回电话机里，接着，他拨了几个号码。

老年男子与少年走近厅门，随即便听到电话铃声响起，老年男子对少年使了个眼色，少年去开门，老年男子走到窗边抓起了电话。

王大顶握着电话说："我是陈佳影新收的同伙……"

厅门口，警察对少年说："我是台东警察分局的，最近分局要对辖区内治安情况进行总结，希望尽可能多地进行入户探访……"

电话里，王大顶说："她要我通知你们做好应对暗查准备，一是王伯仁需是一月前离家，现已失踪；二是他们夫妻关系恶化已久……"

老年男子握着电话转看厅门方向，少年已经领着警察进来；他再看楼梯方向，壮年男子正拐出楼梯转角向下行走。

壮年男子边下楼边对警察说："有什么事吗？警官。"

老年男子慌忙挂下电话，喊道："刘先生，这里的事情跟您无关！"

正下到楼梯底的壮年男子不由得愣住了，警察边上的少年也是一愣。

老年男子说："警官，您来得正好，东家外出一个多月了，啥时回来我们也不知道，可这位刘先生，说是跟东家几年前有笔没结清的款项，硬是赖着不走了。东家破产很久了，当年是银行做的清算，他要找也得找银行吧？撒着赖地扎这儿，睡东家床，用东家马桶，他不要流氓吗？"

壮年男子似乎明白了什么，连忙附和说："放屁！王伯仁拿我们的钱乱耍，那才叫流氓呢。"

警察抬手打断说："停停……停，这些事儿不归我管。"

少年说："您不是台东分局的吗？这边儿都归你们管呀。"

警察慌忙说："这样，我去叫增援，你们先稳住他。"

警察一把推开老年男子，撒腿奔出了厅门。"警官……哎！"老年男子追到厅门边，目送了一会儿，松了口大气，转回身来。

7

窦警长与石原边说边向316房间匆匆走去。窦警长说："忽然觉得挺可笑的，陈佳影一个眼神就把咱俩折腾得跟狗一样。"

石原说："我们本就是国家的猎狗。"

窦警长说："管他呢，没问题再说，有问题咱就赚了。"

窦警长与石原来到316房间门前按门铃。

门开，陈佳影头发凌乱、穿着睡袍站在门前。

窦警长说："陈女士……"

陈佳影说："滚！"随即门被重重关上门。

窦警长恼怒地与石原对视。

陈佳影回到房间，焦虑地转着圈，她眼睁睁地看着卫生间，等待着王大顶的出现。没多久，"哗"的一声轻响，王大顶从通风口内钻了出来。

窦警长恼怒地示意石原破门。石原随即踹开门，他们冲了进去。

这时，只穿了条短裤的王大顶从里间冲了出来，朝着窦警长大吼："窦仕骁，你想看老子干活儿是吧？不用看！活儿咋样问你老婆，被绑那阵儿她没少享受。"

"我弄死你！"窦警长怒吼着便要扑上去，却被石原从后面抱住。

石原说："不要冲动，误会、不要冲动！"

窦警长说："你们这对奸夫淫妇！给我等着，我早晚弄死你们！"

石原搂着窦警长走了出去。

石原说："窦警长，王大顶显然想放大你们的私仇，不要中他计。"

窦警长说："放大私仇是为了反扑，这更加说明他们心里有鬼！"

石原说："所以你更要冷静！"见窦警长不语，又柔声说，"至少刘金花来，他们这种淫荡状态会产生心理刺激，这是你想要的，不对吗？"

窦警长说："刘金花那边派了几个人？"

石原说："通知了两名便衣盯守，你的随属段有清与林东赶去会合。"

316房间内，王大顶说："知道电话线谁弄的吗？姓陈的那俩兄弟，饭店封锁后，他们对外联络没闲着，电话我还听到一耳朵，说什么金融版面……"陈佳影板着脸看着他。

王大顶说："你咋又这张狗脸了呢？"

陈佳影说："你真的凌辱过窦仕骁的妻子？"

王大顶说："你智商赶紧恢复吧，盗亦有道好吗？汉奸女人我不碰！"

陈佳影说："那就是说，不是汉奸的女人就能碰咯？"

王大顶说："男人有些时候需要逢场作戏，不信你问唐凌。"

陈佳影说："还好意思提唐凌？亏了人家还在外头给你堵漏。"

王大顶说："我有什么漏可堵的？"

陈佳影说："堵你那个逢场作戏的刘金花。"

"哎？"王大顶顿时惊了，"他怎么知道刘金花的？你告诉他的？不道德吧，当初咱俩互倒家底儿是为串供，再说那也是咱俩的秘密，对吧？"

陈佳影说："行了吧，知道你是王大顶了，先警方和满铁谁查不出刘金花来？"

8

街道一角，与王大顶在站前广场分开的傻狍子正盘腿坐在一个破碗边向路人乞讨。一个又高又壮、满脸横肉的大汉站在他面前。

"煤球？"傻狍子怔怔站起，"亲人哪！"

傻狍子一头扑进煤球身上，"呜呜呜"地哭了起来。

煤球说："傻狍子，我找你好苦呀，走，去见大当家。"

说着，煤球拉着傻狍子就走。他们进入一个土地庙。

煤球说："大当家，找到傻狍子了。"

傻狍子顿时又哭了起来说："大当家，我想死您老人家了，呜呜……我跟二当家跑散了，找也找不见他，我是留也不敢留，回也不敢回，呜呜呜……钱也没了，我只好要饭。呜呜呜呜……"

神龛背后缓缓走出一个精瘦妹子，她就是大当家。

大当家冷冷地说："二当家在城里有个女人，是不是？"

傻狍子说："没没没……没有，那是谣传。"

大当家说："放屁！你们就都帮着他骗我吧。我是他亲妹，几代下来就剩一亲妹，你帮他骗我？"

傻狍子慌了说："我……主要是那女人不够清新脱俗，怕您烦心……"

大当家无奈地说："唉，我哥文化高，眼光怪异难免，我就怕他沉迷风月，荒废了事业啊。那女人叫刘金花，对吧？去她家查过没有？"

傻狍子说："我每天都去她楼下溜达，没见二当家跟她在一块儿啊。"

大当家说："楼下溜达？你不会直接找她问话吗？"

傻狍子说："我不敢哪，二当家说，在我没有提高自身修养之前，禁止跟嫂子，哦不，刘金花接触，说我不够文明会给她造成不良影响。"

大当家恼了说："有屁影响啊？我打听过了，刘金花以前是做窑子的，什么货没见过？"她忽然想到了什么说，"他俩是在窑子里好上的？"

傻狍子顿时语塞。

与此同时，在316房间，王大顶正在给陈佳影按摩着头部。

陈佳影说："你说陈敏章通话时，提到金融版面？其实我一直都有疑问，政治献金究竟来源于哪里？"话音未落，陈佳影忽然翻下床，走到外间，从茶几上抓起一份报纸，翻到里页的"金融版面"，仔细看起来。

第十八章

1

在和平饭店临时指挥部，话务兵甲匆匆走进来，走到日下步跟前说：“报告，青岛部外勤人员对陈佳影及其丈夫王伯仁的住所进行探查后，中继站于第一时间将其汇报转发至我处，具体内容整理如下……”

日下步接过信纸看了一眼，狐疑地说：“王伯仁离家月余，佣人不知其踪？”他把信纸递给野间说，“从这份汇报来看，青岛那边未发现异常。”

日下步掏出钢笔，在墙上贴的一张纸上，将“青岛、陈佳影夫妇住宅”字样画了个叉，纸上另一排字是：六合公寓 307 室、刘金花。

2

大当家带着煤球与傻狍子匆匆走到刘金花住地附近。傻狍子说：“我跟二当家跑散那天，刘金花的公寓楼里出过事儿，听说是日本人在抓逃犯，还摔死一个，不知道是啥情况，所以咱们都低调一点儿。”

大当家说：“我们装扮都很普通，不会引人注意的。”

他们说着，拐进前方的楼拐处，一个身穿邮政制服的男子正贴着墙根蹑脚向楼拐处探去。这男子正是唐凌，他也准备找刘金花。

紧接着，警察 B、C 正快步走近一棵树下的一名便衣。

警察 B 说：“这边什么情况？”

便衣说：“刘金花可能出去了，山本埋伏在公寓里，我在这里。”

便衣从怀中掏出一张折叠的纸，打开说：“这是为她做的画像。”

墙拐处，唐凌忽然背贴墙转过身去，大当家、傻狍子与煤球正站在一边看着他。傻狍子走近唐凌说：“你什么人？鬼鬼祟祟的。”

唐凌抬转身便走，却被大当家蹿前一挡。

大当家说：“问你的话还没回呢，鬼鬼祟祟在这里干什么？”

唐凌说：“我……我住这儿，不是贼，不是探风的……”

大当家说：“哈！溜门儿的。”

唐凌说：“呵，姑娘，您显然是位行家，兄弟我也不装蒜了，无非饿极了找口饭吃，要是挡了您三位的路，兄弟我赔不是，行个方便吧。”

大当家说：“兄弟，您的眼睛也很毒嘛。”

唐凌说：“那边有警察。”唐凌猛地扒开她的手，跑了。

大当家对煤球使了个眼色，煤球随即贴到楼拐处，小心地探出脸去，只见远远的那棵树下，警察B、C与便衣正说着什么。煤球悄悄收回脸，转身对大当家说：“有警察，还有便衣，不知道冲谁。”

这时，刘金花正与一男子拉拉扯扯地走来。

刘金花指着那男子怒道：“别再跟着我！”

男子慌忙驻足。刘金花说：“我再说一遍，打过牌、看过电影不代表我就稀罕你，我刘金花不是那种随随便便的淫儿！”

男子一脸哀求说：“金花……”

刘金花说：“你给我走，别再纠缠我，否则咱俩牌友都别想做！”

说着，刘金花转身走了。男子哀怨地叹了口气，转身离开。男子一走，唐凌便悄悄跟上刘金花，低声说：“刘金花，我是王大顶的朋友，快跟我走。”

刘金花一惊说：“你有病吧？”

“王大顶处境凶险，你也一样，回头我再细说，先跟我走。”唐凌说着便去拽刘金花的手腕，刘金花一膝盖顶在了唐凌裆部。“哎呀……”唐凌捂着裆部蹲在地上。

大当家走到刘金花面前，低声道：“快跑！”

“啥呀？”刘金花不由得一愣。

“赶紧！”大当家刚又开口，见警察B、C从前方楼后拐出，当即收了声从刘金花边上交错而过。刘金花奇怪地转身看了大当家一眼。

警察B看了一眼刘金花，大叫：“刘金花！”

刘金花看见警察B、C奔来，慌忙往公寓楼方向跑，便衣也堵了过去，将刘金花堵在了门洞前。刘金花惊慌失措地说："你们干啥呀？"

大当家看到这情景，无奈地摇摇头转身离去。

门洞边，便衣将刘金花拽了个转身，反剪过双手，掏出手铐铐上。不远处的唐凌正悄悄探出脑袋看着这一切，懊恼地转身离开。

3

316房间，王大顶抱下柜上的收音机，放到陈佳影的床头柜上。陈佳影教王大顶如何操作。王大顶照着操作起来。

"那次潜入苏联人房间我还有一个发现，就是收音机开着，但没有声音。"陈佳影边调试着频道边说，"所以我断定它也做过类似改造，一旦静音的频道传出电码声响，就是该频道有发报情况。"收音机的噪声变成了无声，陈佳影将收音机后盖扣上，转身说："由此我也断定苏联夫妇藏有便携式发报设备，用来交互秘密信息，于是我就记下了这个频道。"

王大顶说："陈氏兄弟有电话、苏联人能发报，他们的交易从没因为饭店封锁被耽搁过。可你表达这个有意义吗？我本来就不相信政治献金那事儿，纯属谣言。"

陈佳影说："他们拿你我做文章，是让日'满'方专注内患，从而脱身。说明交易进入了关键阶段。金融版面，现在几乎被犹太商会占满了。"

说着，陈佳影抓起电话给沃纳他们打去。

该隐看了眼沃纳，抓起电话说："你好。"

陈佳影说："我是陈佳影，我需要你跟我交流你方在政治献金一事上关注到的信息。"

该隐皱眉说："这件事儿不是谣言吗？"

陈佳影说："你方之前收集的信息，有助于我判断真伪，这件事上，满铁和你方可以有所合作。"

该隐说："对不起，陈女士，您和王先生之间的关系，大家都在猜测，我想这些悬疑没能澄清之前，我们不能跟您交流太多。"

陈佳影说：“那您就帮我想想，那些家伙迫害我和王大顶目的是什么？”

说着，陈佳影挂下电话。王大顶说：“你这什么路子？”

陈佳影说：“包括改造收音机在内，我所做的一切都是为了把大家的注意力牵回到政治献金上来。”

王大顶说：“那你为啥不跟野间说呢？”

陈佳影说：“从别人那里得到信息，他会更明白能够把握局面的人只有我。”

王大顶说：“你确定这对我们有好处？”

陈佳影说：“不知道，我脑子还没恢复，很多方面只能凭直觉。”

王大顶说：“埋西山那具尸体，是出卖抗联的一个人渣，我宰的，日后你要碰上抗联，帮我拿这事儿封下他们的嘴，别老说土匪没觉悟。”

陈佳影惊讶地看着王大顶。

王大顶说：“有具尸体托底，我才敢编那奸夫淫妇的谎，创意是猥琐了点儿，但效果是突出的，你要从内心深处来了解我这人。”

陈佳影说：“我多想让唐凌打你一顿啊。”

王大顶说：“我要腿没受伤，他打不过我。不过，他招安那创意还不错，有我的风采。姓窦的盯着我愣就没辙，气得都快中风了。”

陈佳影说：“别小看窦警长，他恨你入骨，为让你死，会下足功夫。”

王大顶说：“所以唐凌要掉了链子，刘金花落在姓窦的手里，咱们混不过十分钟。”

4

熊老板与日下步笑呵呵地从临时指挥部走出来。窦警长正好走进指挥部，与熊老板打了一个照面，窦警长皱了皱眉。

日下步对窦警长说：“熊老板要求处理枪伤他公司职员的白秋成，那警监拿不了主意，推到我这了。经我协调，他承诺不再追究这事儿。”

窦警长说：“大佐，是他手下威胁我家人，还要抢夺秋成的配枪。”

日下步说："当时情况你们各有各的说辞，在没有第三方旁证的情况下，很难进行判断，这也是那警监的为难之处。"熊老板表示，念你为公办案，他可暂停两周计息，减少你还款压力。"

窦警长得冷笑说："呵，这就是您协调的结果？暂停两周计息？谢谢啊。"

日下步说："窦警长，你签订借贷合约，就是认同他的计息方式。"

窦警长说："哼，熊金斗每月都给宪兵队捐赠，才是重点吧？"

窦警长摔门而去，回到401房间，窦妻已收拾好行李。窦警长送他们下楼，白秋成也赶来送行。走到大堂，熊老板正坐在堂吧里。

窦警长对白秋成说："秋成，你们走吧。"

白秋成带着窦妻与窦子向门外走去。窦警长冷冷地走到熊老板对面坐下，说："对不起，和平饭店现在不太平，请勿逗留。"

熊老板说："听说你逮了黑瞎子岭的王大顶？"

窦警长说："您这是在刺探警务，熊老板。"

熊老板说："黑瞎子岭总想劫我的货，破我的财，很烦人！"

窦警长说："熊老板谦虚！您是通天的人物，哪那么容易烦心啊？"

熊老板笑笑说："土匪的招安政策，搞得你很膈应吧？我也一样。咱们做个交易吧，窦警长，你拿王大顶的人头给我，欠的钱咱们一笔勾销。"

窦警长说："熊金斗，凭你这话我就能抓你。"

熊老板说："你比我更想要他死，利国利民，又利家，对不对？"

窦警长看着熊老板，一时无语。

5

301房间，该隐若有所思地说："陈佳影在暗示我们，她根本不信政治献金这事纯属谣言，或许这也代表日'满'方的心态。"

沃纳说："要不要告诉她，我们一直在猜测政治献金的来源。"

沃纳用手指扣了扣桌上报纸的金融版面说："犹太人发起的这个项目，最近风生水起，难道日本没跟着纳粹反犹，他们就把这里当乐土了？"

该隐说:“这一猜测若是正确,帮到了日满方,德国自然能够分一杯羹。可是猜错了呢?我们就会被理解为纯心误导,别忘了你我那些军火卖的可是他们的敌对方。”

窦警长与石原正站在大堂里交谈着。这时,两名便衣押着刘金花走进来。便衣指着刘金花说:“王大顶的女人、刘金花。”

窦警长审视了会儿刘金花,掏出钥匙,为她打开手铐,握起刘金花胳膊,往电梯间走去。乔治白与瑞恩正好从电梯间走出,与刘金花打了个照面。刘金花诧异地看了眼乔治白,乔治白忙拉着瑞恩走开。

乔治白意味深长地说:“瑞恩,这个故事越来越值得参与了。”

正说着,他们已经到了西餐厅,陈敏章向他们招手,乔治白刚一坐下,陈敏章便说:“乔治,情节到高潮了,怎么才能再添把火?”

6

突然门铃响,王大顶去开门,只见窦警长与石原带着刘金花站在门外,他暗暗一惊。窦警长说:“王先生,我很佩服你几小时不下床的好身体,但据说,我身边这位才是你的女人。”

王大顶恨恨地说:“你可真能搅屎……”话音未落,头发有些凌乱的陈佳影捂着睡衣胸襟、面带错愕地出现在王大顶身后。

见此情景,刘金花顿时一怒说:“王大顶!”刘金花直奔进里间,抄起床头柜的大玻璃烟缸向陈佳影扑来。王大顶大惊,挡住刘金花,一把夺下烟缸,冲刘金花大吼:“你干吗呀?”

刘金花哭吼:“王大顶,我死心塌地做你女人,你他妈还睡别人?”

王大顶说:“什么睡不睡的,你低不低俗?我这叫爱情!”

刘金花说:“你说什么?”

王大顶咆哮:“你聋啊?我再说一遍,我跟她是爱情,跟你不一样。”

刘金花咬牙切齿说:“驴养的土匪!”扭头便向外面冲去。

刘金花直奔进西餐厅,大喊:“乔治白,假洋鬼子,你给我出来!”

餐厅众人惊讶地看着刘金花,刘金花扫了一眼众人,发现了乔治白,当即扑了上去，一把将他拽起说："乔治白，你跟我来。"

乔治白说："你想干什么？"

刘金花大吼："装不认识啊？你那会儿不是想泡我吗？"

这时，王大顶、陈佳影、窦警长与石原也奔进了西餐厅。刘金花一见，猛就抱过乔治白的脸，嘴对嘴狠狠亲了起来。刘金花拽着乔治白指向王大顶与陈佳影说："你帮我宰了他们，我就陪你睡。"

窦警长向石原示意说："先把她弄到刑讯室里去。"

石原上前抓起刘金花往外拽，刘金花骂骂咧咧地被拖出西餐厅。

此时，大当家与傻狍子及煤球会到一起。大当家低声说："刘金花被警务局给逮了，也不知跟我哥有没关系，我看她上的警车。"

话到这里，大当家忽然看到唐凌！唐凌也看到了他们，转身匆匆拐进一个胡同口。大当家说："我觉着这家伙在刘金花那儿出现不是偶然。走，跟着他。"

7

王大顶跟着陈佳影匆匆走进316房间，一把关上门。王大顶说："我们中计了！我说怎么就放咱俩回一块儿呢，他们就是要好让刘金花看到。这是离间计啊，那娘儿们要犯了浑，啥事儿都干得出来。"

陈佳影摇摇头说："真是怕什么来什么，唐凌不会出什么状况吧？"

王大顶说："别琢磨他了，现在惨的是刘金花没截住，咱俩咋办？"

陈佳影说："在预估状况里，这就是过不去的坎儿，甭琢磨了。"

王大顶说："实在没办法，咱就先把奸夫淫妇的感情夯实……"

陈佳影打断说："你有病吧？"

王大顶说："你听我说呀，咱俩谎言揭穿最怕的结果是什么？你的共党身份被刨出来，这也是窦仕骁他做梦都想要的，对吧？共产党品格高，这点妇孺皆知，不容易出这种下流关系，所以夯实它，至少能在心理上给人植入一种强烈的错位感，那么刘金花越急眼，就越容易让人觉得有蓄意迫害之嫌。应该至少能争到些主动权。"

陈佳影说:“我不知道。”

王大顶说:“那就先那么办。”

陈佳影说:“可是……”话音未落,“咔嗒”一声门开,野间走了进来。

野间说:“对不起,我没敲门,因为直接进来更能表达我的心情。他们说刘金花是块验金石,我不知道应该松一口气,还是为你们焦虑。请原谅我,佳影,在见到足够充分的物证之后,依旧不相信你。”

陈佳影说:“正常。”

野间说:“知道为什么吗?我们共事多年,你的个性我很了解,我无法理解,你这样极端理性的人会被情感捆缚,且落到这番不堪境地。”

陈佳影说:“那是灵与肉的契合。我跟他很久了,从没觉得不堪。”

野间眉头跳了下说:“后半句不是常态回答,说明你很恐惧。”

陈佳影说:“是,我恐惧,因为我和他的关系正在遭人诅咒。”

野间说:“脆弱才会害怕诅咒,是什么在脆弱?没有刘金花,你们的故事就完整无缺,但刘金花跟你在关系上有冲突,故事越完整,可能问题就越容易出现。”转看王大顶说,“搭过积木吗? 越严丝合缝,就越怕拆。”

王大顶不屑地笑了一下。陈佳影说:“你问我们怎么会走到一起? 他没隐瞒过自己是黑瞎子岭的二当家,这反倒很诱惑,因为之前我没接触过这类人群,只有程式化的概念。我想我的地位与狼共舞也不足惧,那就试试嘛, 所以……呵……我从没在一个人身上得到过这么多惊喜,他有时狡猾,有时却笨得像牛,很粗鲁,但又对我的感受很心细。他让我欲罢不能。”

王大顶说:“起先我不知道她是干机要的,第一次见她,就挺拘谨、挺敏感那么一职员,熟了之后才发现这是个妖孽,就像开了天眼一样啥都瞒不住她,有时候又吓死人的天真,分裂得让人着迷。直到那晚出了事,她说她有特权,可以招安我,让我免罪。说实在的,我没那么乐意效忠‘满洲’,但我知道只有这样,才能一直追随她。”

野间说:“你们是在刻意渲染情感,我很清楚,这是又一种蛊惑手段。为了破绽出现时我的潜意识还在偏向你们。”

陈佳影说:“不,我只是想表达,我要跟这个男人生死与共。你知道这里有人铁了心想要他死,没事,来吧,他跟我栓一块儿呢,他死,我也去死。窦警长对王大顶异常仇视,会千方百计冠以罪名,置他于死地。我敢打赌,刘金花会屈打成招,指认我们是共党。”

野间说:“她能通过什么指认共党?”

陈佳影说:“课长,您要知道,能怎么指认,窦警长完全可以教她。”

野间冷冷一笑说:“但愿刘金花可以印证你们从未说谎。”

8

在刑讯室,窦警长将一杯水递给刘金花:“我可以这么认定吧,王大顶和陈佳影的关系,你不知道。”

刘金花说:“谁搞破鞋能招摇啊?”

窦警长说:“你也没觉察到任何迹象,对吧?十多天来,他每晚都在你床上,直到他离开你投入另一个女人的怀抱,那么长时间你却看不出任何迹象?”

刘金花说:“你是想诈我吧?我可吃过警察的亏,话里话外全埋着套儿,埋哪儿还不知道,反正一不留神就得被你们装进去。”

窦警长说:“明白了,这半个月他没跟你在一起。”

刘金花说:“他跟我在一起。”

“哈!”窦警长胜利地看向石原。

刘金花慌忙改口说:“没有!不对!他没跟我在一起——”

窦警长转身打断说:“刘金花,都露馅儿还跟我装?我们早就识破你了,见到王大顶后,你表演出来的愤怒太过戏剧性,反倒暴露了你!在试图掩饰更为重要的内容是什么?是你知道王大顶早已暗中归顺了共党,就是那个女人陈佳影!”

石原不由得皱眉说:“窦警长——”

窦警长抬手止住石原,逼近刘金花说:“你现在唯一的活路,就是指认他们,指认这对狗男女,将功抵罪。”

刘金花说:“从现在起,我连个屁都不会跟你放。你这警察心眼儿忒坏,土匪就土匪,你扯共党干啥?他俩不是共党就死不了啊?那你放了我,让我捅了他们你敢不?我告诉你,捅死他们叫彪,栽死他们叫黑,我刘金花宁做彪娘儿们,不当黑心人儿。”

窦警长气得一把抓起她头发说:“不给你用刑,你不舒服是吧?”

“窦警长,你停手。”石原慌忙上前抱住窦警长,把他拉到地下室。

石原压着声音说:“你太混乱了,窦警长,我们讨论过的,只要刘金花与他们的口述有矛盾,就能深究进去——”

窦警长抢话说:“所谓合杀亲夫那晚,刘金花说王大顶跟她在一起。”

“随后就反悔啦!”石原打断,“她看出你在下套,而且借此拒绝问询。先激起她嫉恨,再诈供,是好的策略,但你不应该亮出共党的怀疑,这等于暴露我们心里没底,这女人不蠢,马上就捏住你软肋了。窦警长,识破王大顶之后,你就被私仇占据了理性,太明显了。”

窦警长面色一沉。石原说:“我对你建立的友谊,我不想失去,所以我必须警告你保持自己对职业的忠诚。陈佳影身份特殊,需要真实的证据,才能对她和王大顶做出定义,要是出了差错,后果会很严重。”

这时,便衣C带着乔治白走过来。乔治白说:“恕我冒昧,如果二位跟刘女士的交流如果有麻烦,我想我可以提供一些帮助。”

窦警长眉头一蹙说:“没这必要。”

乔治白说:“那我请求你们不要对她使用暴力,因为我怜香惜玉,也因为针对陈佳影,你们更需要没理由翻供的证词,而不是屈打成招的。我可以先把她保出来吗?”

窦警长想了想说:“但你得保证她不能跟那对奸夫淫妇接触。”

乔治白说:“我知道怎么做了。”

9

乔治白把刘金花从刑讯室接出,带到409房间。

乔治白说:“王大顶和陈佳影卷进了一个阴谋,日本人想要他们死。

要他们死，方法无数，带你过来无非就是走个程序。”

刘金花一脸疑惑地看着乔治白。乔治白说：“你不会无知到真的相信‘满洲’就是王道乐土吧？我也就能保你这一回，机会要珍惜，懂吗？照他们的意思做，否则，你也回不去，何必呢？因为一个不要你的男人。”

刘金花犹豫地说：“但终归是两条人命呢。”

乔治白说：“我知道，吱哇乱叫说宰了他们，也就是逞个凶而已。”

刘金花说：“你让我当潘金莲儿，总要有点儿实惠吧？”

乔治白不由得一愣。刘金花说：“你小看我了知道不？他们能让你来忽悠我，就说明没我不行。是，要死的拦不住，我刘金花再浑也没胆儿去跟日本人执拗，可你们也别欺负我！王大顶他供我吃，供我穿，我得有点儿良心吧？不下本钱，凭啥要我当潘金莲儿啊？”

乔治白笑着点了点头说：“稍等一会儿，我保证能让你满足。我出去一趟，马上就回来。”

乔治白来到三楼，直接进入307房间，瑞恩正在做祈祷，他循声回身看了乔治白一眼。瑞恩说：“我感到有些不安，乔治，有条件地给予帮助还说得过去，可再出手，就有些主动过头了吧？把你挺上去，会不会是苏联人的一种试探？试探我们努力在掩藏的焦虑心态。”

乔治白说：“让你不安的不是这个，而是你为了职业做的很多事与你信仰相悖对吗？可悲的宗教徒。”

瑞恩恼怒说：“你说什么？”

乔治白说：“打住吧，瑞恩！情势顶到这个份儿上，就得义无反顾往前冲，别他妈唧唧歪歪像个娘儿们，现在目标很简单，就是要日本人滚蛋，否则我们就得完蛋！‘财富’是人，这比钱更具有不确定性。”

瑞恩不由得默然。乔治白说：“想办法让苏联人或者陈氏兄弟出钱，他妈谁出都行！给我买下刘金花的嘴。”

第十九章

1

在一个废弃船坞区，唐凌在小巷穿行着。他来到一扇门前停下来，回头环视了一下后，直奔厨房，探手从灶眼里拿出个小皮匣子。他走到大门处时，被大当家与傻狍子堵住，大当家抽出驳壳枪，顶在唐凌脑门上。

煤球从唐凌手里抢过皮匣子，递给大当家。大当家接过皮匣子，打开一看，里面有两枚手榴弹。大当家说："M24 长柄手榴弹，德国货！这么豪华的装备，你还敢说你是溜门子的？"

唐凌说："你们是哪条道儿的？"

大当家说："现在是我问你，问什么答什么，说，你跟刘金花什么关系？"

唐凌说："她是你什么人？"

傻狍子说："她是我嫂子。"

唐凌说："你们是黑瞎子岭的？"

大当家一愣说："你是怎么知道的？"

唐凌说："王大顶被困在和平饭店，情况很危险，得赶紧救他！"

大当家说："蟊贼子，你是想把我们往虎口里送吧？和平饭店招了大事儿被日本人封锁了，当我不知道啊？"

唐凌咆哮说："你说的大事儿里他是一角儿！"

2

饭店经理与陈氏兄弟沿着楼梯往上走，巴布洛夫跟在后面。

他们到了赌场。经理犹豫了一下，把门打开，陈氏兄弟与巴布洛夫急不可耐地走了进去，瑞恩也悄悄地跟着他们走了进来。“哗啦啦——”轮盘转动起来。

轮盘转动匀速减慢，最后停下，某格的三个黄色筹码停在瑞恩面前。

巴布洛夫说：“满意了吗？瑞恩，乔治白出手，我们开支票。”

瑞恩笑笑说：“我们现在纯属帮忙，没道理再往里贴钱。”

陈敏章说：“告诉刘金花，筹码随时可来饭店兑现，够她吃一辈子的，也警告她，我们能买她要别人的命，就也能买别人要她的命。”

瑞恩抓起三个黄色筹码，往大门方向走去。

3

316 房间，王大顶说：“都赖你家唐凌，怎么没把刘金花给堵住？”

陈佳影说：“别叨叨了行吗？”

王大顶说：“你总觉得刘金花是个死扣，所以她一出现你就乱了，忘了最初的策略是要把大家的视线拽回到政治献金上去，这样就能让日方相信乔治白检举我的动机是个阴谋。”

陈佳影若有所悟说：“天哪，是乱了，看见窦仕骁带着刘金花进来我就乱了。其实有私仇在，窦仕骁会不会害我们不用强调，应该是乔治白！他显然跟刘金花说得上话。乔治白跟窦仕骁联手了？”陈佳影惊悚地说，“对，他当然会。”

王大顶说：“那我们怎么办？”

陈佳影说：“得赶紧了，反咬乔治白，反咬他们！”

这时，门铃声响起，陈佳影走去开门，只见该隐站在门外。

“我正要找你呢，该隐。”陈佳影把他让进门，“我要你告诉野间政治献金一事确系存在，而且一直都在推进。”

该隐冷冷地说：“诱导他相信因为您洞察到了这一点，所以遭受陷害对吗？”陈佳影看了眼王大顶。

该隐说：“陈女士，您那个电话的确起到了蛊惑作用，但也由此引起了我和沃纳的警惕，您显然在恐惧，但有必要吗？您有个当盗贼的情人而已，拿这个在您身份上做文章并不容易，除非您的确很不单纯。对不起！我来就是想告诉您，保持距离吧，纳粹也一样反感‘共产党’这三个字。”

该隐转身离开。陈佳影怔怔地说：“全都错了！我们太紧张了，对野间我应该直接讲案子，政治献金的事儿还在，他自然会怀疑乔治白的动机，干吗又演感情又强调要被迫害，透着就是个心虚。我怎么乱成这样呢？德国人那边也弄巧成拙。”

王大顶抓住她双手说：“别这样，不淡定的形象交给土匪，你应该放松点儿，你说过，放松是一个优秀演员的基本素养。”

陈佳影沮丧地闭起眼睛。王大顶柔声说：“现在你把这些小小的失败都放一边儿，咱先想想刘金花如果被乔治白套了话，该怎么应对。”

陈佳影说：“刘金花她会害我们吗？”

王大顶说：“说实话，我们最后一次见面不太痛快，我发现她偷过汉子就打起来了。但我觉着，她能意识到害我就会要我命，她没那么浑，毕竟都是中国人，对吧？”

陈佳影说：“那就赌吧！乱成这样了，接下去也没别的招，就以不变应万变，反咬乔治白。”

王大顶说：“对，刘金花不笨，看到我咬，她也会跟着咬。”

陆黛玲憔悴地沿着楼梯上到四楼，却见窦警长站在那儿看着她。

窦警长说：“我很清楚，这里只有你是无辜的，但世道就这样，越无辜越被欺负，因为无辜者无用，和平饭店真不是你该来的地方。问问乔治白，你能帮他做什么，然后作为报答，我找理由放你出去。”

说完，窦警长轻轻拍了拍她胳膊，顺着楼梯下行而去。

陆黛玲轻轻走进 403 房间，却听见瑞恩在与龚导演说话。瑞恩说：“我刚跟乔治分开，他有信心让日‘满’方被陈佳影和王大顶死死牵住。所以我希望在外的人员都保持镇定，‘财富’行动并没有受到侵扰……”

这时，瑞恩瞥见陆黛玲进来，便闭上了嘴。

陆黛玲说：“我能帮你们做什么？”

瑞恩不解地说：“什么？”

陆黛玲说:“问你也一样吧?乔治白与你是一拨的。”

她看向龚导演,说:“还有你也是,我看出来了。”

这时,电话铃响起,瑞恩去接电话,听了一会儿,点点头说:“我知道了,乔治。没错,窦警长比我们更心切,应该不会有诈,既然他在求配合,大家心照不宣吧。好,我会告诉陆黛玲该怎么做。”

在409房间,乔治白挂下电话,向沙发那边的刘金花走去。

乔治白说:“我们稍稍调整一下方案,亲爱的。”

临时指挥部,日下步说:“根据青岛方面的描述,王伯仁的离家时段以及破产已久这些信息,都与陈佳影的口供一致。”

野间说:“王伯仁父母的居住地比较偏远,我们没能力查找。”

窦警长接话说:“否则陈佳影能提供给你吗?”

野间皱眉说:“窦警长,至少她不能遥控山东的家佣吧?”

窦警长说:“早做准备呗。”

日下步说:“莫名其妙!难道他俩是专程到和平饭店来找排查吗?案件分析的时候,不要把个人情绪带进来!”

窦警长愤怒地说:“她为‘满洲’做事,我也是呀。从头到尾她都在说谎,从一开始就破绽百出的关系,就仗着那层所谓的机要身份。”他转对野间说,“您不恐惧吗?如果她是共党,那就是扎在你命门的刺!”

野间说:“窦警长,我们跟你一样,都心存疑惑,现在握着刘金花呢,有这块试金石在,何必太过心急?”

这时,石原走进来说:“大佐!乔治白说,刘金花如果可以得到赦免,她就不再抗拒,积极配合问询。”窦警长脸上露出不易察觉的笑意。

4

窦警长与石原走进316房间。

窦警长对王大顶说:“刘金花之后的问询,我们希望你也在场。”

王大顶操纵轮椅出门,陈佳影想跟上,却被窦警长抬手拦住。

窦警长说:“还没轮到你呢,少安毋躁。”

陈佳影只好退回房间。王大顶被窦警长与石原带进刑讯室，日下步看了一眼王大顶，转对刘金花说：“你可以说话了。”

刘金花说：“你们说他投共，应该会吧。”

王大顶顿时连连咳嗽起来。刘金花转看日下步说：“反正我听他说过，他想带黑瞎子岭走上抗日道路。”接着，刘金花对窦警长说，“你觉着土匪不够死罪，得是共党，我就顺着你说，满意了吧？”

窦警长说：“刘金花，你这话什么意思？”

刘金花说：“他骗我，跟那女的好，我恨！但恨归恨，人命关天的事儿我不能瞎说，举头三尺有神明，懂吗？”

日下步不由得与石原对视了一眼。刘金花对王大顶说：“我跟你坦白，有天晚上，我在酒吧喝多了，我是在那儿认识的乔治白，差点儿就跟他睡了，就因为还念着你，我没你那么干得出来。”

刘金花转对窦警长与石原说：“乔治白是个好人，他告诉我，你们想栽王大顶，想要他死，但那女的，叫陈佳影是吧？不是一般人儿。栽王大顶就是连她一块儿栽，没那么容易，所以他要我别怕，不顺你们的意，你们也没辙，屈打成招的不算数，所以有什么说什么，照实了说就行。”

窦警长与石原面面相觑。

“王大顶跟我两年多了，可待一块儿的时候不多，他有啥事儿，不跟我说我也不问，土匪的女人嘛，得懂事儿，所以他跟陈佳影怎么好上、啥时候好上的，我压根儿就不知道。”刘金花看着窦警长说，“你老揪我这半个月干啥，我跟他三个月没见着面儿了，他干啥我能知道啥呀？”

窦警长说：“刘金花，你是在躲避关键问题吧？”

刘金花说：“躲啥呀？我俩就是没在一块儿，我有证据，我有张他寄来的明信片。”王大顶惊愕地看向刘金花。

刘金花看着王大顶说：“上头写的啥你还记得吧？挺肉麻的，这月八号寄的明信片，邮戳上的字儿清楚着呢，哈尔滨……”

王大顶说：“刘金花，你害我？”

刘金花说：“哈尔滨寄来的，我俩是不在一块儿啊。”

窦警长对日下步说:“据说那天王大顶帮陈佳影杀了他亲夫,并埋尸于西山,这是王宋二人先前的口供。”

“刘金花,我弄死你!”王大顶暴怒地蹿出轮椅扑向刘金花,却被石原与窦警长死死按住。王大顶挣扎着大吼:“刘金花,你够狠!乔治白教你的是吧?假装跟我一头儿,免得被我看出你们合伙栽我,然后假装秃噜嘴,你知道那天是关键。他多少钱买你的?”

“王大顶!”日下步“砰”地拍案站起,“乔治白是否教唆了她害你,很容易证明,当天你若真是跟陈佳影在一起,就不会有你从哈尔滨寄出的明信片。”他转对石原说,“石原队长,派人去刘金花的住所,找到那张明信片。”

话音未落,便衣A带着怯生生的陆黛玲进来,说:“大佐,陆小姐说,她有重要情况跟您汇报。”

陆黛玲说:“乔治白,还有苏联人和陈氏兄弟,他们想害王先生。”

日下步说:“你是怎么知道的?”

“他们在西餐厅说话,我偷听到了。”她指着刘金花说,“他们要给这女人很多钱,让她诬陷王先生与陈佳影是共党。”

日下步说:“她没那么说。”

陆黛玲一愣。王大顶惊悚地说:“陆黛玲,你干吗呀?”

“是你说她会……”陆黛玲脱口而出,又慌忙闭了嘴。

“他说?”窦警长上前托起陆黛玲的下巴,“他要你说刘金花诬陷他们?”

“没有……”陆黛玲“哇”地对着王大顶哭了出来,“你告诉我这么说就行的,怎么回事儿啊?我好心答应帮你,你别害我呀,呜呜呜……”

王大顶呆若木鸡。

5

陈佳影蹙着眉头在房间里来回走着。

“刺刺……”忽然有轻微的异响传来,她当即看向床头柜上的收音机，收音机里，正持续传出轻微的有节奏的“刺刺”声。

陈佳影听了片刻，猛地转身奔出门去，来到301房间门前敲门，该隐把门打开，陈佳影便急切地走了进去，说：“我的确在请求你帮助，如果你说不的话，政治献金一事儿你方将会彻底失去跟我合作的机会。”

该隐刚要开口，陈佳影抢话说：“用不着你说乔治白陷害我们，只要告诉野间课长或日下步政治献金一事还在推进，他们自然会意识到。帮我迈过这个坎儿，让我可以继续追查，没我你们谁都不够用。”

该隐有点儿为难地看着陈佳影。陈佳影说：“我在跟王大顶的关系上撒那么多谎，怕的就是现在这种局面。我是共党也好，不是也好，这绝非关键，关键是政治献金的调查我有先发优势，我知道从哪儿切入，它逃不掉！”

该隐皱眉说：“陈佳影——”

陈佳影打断说：“金融尚未互通，政治献金从哪儿来？这问题一直困扰你们吧？”

沃纳说：“陈女士，您现在真的让我们感到很纠结。”

陈佳影说：“合作吧，你们比我更容易让人相信，帮我撬动一下杠杆，拜托！让他们明白乔治白那票家伙在害我，这是阴谋，政治献金一事已推进到关键阶段，我们却不断在错过！相信我，帮我，成果一起分享。”

沃纳说：“呵，你真的不该再来这里，自寻死路。”

说话间，他身后，野间脸色铁青地走出了书房门。“嗡……”陈佳影脑中顿时一片轰鸣。陈佳影捂着额头对野间说：“我陷入了一个你们共同形成的旋涡，虽然你有理由认为我的身份是否单纯比什么都重要，但我仍旧感到悲凉，因为我想起了新佑课长临走前跟我说的一句话，他说他走后，我身边将不再会有能看懂我的人，这或许是个死咒。”

野间怔怔地看着陈佳影，一时不知道说什么。

6

窦警长攥着陆黛玲快步向外走去。到出口了，陆黛玲畏惧地不肯出去，窦警长使劲地拽她说："这出戏还没完呢，咱得更像是真的，懂吗？"

窦警长拽着陆黛玲到了后院空场，然后抽出警棍就是一顿毒打，陆黛玲疼得哇哇大叫。

"做伪证！帮他们陷害我！你……"窦警长边骂边挥着警棍，陆黛玲哇哇哭号着躲避。窦警长挥着警棍追着她说："你还躲，给我跪下！"

"给我住手！"肖弦斜刺里扑出来，一把顶开窦警长，护住哇哇大哭的陆黛玲说："窦仕骁，你打一个女人算什么本事？"

窦警长说："肖弦，这里没你的事儿。"

肖弦说："王八蛋，除了打女人，你还会什么？"

窦警长瞪视着肖弦说："肖弦，别仗着自己有香雉将军做靠山就嘴糙胆儿肥，拿下王大顶和陈佳影之后，我有的跟你聊。"

肖弦怒瞪窦警长片刻，回身抱起哽咽着的陆黛玲说："走。"

陆黛玲被肖弦推了一把，顿了顿，跑了开去。肖弦闷着脸走到一楼通道的楼梯口处时，便听到了"呜呜"的哭声和陈氏兄弟的说话声。陈敏章说："知道你受委屈了，没事儿，除了窦警长，我们也会给你补偿。"

陈氏兄弟搂着陆黛玲正想上楼，肖弦瞪着双眼从拐角走了出来。

肖弦瞥了眼陆黛玲说："王大顶他们死定了，对吗？"

陈敏章不置可否地笑了笑，搂着陆黛玲去了赌场，苏联夫妇正等在那里。见他们进来，巴布洛夫开了口说："政治献金的来源还保密吗？上面的疑虑可一直未解呢。"

陈敏章说："还未到时候告诉你们。"

诺尔曼说："你们跟'满洲'没有金融互通却能支配巨额现金，这听起来像天方夜谭。"

陈敏正说："你们想见的是钱，至于怎么来的不用费心吧？"

话落时，有俩蓝色筹码一格停对指针，陈敏章抓过轮盘上的所有筹码放到了陆黛玲面前。

诺尔曼说："日本人这就该忙陈佳影的事儿了，是等他们离开再说，还是让外头的人先接洽起来？"

巴布洛夫说："对外联络若是不够方便，我们可以提供电报设备。"

陈敏正边转动轮盘边说："你们倒是可以备一些人手待命了，但最好别是鬼佬面孔。"

陈敏章说："谨慎起见，南京方面没有安排太多人员。"

"停！"陆黛玲大叫着按住旋转的轮盘，迫不及待地抓取上面的所有筹码，"我的！都是我的！"陆黛玲亢奋地将筹码全都扒拉到自己面前。

7

街道上，一辆铛铛车沿着轨道开来，傻狍子与煤球面对面坐着。唐凌对大当家低声说："我拿手雷不是要去炸楼救人，也不该这么救，你明白吗？我们得有周密的方案，需要策划，千万不能莽撞啊！"

不一会儿，铛铛车在和平饭店附近的街口停泊，大当家、唐凌、煤球与傻狍子走下车来。大当家边走边对唐凌说："我们黑瞎子岭就因为闪电战打得好，才在绿林界扬名立万，所以今天我让你开开眼界，怎么做到出其不意地强攻救人。"大当家往和平饭店周围扫了一眼，然后对唐凌说，"饭店墙外一个侧面就有两名宪兵，说明敌方人手至少三十左右，在内采取的火力布设应无盲点，所以我方没有可能实施闪电战术，得改变战术，这叫随机应变。"

唐凌笑了笑。大当家说："我气势汹汹杀出去，又灰头土脸地掉头，觉得好笑是吗？别以为我荒诞，装傻充愣兜走这一趟就是想看看你的反应。看来你真怕我进去闹乱，所以你没说假话，的确也有你的人在里头。"

大当家挥挥手说："咱们先撤吧，我心中有数了。"

此时，在饭店的临时指挥部，野间对日下步说："我想没必要再继续了，我要把陈佳影带回——"

日下步打断说："你不希望我们查到更多，对吗？"

野间一时语噎。日下步说："事实上，刘金花证实他们在说谎就已足够。如果说谎的动机印证了大家的猜测，那么在你掌管的机要单位里有根毒刺，这事太敏感了，你想内部消化，让自己推卸责任。"

野间说:“我知道你想借助我探清楚饭店里的所有人，但很抱歉,我要不能尽快厘清这个内部问题,恐怕也没底气再帮你顶着关东部了。”

8

西餐厅内,瑞恩与乔治白在喝着威士忌。

乔治白说:“知道为什么上级把我配给你吗？因为来到这里,你就要面对很多中国人,他们被奴役了太久,为了生存,每个人都能骗死鬼！我来自于他们,所以更容易对付他们,这就是我在你身边的意义。”

瑞恩注视了乔治白一会儿,说:“乔治,为此你难受过吗？”

乔治白摊了摊双手说:“为什么难受呢？我们中国有句话,叫‘与人斗,其乐无穷’。”

“谢谢你,跟我说这些。”瑞恩放下酒杯,伸手抓过小调料架边的火柴,却看到了什么,愣了一下。只见调料架底下,露出一张美钞！

乔治白一惊说:“财富？”

瑞恩也是一脸惊愕地说:“他在饭店？他一直都在饭店里！”

两人几乎同时环视周围,餐厅里除了服务生在忙碌,不再有他人。

301 房间,沃纳在桌边听着电话说:“是……我明白了,谢谢。”

沃纳挂上电话，转身对该隐说:“我方截获了苏联人的一则密电,内容是抽调一些人员待命,华裔面孔。”

该隐顿时皱眉说:“政治献金交易,真就推进至关键阶段了？”

沃纳点点头说:“不管怎样,陈佳影的焦虑是有道理的。”

9

316 房间,野间看着陈佳影说:“我的心情从没这么矛盾过,我会欣喜你在愚弄我们，这样你依旧是那个智慧的陈佳影，但这恰恰又最可怕。”

陈佳影面无表情地看着野间。野间说:“你不理解我对你的感情,共事多年,我曾那么仰慕你,因无法靠近你而酸楚,当看到你和王大顶演绎浓情时，我会嫉妒。所以，我现在感到非常惊悚，迫不及待你回去。”

陈佳影冷笑了一下。野间说：“王大顶会交给宪兵队，接下去怎么审，随他们吧。我现在只关心你，我迫切想要知道，当初你是怎么骗过严苛的审查的，九个月的审查面面俱到啊！”

陈佳影说：“还是小女孩的时候，我总是感到困惑，为什么清晰的现实，人们却总是不能看见。直到我深入我的专业，接触了太多的案子我才明白，所谓愚痴，并不是因为智商低，而是因为无法安静，心里太多的杂念，比如恐惧、担忧、自负又不自信、想爱又怕伤害、喜欢计算得失，所以简单的事情变复杂了，自己障了自己的眼。”

野间不由得眯起了眼睛。陈佳影说：“人类社会也是如此，永远迷失在不安里。所以研究共产主义之后我发现，那么多人向往它，原因就在它讲述了一个简单得不能再简单的世界，无比的清澈。”

野间说：“我们都说得有点儿多了，走吧。”

他们走到大堂时，撞见了日下步。

日下步将野间拉到一边耳语说：“便衣队在刘金花住所找到了那张明信片，但署名叫颜廷恩，核对笔迹，也不是王大顶的。”

野间不由得皱眉说：“什么？”

日下步说：“刘金花住所只有一张明信片，九月八号从哈尔滨寄来。”

10

在刑讯室，日下步、野间、窦警长及石原冷冷地看着刘金花，陈佳影表情复杂地看了王大顶一眼。日下步说：“刘金花，你在搞什么花样？”

刘金花说：“是说明信片吧，我也就是跟你，跟假洋鬼子寻寻开心。王大顶这货要真能对我搞那浪漫，反倒是心里有我，可偏就不是呢。”

日下步说：“你这么说，就是承认你之前在做伪证。”

刘金花说：“王大顶卷进了你们的啥阴谋里头，所以不死也得死，拽我过来就是走个过场，不把他们往死了说，我也得跟着死，是吗？”

日下步惊讶地说：“什么？”

刘金花说:“乔治白就是这么吓唬我的,他以为我刘金花没见过世面呢。别逗了,听他那么一扯我就明晰了,乔治白这货啊,跟姓窦的一样,想栽死他俩。”

窦警长说:“刘金花……”

刘金花“呼”地面对他说:“否则你能把我交给他?乔治白是你爹啊?”

“放肆!”窦警长当即便要扑向刘金花,却被日下步制止。

日下步对刘金花说:“你继续。”

“这不就来问题了吗? 王大顶又没绑过乔治白的老婆, 他臭来劲啥呀? 肯定有阴谋嘛,我就假装成财迷婆子问他要钱,你猜怎么着,他就出去溜达了一趟,没过太久,也不知道从谁手里借的。”刘金花从怀里掏出三个黄色筹码说,“就这个,说是够我吃一辈子的。”

石原随即过去想拿筹码,刘金花不让。石原说:“这是证物。”

“这不是关键嘛。”刘金花边说边将筹码塞进怀里,“关键是他溜达一趟就拿来这个,说明还有同伙跟他一起搞阴谋嘛,你脑子不转的啊?”

野间凑近日下步耳语说:“陈佳影一直紧张乔治白那些人会加害她,这倒跟她说的相符,而且双方也没有串供可能。”

第二十章

1

西餐厅里，肖弦拿着一瓶白酒醉醺醺地走到老犹太桌边坐下。

肖弦说："陈佳影就是共产党，还有王大顶……也是……哈哈……"

老犹太微微皱了下眉。肖弦说："我跟他们最靠近……是故意的，是观察他们，挖他们的底儿，他们觉得我无害，所以防备就少，哈哈……不会骗人的作家不是好间谍。"

老犹太说："肖女士，你应该知道我对这类话题从来都不感兴趣。"

肖弦突然展开了双臂说："以为爱情，既是燃烧的生命，然后宁静地死，无关任何信仰的涅槃历程，或者就是纯净星球癌变前的嘶喊，最终随葬灵魂，臣服于人类的不安的共性。"

此刻，她眼前浮现出一段情史，她与一个叫文翰的男子的往事历历在目……

肖弦突然朝老犹太傻笑起来。

2

宪兵把陈佳影与王大顶送进刑讯室，王大顶看着陈佳影，笑了笑说："之前我真的惊悚过，刘金花像极了要害死我们，可一听她说明信片，我就知道我们赢了，她在帮我们，方法很市井，却打在了要害上。"

陈佳影说："我也知道我们会赢，因为你说她可以信任。"

刚走出地下室的野间转身对日下步说："你中断对质，是因为窦警长与乔治白他们合谋陷害，让所有的调查结果都作废了，对吗？"

日下步说："呵，窦仕骁这个混蛋，让我感到很耻辱。"

野间说:“但他客观上导致乔治白他们冒出头来,也算不错吧。”

日下步点点头。野间说:“你我合作就是为了挖出这些间谍,他们显然是在对抗,不管陈佳影干不干净,至少在这点儿上,她是正确的。”

日下步说:“野间课长,你主观上在偏向陈佳影。”

野间说:“我恐惧过,或许这就是乔治白这些个家伙想要的吧。”

刑讯室外,窦警长对石原低声说:“石原,这是王大顶他们的诡计,他们把自己包装成受害者,就能把视线转移到乔治白他们身上。”

石原盯视着他说:“你有没有跟他们合谋?”

窦警长嗫嚅了一下。石原说:“如果有,你就做了蠢事,即便陈佳影和王大顶都在说谎,也会因为你们合谋陷害,让我们再也无力追击。”

409房间,瑞恩对乔治白说:“指示上说‘财富’会来找我们,没想到他一直就在饭店里,至少封锁前就在了。”

乔治白说:“他是谁?为什么现在才冒头?”

瑞恩说:“早早就来饭店,说明这个人极为谨慎,他要先做观察确定行动绝对安全,然后饭店就被封锁了。”

乔治白说:“所以一直藏着直到现在,他也相信日本人快离开了?”

瑞恩说:“这要看陈佳影和王大顶是否真就劫数难逃。”

乔治白说:“但愿事态能随我们预料。”

这时,乔治白想起了什么,慌忙打开一个柜子的抽屉看了一下,顿时脸色就变了。瑞恩说:“怎么了,乔治?”

乔治白怔怔地说:“我那块手表不见了!我们上刘金花的当了!”

3

刘金花举着手表说:“这块手表,几天前乔治白落在我家,后来找不着了,后来又戴在他手上,可跟我在一块儿时又不戴它了。”

窦警长疑惑地看着刘金花。刘金花说:“咋回事儿啊?肯定是偷偷上我家取回来的,见着我了怕我看见,又不戴了,为啥呀?落我家他要回去就是,偷偷摸摸地干啥呀?当时我就觉着这里头有猫腻,乘乔治白出去,哦，应该是去拿筹码，我就把手表翻出来了。”

刘金花将手表塞进石原手里说：“啥猫腻我不知道，你们自己查吧。”

这时，便衣A、C架着哇哇大哭的陆黛玲进来。

“我不是故意的，呜呜……”陆黛玲指着窦警长说，“是他让我去帮乔治白，然后乔治白就让瑞恩告诉我，假装王大顶要我诬陷他们，呜呜呜……他还打我，说必须假戏真做，呜呜呜……”

野间问陆黛玲说：“你刚才说瑞恩？”

陆黛玲说：“是瑞恩，他跟乔治白打电话说的，当时乔治白没在，就他跟龚导演在一起，他们也是一伙的，瑞恩叫他龚观察员，呜呜……”

“这不对！”窦警长大吼，“大佐，这不对，这是他们串通好的。”

“窦警长！”陈佳影打断说，“你不用急于澄清自己，你做了什么，我想一点儿都不重要，你们不谋而合是因为有一样的动机，但为的是什么？你跟乔治白那票家伙相比，实在是太低端了，低端到我都没工夫搭理。”

陈佳影转看野间说：“野间课长，您现在有较为清晰的概念了吧？”

野间说：“陈佳影，我还做不到因为他们有栽害动机就停止对你和王大顶的调查，毕竟你是机要人员，一点点的疑问都需要反复求证。”

陈佳影说：“当然，我恐惧的是我们的调查会因此终止。”

这时，电话铃声响起，日下步接起电话。

在设备台前，话务兵甲正举着话筒说：“大佐，十九点零四分有一则外部电话打入301房间，全程德语，涉及敏感话题，内容翻译如下……”

“不用翻译了，我来说吧。”沃纳突然闯进通讯室，他从话务兵甲手中抢过话筒，“日下大佐，我方截获了苏联人的一则密电，内容是抽调一些人手待命。我希望——”

日下步打断说：“我明白您的意思，之前你们跟我提过，我会考虑的，谢谢。”日下步挂断电话，转身跟野间耳语，“德国人希望在政治献金的调查上与我方合作，封锁之下这件事儿居然一直都在推进。”

野间说：“我们一起端了这个间谍窝，不管陈佳影干不干净！”

4

土地庙里，唐凌、大当家与傻狍子三人围坐在一起。

唐凌说："大家可以放松些了，刘金花进去之后，并未导致太大的危机，否则日本人会有不小的动作，至少会导致宪兵们在部署上发生改变，但从场院的情况来看，应该是没有。"

大当家说："从场院的部署，以及楼外哨位来看，宪兵有两个班，至于什么便衣、话务兵之类的，算不算都无所谓，准备战斗吧！"

唐凌一惊，说："你疯啦？现在状况还算乐观，应该进一步观察……"

大当家说："你还不了解黑瞎子岭的实力，五年前，我们搞过一次进城突袭，顺畅得手，未伤分毫并全身而退。"

唐凌说："这次与以往都不同了。"

大当家说："闭嘴吧，有我在就得听我的，别说什么情况还算乐观。二当家那是我亲哥，现在他身陷险境你让我乐观？"

唐凌察觉到了什么，说："哎，煤球呢？他跟我们一起来这儿的。"

大当家得意地说："煤球，当然是去叫人啦。"

此刻煤球正高喊着"五族协和，共荣共存"沿着胡同飞奔而过。不久，在一家电影院里，聚起了几十名观众，他们都是擦鞋匠、夜点摊主和伙计……这些人是黑瞎子岭的土匪，平时分散在城市的各个角落，一有需要，就通过"五族协和，共荣共存"的信号集结在一起。

土地庙里，大当家转身对着唐凌说："弟兄们汇集的电影院跟和平饭店隔一条街，之后我将跟煤球会合并设法进入二当家视线。如果确证饭店没有特别加强武装，我就会用你那两枚手雷制造混乱。第一声响，弟兄们出影院，到第二声响时，奔至饭店后门，从那里冲杀进去。"

话音刚落，唐凌转身便走。傻狍子慌忙拽住他说："你干什么？"

唐凌甩开他说："阻止你们自杀！"

大当家将驳壳枪抵在了唐凌头上，说："黑瞎子岭做事儿从不畏手畏脚，别跟我叽歪，表现好，你的人我们也顺带着救。"

唐凌说："你们这是去送死。"

大当家说："为了二当家，我们死也不怕。"

这时，王大顶、陈佳影及刘金花回到了316房间。

王大顶对刘金花说："这回……咳，真得谢谢你。"

刘金花一记耳光扫向王大顶。"哎！"王大顶从轮椅上蹿起身。"嘘……嘘……"刘金花慌忙竖起食指示意噤声，并指着外头示意门外有人。

刘金花瞪着陈佳影说："打头眼看见你，我就知道你俩屁都没干过，这方面谁也没我眼毒。"

王大顶说："那你还急眼子？"

刘金花说："因为你说爱她是真的，我看得出来，谁也没我眼毒。"

"行了，别闹了。"陈佳影看了眼刘金花说，"总之，谢谢你了。"

5

窦警长匆匆向饭店门口走去。熊老板与两名保镖站在一辆人力车前。熊老板对窦警长说："那个王大顶，你好像拿不下来，对吗？"

窦警长冷冷地说："你有什么指教吗？"

熊老板说："指教个屁！拿不下王大顶脑袋，债就认认真真还吧。"

熊老板上了人力车，车夫拉起人力车，转身便走，这时，一辆骡车拐出街口快速奔来，见人力车掉头横在街面，赶车人慌忙勒停骡子，不料一侧车轮因扭力脱轴，车身便向一边倾斜，车上大桶里的粪浆顿时淌了一街。熊老板捂着鼻子说："个瘪犊子，快走、快走！"

赶车人正是煤球，他旁边坐着的是大当家。窦警长走过来大声呵斥说："你们怎么回事儿？这什么地方你们过粪车？"

大当家说："没、没、没说不让过呀……"

窦警长怒吼："废什么话呀，赶紧给我清干净！"

大当家说："我清我清……我们这就清掉。"

煤球从骡车边一水桶里捞出蘸湿的大布团子，撅着屁股双手压着地面推擦着。大当家点燃一把干草，甩灭火苗令其冒烟，对空挥舞着。

窦警长指着大当家快步过来说："你干什么？"

大当家说:“拿艾草熏熏,去味儿啊。”说着,大当家转过身,舞着燃草对空熏起了浓烟,窦警长盯视了一会儿,转身走进饭店。

316房间,陈佳影打开了窗户,随即便被外面透进来的气味熏得一个皱眉,刘金花也被熏得直掩鼻说:“谁家烧粪呀。”

王大顶抽了几下鼻子后,颇为陶醉地说:“这是家里的味道啊。”

王大顶扑向窗边往外看,见煤球在低头擦地,大当家转着圈儿地往粪车方向退,随着舞动画出轨迹,给王大顶传递暗语。王大顶一惊说:“楼下是我的人,唐凌跟我的人在一块儿!”

陈佳影与刘金花也走近窗户往外看。王大顶边看着大当家烟熏的轨迹,边对陈佳影说:“放烟是土匪的一种传讯方式,他们要突袭饭店夺人,下面的两人是先锋,大队人马在后待命。”

陈佳影焦虑地说:“天啊,我们的坎儿都过去了,让她别乱来!你快告诉她,硬拼只会起到反作用,一切都听唐凌安排。”

“我去写张字条……”王大顶慌忙撤身走开。

王大顶写好字条揉成纸团,从窗户探手扔下,纸团正好落到煤球跟前,煤球看了一眼四周,他迅速捡起纸团,悄悄塞给大当家。大当家接过纸团,展开一看,只见上面写着:止战,听唐凌号令,否则无后。

就在这时,窦警长突然带着几个宪兵走了过来,大当家慌忙团了纸团勾手到后腰,并摘下别在后腰带上的两枚手榴弹,连同纸团一起偷偷扔进了大粪桶里。窦警长与宪兵走近煤球与大当家。窦警长说:“我怀疑你们泼粪的动机,双手抱头,我们要对你们搜身检查!”

大当家与煤球慌忙照做。宪兵上前搜身,但没发现什么。

窦警长突然上前拖着他们向饭店大门走去,说:“跟我进去!别以为我看不出你们的猫腻。”陈佳影与王大顶看着这一切,惊呆了。

在饭店大堂,野间边走边对日下步说:“窦仕骁跟熊老板的人头交易若是属实,我们很可能从一开始就被骗了。”

日下步说:“这个无耻的家伙,必须清理出去。”

窦警长正好拎着大当家与煤球走到大堂,日下步与野间对视了一眼。野间对窦警长说:“我们正要找你呢。”

日下步补充说:“熊金斗声称你——”

窦警长大声抢话说:“你们怎么可以放陈佳影那仨回房间?”

日下步说:“你什么意思?”

窦警长猛将大当家与煤球拽到日下步面前说:“我怀疑这俩是奸细,在用倾倒粪车的方式与陈佳影他们接头。”

日下步满脸不解地说:“倾倒粪车?”

大当家说:“别乱说呀?谁是奸细?我还嫌倒霉呢,那人力车招呼不打就掉头,害我们勒不住骡子翻了车,一车粪老值钱了,知道吗?”

日下步突然感到一阵恶心,大怒挥手说:“滚!快滚出去!”

大当家与煤球随即奔出饭店。这时,石原匆匆走过来,低声对日下步说:“大佐,有人试图对外传讯,疑似饭店内的潜藏共党。”

日下步惊愕地说:“什么?”

316 房间,王大顶从窗户看到大当家与煤球从里面走了出来,吁了一口气说:“他们没事儿了。”

陈佳影别开脸琢磨着说:“从时间上看,他们甚至都没遭到盘问,难道有什么新情况很重大,以致顾不上他们了?”

饭店后门空场里,日下步等人正围着一辆军用卡车勘察着。日下步手里握着一张便签,写着“吾将脱险,速安排离境”几个字。

石原说:“这辆军车,原是为押送王大顶而在此待命,司机进行常规检查时,在油箱底部发现了便签。”

野间说:“乔治白他们想要恢复自由的目的绝不是为了离境跑路,所以石原怀疑是真正的潜藏共党在对外传讯,应属合理。”

日下步说:“若是这样,就等于我们在被戏耍,而真正的共党却在若无其事地看着戏等着退场。”

窦警长说:“大佐,我怀疑这是陈佳影的圈套。”

野间说:“莫名其妙,整个场院都在宪兵视线内,谁看见她出来过?”

窦警长说:“但这并不代表她无人胁从。”

日下步怒说："问题严重到这个程度，你还要混淆视听！乔治白等人阴谋为其谋事尚可理喻，而你，害他人命图获私利，实属下贱！"

日下步转对石原说："石原队长，查出这个传讯者。"

野间说："大佐，我建议这个传讯者让陈佳影来查。"

413 房间，肖弦正在回想着她刚才贴便签的一幕。

"给我住手！"肖弦从斜刺里扑到陆黛玲身前，一把顶开了窦警长，在顶开窦警长的瞬间，右手往油箱底部拍了一下，便签已贴上。肖弦随即俯身护住陆黛玲说："窦仕骁你打一个女人，算什么东西？"

想到这里，肖弦拉开抽屉，将一张写满字的纸页放进抽屉里，只见上面写着"和平饭店涉谍事务调查报告"。合上抽屉后，肖弦靠到椅背上，喃喃自语："原谅我，文翰！我本想等到见你一面之后，悄然离去，安静地死，但对不起，来不及了……"

肖弦眼前浮现出与文翰离别的一幕：她与撑着伞、拎着旅行箱的文翰站在雨中，文翰将伞递给肖弦，转身离去，渐行渐远……

6

土地庙，傻狍子看守着被捆了手脚的唐凌。大当家与煤球走了进来。傻狍子闻到了什么，掩鼻说："煤球，你掉粪坑儿啦？"

"别欺负煤球，我跟他一个味儿。"大当家边说边蹲到唐凌面前，帮他解开绳索说："告诉我，二当家怎会那么信你？居然威胁我说不听你号令，就跟我翻脸，你们究竟啥关系？"

唐凌说："我们的关系，说来复杂……简单概括，应该是朋友。"

野间走进 316 房间，对陈佳影低声说："日下步要求你调查饭店里对外传讯的潜藏共党。"

陈佳影说："我现在真的不行，我的大脑根本就没恢复，而且已经很疲倦了。让日下步找别人吧，这事我干不了。"

野间说："不是你一个人，佳影，整个过程我会跟你一起做分析。"

陈佳影说："我现在头很疼啊。"

野间柔声说:“佳影,那些混蛋和窦仕骁沆瀣一气,反倒让政治献金的秘密再度现身,而且如你所说,它一直在推进而我们却一再错过,所以我希望你永远都是对的,挖出对外传讯的潜藏共党,就再没人敢对你有任何指摘了。”

陈佳影无奈地吁了口气,对王大顶说:“我需要你的帮助,之后我要出现晕眩、眼高压等用脑过度反应,你要及时帮我进行头部按压。”

王大顶点了点头。刘金花“噌”地蹿起身说:“他去,我就得去!”

野间皱眉说:“你不要捣乱!”

陈佳影说:“让她来吧。”她看了一眼刘金花说,“你不是很想知道王大顶为什么对我俯首帖耳吗?来吧,今天我让你见识见识。”

野间犹豫了一下说:“那一起走吧。”

一楼通道口,窦警长拽着石原说:“石原,你还不明白吗?野间提议陈佳影来挖传讯人用意非常清晰,他要的不是陈佳影的分析,而是要分析陈佳影,如果还是为了掩护她的同党,那她每一个毛孔都会透出恐惧,野间要的是这个,事实上他更认同我的判断。”

石原冷冷地说:“若仅是仇恨,嫁祸他们我尚可同情,可以此来做交易太无耻了。”

话音刚落,日下步、野间、陈佳影,以及操纵轮椅的王大顶与刘金花陆续从通道口出来。窦警长目送着他们说:“哼,德国佬随便进出总机室,而做个排查还跟着姘头,和平饭店的封锁可真是宽松啊。”

后门场院内,临时探照灯陆续打亮,车辆、宪兵站位都清晰可见。

野间对陈佳影低声说:“司机在备停卡车与返回检查之间有四十分钟左右的离开时间——”

陈佳影打断说:“你不是想帮助我分析,而是想分析我,对吗?”

野间噎了一下说:“我说过,这不只是你的思维恢复训练。”

陈佳影冷冷地说:“谢谢你之前的煽情。”

此刻,日下步正走向车头,对驾驶室挥了挥手后,司机将卡车倒至先前的位置。野间、日下步及陈佳影走近,王大顶、刘金花也跟了过来。

野间说："司机之前把车挪到这里，是便于给水箱加水，司机离开过程中，先后有一名便衣、一名保洁员及三名厨工经过车辆，以及窦警长、陆黛玲和肖弦于此处发生争端……"

陈佳影闭着眼睛听着。野间说："便衣、保洁、厨工应该都可排除，或因离车距离较远，或因与便签所贴方位相悖。你说呢？"

陈佳影睁眼说："窦警长、陆黛玲、肖弦，他们操作可能性最大。"

野间说："窦警长可排除吗？"

"别说话！"陈佳影又闭上了眼睛，喃喃地说，"便签背面……涂有固体胶水……涂抹在顶边……"陈佳影"呼"地睁开眼睛。

野间说："怎么？能做辨析吗？"

陈佳影睁大双眼说："或许是你，迫使我的大脑出现了超常恢复。"

陈佳影猛地看向车身下的油箱。

第二十一章

1

在 413 房间，肖弦正喃喃自语："佳影，你勾起了我的好奇，或许我愿意活到现在就是因为这份好奇，我想知道你跟王大顶会怎么发展。这是个诙谐的命题吧？但你们的确在创造传奇，你们腾挪了乾坤，那么，我来一锤定音。"肖弦靠在窗边看着后场情境，嘴角泛出一丝笑意。

不一会儿，肖弦走到书桌边，拉开抽屉，拿出那份"和平饭店涉谍事务调查报告"，她从烟缸边抓起火柴，走进里间，打开卫生间的门……

后门空场，陈佳影注视着卡车油箱。她缓缓走近油箱，蹲下，眼前浮现情景：肖弦顶开窦警长的瞬间，右手往边上的油箱底部贴了一下，抽手时蹭去一抹浮灰。

陈佳影吐出一口长气，缓缓起身，对野间与日下步说："和平饭店真是鬼魅之地，谁会想到潜藏共党，居然是一个专写艳情小说的烂货！"

这时，便衣 D 心急火燎奔向野间与日下步。便衣 D 说："大佐、野间课长，肖女士在卫生间里焚毁文件！"日下步与野间对视一眼，往通道口方向跑去。

2

"是一些记录，有结论……"在 413 房间，陈佳影将文件递给野间，可见首页残剩有"课事务调查报"字样以及些许内容，"跟我想的一样，她是通过我的遭遇和泄露的信息在分析政治献金之事。"

陈佳影又对日下步说："虽然大多都烧掉了，但我确定她已形成完整报告，原以为我们被栽就万事大吉，准备带报告离境，谁想传讯被发现，于是慌忙焚毁。对不起，因为她和香雉将军关系，我放松了警惕。”

窦警长冷冷盯视着陈佳影说：“应该还有另一个版本吧——”

“肖弦为了掩护我和佳影自我牺牲……”王大顶忽然操纵着轮椅上前抢了窦警长的话头，“猜都能猜到你要这么说。”

王大顶看向肖弦说：“肖弦，王大顶和陈佳影因为是共党，所以聪明盖世、智慧无双，足以让愚蠢的敌人找不着北，身为同党，你应该很了解这一点，暴露自己换下我们，岂不多余？”

窦警长与石原不由得眉头一皱。王大顶说：“反向思考一下自己的逻辑，拜托！如果作为共党的王大顶和陈佳影栽了，而作为同党的她就能保住了，这跟她牺牲自己保护我们有啥区别？”

日下步看向陈佳影说：“陈女士——”

陈佳影打断说：“把肖弦带走审讯。”

肖弦说：“我要见香雉晋安！”

日下步说：“什么？”

肖弦说：“从现在起，我只跟香雉晋安对话，他来之前，我再不会开口。你们可以对我刑讯，试试看，能否撬开共产党人的嘴。”

3

王大顶与刘金花进入316房间。

刘金花说：“当时你说那些就是真的，肖弦就是栽了自己保护你们。你心疼我还骂我的时候，腔调一样样的，别人听不出来，我可门儿清。”

王大顶说：“肖弦帮我们，就是舍了命啦，陈佳影明知这个结果还只能接受，你想想她心里得有多疼？”

刘金花说：“我咋就不知道她疼呢？我跟日本人玩儿猫腻的时候一样啊！心里明明在滴血，还得忍着跟他们装蒜。”

此时，陈佳影在指挥部对日下步与野间说：“肖弦的事情我很抱歉，从认识她到现在的所有过程，我都回想了一遍，跟她走得那么近，应该泄露了不少信息。”

野间说："佳影，毕竟结果可喜，潜藏在饭店的共党挖出来了。"

陈佳影说："藏个共党真那么可怕吗？以至于天大的事都可忽略。"

日下步说："陈女士，先前有冒犯之处——"

陈佳影打断说："知道我多恐惧吗？你们偏听偏信弄得我走投无路，我都试图出卖情报来乞求德国佬的帮助。为什么呀？就因为我爱上了一个土匪？而且已经宣誓效忠，美国佬写过忠誓书吗？你们信他不信我。"

野间说："沃纳说德方机构截获了苏联人的一则密电，说南京方将让他们亲眼见到政治献金的存在。"

陈佳影没好气地说："告诉德国佬，这件事儿没他们的份儿了。"

陈佳影对日下步说："我们走了一个近乎于耻辱的过程，但自我安慰地说，结果还不算太坏，终归政治献金的事儿更加清晰了。乔治白急于求成，无非想争取些主动权，即便跟苏联人与陈氏兄弟有什么默契，他们也不想只是贴在边上纯做观察，除非还有别的内幕。其实不用德国佬告密，整个封锁期间，政治献金交易一直都在推进，也许交易双方早已借助外部力量完成了所有铺垫，只等饭店封锁解除，便迅速完成交易。"

野间说："德方机构看来有可互补的情报途径，真不考虑合作吗？"

陈佳影说："让纳粹吃屎去吧！没有他们我一样玩儿。"

她对日下步说："我和野间课长必须带走肖苰。她知道的比我多，只有我才能撬开她的嘴，打个赌吧，香雉将军今晚会一无所获，这个女人不会因为凌辱吐口，得从她内心深处找到最软弱的地方。"

4

香雉晋安跟着窦警长与石原进入刑讯室。看到香雉晋安，肖苰笑了一下说："吓到了吧？蠢货！我会让你那么意想不到。"

香雉晋安逼近肖苰说："那天酒会，你表现异常，我就该多加留意。"

肖苰说："但你绝没想到我是共党吧？只以为我是被你强奸后，歇斯底里想搞破坏。你哪曾想到，我假装歇斯底里惊出了一窝贼，于是收集了很多重要情报，我的行动差一点儿就成功了。"

香雉晋安说："你们真是如同白蚁，无孔不入。"

肖弦说："曾经有个我们的人不顾自身安危救下我，于是我明白，生命有它更高的意义，我也忽然懂了，为什么我们在最恶劣的环境下却生生不息，因为我们无时无刻都在点亮光明。你说得对，我们无处不在，而且终将点亮所有的人，把所有的邪恶消灭在光明里！"

"我曾经那样地欣赏你，你却欺骗我。"香雉晋安眯起眼睛看着肖弦，"现在又像铜墙铁壁，那么什么是你内心中最为脆弱的？"

香雉晋安盯视了肖弦一会儿，突然说："文翰！"

肖弦顿时一个激灵。

香雉晋安说："我所接触的女人，当然会被查底，你的文翰，他说你一定会在和平饭店等他，无论多久，因为他要你等。他经常拿这个话题跟朋友们吹嘘，说这样的傻女人不止你一个。他其实早就娶妻生子。"

肖弦抱着头"呜呜"痛哭起来。香雉晋安上前搂了一下肖弦，就在这瞬间，肖弦探出合铐的双手猛地抽出他腰间的佩刀反手横砍出去！香雉晋安惊吼一声，闪身躲避，接着，就着肖弦前倒的惯性，一把反拧她胳膊夺下了佩刀，大吼着举起说："八嘎！"香雉晋安一刀劈向了肖弦的颈部，"噗——"一道血柱飙起……

5

虬须汉子拎着壶酒从酱门酒坊门里出来，和墙上贴着带唐凌画像的通缉告示擦肩而过，汇合上迎来的傻狍子后，一同向前奔去。这汉子正是唐凌，他为了逃避追捕，不得不化了装。

傻狍子边走边说："你咋那么大酒瘾呢？"

唐凌说："这酒是药引子，给煤球治病的。"

在土地庙里，煤球正裹着被子"呼呼呼"地打着寒战。

唐凌掏出一个小瓶递给傻狍子说："里面的药粉倒一半儿在酒里，然后大火烧开，用蒸汽熏他十五分钟就没事儿了。大当家呢？"

煤球说："有人传讯说熊金斗的鸦片还没分销，还在小营儿的库房里，大当家说过去探探。”

“坏了！”唐凌顿时双目睁大，撒腿跑了出去。

6

在316房间，陈佳影抓起电话拨了个内线号码说：“我是陈佳影，麻烦您把本月《满洲时报》的金融版面全部摘下来给我，对，送到我房间，谢谢。”陈佳影挂下电话，走向房门，把门打开，见野间正站在门外。

陈佳影说：“大家都在等我吧？”野间点点头。

陈佳影走进卫生间以最快速度收拾完毕，然后跟着野间走进了临时指挥部。日下步招呼说：“陈女士……”

“您一定接到关东局的电话了。”陈佳影来到一空位坐下，“而且带有指令性质。”挖出潜藏共党，肃正任务结束。尘归尘土归土，饭店内其他事务交由满铁机构处理。”

日下步怏怏地说：“美利坚等多国外交人士，相约本月二十七号，也就是两天后一同体验‘满洲’制造、全球最先进的亚细亚号列车，其中包括瑞恩和乔治白，这是一次友好的活动，所以关东局非常为难。”

陈佳影说：“施压的不止美国一家吧？”

日下步点点头说：“但监听到对外电话的，只有307房间。”

陈佳影看向野间说：“你见过我转移到卧室床头柜上的那台收音机，经过改造，可以监听到电讯信号。苏联人房间那台也有相同功能，为了外界有电讯来时可及时接收，他们藏有一台收发报机同样可以秘密向外联络，还有陈氏兄弟在312房间私设的外线。”

日下步惊愕地看向窦警长说：“窦警长，怎么回事？”

窦警长说：“312房间也是陈氏兄弟租的，两人租三套房间，我跟石原都有过疑惑，但搜查时，没往这方面想。”

陈佳影说：“行了，你们回头再聊。我是想说乔治白与瑞恩，包括苏联人和陈氏兄弟的心态，他们很彷徨，烂招用尽，结果全演砸了，所以他们必然度过了一个焦虑的夜晚，内心充满猜测。为了保险起见，他们也都没闲着，各诉各苦，各找各妈，心中满满都是对自由的渴望。”

日下步说：“我必须一天内做出决定，如果继续封锁那就需要……”

野间接话说：“从局面上讲，饭店解除封锁是必需的。”

陈佳影说：“查获政治献金看来对谁都有好处，那么大家都配合我吧，我们时间不多，但恰因为如此，我要让那些家伙在希望和绝望中跌宕起伏，焦虑到错乱。”

陈佳影看向窦警长，“你找个房间给我泡缸热水，四十二摄氏度水温，我会用温度计测量哟。”窦警长瞪着她，脸色青一阵紫一阵。

日下步说：“窦警长，你就照办吧。”窦警长极不情愿地点点头。

7

在窦警长布置好的房间里，陈佳影泡在浴缸里思索着。

泡好澡后，陈佳影走出浴室打了一个电话。

接着，宪兵便通知所有住客到西餐厅集中，当然不包括王大顶与刘金花。这些客人来到西餐厅后，都一片怨言，尤其是苏联夫妇、陈氏兄弟，以及瑞恩、乔治白、沃纳、该隐与陆黛玲等人。

日下大佐与石原走到了西餐厅门口，接着，野间赶了过来说：“这是干什么？你要擅自做主张吗？”我说过一切都要等我回来之后再做商议，你这样算什么？”

日下步说：“事已至此，先进去看看吧。”

“大家都安静！”日下步面色阴沉地闷声说，“出于外交原因的考量，我方正在积极寻求沟通，诸多事务都在交接之中，请大家体谅。”

这时，陈佳影已穿戴好，倒了一杯红酒，抿了一口，自语：“至此铺垫段落全部结束，好戏就要开场了！”

日下步与野间匆匆走进一个房间，那警监见他们进来，举起手中的劳力士手表，说：“乔治白这块手表的确是劳力士，真货。”

日下步说：“那警监，我们不是请你来鉴宝的。”

那警监说：“别急，别急，这块表真正稀罕之处是出产后进行的二次改装，表盘中隐藏了一个微型镜头，所以它带有照相功能，其齿轮组上端的狭小空间内放置着微型胶卷。可惜我不敢打开它，二次改装，构造会更加精密，若不得其法，恐怕会有损伤，万一伤的是微型胶卷呢，是吧？”

日下步说：“如果求助情报部，更会觉得我处理不了涉谍事务。”

野间说：“可我方相关技术人员工作繁重，交给他们，要等好几天。”

“呃，我想起一个人来。”那警监看看野间，又看看日下步，“窦仕骁手下有个叫白秋成的警察，痴迷各种精密器材，估计他能有办法。”

日下步说：“尽快让他过来！”

8

库房内，瘦子正给熊老板点雪茄。熊老板说：“货都腾干净了？”

瘦子说：“腾干净了，现在货箱里都是些干草和花泥。”

熊老板说：“我是真没搞懂，王大顶明明是冲我来的，怎么就鼓捣进和平饭店了？哼，我就不信他没个同伙在这儿。风我放出去了，只要诱来了人就别废话，黑瞎子岭的王八蛋杀一个算一个。”

熊老板环视了一圈貌似空荡的库房，转身出了库房，上了等候在一边的人力车，瘦子随即关上库房门。

大当家躲在院墙角落，目送熊老板离去，看四下无人，快速蹿到铁门边，抽下发簪，刚要开锁，唐凌猛地从身后蹿了出来，一手捂嘴一手勒脖，将她倒拖了出去。大当家扭头一看，叫出声来：“唐凌？”

唐凌竖起手指示意噤声，随后轻声说：“这是个圈套。”

大当家说：“不可能吧，我观察很久了，进出就熊金斗那一票人，剩下就仨看院子的，都被我放倒了。”

唐凌无奈地皱了皱眉，捡起一块石头，砸向铁门上方的气窗，石头破窗而入，紧接着里面就噼里啪啦地响起了密集的枪声。

两人撒腿就跑。

大当家喘着粗气说：“你怎么知道会是圈套？”

唐凌故作神秘地说：“这就是王大顶要你听我号令的原因。”

在窦警长准备的房间里，野间、日下步正与陈佳影交谈着。日下步说："陈女士，一切都照您的安排铺垫出去了，现在该有实质性措施了吧？"

野间补充说："你既能肯定政治献金一事儿处于关键阶段，想必已经有了独到之收获，所以别卖关子了，佳影，我需要——"

陈佳影接话说："我需要所有人意识到我的无上权威。"

不久后，在一楼通道，窦警长惊愕地对日下步说："什么？你要我——"

日下步面无表情地打断说："能接到任务你该感恩，窦警长。"

见窦警长闪躲开目光，日下步沉声说："石原队长跪求我留下你，是体恤你需要跟完一个大案得到奖金偿债，对我来说，你可有可无，所以不要辜负他。"

9

巴布洛夫与陈敏章走进西餐厅，径直来到陈敏正和诺尔曼一桌。

"我们的收发报机被清除了。"巴布洛夫边说边坐下，"日本人甚至连搜查现场都懒得整理。"

陈敏章对陈敏正说："好在312房间的外线还没被发现。"

诺尔曼说："这还算好，说明日本人只是通过技术手段发现了设备。"

巴布洛夫说："这是示威吗？在我们外事单位发出严厉声音后。"

诺尔曼皱眉说："巴布洛夫，请保持住大国公派人员应有的仪态。"

巴布洛夫急了说："你永远都做不到跟我保持一致吗？"

诺尔曼说："跟你一致就是一样的慌乱，而现在需要理性研究最坏局面一旦出现，应对措施该是什么。"

坐在另一桌的瑞恩对乔治白说："我想'财富'是被吓倒的。"

乔治白说："是的。他早早进入饭店是为了观察你我是否正常，之后饭店麻烦不断，所以一直隐着，直到陈佳影和王大顶事发后，他跟我们一样以为快结束了，于是现出行迹，没想到局面逆转，又缩回去了。"

瑞恩说："他到底是谁？时间越来越紧，必须让他知道，混在体验亚细亚号的外交人士当中是最安全的出走途径,这个机会没有第二次。"

刘金花推着王大顶走进餐厅。窦警长与石原正静静地观察着西餐厅的动静,看到王大顶与刘金花进来,窦警长与石原向他们走了过来。

窦警长说:"王先生,我们谈谈。"王大顶转动轮椅面对窦警长。

窦警长压低声音说:"我来就是要让餐厅所有人看到你很威风。"

王大顶说:"别这么一脸悲壮行吗?"

窦警长说:"谈不上,为陈女士树立权威服务而已。"

"那你准备好咯。去你妈的!"不等窦警长反应过来,王大顶便大喝一声蹿起身来,右腿猛地踹向对方腹部,骂道,"把你狗眼给我睁大咯,什么叫肃正纲要增补项第二条所述的污点人士?就是犯了法不追究还能见你一次打你一次的主儿!他妈害我?!"

王大顶坐回轮椅,拿起刀叉不再搭理窦警长。窦警长环看众人,然后踉跄离去。餐厅门外,那警监轻拍了一下白秋成,甩了下脸示意他离开。

那警监边走边对白秋成说:"把你交给日下步我就回去,这鬼地方我他妈一分钟都不想待下去。"

这时,乔治白突然将餐盘摔碎在地上,恼怒地对跑过来的服务生说:"现在早餐就这样了吗?鸡蛋老得跟橡胶一样,培根硬得嚼不动,这还能叫食物吗?"

服务生慌忙说:"对不起。"

乔治白从兜里掏出一张美钞高高举起说:"看到这是什么吗?美元!当今使用量最大的国际货币!它象征着美国的繁荣和强大!"他一把将美钞塞进服务生上衣兜里,"拿去!交给你的后厨,让他认认真真地重做一份早餐。不要以为我们是任人摆布的可怜虫,恰恰相反,本月 27 号,我们还有许多与我们一样有外交特权的人,将乘坐亚细亚号豪华列车离开这里,谁也无法阻拦!任由我们离开,带着对'满洲'的鄙视!"

10

王大顶与刘金花回到 316 房间。

王大顶一脸遗憾地转过轮椅说:“真叫失策,我应该克制,结果用力过猛把伤口给撑破了,自己都觉得丢人。”

刘金花却亢奋地说:“别逗了,我觉得老威武了。”

陈佳影说:“不管怎样,反正听起来应该算出气了。那么,二位从现在起,你们就踏踏实实待着,一切行动听我安排。”

王大顶说:“很明显你翻身了,但翻身你嫌不够还要反击,你想夺取那笔政治献金,对吗?”

陈佳影说:“你胡说什么?”

王大顶说:“当然你这不是为了个人,而是为了你的党,肖苰也不能白白牺牲,于公于私你都得这么干。那么,这方面我显然能帮到你。”

刘金花顿时惊了说:“你疯啦?不往外撤还往里扎!”

王大顶对刘金花说:“头发长、见识短,她有抢钱的心,就有跑路的把握,跟着她怕什么?再说现在也不是你想撤就能撤,条件还不具备呢。”

王大顶转对陈佳影说:“现在只有我能帮你,事成之后,我分一成。”

陈佳影说:“说什么呢?”

王大顶说:“经历了这么多,我要黑瞎子岭走上抗日道路的决心更加坚定了,既然历史让我选择这条路,我就该义无反顾,但这需要钱。”

陈佳影说:“这个回头再说。好了,我还有一个会议,不陪你们了。”

说着,她转身出门。王大顶迅速对刘金花说了声“我码平她”,便操纵着轮椅跟了上去。他追上陈佳影后,拽着她来到三楼消防通道。

王大顶说:“你不会以为我真贪财吧?我那是做给刘金花看的,我要不表现出是为钱帮你,她肯定不乐意。”

陈佳影说:“我要你听我安排,我很快能让你俩出去,明白了吗?”

王大顶说:“其实你很需要我。”

陈佳影说:“只要日下步和野间至少不是坚决反对,你去跟他们表演贪婪吧。”

王大顶笑了说:“明白!对他们来说,一个贪婪的我,才更放心。”

陈佳影带着王大顶走进临时指挥部。

见到王大顶,野间有些不悦地对陈佳影说:“你带他来干什么?”

陈佳影说:“王大顶,请向日下大佐表示感谢,为了塑造我的权威,他牺牲了窦警长,在客观上满足了你的报复欲望。”

王大顶高举双手对日下步抱了抱拳。

陈佳影又转对窦警长说:“如果我告诉你其实没这必要呢?”

窦警长不由得一愣。

陈佳影说:“事实上所有陷害都被翻盘之后,那些家伙谁不明白我于情于理都会成为故事发展的主导者呢?所以折腾你纯粹就是报复。”

日下步说:“陈佳影,你这样就太过分了,你要考虑到——”

陈佳影接话说:“考虑我们时间紧迫是吗?谁闹的?我在紧追案子的时候,你们在干什么?在追打我,而且在我已经解释了跟王大顶的关系之后,拖着我的后腿,让我眼看着政治献金交易暗地里步步推进,却一次次地错过机会,现在回过味儿了,发现这是一块肥肉,自己却连半点儿油腥味儿都没沾到,急了是吗?”

野间说:“佳影,该铺垫的都铺垫了,任性也任性过了,现在可以拿你的收获出来分享了吧?”

陈佳影说:“如果我告诉你,之前我全在指望肖苰的口供呢?”

野间说:“你什么意思?”

陈佳影说:“事实上,除了猜测,我并没有您所谓的独到之收获。”

“砰!”日下步拍案而起。陈佳影厉声说:“之后怎么走今晚给你方案,确定性的方案。”

陈佳影转对野间说:“我们时间不多,那些家伙也一样,政治献金交易既然已到关键时刻,那就该见真金白银了吧?可交易代表还困在这儿呢,这就是几方外事机构不惜蛮横一再施压的动机,也是我之所以要做足铺垫让他们在希望和绝望中不堪辗转的原因。只要他们的心情到了必须控制的地步,就会给我答案。现在以我方条件来看,除了心理战没别的路走,所以我把王先生也带进来了,他跟我一起被迫害,一样满满的报复心,而且刚证明过他的报复心很有行动力。他的加入,象征着我们已经不要脸了，这会让那些家伙极度恐惧。”

王大顶接话说：“其实一开始我是拒绝的，但经过陈女士的教导之后，我明白了这个搭档角色的重要性。拜托，别再想严刑拷打那一套了，他们担着政权之间的交易，您就算啥外交啥‘满洲’形象统统豁出去不要，也顶多攥着他们的命，但他们的政权攥的是妻儿或者老小甚至九族！想想看，政治献金数额惊人吧？”

日下步说：“你似乎在说，你配合陈女士就能截获这笔政治献金？”

王大顶微仰起头说：“如果肯让我分一杯羹的话。”

日下步说：“什么？”

陈佳影说：“你什么意思啊，王大顶？”

王大顶说：“我被招安就是黑瞎子岭被招安，那是一个团队，人吃马喂，那是需要钱的。”

陈佳影厉声说：“那是后话，跟这有关系吗？”

王大顶大声说：“给日本人干我甘心，但我那些弟兄未必！”

陈佳影说：“你这叫勒索，明白吗？你打我脸啊！”

在众人错愕的目光下，陈佳影怒冲冲离席出门，王大顶操纵着轮椅追了出去。陈佳影跑到二楼的一间接待室里，王大顶跟了进去。

王大顶说：“你什么意思啊？”

陈佳影压低声音说：“这是表演，你看不出来啊？你该接着跟我吵，把贪婪演足，让我怒不可遏，叫你滚蛋，还有你那刘金花……”

王大顶说：“我当然得走啦，但条件是我得确定你也能走。”

陈佳影说：“我是说你不走，刘金花怎么办？”

王大顶摇摇头说：“你没脱身，我和刘金花就算出了饭店，也顶多是在她公寓里囚着。我俩要这么消失，好不容易翻的盘就白瞎了，你也就完蛋了，日本人也不会放过我俩。我们现在是命套着命，不要因为对我与刘金花的担忧，就做片面的决定。”

陈佳影微红着眼圈叹了口气说：“你确定这逻辑刘金花能懂？”

王大顶说：“苟且偷生的套路她比你清楚，她可能赶都赶不走了。”

陈佳影笑了笑说："我们回去吧，别让他们等太久了。"

陈佳影笑盈盈地推着轮椅走进指挥部，轮椅上的王大顶右脸颊上有一个红红的巴掌印。野间对陈佳影说："争议解决了？"

陈佳影一脸笑容地说："当然没有，但我忽然回过味儿了，钱的事儿，应该你们跟他沟通。"

日下步说："你妥协了？"

陈佳影说："我的目标就是赢，其他的我不管。"

野间说："佳影，必须要他配合吗？"

陈佳影说："我大脑恢复如初，当然不需要他，但看来还没有。我之所以满肚火还要保持笑容，就是因为自己选的男人咬牙也得接着，好了，继续开会吧。"

王大顶看向日下步说："你还没答应分我杯羹呢。"

日下步恼怒皱眉说："王大顶——"

王大顶打断说："您不给油水，我就从那些家伙身上捞。"

日下步指着大门怒吼说："你给我出去！"

王大顶说："瞧！这就错乱了。不是打心理战吗？在那些家伙的错乱中求胜算，不是吗？我的强项恰在于能分分钟让人错乱到崩溃。"

日下步有些回过味儿地看了一眼陈佳影。陈佳影说："政治献金交易为什么美、苏都在参与，他们跟南京政府是怎样的一种三角关系？破解这个疑问就能让我们调准焦点，迅速剥离出该案的核心。"

日下步说："我想强调的是速度。"

陈佳影说："为的就是速度！我们无非就是抢钱，而且是笔稍纵即逝的钱，找准核心就不走弯路，就算做不到抢先截财，至少也得与他们同步见财，否则就没机会！继续研究乔治白那块手表吧，或许那是一条捷径。"

日下步眉头一跳，显得有些意外。

11

在409房间，瑞恩给乔治白倒了一杯酒。瑞恩说："你在餐厅的举动太惹眼了，乔治，我一直以为，你的心态要比我好。”

乔治白说：“不，我们必须确知‘财富’是谁，指令里说那是一个对美国有非凡意义的人，我的这一举动，也许有成效。”

陈佳影推着王大顶进入316房间。刘金花雀跃说：“你们回来啦？”

陈佳影却没搭理她，转对王大顶说：“对美国佬的疑问我点到为止，是为了我们自己来捅窗户纸。”

王大顶说：“忘了告诉你，我打了窦仕骁后，乔治白显得异常焦虑，借着早餐难吃大发邪火，还掏出一张美元臭显摆。”

刘金花说：“对对，跟暴发户似的，就怕别人看不出他牛×，还外交特权说走就走谁也拦不住啥的。”

陈佳影对刘金花说：“整个过程你仔细回忆一遍，回头再跟我细说。”

刘金花点头：“哦。”

陈佳影说：“嫌疑的起点在这里，之前陈氏兄弟、苏联人和美国佬是用一个真实的美钞模板事件掩盖掉了政治献金交易。”

她看向王大顶说：“还记得当时的情景吗？”

王大顶说：“他们给自己立了牌坊，同时也像在对美国佬表明心迹，但对方看上去并不领情，结果双方发生争执，情绪激烈之下还泄露出了一段美苏暗斗的秘密。”

陈佳影点点头说：“于是真实事件以及貌似狗咬狗咬出的秘密，就把日下步拽进了他们预设的陷阱之中。”

王大顶说：“这场争执传达了两个信息，一是苏联人和美国佬是对立的，不可能结成同盟来对付日本人；二是双方都有不可告人的秘密，以此误导日下步以为他们所掩盖的秘密就是传说中的政治献金交易。”

陈佳影说：“但别忘了，当时美国差点儿弄死了我，一个满铁机构的侦事专家。所以这场争执还传达了另一个重要信息，就是美国维护了满洲国货币市场的稳定。”

王大顶思索说：“也就是说，陈氏兄弟和苏联人帮了美国佬一个大忙。那么问题来了，之前苏联人对美国佬甚至动过杀心，说明他们绝不允许对方涉入政治献金交易，所以在这事儿上呈现的三角关系其实是裹挟式的，他们跟美国佬卖好，其实是想让美国佬出局。”

陈佳影说：“问题又来了，假设美国佬在那之后就已出局，那么政治献金一事再要遭遇任何凶险，都与他们无关，凭什么还冲在前头揭发你、陷害我，屁颠颠儿地给别人的交易扫障碍？”

王大顶说：“他们的出局可能是有条件的，钱嘛，对吧？”

陈佳影说：“美国佬的动机很关键，我们必须查。”

陈佳影深呼吸了一口气说：“肖弦对敌人来说是个惊悚的意外，因此会造成短时期的无措，乘他们无措地这段时间，想嘚瑟就尽情嘚瑟吧。”

12

熊老板赶回库房，看到喽啰被打，而货物完好无缺，甚是疑惑。

“弄晕了看院儿的却没进来……”熊老板眯了眯眼睛，“诡异呀。”

瘦子说：“会是谁干的呢？”

熊老板想了想，咬牙切齿说：“王大顶，别让我揪到你的尾巴！”

在土地庙，唐凌责备大当家说：“你的鲁莽举动已经暴露了王大顶在城里还有同伙，你在外所有人都得重新隐匿，刻不容缓。”

“大当家。”这时，傻狍子和煤球从神龛边闪了出来。

大当家对傻狍子说：“传信出去，除你和煤球之外，所有弟兄更换隐匿地点和形态等候我的……咳，唐凌的下一步指令。”

“得嘞！”傻狍子奔了出去。

大当家转脸对唐凌说：“贼不走空是绿林界的传统，以后劝说我可以，但决不允许用刚才那种教训的语气。”

唐凌说：“拜托了，安安分分地等待你哥和陈佳影的消息，好吗？”

13

在一楼楼梯处，陈佳影对野间低声说：“您回避德国佬就对了，得逼他们来求我。犹太银行那个金融众筹项目近几天持续在做空，必须关注起来,您查一下发起人以及最大的金主都是谁,这很重要。”

在墙拐边,瑞恩窥视着陈佳影与野间的一举一动。

陈佳影走到一楼楼道,遂见该隐向她走来。

该隐说:“陈女士,一再避而不见,未免太不礼貌了吧?”

陈佳影说:“我请求合作,你们给我冷脸,现在还好意思找我?”

该隐说:“其实我手里有很重要的线索。”

陈佳影说:“《满洲时报》的金融版面每天都会报道犹太人发起的一个众筹项目,这是我对政治献金来源的几种猜测之一。你们也一样吧?一样只是猜测,算什么重要线索?”

该隐说:“您要知道元首对犹太人……”

陈佳影接话说:“你想强调政治献金如果跟犹太人存在关联,会让纳粹感到恼怒对吗?那你们向东北军走私武器呢?”

该隐不由得语噎。陈佳影说:“政治献金交易没被摺过去反倒刺激了我们追踪的决心,而且追踪速度超乎你们所想,所以你们着急了,对吗?哭着喊着求合作,争取自己落点儿业绩,但对不起,晚了!”

“陈女士——”该隐看到瑞恩走来,便闭了嘴,转身走了。

瑞恩走向陈佳影说:“陈女士,看起来您心情不错。”

陈佳影说:“因为否极泰来,我这人睚眦必报,之前你咬得我挺疼。自求多福吧。”陈佳影拍了拍瑞恩的脸,似笑非笑地走了。

瑞恩目送着陈佳影,想起不久前与陈氏兄弟谈判的一幕。

在西餐厅,陈氏兄弟与瑞恩及乔治白相对而坐。陈敏正说:“国民政府渴望与美英所代表的西方国家唇齿相依,所以有意愿呈上一笔数额巨大的财款,以支持罗斯福总统的各项改革计划。”

陈敏章说:“这笔财款就在伪满境内,作为国府委派的代表,我们在努力促成此事,交接圆满之日,我们将从中抽取一成,作为全部佣金。”

瑞恩说:“这件事儿八字还没一撇,就开始谈抽成了?”

陈敏正说:“成事之信心、坦率之作风而已。”

想到这里,瑞恩不由得摇摇头。这时,乔治白向他走来。

瑞恩低声说:"'财富'任务在身,就不该再沾政治献金的事儿,其实最初我们就是回避的,偏就禁不起内尔纳渲染,上了贼船。"

说话间,他们走进418房间,巴布洛夫与诺尔曼正握着酒杯等着他们。瑞恩说:"巴布洛夫,现在这种局面,不要仅靠美国一方交涉,你们的政权也拿出点儿威慑力来行吗?"

巴布洛夫说:"莫名其妙,我们的外事机构从来都没放松过。"

乔治白说:"结果是他们清除了你的收发报机?"

巴布洛夫一时被噎。诺尔曼说:"政治献金这事儿早跟你俩无关了,可你俩似乎比我们和陈氏兄弟还要焦虑,什么情况?"

乔治白说:"说的就是这个,请跟陈氏兄弟协调好,如果出现最坏局面,必须跟日本人阐明政治献金一事我们早已出局、毫无关系。"

瑞恩说:"否则,我和乔治会出卖你们,明哲保身,对不起。"

14

陈佳影拐出电梯间,向316房间走去。刘金花从另一端闪出身,向她招手。刘金花领着陈佳影蹑脚来到防火门边,悄悄拉开防火门。

"照我的话做,你能行。"在二楼楼梯拐口处,王大顶跟陆黛玲说。

陆黛玲说:"我当初帮他们做假证,你不恨我吗?"

王大顶说:"唉……弱弱的一个人儿,就像飘零的浮萍,又哪有力量反抗波浪的跌宕,苟且偷生而已,我怎么会恨你呢?"

陈佳影与刘金花相视而笑。王大顶说:"知道我为啥牛×了吗?因为我被陈佳影招安,给她做间谍了。'间谍'这两字儿啥含义?那就是保护伞,背后靠山能顶天儿,谁也不敢动你。"

陆黛玲说:"我真的能当间谍吗?"

"你不知道我对你的感情,我收了你就意味着你哪怕是一棵草,我也要呵护你绽放出灿烂的花朵。"王大顶捋了下陆黛玲的头发说,"相信我的直觉,你的潜质不可限量。"

陆黛玲说:"嗯。"

“去吧。”王大顶轻轻拍了拍陆黛玲，转身上了楼梯。当他走到三楼防火门处时，看到刘金花与陈佳影不禁一愣。王大顶瞥了眼不远处的值岗宪兵，低声地说：“知道吗？我刚实施了一条妙计……”

“啪、啪”，话音未落，刘金花与陈佳影同时上去给王大顶一记耳光，随后调头就走。他们进了316房间，王大顶凑在刘金花跟前低声说：“都跟你说了，陈佳影为党，我为财，我们走的是两条路，我这条路邪，所以能利用的人一个都不能放过，所以我对陆小姐是纯粹的利用关系，我们之间是清白的。”

15

二楼暗房里，白秋成从显影水中取出一张照片，小心翼翼地夹在前上方的拉线上。他身后的日下步说：“你很不错。”

白秋成转身笑了一下。日下步说：“在黑暗中，几乎没有视觉帮助就拆开了乔治白那块手表，取出微型胶卷并完整地洗印出了所有照片，更神奇的是手表被你重新装上之后，依旧在运行，毫无异状。”

白秋成说：“大佐，您过奖了，只是雕虫小技而已。”

日下步说：“能够征服精密元件的人，都有一颗安静的心，你前途无量。你的内伤怎么样？”

白秋成一个立正说：“谢谢大佐挂念，仅是一点儿轻伤，不打紧，若还有地方用得着我，大佐您尽管差遣。”

“留下来！”日下步拍了拍白秋成的胳膊，转身离去。

日下步走出暗房，与等候在门外的石原向走廊一端走去。

日下步说：“精密的设备里必定储存着宝贵的材料，我有很强烈的预感，这的确就是一条捷径，陈佳影想把一切攥在自己手里，野间也跟我们从来都是同床异梦，那么赛跑吧，我们要跑在他们前面。”

403房间的卫生间里，陆黛玲在帮龚导演洗着头，她边洗边说：“我也想明白了，既然谁也靠不住，我就跟着你吧，甭管你那什么观察员是干吗的，导演总是真的，离开饭店了，伤好了，电影总还是要拍的，总忘不了我这个相依为命的。”

话音未落，便见乔治白虎着脸闯了进来。乔治白一把推翻龚导演，拽起陆黛玲的胳膊，将她拖出卫生间，然后进入409房间。

陆黛玲生气地说：“你弄疼我了知道吗？”

乔治白厉声说：“你要干什么？谁派你来的？”

陆黛玲说：“我要当间谍，离间你们，王大顶说了，跟着他才最安全。”

乔治白说：“你脑袋缺弦儿是吧？王大顶在利用你呢，看不出来啊？”

陆黛玲说：“他就说要利用我呀，让我显出价值，才不会谁都打我。你们都说能保护我，可除了挨打，我落什么了？就那一堆蓝色筹码，我问过了，抵不上刘金花手里一个黄的。你们都是骗子！”

乔治白说：“别听王大顶忽悠，什么叫间谍？一土匪他知道个屁！我有一个历史荣耀的家族，但经济危机时破产了。后来我加入机构，希望让家族恢复本有的样子，但这份工作跟我想象的不一样，它无时无刻不在触犯我底线，让我感到罪恶，却身不由己。它是炼狱，自己所做的一切构筑而成的炼狱，它让我身心疲惫、饱受煎熬，即便在天主面前忏悔时。不管最终为了什么，我知道，我都不会得到宽恕。”

乔治白盯视着陆黛玲说：“所以你可以滚蛋了，什么都别沾，你再渺小，灵魂也是自由的。”

苏联夫妇走进314房间，陈敏章从藏有内门的衣柜里钻出。

陈敏正对苏联夫妇说：“什么事儿这么急吼吼的？”

诺尔曼说：“美国佬沉不住气了，要求我们一旦政治献金交易被究根问底，就说他们早已出局，跟这事儿没关系了，否则就出卖我们。”

巴布洛夫说：“他俩在威胁我们。”

陈敏正说：“到底是谁沉不住气？美国佬还是你们？苏联领馆都承诺了，再拖下去就派人过来直接交涉，你俩还慌乱什么？”

巴布洛夫说：“万一我们还得耗在这里，怎么办？”

“你们不已经派出人手待命了吗？”陈敏正指指敞着门的衣柜，“打电话通知他们即刻去天津，如果我们继续被耗着，做不到亲手交接，我就给你电话号码，你转给他们，之后要怎么做，该号码的机主会告诉他们。”

巴布洛夫说：“你确定万无一失吗？”

陈敏章说：“这么巨额的交易，我们怎么可能没有多种准备？见到钱后，你方带走九成，留一成。”

巴布洛夫不解地皱眉说：“什么？”

陈敏正说：“那是我们的佣金。”

巴布洛夫说：“搞什么鬼？你们从没说过还要抽取佣金。”

陈敏正说：“这是中国人做事的惯例，我想你们应该知道呢。”

巴布洛夫说：“这个条件我不接受！”

陈敏章说：“别为这点儿小事儿就让交易泡汤好吗？”

巴布洛夫咬牙切齿地说：“你们终会因为自身的贪婪，付出代价！”

陈敏正说：“那么电话，您是打呢，还是不打？”

苏联夫妇闷着脸，快步沿着走廊走着，当他们走到418房门前时，却见陈佳影靠在门边。巴布洛夫冷冷地说：“你找我们有事吗？”

陈佳影说：“那就直话直说，伪钞模板那事儿，我一直心存疑惑。”

巴布洛夫说：“美国佬已说得很清楚了，可以通过官方渠道核证。”

陈佳影说：“我疑惑的不是事件本身，这么说吧，陈氏兄弟作为一对很有背景的商人，受政府委托跟你方交涉伪钞模板这种事儿，驴唇不对马嘴。用意良善，且无凶险，派公务人员来就是了，却用两商人。”

诺尔曼说：“巴布洛夫，这人喜欢装神弄鬼，别跟她浪费时间。”

陈佳影说：“当时我脑子坏了，所以每件事儿我都努力记住过程，包括任何细节，就为了现在一个一个翻出来，没人能从我这里逃出去。”

16

陈佳影一进入316房间，发现王大顶正虎着脸坐在轮椅里，刘金花抱着怀倚站着，也是一脸的不悦。陈佳影疑惑地说：“你们怎么啦？”

刘金花说：“陈佳影，既然饭店里你俩在搞露水情，你就有义务管住他，别有个女人就撩骚。”

王大顶说："你要我怎么说才信？我跟陆小姐真没那什么……"

刘金花说："没那什么，凭什么你说啥她就干啥？她缺心眼儿啊？"

王大顶说："她就是缺心眼儿啊。"

陈佳影说："你发财为大，干什么都不算过分，但你拽陆小姐下水不卑鄙吗？"

急促的拍门声响起。陈佳影去开门，陆黛玲一脸亢奋地奔进屋里。陆黛玲说："我成功了！我成功了！我自己都没想到，原来我真的很有潜质呢。"

王大顶说："有什么收获？说说看。"

陆黛玲说："龚导演跟瑞恩、乔治白是一伙儿的。"

陈佳影说："这我知道。"

陆黛玲说："乔治白见我帮龚导演洗澡，就不舒服了，我就照你说的，卖傻，然后他就怒了。"她绘声绘色地讲述刚才乔治白的言行。

陈佳影对陆黛玲招了招手说："陆小姐，你来。"

她把陆黛玲带进里间，王大顶也跟了进去。陈佳影低着声音说："陆小姐，感谢你在他哄骗下所做的一切，从现在起，就跟乔治白说的那样，什么都别沾了。我向你担保，从现在起，这里没人再会为难你。"

陆黛玲不确定地看着王大顶。王大顶点点头说："她比我靠谱。"

"那我回去了。"陆黛玲说了一声，转身走向房门，没走几步忽又停下，转过身来说，"哦，对了，我又想起一事儿。那天，瑞恩对龚导演说什么我希望在外的人员都保持镇定，'财富'行动并没有受到侵扰。这个有用吗？"

陈佳影不置可否地点了点头说："回去吧。"

陆黛玲一走，王大顶便对陈佳影说："知道陆黛玲的讲述里头，最有意思的是什么吗？乔治白说的那段生平不是他的。"

陈佳影说："对，那不像是华裔的历史。"

王大顶说："一段家史顺着心情就手借用，磕巴都不打，应该不是关系太远的人，是身边人。对，那是瑞恩。乔治白的话里提供了有关瑞恩的两个信息，一是他是一个虔诚的天主教徒；二是他曾家世显赫，但十年前、不超过二十年吧，破产了，他那家族你应该查得出来，这俩信息能推测出瑞恩的人格特性，对我们会有帮助。”

陈佳影说：“高学历的绿林人士，不容小觑。”

这时，里间门开，刘金花浓妆艳抹地走了出来。

王大顶说：“你什么状态啊？”

刘金花说：“说，下一个对付谁？别撂下媳妇不用，尽跟野路子的耍。”

王大顶说：“我们这叫刀尖上起舞，你当是玩儿游戏啊？”

刘金花说：“我也看出来了，再不出马，你就真当我没色相了。”

陈佳影说：“之前德国佬找我合作，我拒绝了，其实就想憋着他们，现在应该着急上火满嘴冒泡了，你要贴过去的话，保管这俩心花怒放。”

王大顶急了说：“陈佳影，你把她往火坑里推？”

陈佳影对刘金花说：“让那俩告诉你，当初怎么发现的政治献金交易。”

刘金花说：“哼，跳大神儿我不如你，但对付男人我不会输你。”

说着，刘金花气宇轩昂地走出门去。

17

话务兵甲拿着文件夹匆匆走进临时指挥部，对日下步与石原说：“312房间私设的外线，刚才监听到一则对外电话，全程俄语，通话人为巴布洛夫，翻译后显示，他在要求联络者派遣待命的在外人员急赴天津。”

日下步对石原说：“焦虑下他们甚至没怀疑外线有被发现的可能，陈佳影看似荒腔走板，但推进却按部就班，我们得抓紧了。”

刘金花走到301房门前敲门，沃纳起身去开门，刘金花闪身进来。

“王大顶让我来带个话。”刘金花边说边扭着屁股绕到该隐旁边坐下说，“告诉你们一个真相，打我出现之后，王大顶其实就跟陈佳影貌合神离了。我们跟陈佳影走的是两条路，她往外推的，我们接。”

该隐皱眉说：“你什么意思？”

刘金花挑逗地用手指将未扣的胸襟又勾开了些。该隐面色一紧，抓起茶几上一杯白水，“哗”泼在了她脸上，怒说：“滚！”

刘金花愣了一下，然后哭丧着脸走了出去。她冲进316房间，指着陈佳影说:“陈佳影,你骗我吧?说什么那俩找你合作被你拒绝,那俩就是铁板一块,是你自己拿不下,才发我过去的吧?”

王大顶一脸惊愕地说:“你做什么了?被嫌弃成这样。”

刘金花说:“色诱呗,陆黛玲用得不挺顺手吗?”

王大顶说:“唉,就让你去问些话,你色诱个啥吗?”

刘金花没好气地说:“你又没说清楚。”

陈佳影“扑哧”一笑。这时,急促的门铃声响起。

刘金花转身去开门,沃纳气急败坏地走了进来。

沃纳走到陈佳影面前说:“陈女士,请求合作您拒绝,转脸又用这种粗鄙手段来挖讯息,不觉得可耻吗?不愿付出,只想得到,太贪婪了吧?”

陈佳影努了下嘴说:“沃纳,我们扯平了。”

沃纳不解地看陈佳影。陈佳影对刘金花说:“你去里间好吗?拜托。”刘金花看了眼王大顶,进了里间,关了门。

陈佳影低声说:“我与王先生相爱后,一直被视如孽缘,注定不被祝福,这让我变得极度敏感,所以我痛恨那些家伙将它昭之于众。”

沃纳说:“呃,对不起,当时的情况……”

陈佳影说:“我把你当救命稻草,可你拒绝我。知道吗?我心如刀割。”

沃纳羞愧地说:“我……我们……”

陈佳影像是克制情绪地闭了会儿眼睛,然后睁开说:“如果您还愿意交流的话,我们重新开始,好吗?”

沃纳点了下头,接着跟陈佳影说了一些她所没有掌握的信息。

说完后,沃纳长长地吁了一口气说:“我该走了。”

陈佳影把沃纳送到门口,说:“感谢你提供的信息,关于合作,野间课长那边我会去做工作。”

陈佳影回到房间,王大顶迎了上来说:“陈氏兄弟最先接触的是美国佬,所以沃纳怀疑是啥条件没能谈成,才导致了南京方转而投向苏联。”

陈佳影说:“过程中情报贩子内尔纳放风说,全球政治格局将会改变,加之南京方也的确正在摇摆,这给他们的判断提供了依据。”

王大顶说:“所以一会儿我给刘金花做思想工作的地点得恰到好处?”

陈佳影说:“撞见苏联人的话,你得交流,用你的方式,我有他们状态就行。”

王大顶说:“明白。”

18

陈敏正和陈敏章正坐着电梯下行。陈敏正说:“德国佬巴结陈佳影,估计也是觉着到关键时刻了,这其实无所谓,但正好可以用这做由头再会会苏联人,我总担心他们对我俩的心态变得过于负面。”

电梯停在一楼,陈敏正与陈敏章走出电梯,却与陈佳影相遇。

陈佳影说:“二位是想去个僻静地儿吧?真对不起,王大顶和他的刘金花把地儿给占了,因为风月上的争执,那里已经很不僻静了。”

陈敏正和陈敏章对视了一眼说:“真是晦气!”

说完,二人调头又回了电梯间。

陈佳影笑了笑,转身溜达到大堂,王大顶正好操纵着轮椅笑盈盈地从拐口处过来,交汇时,两人击了下掌。

就在这时,巴布洛夫边沿楼梯下行,边对诺尔曼说:“德国佬往陈佳影怀里贴是顺理成章的,他有什么可紧张?”

诺尔曼说:“陈敏正是紧张我们,找由头碰面,好观察我们的态度。”

巴布洛夫说:“看我们套牢就提条件,是讹诈!我能有什么好态度?”

诺尔曼揶揄地说:“我还以为你很习惯尔虞我诈的生活。”

巴布洛夫说:“苏维埃的存在,就是要消灭人类的这种丑陋现状!”

陈佳影伸手指着上方画着圈,王大顶心领神会,便开始了表演。王大顶大声呵斥刘金花:“女人可以不讲道理,但必须听道理,知道不?”

陈佳影迅速溜达进了另一端通道口。

苏联夫妇已拐下一楼,显然是听到了王大顶的声音,放慢了脚步。

刘金花说:“陈佳影明知道德国佬是那什么,还故意把我往那儿推,故意让我出丑，她什么心态啊？”

王大顶说：“你看，咱不要看过程，要讲结果，至少结果是可喜的嘛。”

刘金花说：“咱走的不两条道儿吗？你乘陈佳影不在的时候跟我说的，我可当真。”

王大顶说：“但陈佳影推进了，我们才能有斩获嘛，跟着她走，寻找机会，只要攥到一条够分量的情报捏在手里，咱就算有了筹码，对吧？有了筹码，陈佳影与日下步我勒索谁不行啊？”

刘金花说：“你狮子大开口，她都没当真，否则早不带你玩儿了。”

王大顶说：“你看你都能把问题的关键归纳出来，咋还做不到淡定呢？你说窦仕骁累得跟狗似的，不就想挣笔奖金还高利贷吗？咱优哉游哉顺着陈佳影的路线搜集情报还发财，不得气死他呀？”

这时，窦警长突然走近他们一脸讥讽地对王大顶说：“您对陈女士的感情真是惊天地泣鬼神啊。”窦警长看了刘金花一眼，“这种男人，换我是你，早往汤里下毒了。”

窦警长鄙夷地笑了笑，走了。

王大顶转回身对刘金花说：“走吧走吧，别在这儿丢人了。”

“真是无耻！”巴布洛夫小声骂了一句。

王大顶扭头看到苏联夫妇，故作惊愕地闭了嘴。王大顶回身看看两边没人，说：“目前的格局你们都清楚了吧？陈佳影控制了全场，当然也包括我，乘私下接触的机会，有难处告诉我，未必我不能私下通融。”

巴布洛夫冷冷地说：“你不辞辛苦表演中国式贪婪，无非想套我们的话，但你的表演太拙劣了，首先你们臆想的情节不存在，即便存在，公权力还无所适从呢，你又算什么东西？让我相信能在你手里买到通融？”

王大顶说：“你可不要小看我。”

巴布洛夫从兜里掏出一张纸币抖开，举到他面前说：“这点儿小费算我体恤你卖力气，你的表演没找对时机。”

巴布洛夫将钱塞进王大顶的上衣口袋，与诺尔曼扬长而去。

陈佳影、王大顶及刘金花回到316房间。

陈佳影说:“爱死你俩了。”

刘金花悻悻地说:“借我演戏我认,好歹也算掺和了,但你不能戏没开演就被人揭穿啊?”

王大顶说:“我演得那么浮夸,能不被揭穿吗?”

刘金花蒙了说:“啥意思啊?”

陈佳影说:“只要对方有状态,我们就会有收获,因为人的心情是有延续性的,不管经过怎样的掩饰。巴布洛夫以为自己把情绪调控得很好,但潜意识里那种宣泄的欲望,让他在羞辱你的词句里无法遏止地暴露出了以下信息:有人在条件具备后,讹诈了他。”

王大顶说:“应该是陈氏兄弟。说明政治献金交易已无退路,陈氏兄弟乘机向他们提出了私人条件。”

陈佳影说:“那么问题来了,南京方委托陈氏兄弟操作这笔政治献金交易,那么正常情况应该是陈氏兄弟事先向委托方开具条件,用以权衡是否接受委托,而到节骨眼上提要求,这种手段很不正当。政权之间的交易,被委托人却这么下三烂,不可思议了吧?”

陈佳影、王大顶同时说:“查!”

19

土地庙里,大当家心事重重地对唐凌说:“我真就暴露我哥在外有同伙了?那我哥不就危险了?”

唐凌淡淡地说:“一切要在了解王大顶和陈佳影情况后,再做定夺。”

大当家说:“那赶紧了解呀。”

唐凌说:“少安毋躁吧,王大顶让你们听我号令,就说明饭店里他们还有足够的周旋余地。”

大当家说:“就因为有你那个陈佳影?”

唐凌说:“行为痕迹分析对陈佳影来说,已不仅仅只是一门全世界仅有二十多人掌握的学科,在长期的斗争中,她把这门学科变做了一种武器,让人因为恐惧、逆反或者迷信,做出种种她所预料的行为,从而进入她所预设的轨迹，最终得到她想要的结果。”

大当家说：“是吧？你确定哈？”

唐凌说：“不确定，因为她大脑当前的伤愈程度，我还无法判断。”

20

在临时指挥部，日下步从墙上贴了四排的照片中挑出三张，转身看着会议桌边的野间和石原说：“间谍手表里的这些照片涵括采矿、粮产、金融、公共设施等等，好像是在为经济观察采样。这似乎与乔治白和瑞恩的官面身份相符。但我发现这三张照片，里面的人物是画面表达主体，不是采样场所的陪衬，这跟其他照片都不一样。”

石原说：“是，这三张照片才是重点，其他的都是为它们在打掩护。”

野间说：“三张照片中的人，除了中间那张，另两人我都知道，左是亚伯拉罕，犹太商会的副总裁；右是比雅阁，也是犹太人，经营钻石。”

日下步说：“为什么他们会成为材料中的重点？”

野间说：“从经济观察角度说，在‘满’的犹太富豪成为重点并不奇怪。”

这时，窦警长和白秋成走了进来。

日下步皱着眉头看向白秋成说：“白秋成，你擅自离开饭店了吧？”

窦警长说：“我指使的，因为秋成发现到了相同的重点，迫切想要做些调查。”他指向墙上那三张照片，“除了中间那人尚未查到身份，另外两名——”

日下步不耐烦地打断说：“他们的身份野间课长很了解。”

窦警长说：“包括亚伯拉罕发起的金融众筹项目？以犹太银行为平台。”

窦警长转对日下步说：“根据陆黛玲之前的供证，那位龚自朝导演，实为美方的秘密观察员，而据刘金花所言，乔治白是在饭店封锁之后派人偷回手表的，我想此人应该就是龚自朝，有意思吧？乔治白究竟有多紧张这块手表，不惜让在外的观察员偷回并冒封锁之险送进饭店？是紧张手表？还是手表里的内容？确切说就是这三张照片。”

野间的眉头微微地跳了一下。窦警长说：“中间那人暂且不论，迟早能够查到，有个问题大家一直都没讨论，政治献金到底来源于哪里？”

日下步说：“你是说就来源于这个金融众筹项目？”

窦警长说：“南京政权经济拮据，要自己拿出一笔巨款金援别国必遭多方追问，至少是否能见成效他们跟谁都打不了包票。”

日下步说：“南京政权汪、蒋两派明争暗斗，对外政策从没取得过一致，官面渠道出这钱确实可能性很小。”

窦警长说：“在‘满’犹太人貌合神离，大家心知肚明，我们虽保持着亲和的官方姿态，但与纳粹结盟后会怎样，恕我直言谁也说不清楚。”

日下步说：“所以南京政权若在这时抛出橄榄枝许诺以未来，犹太人未必不会在感动之下给予金钱上的帮助。”

窦警长说：“南京选择苏联当然是美国所不乐见，所以陈女士那个疑问很好解释，美国佬跟苏联人和陈氏兄弟的关系必然是裹挟式的，拿什么裹挟？拿他们所查获的政治献金的来源。”

21

陈佳影推着土大顶走进西餐厅，在陈氏兄弟对面坐下。

陈佳影说：“你们比谁都淡定，说明政治献金交易即便没有谈判代表到场也能由双方委派的人员接手完成，你们心里有谱，对吗？”

陈敏正说：“我不知道您在说什么，陈女士。”

“广东的陈氏兄弟，”陈佳影似笑非笑，“一直都很神秘，据说家族在南洋生意庞大，曾捐赠重金支持孙逸仙北伐，因为这一历史背景，与汪兆铭等人都有不错的交情，还认了国府元老翁元奎秘书长做干爹。”

陈敏正与陈敏章对视了一眼，默而不语。

陈佳影说：“恰巧我跟翁秘书长的机要副官王庆耀是英国留学时的同窗，关系还算不错，所以我也侧面了解了一下二位的情况。”

陈敏章说：“陈女士，我不得不说您这种诱骗方式有些低级，您的家底儿我们探过，早年留学日本，怎可能与王庆耀王副官会是同窗？”

王大顶说：“她后来又去英国了——”

陈敏章打断说：“你们是没辙了吧？这种烂招都用？”

陈佳影微低脑袋吁了口气，起身走开，王大顶操纵轮椅跟上。经过巴布洛夫时，王大顶凑近他低声说：“王庆耀这个人是我俩瞎诌的。”

巴布洛夫拉起诺尔曼匆匆走出餐厅，来到409房间，乔治白与瑞恩疑惑地看着他俩。巴布洛夫说：“出局前，你们总在强调陈氏兄弟最先的意愿是美国，但你们却没搭理，为什么？”

瑞恩看向乔治白。

巴布洛夫咆哮说：“这很重要！我们很有可能掉进了一个骗局。”

瑞恩顿了顿，说道：“陈氏兄弟上来就提出在交易中抽头，让我很反感。但官方委托的代表为自己捞好处，这种现象在中国也不算荒唐。”

巴布洛夫说：“但危险迹象出现时，这俩就屡次想要逃跑，这是官方代表的风格吗？轻易就对政府的委托弃之不顾？”

诺尔曼对巴布洛夫说：“过程中包括政治条件等所有的官方意见都来自于他们的口述，苦于饭店封锁，我们也无法获取正式文件。”

“然后就要我们抽调一队特勤人员待命，然后去天津？”巴布洛夫惶惶地看了眼乔治白，“说明钱要离境到天津交接，可那里由他们的政权所辖，我方过去这么多人干什么？”

瑞恩说：“看来我们都被这兄弟俩骗了，我们必须把他们除掉。”

巴布洛夫说：“这也是我们来找你们的原因。”

乔治白说：“那现在就可以行动了，他们应该回房间了。”

巴布洛夫点点头说：“走吧。”

四人悄悄来到312房间，敲门，陈敏章开门。四人一进门，便合力把陈氏兄弟制伏。

巴布洛夫摁住陈敏正说：“告诉我们，政治献金到底来源于哪里？”

陈敏正说：“你们要干什么？这是违背交易原则的。”

诺尔曼从化妆盒里拿出毒药粉，往一个酒杯里抖了几下，然后往里面倒了一些酒。随后诺尔曼抓起酒杯扑到陈敏正跟前说:“我那些毒药全在酒里,论现在的心情,我巴不得交易因为你们死亡一了百了。”

陈敏正惊恐说:“别别别……别!我说。在‘满’的犹太人,因为担心日本最终跟德国结盟,顺行纳粹的反犹政策,所以利用一个金融众筹项目,暗中转移资产,因为南京方对犹太人相当友好——”

诺尔曼说:“别再借南京的旗了,这笔资产将被运到天津,你们的地盘儿。在那里交接运送都无障碍,要我方派去那么多特勤人员干什么?”

“好吧,我承认,”被乔治白与瑞恩钳制的陈敏章开了口,“其实犹太人并无意愿捐赠资产为中苏搭桥,这是一次掠夺行为,南京方不想担责任,所以得你们的人操刀。”

巴布洛夫说:“混蛋,你还在骗?悍然掠夺必是一次严重的国际事件,南京方现在四处卖好,怎可能做这种自相矛盾的事情?杀了他!”

诺尔曼捏住陈敏正的腮帮子便要灌毒酒,陈敏正求饶说:“停停……我们是骗子!我们假冒南京代表骗了犹太人,还有你们,我们并非广东的陈氏兄弟,是冒充的,我们是翻戏党。”

诺尔曼对乔治白说:“什么叫翻戏党?”

乔治白叹息说:“就是诈骗团伙,跟上海的拆白党差不多意思。”

“我杀了你们!”巴布洛夫咆哮着掐住陈敏正的脖子。

22

陈佳影推着王大顶从西餐厅里出来,正见野间匆匆走来。

王大顶说:“野间课长,在我配合下,佳影现在卓见成效,至于犒赏之类的事儿,还拜托您跟日下大佐多做工作。”

野间却不理睬他,对陈佳影说:“你必须抓紧了,日下步这边推进得很快,手表里的秘密的确是条捷径,他已破解出政治献金确凿来源于犹太银行的那个金融众筹项目。”

陈佳影说:“破解了最好,省去了很多麻烦。”野间不解地看着她。

“放心吧。”陈佳影笑了笑,“我们不会失去主导优势的。”

陈佳影推起王大顶离开。

乔治白与瑞恩刚好走出电梯，与陈佳影他们相遇。

陈佳影说："怎么？不请我们到你们房间坐一坐？"

乔治白说："那走吧。"

陈佳影与王大顶跟随他们进入409房间。陈佳影说："事到如今就不绕圈子了。政治献金确凿存在，它来源于犹太银行的一个金融众筹项目，我猜不透南京跟苏联这场交易美国在扮演什么角色，我只记得你俩一而再再而三地祸害我们，所以，你俩若不能有助我们阻止或破坏这场交易——"她指着王大顶，"脏话以及不文明内容你来说吧。"

王大顶说："小人得志的我们绝对报复死你俩，驴养的！"

瑞恩厌烦地说："你们——"

陈佳影打断说："你差点儿杀了我，我有能力让你、乔治白以及那个龚观察员从此见不到天光！"

"这件事，"瑞恩看了眼乔治白，"跟你们想象的不一样，陈氏兄弟根本就不是所谓南京政府代表，他们是广东的翻戏党，是一对骗子。"

"所谓神秘的、广东陈氏兄弟当然也是冒充的。"陈佳影笑了笑，"恭喜你们找到答案。"

乔治白说："跟南京政权毫无关系，他们骗了犹太人、苏联人，甚至斯大林，我和瑞恩不惜自身安危介入其中，就是为了揭露这个骗局。"

陈佳影说："别再摺了，说说你们自己吧，其实所有悬疑当中，我最好奇的就是你俩伪钞模板那件事儿后，你俩就已经出局了，当时你俩根本就不知道政治献金交易只是骗局。"

瑞恩顿时一脸惊愕。陈佳影说："既然已经出局，政治献金交易遭受任何威胁都跟你们无关，而你们非但没有退避麻烦，反倒积极主动地揭露王大顶、迫害我俩，为什么？原因只有一个，让所有人都以为你们的'财富'任务就是调查政治献金交易，但事实上跟这毫无关系。"

王大顶说："翻戏党陈氏兄弟机缘巧合获知在'满'的犹太人暗中利用一个金融众筹项目转移资产，于是冒充南京政权代表骗了他们。"

陈佳影说:“陈氏兄弟先找了你们,开口就要佣金,你们觉得荒唐,加之身负代号‘财富’的任务,所以就没搭理他们。谁想那二位转脸就找了苏联人,而且调整方案把抽头的事儿放到对方彻底上钩、骑虎难下之后再说,结果巴布洛夫在满满的骄傲中上钩了。”

王大顶说:“为让骗局显得真实,陈氏兄弟肯定还假模假式地跟他们谈了政治条件。”

陈佳影说:“但万没想到,被情报贩子内尔纳给拍下来,内尔纳自以为胶卷里记录了极具价值的情报,便找你们兜售,因为南京投靠苏联是美国所不乐见的。所以即便另有任务,你们也想查个究竟,结果上了贼船,内尔纳又拿‘美国佬要买中苏交易的情报’为要挟,掉过头去勒索苏联人和陈氏兄弟,形成了两边竞价的格局,搞得素来严谨的德国人都信以为真。好在巴布洛夫大智慧,利用一个‘伪钞模板事件’掩盖了交易,将它定义成了一个谣言,还炮制出几方对该事件处理的正面意义,让你差点儿弄死我的行为得以不了了之。”

王大顶说:“苏联人在这上给你们卖了好,当然肯定还有威胁,总之恩威并施连劝带逼,就是要你们出局,这正中下怀吧?于是你俩借坡下驴真就退出了。”这时的乔治白与瑞恩已是满脸冷汗。

“你俩既已出局事不关己,为什么比苏联人和陈氏兄弟更急迫于饭店解除封锁?原因只有一个,你们的主任务即代号‘财富’的任务也在倒计时。”陈佳影看向乔治白说,“罗斯福主政之后,美国经济迅速走出萧条,时至今日百业振兴、税收丰盈,所以相较于一笔固定数额的财富,美国更注重的是能让财富持续增长的动力,是原动力。所以,‘财富’不是钱,是人!一个必能对美国的未来有非凡意义的人!你们的任务就是将他带走。”

乔治白说:“陈女士——”

陈佳影抢话说:“这人你们不认识,但一直都在饭店里,因为日‘满’方的封锁,他向你们显示了自己的存在,却不敢露面,否则你不会着急上火拿那张美钞当众撒疯!要没猜错的话,那张美钞就是你们接头的信物。

所以你们跟陈氏兄弟、苏联人,在心情上是一致的,你们都急于饭店解除封锁,以便带走你们的‘财富’。”

说着,陈佳影推着王大顶走出房间。在走廊里,陈佳影低声地说:“我已经有了全盘计划,我要让宪警方和满铁继续追踪政治献金,并且相信解除封锁更利于追踪,然后借此机会让大家金蝉脱壳包括因我捣鬼而收手的犹太人,也包括美国佬以及他们要带走的那个人。”

王大顶说:“可千万别忽略日下步那边也进展神速。”

陈佳影说:“只要他们想抢钱,就永远脱不出我铺设的轨道。”

23

在临时指挥部,窦警长说:“我建议不管苏联人、美国佬和陈氏兄弟是怎样一种裹挟关系,先予以拘捕,同时对两个搞众筹的犹太人分别刑讯,取得一致的口供,即为该案的真相。”

日下步说:“这么一来,钱就跑啦。”

日下步看向野间说:“我们遇到了一个难题, 破解了政治献金的来源,却发现这笔钱取之不易。”

野间说:“是,现在钱在银行的几百个大额账户和近万个中小账户中流转,它是活的,但有不利迹象就会散掉,我们一分都攥不住。”

窦警长说:“那就先拿下陈氏兄弟他们的口供,以此查封犹太银行。”

日下步说:“你疯了吗? 这得层层上报直到关东部财政部一同批复,有这时间钱早跑了,更别说关东部有多少人在犹太银行开户。”

这时,陈佳影推着王大顶进来。

陈佳影说:“结局论证了我最初的判断,南京方脚踩两只船,因为美国态度模糊最终选择了苏联,于是美国佬不甘心了,要起无赖又纠缠进去,但他们起初并不希望我方介入此事,这一心态导致他们间接害死情报贩子内尔纳,随后又被苏联人摆了一道,差点儿弄死了我,从此彻底被苏联人和陈氏兄弟裹挟,被迫冲在前面,为他们掩盖政治献金交易。”

陈佳影看向窦警长说:“政治献金的确来源于犹太银行的那个金融

众筹项目,感谢你们从一堆照片中择出重点并做出准确分析,从而省去了我论证他们供词的时间。我预计最终破解的时间是晚上,但我们提早了很多。”

日下步说:“但现在的问题是……”

陈佳影说:“怎么抢到这笔钱对吗?”日下步点点头。

陈佳影说:“政治献金不是捐赠,是南京方诱骗犹太人转移资产,并在钱款运送出境后予以抢夺,用抢劫的钱完成政治上的交易。”

野间说:“呵,这个收获真是令人感叹。”

王大顶说:“抢钱,要抢真金白银。”

日下步眉头一跳说:“真金白银?苏联人用312房间那个私设外线通知外勤小组急赴天津,说明钱就要秘密越境送往天津。”

王大顶说:“交易是有计划时间的,所以他们之前急于离开饭店,发现我们的意愿含糊之后,不得已采用了备用方案,谈判代表不能到场,交易由双方委派人员接手完成,该案核心就是人是死的、钱是活的。”

陈佳影说:“决不能让他们走备用方案。解除封锁,让苏联人和陈氏兄弟继续操控交易,在暗处盯梢他们,追踪财款在出境前的落点。”

窦警长说:“我们折腾一天,总得有说得过去的理由撤离饭店吧?”

“没理由才对啊,笨蛋!”王大顶说,“不但要不明不白,还要撤得突然,这能让已然神经脆弱的交易双方妄念我们要抢什么先,从而急于行动以致忽略暗中的盯梢。”

日下步沉了片刻,点了点头说:“撤离方案如下:晚餐时间,给后厨一些嗜睡药物拌在餐食当中,然后继续保持封锁状态,饭店外内所有岗哨轮换照时照常,一切假象皆为麻痹之用,但过子夜,我们悄然撤走,仅留石原等少许人员潜藏饭店用以监视动向,如有异常可即时通报。”

第二十二章

1

唐凌与大当家在和平饭店对面的街道暗暗观察着。

唐凌说："饭店楼南和正面的便衣与宪兵都已撤去，相信其他区域包括楼内的岗哨也都走了，但这并不代表周围就没有眼睛。"

大当家说："悄然撤离肯定有大事发生，你发毒誓，陈佳影真的是你女人？"

唐凌说："你思维跳跃得令人费解。"

大当家说："要真是你女人，就算跟我哥私奔了也会给你留讯。"

唐凌说："放心吧，刘金花可不是省油的灯……"

话音未落，唐凌忽然看到不远处的地上有一个万金油瓶。唐凌一愣，当即捡起万金油瓶藏于手心，对大当家说："回去吧，这里面有情况。"

他摊开手，让大当家看了一眼万金油瓶，大当家疑惑地跟着他调头回去。回到土地庙，唐凌把万金油瓶打开，里面有一张小纸条，写着：我们已撤离饭店去了宪兵队，都安全。

唐凌说："撤离是策略，他们跟去也是策略，之后会有更详细传讯。"

宪兵队里，那警监低声说："熊老板怀疑王大顶还有同伙在城里，就设了个套想诱敌入瓮，结果人来了，脸都没露就把套儿给破了，就像故意挑衅一样。"日下步与野间相觑了一下。

2

早上起床后，乔治白走出大门，到了街上，他往左边看，没人；转个身再看另一边，也没人。他转了转眼珠子，匆匆返回饭店。

他走到在一楼后门的瑞恩身边说:“应该是都撤了。”

瑞恩疑惑地说:“连夜撤离,一点儿动静都没察觉,搞什么鬼?”

乔治白说:“我也奇怪呢,陈佳影都知道我们的秘密了,不会轻易放过吧?”

瑞恩说:“难道日本人只想追踪那笔钱?虽是骗局,但巴布洛夫已骑虎难下,把钱拿到才能有所交代,所以日本人想要抢在他们前头?”

乔治白说:“可我们要带走的人价值超乎想象,陈佳影是有判断的。”

这时,饭店经理向他们走来说:“恢复正常了,二位先生。我的办公室又是我自己的了。”

说完,饭店经理向一楼后通道口走去。瑞恩与乔治白悄悄跟了上去。

瑞恩与乔治白刚要上楼梯,却见老犹太从楼梯下来,在错身之际,老犹太从裤兜里掏出了一张美钞,瑞恩不由得低声惊呼:“Gosh!”

老犹太低声说:“我不喜欢‘财富’这个代号,真的,我只是在原子核理论上与爱因斯坦有些小小的分歧而已。”

在苏联人的房间,诺尔曼猛地睁开眼,并把巴布洛夫叫醒。诺尔曼急切地说:“平时睡眠我一小时醒一回,可这次持续了六小时。”

巴布洛夫忽然意识到了什么,猛然坐起说:“我们被人下药了!”

诺尔曼说:“我也是这么想的。”

巴布洛夫说:“走,出去看看。”他们走出门去,却见四下无人。

巴布洛夫说:“四楼岗哨不见了,搞什么鬼?”他们进入电梯,电梯却在三楼停下,陈氏兄弟每人手里拎着一个旅行箱准备进入电梯。

陈氏兄弟看到巴布洛夫夫妇,都愣住了。巴布洛夫推着陈氏兄弟回到314房间。巴布洛夫狠狠说:“你们这就想跑了?真是无耻,甚至都懒得弄清日本人为什么撤离!”

陈敏正说:“大家都知道这是骗局了,还揪着我俩干什么吗?”

巴布洛夫说:“你们跑了,我跟诺尔曼就成了戏耍斯大林的坏分子!等着被枪毙吗?混蛋!政治献金是骗局,但钱却存在,我们必须拿到这笔钱,这样还能交代。否则,我现在就宰了你俩。”

诺尔曼忽然眉头一跳说:“巴布洛夫,政治献金是骗局,但钱存在,这点儿陈佳影也很清楚。”

巴布洛夫脸皮一皱说:“你是说日本人悄然撤离,是想抢我们前头?”

诺尔曼说:“要不然呢?”

3

在宪兵队,野间走到陈佳影身边说:“或许昨天是你的狂欢,但你太过强势,难免会让日下步怀疑,你为了攥紧主导权,隐藏了一些内容。”

陈佳影笑笑说:“所以,我应该感谢您的信任。”

野间幽幽地说:“情感是个很奇妙的东西。”

陈佳影说:“反正新佑前辈那边的调查函很快就能回来,在此期间信任我又何妨?至少案子在不断推进。”

野间说:“我在思考照片中还没查清身份的那个人,假设他跟政治献金有关,就多半与发起众筹项目的两名犹太人在一个圈儿里,应该是不难查的。”

陈佳影说:“政治献金交易若要成功,人员布置会更立体,想想金主以外,他们还需要些什么人。”

野间说:“能帮助财款隐秘出境的人?”

陈佳影说:“我们必须获取对犹太银行进行内部调查的权力,找出资金流动的规律,锁定最大宗款额的最终落点,如果那个人是运送者,我们最好在他的前一步就做截断。”野间点点头。

这时,在宪兵队值班室里,暂时安置在这里的刘金花与王大顶焦躁地看着窗外。刘金花说:“我咋有一种刚出虎穴又进狼窝的感觉呢?”

王大顶说:“你踏踏实实地相信我,更要相信陈佳影,她说能出去,就千万别逆反,这方面我吃过亏。”

4

“就是这样,我们得分路走。”陈佳影指着三张照片中未查清身份的那人,“查出这个人,调查犹太银行,密切跟踪陈氏兄弟和苏联人,我想他们之后会同进同出。”

日下步说:“陈女士,之后我们工作内容密集,让王大顶走人吧,还有他那个刘金花。”

野间接话说:“佳影,他俩待在宪兵队里有点儿不尴不尬的。”

陈佳影说:“他们若没在我视线内,做什么一概不知,我会很忐忑。”

日下步说:“他们占用了我的值班室。”

陈佳影说:“大佐,这不是您该操心的事儿吧?共党唐凌到现在还没落网呢,别被抢钱的欲望搞得那么亢奋行吗?”

日下步说:“陈女士,我顺应你,并不代表就能随意被你指摘,肃正方面,我当然有我自己的安排。”

陈佳影说:“我要借用贵部的发报设备通知外勤,筛查那个众筹项目的最大金主,收集包括近期资金流动在内的所有材料。”

日下步说:“没问题,野间课长,你现在带她去通讯室。”

“是。”野间起身就走,陈佳影跟了出去。

进入通讯室,陈佳影坐到一台收发报机前面调试起来,野间站在旁边看着。不久,陈佳影说:“这是二级外勤的通讯专用频道,请您核查。”

野间走近收发报前,查对了一下,随后对陈佳影点点头。

陈佳影开始操作,不同节奏的“嗒嗒”声随即响起……

与此同时,“嗒嗒”声在棚户间隐约回荡,唐凌坐在一台箱式收发报机前操作着,不一会儿,他摘下耳机对大当家说:“陈佳影传讯,他们很快就会外出行动,届时会有脱身机会。”

傻狍子说:“别蒙我们,我对这玩意儿很懂,这不像是给我们发的。”

唐凌说:“我俩有秘密讯号,藏在每间隔句的中段,挑选出来即可组成内容。”

大当家说:“也就是说,陈佳影给别人发报,就等于在跟你说话?”

唐凌点点头说:“她还说日本人在拿你哥试探她,可能还有新的怀疑,我想他们已经得知城内还有黑瞎子岭的人。”

陈佳影发完电报，回到值班室，只见王大顶与刘金花正捧着饭盒吃着。陈佳影说：“会上，日下步提出让你们走人，但被我否了。”

王大顶与刘金花同时放下了饭盒。陈佳影说：“他是在试探，他们又有了什么新的怀疑点，但我也发现他们并不矫情，说明这个怀疑点并不算重，至少没有影响到抢钱的欲望。”

王大顶说：“其实现在离开也不是最好的时间点。”

陈佳影说：“这个时间点不会太久，唐凌以及你的人，会在外配合制造机会，所以我们可以铺垫离开这里的方式了。”

“我懂。”刘金花接住话茬，“王大顶贪财是忽悠我，那就是我贪财呗，该讨厌依旧讨厌，讨厌我一人成就大家伙。”

陈佳影点头说：“讨厌到我歇斯底里要你滚蛋，这样会显得自然。”

刘金花说：“唉，其实我挺想在你面前表现我温柔一面的。”她忽然将饭盒猛地一抖，里面的剩饭剩菜当即泼到了陈佳影脸上。

“哎呀！”陈佳影惊叫起来，王大顶也蹿出了轮椅。

刘金花“呼”地回身指着他说：“我还以为土匪脑袋别裤腰上得多横呢，合着在她面前你就是个跑龙套的。”

“咣当”一声值班室门重重摔开，陈佳影擦着满脸满胸饭菜残渣出来，两名宪兵正好经过，看到这个情景，都是一愣。

刘金花边骂边追到门外说：“我喷死你个臭娘儿们，我没钱挣，我男人跟你混屁啊？你还真把自个儿当日本人啦？我呸！”

“给我闭嘴！”王大顶一把将刘金花拽回屋里。

门外，满脸满胸饭菜污渍的陈佳影站在当下，脸色青一阵紫一阵的。

两名宪兵看她的样子，匆匆赶到会议室，向日下步汇报。

日下步看着野间说：“这份三角关系，对陈佳影来说可算鸡肋啊。”

野间淡笑了下说：“您用不着旁敲侧击，我还是那句话，新佑前辈回函便见分晓，在这之前，多虑无益，多聚焦在急迫的事上吧。”

5

在418房间,诺尔曼对巴布洛夫说:“日本人走前拔掉了312房间私设的外线,这说明他们早有发现,之前留着纯是为了监听我们。”

巴布洛夫说:“这印证了我的判断, 日本人已获知到我们的动向,忽然撤离就是为了抢在我们前面。”

话音刚落,陈氏兄弟从书房里走出来。

陈敏章哆嗦着说:“李佐,联系不上了。”

苏联夫妇惊悚地看着他们。陈敏章说:“他负责运送财款。”

巴布洛夫说:“那别人呢?”

陈敏正说:“我们所有对外电话的对方都是他扮演的,伪满境内我们就他一个人,天津那边只负责钱到之后的事儿。”

陈敏章说:“我们断线了!”苏联夫妇面面相觑,脸色煞白。

在403房间, 陆黛玲站在门边看着龚导演说:“房间包了一个月,且没到期呢,你愿意的话就住着吧,反正我得走了,离开这个鬼地方。”

龚导演说:“连累你了,姑娘。”

陆黛玲笑了笑说:“我还帮着王大顶做了回间谍呢,间谍其实也没什么了不起。”说着,陆黛玲长长地吁了口气,转身走了出去。

不久,石原从走廊另一端的墙拐后走出,眯眼看着陆黛玲的背影。

在四楼楼梯口,该隐对沃纳低声说:“日本人悄然撤走,显然是把我们甩了,陈佳影这个不讲信用的家伙,亏我还同情过她。”

沃纳说:“还是要想办法吧,没有卓越的业绩,我俩很难长期驻留‘满洲’,我可不想回去。”

这时,防火门开,陆黛玲从门里出来,走到该隐与沃纳身边。

该隐说:“陆小姐,您约我们过来这里,是有什么重要的事儿吗?”

陆黛玲说:“政治献金交易就是骗局,是翻戏党攒出来的骗局。但现在因为我,它已真的成为了政权间的交易。我才是南京方的代表,事实上,我们一直希望这个骗局成真,但必须调整方向。”

这时,石原猫身蹑脚摸到防火门边,贴耳窃听着他们说话。

陆黛玲说："蒋系势力在国际关系上一直犹豫不决，所以汪系有必要帮它迈前一步，兆铭先生希望德国愿意并能够主动约束日本对中国短视的野心，逐步建立以德国为主导、德日意中为构架的良性利益体系。"

该隐说："你是汪精卫的人？"

陆黛玲点点头说："政治献金这件事儿，我接手了。"

此时，紧贴在防火门边的石原皱了下眉头，悄然退去。

6

在废弃船坞内，唐凌对大当家说："陈佳影的策略是要跟你哥，还有刘金花接近同步地离开宪兵队，一旦出去，就要彻底脱离敌人的视线范围。他们转移去宪兵队，已算成功近半，但他们还需要一个条件，就是让敌人在他们身边布的眼睛尽可能少，这个条件，我得帮着他们创造。"

这时，傻狍子大汗淋淋走进来说："唐先生，打探到了，那个肖弦的尸体正送去东洼地。"

唐凌说："大当家，先让她入土为安。"

"你让他打探这个是想劫尸？"大当家惊愕地看着唐凌，"日本人都怀疑我哥在城里有同伙了，还扑腾啊？"

唐凌笑了笑说："最好的隐匿，就是用不同的面貌亮相。"

大当家狐疑地看着唐凌。

唐凌说："你要明白一个道理，帮我们就是帮你自己。"

大当家说："我明白这个道理，行，我们现在就行动。"

建筑工地，白秋成正跟一名日本便衣在肖弦的尸体边比比画画地说着，六名警察三三一组，隔着些距离分站两边。白秋成说："一会儿咱们把尸体弄坐起来，脑袋放边儿上，这个布盖身上。"

便衣打开布卷，上面写着血书"日狗下场、死无全尸、中共锄奸、以儆效尤"等字样。白秋成说："日下大佐如是布置，实属英明，百姓最为厌憎地就是恐暴残虐之手段，身处'满洲'，谁都难免与日籍人士有所接触，以共党之名制造血腥场面，他们将彻底失去民心，终成过街之鼠！"

白秋成退开几步说："警戒线从那边开始拉，方案是斩首后移尸到这里的，所以勘查现场不用太大。"他抬手看了看表，随即吩咐左右两边的警察，"十五分钟后，负责报联的警员会带记者过来，届时，大家要表现出正忙于勘查现场的样子，现场分析记录，我也事先都准备好了。"

这时，白秋成猛地看到黑巾挡着口鼻的唐凌与大当家从钢筋区的一道中缝里现出身来。白秋成一惊说："你俩什么人？"

唐凌与大当家没有答话。

白秋成笑了笑说："哈，像是要劫尸啊，就你俩呀？"话音未落，左边的三名警察呼地调转了枪口，只见同样黑巾蒙着口鼻的傻狍子和煤球一人一枪从隔壁一道中缝现出身来，与唐凌及大当家站成一条直线。

白秋成扫视他们说："就四个人，你们勇敢得近似有些愚蠢了吧？"

唐凌抬手指了指前方，白秋成转身一看，另一端站着一排黑巾蒙面的人，全都握枪指着他们。白秋成顿时呆了。

大当家手一挥说："行动吧。"

蒙面人缴下白秋成及警察、便衣们的枪械，把他们捆绑起来，并往每人口里塞了布团，接着，唐凌抱起肖弦的尸体跟着大伙儿走了。

不久，一名握着文件夹的警员带着几名记者匆匆赶到工地，他们看到眼前的景况，都瞠目结舌。警察慌忙奔过去拔出了白秋成口中的布团。

白秋成战栗着说："十多号人全都有枪……我们中埋伏了……"

7

瑞恩与乔治白走进西餐厅。乔治白说："从来都没这么尴尬过，饭店恢复正常，而我们却不敢迈出一步。"

瑞恩说："我是摸不透日本人的套路。难道日本人真就为了抢钱不顾一切了吗？还是欲擒故纵，好确知'财富'到底是谁？"

乔治白说："瑞恩，他们并不知道'财富'是核物理学专家。"

瑞恩说："怕的就是被他们知道，你以为核物理这门新兴学科只在医疗和探测上有展望吗？有理论说，它能发展出超级炸弹，当量超乎人类想象！希特勒是个蠢货，因为自己的意识形态，让爱因斯坦跑了路。”

乔治白说：“苏联人肯定不会放过陈氏兄弟，他们要假戏真做弄到那笔钱的，稍作观望之后，他们就会出去，我跟他们同步离开饭店，然后老犹太跟你一起走，都在外交公寓会合。”瑞恩点点头。

该隐、沃纳与陆黛玲正在游泳馆里密谋。

陆黛玲说：“决定了吗？给我一个能与最高层对话的人。”

该隐说：“陆小姐的脾气很急嘛。”

陆黛玲说：“你们心里很清楚，那个构架，最高层一直都在讨论，举棋不定的原因或许就在南京方一个决心，否则，你们不会那么紧张陈氏兄弟和苏联人有怎样的交易。”她转对沃纳，“现在，我让你们看到这个决心。中国很弱，但它是个大国，争取到谁都有可能，急的应该是你们。”

沃纳顿了顿说：“下午四点，路德维希会长会在他的公寓等你。”

在游泳馆隐蔽处，窦警长与石原正在监视着陆黛玲他们。

窦警长低声说：“走了眼了，没想到这三流影星还是个大人物，和平饭店果真没一个是干净的。”

石原说：“亏你未得逞，王大顶陈佳影若被诬陷，这里就被放弃了。”

窦警长说：“你帮我留下，让我还能继续跟在这里，我很感激。”

石原说：“努力做事，债务总会还清的。”

8

在值班室内，王大顶掀开窗帘的一道小缝往外窥看，并低声与边上的刘金花说：“陈佳影制造事务条件，我们制造情感骚扰，就是分工不同而已，不在谁高谁低，更不是故意要咱俩丢人现眼，明白吗？”

刘金花说：“我当然明白啦，对了，我们出去后，你俩就分了？”

王大顶往外看了一眼，一愣，连忙小声对刘金花说：“有戏演了。”

野间走到值班室窗口，往里看去，王大顶与刘金花正在厮打着。

刘金花说：“我要走，屁油水没有，我囚这儿干啥？”

王大顶说：“你有病吧？这是宪兵队啊。”

“咣当”一声门开，野间一脸怒容走进来，大吼：“你们太放肆了吧？这里可是宪兵队！”王大顶与刘金花愣愣地看着野间。

“真是讨厌！”野间骂了一句后，转身走了。

陈佳影正在通讯室接收着电报。不久，陈佳影摘下耳机，合上文件夹，起身走进会议室，野间与日下步正等在那里。

陈佳影打开文件夹说：“众筹项目的最大金主包括犹太商会副会长亚伯拉罕、钻石商比雅阁在内共计二十三人，皆需进行账户调查。”

她从文件夹里取出那张未知身份人照片推到中间说：“此人身份已经查清，他叫李佐，奥地利人，从事海上贸易，但有机构怀疑他背地里在做毒品贩运的勾当，只是找不到证据。”

陈佳影又将另两张照片移到桌面说：“众筹项目的金主和一个毒贩，该怎样联想他们的关系？”

日下步眉头一跳说：“毒贩有隐秘的运输渠道。”

野间说：“我也有同样的猜测，那些金主通过金融众筹项目洗钱，而洗出银行的钱款，通过这个人的隐秘渠道运送出境。”

陈佳影对野间说：“对犹太银行的A级调查令申请了吗？”

野间说：“还没批复，但已承诺尽快。”

陈佳影说：“不管那么多了，先去银行，查出二十三名金主中谁是这笔钱款的最终出口。”

这时，一名士官匆匆进来说：“日下大佐，肖弦的尸体在东洼地处理时，遭遇不明武装劫持！”

日下步大怒说：“一定是唐凌干的！立刻分出两个班组前往东洼地，一组配合追踪不明武装，一组封锁东洼地以北及东北的两处离境道路，警务局增派人手布查所有公共场馆以及流动人员密集的场所。”

日下步对野间与陈佳影说：“事发突然，而且局面已是被动，我必须铺下大量人手进行搜捕，但请放心，我和警务局会统筹调配，保证和平饭店有效监视，你们尽管去犹太银行调查，有发现我们再做研究。”

几人走近值班室，突然便听“砰”一声巨响，只见门口暖壶碎在地上，屋内王大顶正大叫着抱下脖子里套了一根绳吊在顶梁上的刘金花。

众人将刘金花抬到床上平躺下来。日下步说:“这是怎么回事?”

王大顶说:“我就去打个开水,谁知道她就上吊了。”

王大顶对刘金花又掐人中又拍脸,没多会儿,刘金花一口气捯出,号哭说:“我不想活了,嗷嗷……我男人他没良心啊,嗷嗷……他傍上有权有势的女人,他陈世美,我怎么办呀?让我死了算了,嗷嗷嗷……”

陈佳影气得脸色通红,大吼一声:“滚!给我滚!”

9

一名宪兵推着王大顶快步走出大门,刘金花在后面跟着,接着,便衣甲推着一辆自行车,来到他们身边。刘金花说:“你谁啊?”

便衣甲说:“管你和他的。”

刘金花骂了一句,推起轮椅就走,便衣甲推着自行车在后跟着。

土地庙门前,傻狍子刚挖好一个大坑,唐凌抱着肖弦的尸体往坑里放。待放好后,几人一铲接一铲往坑里填土。唐凌说:“把她葬在这种地方,宪警方想不到的。”

大当家说:“我那票兄弟怎么分散隐藏?你是不也得关心一下呢?”

唐凌说:“你要没把握事后隐藏,就不会让他们冒头,对不对?而且你们的路子我了解太多,也不太好吧?”

大当家说:“我忽然发现,你们共产党很难对付。”

唐凌笑笑说:“时间不早了,去跟王大顶和刘金花会合吧,没判断错的话,他俩该回家了。记住,日本人反应很快,会合后以最快速度出城。”

大当家说:“那你呢?”

唐凌说:“让陈佳影把接力棒传递给我。”

10

诺尔曼与巴布洛夫正在收拾行李。诺尔曼说:“饭店解除封锁,按道理美国佬至少会跟我们打个招呼,探探我们会有什么动向。”

巴布洛夫说:“解决迫在眉睫的事儿吧,现在我顾不上他们。”

诺尔曼说:“我总是隐隐觉得哪里不太对劲。”

在403房间,乔治白对趴在床上的龚导演说:“我跟瑞恩得紧紧盯住陈氏兄弟和苏联人,他们离开,我俩才能动身,你先出去,把其他人员调动起来,在外若有针对我们的盯梢,尽最大可能干扰。”

乔治白从床头柜上抓过电话,摆在龚导演身边说:“给仁爱医院打电话,届时会有联络员过去找你,布置完任务,你就留那儿疗伤休养吧。”

这时,窦警长上到了四楼,见乔治白正从403房间走了出来。窦警长进入401房间,接着,又从401房间的阳台爬入隔壁的403房间。

龚导演正趴在床上打着电话:“对,我右臀部前天遭遇创伤,可能已经感染了,需要入院治疗,需要救护车。”

龚导演刚通完电话,窦警长便用枪顶在了龚导演的后脑门上。龚导演顿时整个身子都僵硬了。窦警长一手握枪另一只手压着喉间,发出沙哑的变声说:“政治献金的事儿已不如你们所知了,龚观察员。”

龚导演说:“我……不知道你在说什么。”

窦警长说:“跟在苏联人和陈氏兄弟屁股后头, 你们将一无所获,还有可能会被带到沟里,最后向华盛顿送上一份误事、误国的假情报。跟你的搭档们商量一下,一万日元或者‘满洲’元,我给你们最新的情报。”

龚导演说:“你是谁?”

窦警长说:“钱,深夜两点放到歌舞厅音箱后面,之后取情报也在那里。”窦警长掰开枪的保险,“别回头,子弹会飞。”

窦警长无声地退到阳台,又爬回401房间。龚导演见已无人,当即翻下床,捂着屁股追到阳台,只见一个身影瞬间从阳台消失。

第二十三章

1

在418房间，诺尔曼目光一惊，对巴布洛夫说："'财富'行动是人？"

她突然想起了不久前房间里发生的事。

华裔男子与诺尔曼低声说："年初潜逃的那名核物理学专家，由于上面封锁了他的一切材料，是谁、长什么样我一概不知，但有消息称此人就在'满洲'。不管他是哪国人，找到他，让他回苏联，如果不行的话就……"

华裔男子刚做出划喉的手势，巴布洛夫进门说："来了一拨警察，说是排查一名潜入饭店的凶犯，蒋先生，散客需要到大堂集中。"

华裔男子站起身笑着说："组织的问候我已带到，告辞了，二位。"

目送华裔男子出门后，巴布洛夫对诺尔曼说："他是肃反委员会的人，我们得小心，尽量保持距离。"

想到这里，诺尔曼不禁一愣。就在这时，门铃响起，诺尔曼刚打开房门，一个女保洁员推着保洁车来到面前说："夫人，打扫房间吗？"

诺尔曼说："不用了，谢谢。"女保洁员刚走，陈氏兄弟就打开书房门走了出来。诺尔曼转过身来，看了陈氏兄弟一眼，欲言又止。

2

窦警长从403房间阳台爬回401房间，刚走到厅房，却见石原在冷冷地看着他。石原说："你去403房间干什么？"

窦警长顿时支吾说："什、什么403……"

石原说："我都看到了！穿过连廊、翻阳台、进入龚自朝房间，一个为美国工作的秘密观察员，你却跟他暴露我们在埋伏！"

窦警长说:“石原,你听我解释……”

石原打断说:“对不起,我干侦讯很多年了,情况我已有判断。”

窦警长哽咽说:“对不起,石原,对不起……请你理解,我真的很缺钱,一万元的高利贷啊,我得破多少大案才还得起?这次你保了我……但我清楚,已不会再被信任,我到头儿了,我们满警是错不起的。”

石原厉声说:“你这是鬼话!”

窦警长说:“难道不是吗?石原,作为满警,我没有积极的权力,我是被逼着选择无耻的。”

“你太令我震惊了!”石原举起手铐扔到窦警长身上,“铐上!”

窦警长瞪视了石原片刻,缓缓蹲身去拿手铐,却忽然勾手掏枪。

石原猛地一脚踢开枪,接着,又把窦警长踢倒在地。

窦警长猛地把石原扑倒,骑在石原身上,抄起茶几上的大烟缸,朝石原额头猛砸,没多久,石原便没气了。这时,门铃声响,窦警长慌忙起身隐藏。

女保洁员正站在门外大喊:“里面有人吗?谁在里面?”

见没人反应,女保洁员掏出一把钥匙,把门打开,进入房间,随即看到石原倒在血泊里,惊叫着转身跑掉,便跑边喊:“杀人啦!”

女保洁员恐惧地拍着418房门说:“出人命啦……不好啦,出人命啦……”与此同时,窦警长闪出了401房门。

418房门打开,女保洁员惊恐地看着站在门前的巴布洛夫与诺尔曼说:“不好了……401、401出人命了……”

巴布洛夫与诺尔曼一愣,冲进401房间,几个便衣也匆匆赶来。

一会儿,便衣A奔到通讯室,一把抓起电话,急切地说:“大佐,石原队长被谋杀了!”电话另一头的日下步大惊说:“什么?”

3

在犹太银行,陈佳影向野间走来说:“课长,查阅材料时意识到问题了吗?”

野间点点头说:“首先毒贩李佐未有显示入资过这个众筹项目,可排除洗钱的嫌疑，这条线索暂时中断，但是，在现有材料中我发现到一个状况，二十三名金主有七人账户情况异常，似乎在泡沫化炒作。”

陈佳影说：“快把A级调查令拿到吧，拜托！”

“我亲自去盯。”野间转身便走。不久，野间折了回来，身后跟着便衣乙。野间说：“佳影，我们必须先回饭店，那边出事了！石原队长被人谋杀了。”

陈佳影一惊。

野间边走边说：“日下步得知情况后都快疯了，立刻派便衣来找我们，主要是你，说有你介入现场，应可帮他以最快速度查出凶手。”

陈佳影说：“可这边……”

野间抢话说：“这边有多重要，我清楚，但日下步正在情绪里，我们得先跟他碰上面，才能更有效地跟他摆明主次关系。”

4

在刘金花住所，王大顶站在阳台贴着墙往外看，只见便衣甲靠站在一棵大树下。王大顶入屋后说道：“没错的，就只安排一个便衣。”

刘金花说：“真就能弄死他呀？”

王大顶说：“反正也不回来了，弄死就弄死呗，甭计后果。”

刘金花说：“你有没有能耐弄死那便衣？”

“看我的。”王大顶带着刘金花下了楼，向便衣甲走去。这时，两辆挎斗摩托车从前方楼拐方向轰鸣着开来。王大顶本想一拳砸向便衣甲，见这情景，只好说：“我就知道你默默保护我们，也不上来喝杯茶。”

说话间，摩托车已开到他们跟前，便衣甲走到摩托边与宪兵小声说起话来。

“王先生。”便衣甲在喊他，“和平饭店新发要案，陈女士将去协助侦破，大佐要求，你们也得回去，避免出现有可能的危险分子，拿你们裹挟陈女士的情况。”说着，便衣甲把王大顶与刘金花分别带到两辆挎斗摩托车前，并安排他们坐好，紧接着，两辆摩托车轰隆隆地开走。

躲在楼拐处的傻狍子看着这一切，愣在当场。

5

和平饭店，饭店经理向老犹太解释说："窦警长要求所有人在西餐厅集中，漏掉一个拿我是问，所以您得理解，这么对待客人不是我本意。"

此时，走到大堂的乔治白对瑞恩说："要不是有人杀了石原，还真发现不到那些暗哨，所以别心存幻想，您的主没给我们恩赐。"

瑞恩说："日本人没放过我们，但现在的混乱却利于脱身。"

乔治白说："算了吧，这么跑路就像我们是凶手一样。"

瑞恩说："主告诉我，苏联人也不会放过这个机会。"

乔治白说："抛弃龚观察员不顾，你就没点儿内疚吗？"

饭店经理与老犹太走到大堂，见瑞恩与乔治白迎面过来。饭店经理还来不及开口，便被瑞恩一个重拳砸倒在地。

"从后面走！"乔治白拽起老犹太与瑞恩一同快步向后面跑去。

陆黛玲、该隐及沃纳也匆匆下楼。

陆黛玲边走边说："政治献金的事儿双方得尽快交互，免得夜长梦多。咱们动作快点儿，也就大队人马赶来前的这点时间了。"

陆黛玲、该隐及沃纳一路走出通道口，却被两名饭店保安拦住了。

保安甲说："陆小姐，窦警长要大家去西餐厅。"

陆黛玲说："滚开。"

保安乙说："我们也是被临时抓差，不好意思。"

话音未落，陆黛玲一掌戳中保安乙咽喉，又一掌重顶保安甲下颚，保安甲、乙软倒在地，陆黛玲急忙带着该隐与沃纳向院外方向跑去。

这时，几辆摩托及军用卡车开进门来。陆黛玲、该隐及沃纳顿时收住了脚步，从他们后面走来的瑞恩、乔治白和老犹太愣住了。陈氏兄弟与苏联夫妇也正沿着通道匆匆往前走，却见日下步从一辆摩托车上走了下来，他们掉头就跑。

野间与陈佳影到了饭店门口，载着王大顶与刘金花的两辆拖斗摩托车也停在了饭店门口，陈佳影看了眼王大顶与刘金花，心中暗暗叫苦。一名便衣走到野间身边说："野间课长，饭店内正在紧急戒严，所以他们不能进去，暂时交由我陪同。”

野间对陈佳影说：“你们就在外面等我。”野间快步向大门走去。

6

十余名宪兵端着枪齐步走进饭店，车辆陆续停靠在饭店场院里。陆黛玲、该隐、沃纳以及后面的瑞恩、乔治白、老犹太紧张地看着这一切，他们退进通道口。陆黛玲猛地关上了门，一把插上铁质锁闩。

乔治白瞠目问道：“陆小姐，你是什么人？”

陆黛玲说：“甭管什么人，现在都闷死在石原的命案里了！”

日下步与野间从大门走进大堂，边说边往吧台走去。

日下步说：“石原必定是发现了极其重要的情况而被残忍杀害。”

这时，二人忽然看见瑞恩、乔治白及老犹太远远从前面走了出来。“停止！”日下步大喝一声，与野间一同拔腿追上去。

瑞恩等人加速往前奔，拐进电梯间，乔治白快速按开电梯门，瑞恩一把打开消防箱，摘下消防斧。日下步等人追至电梯间，电梯已经上行。电梯停在三楼，乔治白与老犹太先行出来，瑞恩抡起消防斧对着梯门的按钮板猛砍，接着，走出来跟上乔治白他们。

这时，瑞恩有些发怔地说：“我们这算作茧自缚吗？”

乔治白说：“还能怎样呢？石原的死足够所有人丧失外交保护，从现在起，和平饭店再不可能和平了。”

陆黛玲、该隐及沃纳快速沿着楼梯上到二楼消防通道，正好看到陈氏兄弟及诺尔曼拉开防火门走了出来，他们后面的巴布洛夫关门并用根皮带快速裹缠两个把手。陆黛玲、该隐及沃纳赶忙跑上四楼，却见便衣C从上端楼梯下来，其身后的便衣D正在给楼顶出口挂锁。

陆黛玲走上去给便衣C一掌，便衣C随即倒地。陆黛玲拽过便衣C挡到身前，与该隐和沃纳迅速往楼下退，陈氏兄弟与苏联夫妇也慌忙转身往下跑。便衣D觉察到动静，拔出抢，连连向陆黛玲他们开枪。陆黛玲从便衣C腰间拔出手枪还击，便衣D缩了回去。陆黛玲拖着便衣C领着众人往下走。刚跑到三楼走廊，瑞恩、乔治白和老犹太也匆匆走来。

瑞恩高喊："大家进到房间搬些重物，把这里的消防门堵死，还有西北楼梯间。"看向该隐与沃纳："三楼德国人房间里藏有枪支，我们握着的是话语权，被日本人翻走就够大家进秘密监狱了！"

他们纷纷跑回房间，搬来重物堵住了防火门。

苏联夫妇与老犹太转身，沿着走廊往前奔去。

诺尔曼边跑边问："你怎么会跟美国佬在一起？"

老犹太说："碰巧撞上的。"

310 房门外，陆黛玲将昏沉沉的便衣 C 放到墙边，从他身上搜出子弹，装进弹匣里。这时，苏联夫妇和老犹太正好向她奔来。

陆黛玲对老犹太说："你看着他。"

老犹太在便衣 C 身边停了下来，苏联夫妇与陆黛玲一起向前走去。刚拐出电梯间牙口，便见瑞恩与乔治白从房间拖出一个衣柜，再前方还有一个房间开着门，该隐与沃纳正分别拖着家具往西北楼梯间走去。

巴布洛夫大声喊："堵死上行的路，再把四楼门封上！"

便衣 A、D 从东侧通道匆匆奔来，随即便见窦警长跑进来说："他们想堵死西北楼梯，门还没有封住，你们先攻下去，快！"

窦警长悄悄到 403 房门前，无声地打开门，蹑脚闪入。这时，龚导演蹿身出来，举起一个瓷花瓶砸在窦警长头上，窦警长栽倒在地。

龚导演捡起窦警长的枪说："保洁员发现石原死后跑掉，再从房间出来的是你，你就是那个想卖我情报的人。石原一定是发现了被你灭口，现在你又想灭我，嗯？给我说话，政治献金的事儿出了什么变化？"

窦警长闭着眼睛，痛苦地拧着脑袋。

便衣 A、D 追至四楼，听见 403 有动静，便大声问："是谁在说话？"

龚导演走到门口，本能抬起举枪的手大喊说："别开枪——"

便衣 D 向龚导演开枪，龚导演倒在窦警长身边。便衣 A 跑过去，把窦警长拉了起来，便衣 D 跑到龚导演身边检查伤势。

窦警长说："这里交给你们了。"捂着头匆匆走出了 403 房间。

7

和平饭店后门空场，日下步对野间吼着："我忍气吞声，纵容陈佳影的任性，结果换来的却是一个优秀的警务人员被残忍谋杀！"

在日下步与野间身后，便衣A、D正在指挥饭店职员们集中到一起。这时，陈佳影、刘金花与操纵轮椅的王大顶走到通道口，野间迎了上去说："石原的死让日下步有了权限主抓和平饭店所有事务，我们按需配合，除非证明石原的死是独立案件，与政治献金一事毫无关联。"

这时，窦警长沿着游泳馆池边向更衣室走去，走到更衣室牙口时，忽然听到了什么，放轻了脚步。听着白秋成在抽泣着说："我辜负了您对我的期望，我羞愧透了，竟就眼睁睁看着他们夺走了肖弦的尸体。"

日下步说："这伙武装来得突然，你们也装备有限，情有可原。"

白秋成抬脸望着日下步说："真是那个唐凌和他同伙吗？"

日下步说："若真是他们，就更不用有太多自责，我见识过唐凌的手段，正因为怀疑是他，我把宪警一半力量都放在了搜捕上。"他勾起手指托起白秋成下巴说："失败是上进的动力，嗯？打起精神来。"

窦警长看到这一幕，瞠目结舌，故意踩出很响的脚步声边往里走边喊："里面有人吗？饭店戒严，这里清场了。"他从一组更衣柜后拐出，看到日下步与白秋成，故作吃惊地站住，"大佐，游泳馆要封闭了。"

日下步点头说："白警员有不少专业特长，我现在正式调他回来。"

白秋成随即给日下步敬了一个军礼。

8

野间、陈佳影、日下步与窦警长走进临时指挥部，分别坐到会议桌边，跟在后面的白秋成刚想拉开一把椅子，见窦警长看着他，便缩回了手。日下步见状，抬手指白秋成说："你，坐下。"

"是。"白秋成应了一声，坐下。窦警长面部微微抽搐了一下。

日下步说："电梯损停，西北楼梯二楼起无法上行，四楼出口被封堵，同样被封堵的还有三楼南端的消防门……三楼有什么蹊跷？让他们选择在那里集中,但可以肯定,这些家伙已决定跟我们对抗了。”

望着日下步认真听讲的白秋成,应景地挥了下拳头。日下步说:“我一直没让宪兵发起强攻,是因为这种穷凶极恶的对抗状态很好,我希望他们所属的机构都能看到,从此给我闭嘴!因为我要把这里变成地狱!”

窦警长说:“是我职责疏忽,没有保护好石原,他一定是发现了关于政治献金的重要线索,被人灭口——”

陈佳影打断说:“现在就下定义,太草率了吧?”

窦警长不由得一愣。陈佳影抬头看着众人说:“刚才我跟维护现场的便衣做了些了解,有一个现象很难解释,石原尸体旁边有把手铐,他自己的。也就是说他死前准备抓捕凶手,于是发生搏斗,最终反被凶手打死,便衣描述的现场痕迹也可论证这一推理。”陈佳影看向窦警长,“你们受命潜藏在饭店内监视动向,发现可疑情况应该及时地秘密向外传报,任务期间你们就是幽灵。那么,究竟是有多紧迫的事态,足以让石原违背约定,并不惜暴露整个监视计划直接现身抓人?政治献金交易,背景复杂,即便最高级别的调查单位对此也会谨慎置之,不到水落石出,谁敢决定哪个抓、哪个留、哪个需要策反?石原又不是新人怎会如此鲁莽?”

窦警长支吾地说:“也许是因为什么突发事件……”

陈佳影说:“那就要说到第二个问题,房间。401房间一直空置,石原在一个空置的封闭环境与凶手进行交互,显然是不想对凶手以外的人暴露踪迹,那么他跟凶手之间初始状态又是怎样的呢?偶然遭遇吗?比如发现凶手潜入401做隐秘之事,若仅此他根本不会现身,除非凶手在做危及全楼的事,但从401房间情况来看,并没有类似迹象。”

日下步点点头。陈佳影继续说:“那么就是必然性汇聚,为的什么?相约着谈判吗?如果谈政治献金的事儿,那凶手就是对方阵营的叛徒,石原干吗要抓他?他又吃错什么药了变凶手?”

窦警长说:“或有可能凶手发现到我们的潜藏,试图向他探风。”

陈佳影说:“于是几句不合大打出手?”

窦警长说:“不可以吗?”

陈佳影说:“那就说明石原的死是与政治献金无关的独立案件。”

日下步说:“陈佳影,你现在的论述带有过多的主观性。”

野间接话说:“讨论而已,您无须太过敏感。”

此时,刘金花斜靠在401房间门口,不远处,轮椅里的王大顶正握着保女洁员的双手深情款款地说着什么。一会儿,王大顶带着刘金花进了401房间。王大顶眯着眼睛朝四周看着,随后抬头往前看去,只见连廊端头,隔着一房间距离是另一个房间的外阳台。

王大顶眼睛发亮说:“嘿,好家伙!问题应该就出在这。”他走到书桌边握着电话听了一下,“原来内线电话没被切断啊!”说着,他拨了一个内线号码。

指挥部里,讨论陷入僵局,电话铃声忽然响起,日下步走到桌边抓起电话说:“你是谁?”

王大顶说:“招安人士王大顶,正义务为您勘察命案现场……”

9

陆黛玲从房间里匆匆走了出来说:“所有房间的电话都打不出去了。”

陈敏章说:“这是掐断我们对外联系,看来日本人要玩儿狠的。”

话音未落,整层灯光“哗”一下全都灭了。

401房间里,陈佳影等人聚在一起讨论案情。

王大顶说:“现场被发现的当时,凶手应该正在屋里。误会我摸她屁股的那位女保洁员,非常仔细地向我回忆了她发现石原被害时的情景。”王大顶带着大家缓缓往书房里走,“女保洁员听到里头有动静就喊了话,结果反倒没声儿了,于是掏钥匙开门,紧接着就见石原躺在血泊里,吓得掉头就跑。所以很明显,她跑走时,凶手还藏在屋里,凶手是个老手,他很清楚普通人受惊吓后的本能反应只会是逃跑。”

王大顶领着大家走到阳台,指着连廊说:“我本想琢磨凶手藏在了哪儿,也许能发现到一些痕迹什么的,可随后我就注意到了这个连廊,于是忽然冒出很多联想,于是就有了发现。这里与对面阳台之间的窗,你们看，窗台以及下方横梁都有积灰被蹭去而且痕迹很新，这是刚被攀爬过的痕迹，或从对面过来，或者过去。一定是凶手，正常人不会这么干。那就有意思了，对面阳台里是403房间的卧室，那个导演因为屁股挨枪难以行走，一直趴在里头，直到袭击窦警长时被便衣击伤，他不可能没有见过凶手！”

日下步若有所悟说：“我们现在去刑讯室！”

说着，他冲出401房间，其他人都跟了出去。他们进入刑讯室，只见龚导演瞪着无神的双眼，痛苦地呻吟着。日下步说：“他情况怎样？”

随队医士摇了摇头说：“子弹击伤脏器，若及时抢救，也许还有希望，但我来得有点儿晚了。”

窦警长扑到龚导演身边说：“你告诉我，快！谁攀爬过你的阳台，你看没看见？快告诉我。”

随队医士说：“窦警长，他现在已经没有意识了。”

窦警长看着龚导演，神色松弛了下来。

陈佳影转对随队医士说：“您确定已经没救了吗？”

随队医士摇摇头说：“现在的呼吸只是一种机理性反应。”

“砰！”王大顶懊丧地砸了一拳轮椅扶手说，“妈了个蛋！”

“凶手是谁，总可以水落石出，我有的是耐心。”日下步转身对便衣A，“浅见还在那些家伙手里，趁这个导演还有呼吸，用来交换吧。”

10

窦警长在空场中央放下一把椅子，紧跟在后的便衣A、D抬着龚导演放到椅子上，并摆放坐姿。摆弄完龚导演后，白秋成面朝东楼举起喊话筒喊道：“三楼的人听着——三楼的人听着——现在的局面，双方应该通过谈判，寻求化解，大家都要拿出诚意来！谈判的基础，首先就是双方把俘获、挟持的人员，交还给对方，以此，寻求相互的谅解！”

313房间瑞恩、乔治白及陈敏正，315房间陈敏章与苏联夫妇，317房间该隐、沃纳及陆黛玲，同时走到窗户看着饭店空场的动静。

瑞恩对陈敏正说:“把那个便衣送出去,先把人换回来再说。”

陈敏正说:“别轻易送出去,人质也是我们的话语权。”

乔治白咆哮说:“不,龚观察员必须回来!必须!”

这时,巴布洛夫的喊声响起:“我们同意换人。”

瑞恩与乔治白不由得惊愕地对视了一眼。巴布洛夫继续朝窗外喊:“现在的局面是各方所不愿见的,我们同意谈判解决,也同意交换对方人员,但为了确保谈判的公平性,我们要求在交换人员之前,先恢复三楼的供电,接通电话,并通知各国外事人员到达饭店,参与双方的谈判。”

沃纳惊愕地对陆黛玲说:“苏联人疯了吧?”

陆黛玲说:“布尔什维克永远是天真的。”

陆黛玲扭头向外奔去。陆黛玲、乔治白与瑞恩几乎同时冲进315房。

陆黛玲对巴布洛夫说:“你们到底在干什么?”

这时,陈敏章等人也冲了进来。巴布洛夫依旧喊着:“我再重申一遍——恢复供电、接通电话、通知外事人员参与!这是一切的基础!”

日下步望着三楼咬牙切齿地说:“这些混蛋,简直是太狂妄了。”

野间说:“我建议双方各出一名谈判官,先进行初步的交涉。”

日下步看着野间说:“交涉?这个人马上就要死啦!”

白秋成对日下步说:“那些家伙就是虚张声势,他们手里只有浅见这张牌,杀了他就是找死,而我们杀这个导演,只是早些送他上路而已。杀他足可震慑那些家伙,让他们明白他们没有对峙的资格!杀一个将死之人以作威慑,可以说是废物利用,划算得很。”

日下步说:“好,让他们清楚看到,这片土地上谁掌握生杀之权!”

窦警长看着白秋成,一脸的不可思议。

第二十四章

1

在315房间，该隐对巴布洛夫说："我们手里只有这一张牌，难道随随便便就交出去吗？"

陆黛玲说："现在谈条件毫无用处，只可能激怒他们！"

诺尔曼说："你少在这里叫嚣，你到底是什么人还不清楚呢！"

陈敏正忽然抬手示意大家噤声。随即，传来白秋成的喊话："都听着，三楼的人——全都到窗边——都到窗边——"

众人慌忙都奔向窗口，只见两名宪兵一人拎着一桶汽油随着日下步向龚导演走去。白秋成继续喊话："你们将要看到，任何要挟，只能换回一个下场——"

日下步一把抓过喊话筒说："楼上的人听着！你们的行为，已被视为敌对，必须给予惩罚，你们只有一条路，就是放弃抗拒，走出来——"

日下步话音刚落，两名宪兵便将桶中汽油泼在了龚导演身上，日下步放下话筒，举起一个打火机。打着了火，向龚导演身上扔去，"轰——"顿时火焰蹿起，火焰中，龚导演"嗷"地嘶喊了一声。

陈佳影一把抱过刘金花捂住她脑袋，野间与王大顶都瞪着双眼。

挤在窗边看着下面的众人都是瞠目结舌，脸色煞白。

陆黛玲盯视巴布洛夫说："明白了吗？蠢货！这是我们做不到的事。"

瑞恩说："想让各自国家力量介入干涉，就只有把这里变成战场。"

乔治白说："我们得证明石原被杀跟这里的人都没关系。"

陈敏正说："日本人不会给我们时间的，他们之后必定是要强攻了。"

陈敏章说："妈的，我们怎么抵抗？"

瑞恩说:“我说过,选择三楼是因为这里有枪,有枪就有话语权。”

乔治白看向该隐说:“你前次卖给东北军的枪支,样品还藏着呢。”

该隐犹豫了一下后,说:“大家跟我来吧,枪在我那里。”

大家跟着该隐与沃纳走进 301 房间。该隐与沃纳从书房吊顶取下几支雨布包裹的长枪和一个皮箱。陆黛玲上前打开皮箱,箱体内插放着三把手枪,箱盖上镶着两排弹夹。

陆黛玲一边给手枪上着弹夹一边出门,该隐给众人分发枪支。

在饭店空场,日下步冷冷地说:“各班组做好准备,我们强攻上去!”

2

陈佳影抱着刘金花胳膊匆匆走进经理室,王大顶随后关上门。

陈佳影说:“刘金花,你听着,现在事态非常复杂,随时会有危险情况发生,我有我丈夫、你有你男人,所以用不着盯那么紧,踏踏实实在这里待着。没招呼你,就别出来。”

刘金花看看陈佳影,又看看王大顶说:“你们想甩了我?”

话音未落,王大顶上前抱住她的脸,狠狠地照嘴亲了下去。

看着这一幕,陈佳影扭身走出房门。王大顶跟了上去说:“佳影,我刚才亲刘金花纯属局势需要,你不要介意。”

陈佳影说:“这你跟我解释不着,现在该想的是怎样把主导权再夺回来!目击证人一死,无法证明石原被害是个独立案件,而且日下步也不在乎这个,现在我们想从死局当中胜出,就得另找途径。”说话间,他们到了总机房外,陈佳影推门进去,拿起电话打了出去说:“A 级调查令到底下来了没有?野间课长,你跑一趟,就直接说犹太银行涉嫌洗钱,对,立刻!”

王大顶说:“那些家伙都跟日本人干起来了,咱还镇得住场吗?”

陈佳影说:“不知道,但我知道要镇不住,我们就等于作茧自缚了。”

三楼消防通道防火门前,几名宪兵在清理堵塞通道的家具。四楼西北楼的楼梯间,便衣 D 正用电锯顺着楼梯间门的中缝切割着。

不一会儿,三楼消防通道的防火门被卸下,里面的家具随即稀里哗啦地滚落出来。随即,上、下楼梯的宪兵们分别拥了出来。

“防火门被破了!”诺尔曼喊。

“砰砰砰”几声枪响,几名宪兵向他们这边开枪。

陈敏章大喊:“挡不住他们,跑啊!”

陆黛玲说:“西北楼梯快被打通了,怎么办?”

说话间,老犹太大声喊:“上赌场去,那里只有一个出口,好守!”

大家跟着老犹太跑上五楼赌场,瑞恩扛着便衣C放在赌场门口。肩挎长枪的乔治白和陈氏兄弟拖着两张赌桌案板出来,挡住了楼梯口。

此时,宪兵们纷纷拥了上楼梯,悄悄往上爬去。五楼的案台后,乔治白等人一同举着长枪往下射击,枪弹封锁了楼梯,宪兵们几次想冲都被堵了回去。宪兵B掏出一颗手雷便要拉线,宪兵A慌忙将他按住说:“不,要尽量少伤亡,这是大佐的命令。”

空场中央,日下步、野间、窦警长及白秋成默默地等候着。野间的女秘书合香走进大门,陈佳影从前台迎了上去说:“情况怎么样?”

女秘书说:“我刚要出门电话就来了,A级调查令不予批办,说是犹太银行已有抗议,要求关东部履行保护金融规则的承诺。”

陈佳影懊恼地说:“好吧,合香,我转告野间课长。”

3

在废弃船坞内,大当家正跟唐凌炫耀:“王大顶,我哥,他是一个梦想家。身为绿林中人,这种性格会给他一生都造成困扰。早年为了队伍能有更先进的管理水平,我妈就让他去念军校,谁知混了半年他就跑了,改学什么电影。后来我妈跟人私奔,我接掌黑瞎子岭,他回来了,他曾梦想光荣,制定了一整套劫富济贫的规章,幸亏被我及时废除,才让整个队伍摆脱了捉襟见肘的窘境。我让他不到万不得已少招惹官府,他偏就一会儿宰个汉奸,一会儿绑个恶警老婆!文学里侠盗扬名立万,可现实当中,走黑道儿的最怕的就是这个。我很清楚他为什么会对你们言听计从,但事实表明,听你的之后,我们除了傻卖力气,一点儿好处没有,我哥依旧被拎回去了。所以，别再发号施令，指手画脚了。从现在开始，按我的方法来！”

一个妇女奔进门来说：“大当家，城内各区都分别派出人手了。”

唐凌惊讶地看着大当家说：“你要干什么？”

大当家说：“分些人手在各区兜着宪警方转悠，黑瞎子岭主力，干他娘的和平饭店！”

4

后门，王大顶眯着眼睛仰着脸看着前方，他身后，刘金花推着轮椅缓缓前行。刘金花说：“我咋觉着陈佳影现在是没辙了呢。”

王大顶说：“之前捅破所有窗户纸，是基于各方逃散一了百了，谁知出了意外，那之前她一手遮天的所有秘密，就都成定时炸弹了。”

刘金花说：“那你琢磨琢磨，现在出卖她还来得及不？”

王大顶抬手示意刘金花停步，举起手中的逃生示意图看了会儿，又抬头看了一眼北楼，扭脸就冲一边喊道：“宪兵——来一个！带我们去看下北楼外侧！”

后门右侧的值岗宪兵伸手示意他们过去。

歌舞厅内，陈佳影闭着眼睛静静坐在椅子上，刘金花推着王大顶匆匆向她走来。王大顶说：“佳影，北楼的图示结构有问题。”

陈佳影说：“我也有问题，那些家伙当中，有多少人会爱上我？”

“啊？”刘金花与王大顶瞠目相觑。

此时，日下步、野间与白秋成边走边说着。

日下步说：“北楼的顶层是赌场，下面是四国商场，这俩区域都备有小型柴油发电机作为应急之需，赌场储存的柴油可供发电一百小时。”

三人进临时指挥部。日下步说：“赌场还有调兑饮料用的蒸馏水和多种零食，够用一个星期。所以掐断水电供应，在短期内还困不住那些家伙。”

野间说：“你没采取杀伤性的强攻方式，说明谈判还是第一选择。”

日下步说：“你错了，我是要亲眼看到他们战栗地跪倒在我面前。”

野间说：“我想我们应该分工，我和佳影外线调查就差临门一脚。”

日下步摇摇头说:“不！现在所有事务由我主导。”

野间说:“如果财款逃离银行出口不能锁定,我们就只能押宝在那个嫌疑运送人李佐身上,可这名毒贩行踪隐秘,现在连影儿都没见呢。”

日下步笑笑说:“对那么多外交身份的人动用了武力,情势终归是微妙的,你们若在外头,我这边的性质就随你们渲染了。”

野间说:“日下大佐,我很不理解你这种合作态度。”

日下步说:“军方不能完全掌控情报体系,就会存在这种问题。”

陈佳影、王大顶及窦警长也陆续走了进来。陈佳影凑近野间耳边悄声地说:“A 级调查令没能获批,我们这条线卡住了。”

野间无声地点了点头。

日下步对窦警长说:“那些住客藏过电报机,私拉过外线,居然还有枪支,而你曾汇报说,每套客房都做过彻底的搜查。”

窦警长说:“实在是惭愧,我接触的高档环境太少,以致都想不到房顶和吊顶之间,会有这么大空间可以藏物。”

日下步对野间说:“上报他们武装暴动,会招很多麻烦。我希望 24 小时内,彻底瓦解他们。”看向陈佳影,“请针对我的要求,给我有效建议。”

陈佳影说:“其实那些家伙比我们更想找出谋杀石原的凶手,因为若能证明凶手另有其人,他们的外事机构就有底气说话了。他们分属不同阵营,即便凑在一起也不过散沙而已,我敢打赌只要暂得安生,他们就会忙不迭地对石原的死展开自我排查。”

野间点点头说:“所以,仅是调查石原案就比较容易被他们接纳。”

王大顶说:“只要使点巧劲儿,就能让他们自己斗自己,很容易就瓦解掉了。”

窦警长看着日下步说:“我负责去跟他们谈判。”

白秋成接话说:“警长,去了就得用自己交换人质。”

窦警长说:“我是老警察了,还怕这个吗?”

白秋成说:“既然拿石原案为由头,那当时在楼里的人就都得避嫌。”

窦警长瞪了他一眼。陈佳影说:“行了,还是我去吧。”

王大顶对日下步说:“我一起去,好做保护。”

日下步点了点头。

5

赌场里,老犹太正把蒸馏水倒进水杯,在他身边,靠墙摆放着两排储水的木桶,而在案台内侧摆放了很多盛放零食的纸箱。

陆黛玲与诺尔曼从内门出来说:“柴油都移到电机房了。”

老犹太做了个 OK 的手势。诺尔曼说:“你好像对这里很熟。”

老犹太说:“以前我是这里的常客,后来钱输光了。”

诺尔曼说:“陆黛玲真算是高手了,深藏不露,我怀疑大家的秘密都被她窥在眼里,这很可怕。”

老犹太说:“所以你们要小心。”

诺尔曼试探地说:“你呢?”

老犹太撇撇嘴说:“我早就后悔了,当时我应该投降才对,莫名其妙就被大家拽上贼船,没事儿也变有事儿了。”

该隐与沃纳跟乔治白及陈敏章一同守在案板的后面。

巴布洛夫与陈敏正走进赌场,便衣 C 正捆在大厅一把椅子上。

陆黛玲走到大厅对大家说:“我们自己要做排查,证明石原被杀跟大家都没关系,这样才能表明暴动是因遭受不公正对待被迫而为。”

陈敏正接话说:“可问题是,谋杀者若就在我们中间……”

陆黛玲说:“那就找出来,交给日‘满’方,这样更能说明我们群起抵抗并无敌对之心,只是为了自查自清。这会让各方的外事机构能有话说。”

诺尔曼说:“我想排查是必需的吧,僵持在这里没有意义,对吗?”

这时,沃纳匆匆进来说:“陈佳影来了,还有王大顶,说要代表日‘满’方与我们谈判,并自愿换走人质。”

在赌场外楼梯口,陈佳影与王大顶高举双手,然后转身。

陈佳影朝上面说:“我们没带武器,放心吧。”

王大顶说："要不放心，我就脱光。"

陈佳影仰脸对上方说："现在的局面其实双方都不愿见，双方都会让自己陷入麻烦，其实坎结儿在哪儿大家都清楚，谁谋杀了石原？我跟王先生自愿换走人质，就是为了证实我们对日下大佐曾经做出的判断，谋杀石原并非你们所为或你们所有人集体所为。"

陆黛玲说："即便找出凶手，你方也不会解除封锁吧？"

陈佳影说："闹那么大动静盖不住的，你们的外事机构估计现在都快疯了，如果日下大佐对你们纯属误判的话，他能顶住多大压力？"

巴布洛夫转身对大家说："实际上，我们现在手里握着的是一个半活人，既然陈佳影与王先生来要换他，我看没什么问题。"

6

两名宪兵搀扶着便衣 C 慢慢走进临时指挥部。

野间说："他们要自查谋杀石原的凶手？"

"是的，他们准备逐个排查。"便衣 C 接过便衣 D 递来的水杯，"每个人都要证明自己不在现场。"

野间对日下步说："这跟陈佳影判断的一样。"

窦警长吁了口气，向室外走去，沿着楼梯上行到四楼，没走几步，看到不远处的 403 房门敞开着，白秋成正与女保洁员说着话。不久，一名宪兵进来把女保洁员带走。白秋成随后走出房门，与窦警长碰到了一起。

白秋成笑了笑说："性格使然，总担心有什么遗漏，所以问了又问。同时我也担心王大顶对她问询的角度，会跟我有不一样的地方。"

窦警长说："那有什么新的收获吗？"

白秋成说："跟王大顶说得差不多，那个保洁员没看到凶手。堵截那些家伙逃跑时，楼内警力不多，您却去 403 房间，结果被袭，结果龚导演被枪击，为什么？怕他逃跑？还是您认为他就是疑凶？"

窦警长揪起白秋成衣领将他重重抵到墙上说："白秋成，我警告你！不管你怎么博到日下步欢心，你永远都别跟我用这种腔调说话，懂吗？"

白秋成压着嗓子道："我去博日下步的欢心，是因为你博不到！"

窦警长说："你什么意思？"

白秋成说："石原谁杀的，我一点儿兴趣没有！我只想告诉你，大哥，你只有一条路，就是证明你是对的！"窦警长的脸不由得微微抽搐一下。

白秋成说："你对陈佳影与王大顶的判断真就是错误吗？可我到现在都认为你是对的，日本人不是傻×，但他们太迷信自己、迷信理论上无懈可击的背景审查，以为他们的机要单位固若金汤，所以才被陈佳影绕得团团乱转。低眉顺眼的你㞞啦？你必须重新被正视明白吗？我费老劲又挤进来，就是为了这个，他妈谁说我内伤好了？有那么快吗？"

窦警长怔怔地看着白秋成，松开了他。

7

陈佳影在赌场里，与围坐一张赌桌边的众人分析关于石原之死的案情："案发前乔治白与龚导演在一起，然后回 307 房间找了瑞恩……"乔治白点了点头。

陈佳影说："乔治白到三楼时一名饭店职员正好经过，可做第三方证人。老犹太在西餐厅，有服务生作证，陈氏兄弟、巴布洛夫及夫人都在 418 房间，那个女保洁员可以作证。"

陈佳影看向该隐说："陆小姐声称案发前后跟你们从游泳馆一同回了房间，但她和沃纳都想不起有谁可作为第三方证人，所以想让您也回忆一下，整个过程中有没遇到过别人或者被别人看到。"

该隐低下眼帘想着说："出游泳馆时，前台服务人员正巧没在，回房间过程也没有遇到过其他人。"

陈佳影说："您再想想，该隐，现在陆小姐莫名其妙跟你们在同一阵营，如果缺少第三方，而仅是相互证明，是不够取信的。"

陆黛玲冷冷开口说："真是逗了，什么就叫同一阵营了？"

陈敏章说："别告诉我你们忽然就同进同出，是出于桃色原因。"

陆黛玲刚要开口，乔治白说："陆小姐，有这疑问的可不止他一人！"

陈敏章看向对面的巴布洛夫说："您跟诺尔曼也有一样的疑问吧？一个貌似寻求上位却很不得其法的小演员，被殴打，被利用，受尽委屈可怜死了，忽然被发现原来受过特殊训练，在跟德国佬走到一起之后。"

该隐说："陈先生，您离题了吧？"

陈敏章说："谁也不会因为发现石原是暗哨就下杀手，石原也不会随随便便跟人起冲突，被杀必是灭口！"

巴布洛夫盯视陆黛玲说："没错，石原他到底发现了什么？令人恐惧被发现的秘密……"

王大顶忽然抬手说："行了，打住吧。"他转对陈佳影，"去年几家绿林豪门排查一告密的，结果也变成了这德行，几拨打一拨屁效率没有。凑一块儿查不靠谱，拆了，分拨儿来吧。"他拉起陈佳影说，"走，我们去旁边的雪茄室对他们逐一问话。"

王大顶对问话做了顺序安排，然后拉着陈佳影向雪茄室走去。一进门，陈佳影便"呼"地转身说："针对陆黛玲时，陈敏章和巴布洛夫瞬间协同，说明谎言被戳穿了，但双方依旧还在合作，而他们对陆黛玲的多疑源自于恐惧，说明那笔财款出问题了。"

王大顶说："你的行为痕迹分析又起作用了。我也能看出来，美国佬对陆黛玲也很警惕。"

陈佳影笑笑说："我有职业病，是秘密就必须解开，陆小姐居然骗过了我，这很丢人，我必须扳回。我有预感信吗？陆小姐会是我控局关键。"

这时，瑞恩与乔治白走了进来，坐到陈佳影对面。

陈佳影说："你们没走掉是天意呢？还是人为？"

瑞恩说："你们假装撤离，却布置暗哨，不就想求证你的猜测吗？"

陈佳影说："可你们已经暴露'财富'是谁了。当然不可能是苏联人和陈氏兄弟，更不可能是一夜变身的陆黛玲，还剩谁了？"

乔治白说："我就知道你不是来排查凶手的。"

陈佳影说："我的目的是抢钱，现在被阻断了，别让我绝望到把重心调转在你们和老犹太身上。我说得够明白吧？告诉我怎么找到李佐。"

乔治白愕然说："李佐？"

陈佳影说："微型胶卷里那个毒贩。"

乔治白说："要告诉你，我俩恐怕就再没抵御你的筹码了吧？"

陈佳影说："好了，你的动态痕迹已经向我说了实话，在你们放弃政治献金之前，他就失踪了，对吗？"

瑞恩刚要开口，陈佳影抢话说："你们明知我不是为了排查凶手却同意我上来，说明你们对我相当好奇，也说明你们心里还有希望，所以之后我做什么，请尽量顺应。"

陈佳影与瑞恩他们谈话的时候，王大顶出了雪茄室，到了赌场内厅里转悠着。

而此时的赌场外厅，陆黛玲正跟诺尔曼聊着天。

陆黛玲说："你不觉得陈佳影和王大顶来得很蹊跷吗？"

诺尔曼冷漠地说："不管谁来，石原这事儿也要查清楚。"

陆黛玲说："你对我这态度就是他们希望的。其实谁杀石原不重要，重要的是通过排查可以离间我们，让我们自乱阵脚。"

乔治白和瑞恩从雪茄室走出，陈氏兄弟走进了雪茄室。

陈佳影说："都暴露是骗子了就别戏谑了，都坦诚一点儿，好吗？"

陈敏正说："其实，陆黛玲是最可疑的——"

陈佳影接话说："那笔钱出了什么问题？"

陈敏正顿时就噎住了。

陈佳影说："我说了，坦诚。现在我拿不到钱跟苏联人拿不到钱，对你们来说，后果是一样的。"她忽然看向陈敏章，"是李佐？"

陈敏章脱口而出说："你怎么知道？"

陈佳影笑笑说："那个毒贩负责把犹太银行钱款秘密运送出境。"

陈敏正叹气说："李佐是我们在'满洲'的唯一联络人，但他失联了。"

陈佳影说："钱款离开犹太银行的出口是谁？"

陈敏正说："我们骗的是犹太商会两名总裁，他们攒了个众筹项目洗钱，并承诺在约定时间将汇总的财款转出银行，但具体出口真不知道，只说会主动联系李佐，所以跟李佐断了线，我们真的很恐惧。”

陈佳影说：“恐惧可能有人洞悉全局并黑吃黑，对吗？所以急切想利用我来搞清陆小姐的情况，因为她的大变脸的确容易令人遐想。”

在赌场外楼梯口，与乔治白一同握着枪守在楼梯口案板后的瑞恩眯着眼睛琢磨着什么。乔治白说：“瑞恩，在想什么？”

瑞恩皱眉说：“不知为什么，相对陈佳影，我更害怕陆小姐洞悉我们的秘密。或许是因她跟纳粹在一起，也或者是她一直都隐于暗处。”

在赌场外厅，该隐与沃纳小声说着话。

该隐说：“我越来越觉得，我们跟日‘满’方冲撞是个错误的举动。”

沃纳说：“没错，困在这里，难免会被陈佳影挖出我们的秘密。”

这时，苏联夫妇走进了雪茄室。陈佳影仰着脸对苏联夫妇说：“掠夺不属于自己的财务是强盗行径，这种事儿你们也干得出来？”

巴布洛夫不屑地说：“彼此彼此吧。”

陈佳影说：“巴布洛夫，骑虎难下吧？就算是骗局也要继续，但毕竟拿到钱还能有个交代，否则，戏耍了斯大林你们吃不了兜着走。”

诺尔曼说：“无关石原的调查就打住吧，我们没心情跟你聊这些。”

陈佳影说：“李佐失联，你们又困在这里，还怎么拿得到这笔钱？”

巴布洛夫眉头微微一跳。

在赌场外厅，陆黛玲小声对该隐和沃纳说：“你说得对，陈佳影这么玩儿下去，秘密也藏不住，行为痕迹我能控制，但你们不行，这家伙防不胜防。跟日下步和野间表明身份，让他们把我引荐给高层。”

该隐说：“我方高层若否定这个德意日中的意向，你们就曝光了。”

陆黛玲说：“赌吧，总比在美国佬和苏联人面前曝光要强。”

该隐刚要开口，陆黛玲抬手止住说：“相信我，别把秘密吐给陈佳影，虽然她和王大顶一副日狗嘴脸。绑架他们，让日本人气急败坏强攻上来，然后乘机投降。”话音刚落，便见雪茄室门开，苏联夫妇正向他们走来。

接着，陈佳影也走出雪茄室。她瞥了眼不远处的老犹太，转身走向王大顶。在赌场的一个套间里，王大顶轻轻掩上房门，对陈佳影说：“这个套间结构有问题，但我还没查出玄机在哪儿，你进展怎样？”

陈佳影说：“美国佬要带走的那人是老犹太，李佐确定就是所谓政治献金的运送人，但失联了。这就是我判断钱款输出的状况，但苏联人，确切说是诺尔曼，似乎在绝望里找到了曙光，但曙光肯定不是我。对，是诺尔曼，她截断了我敌视陆黛玲的引诱。”

王大顶说：“你不觉得陆黛玲跟德国佬形成组合的时机很蹊跷吗？”

陈佳影说：“怕的就是这个，洞悉全局的人最后是纳粹。我们一起给他们做问询，看看他们到底藏了什么玄机。”

王大顶点点头，两人走了出去。他们走到大门边时，陆黛玲突然指向他们说：“双手抱头，蹲下！你们被拘禁了！”

随即，她指着一个套间说：“给我在里边好好待着！”

陈佳影说：“陆黛玲，你想干什么？”

王大顶抬手一挡说：“交给我，陆黛玲，我告诉你——”

话音未落，陆黛玲忽然一高弹腿，正踢中王大顶的下巴，他当即后仰着身子踉跄着往后栽倒在地。陆黛玲与沃纳及该隐一起，把陈佳影与王大顶关到一个套间里，将一根链条缠上房门把手。

第二十五章

1

刘金花打开房门，悄悄溜了出去，往两边探看了一下，走廊里无人。“那宪兵呢……”刘金花疑惑地嘀咕了一声，往不远处的岔口走去。刚走近岔口，便听到窦警长在说话。

“他们自己找死，又赖得了谁？”墙拐后，窦警长看着刘金花露在岔口地上的人影，不断说着，“陈佳影的身份要比浅见高不少，这等于诱使那些家伙拿他们来胁迫大佐，若提出条件不被接受，先杀王大顶，真的扔条人命出来，大佐绝对就不敢打了。”

白秋成向窦警长挤了一下眼，故意抬高声音说：“是呀，那些家伙都有外交身份，大佐犯不着往你死我活上整。”

岔口内的刘金花惊恐地撤回身。墙拐后的白秋成与窦警长对视了一眼。

白秋成转身对向宪兵说：“我们这也是侦讯需要，谢谢您的配合，五分钟之后，您再回去原位。”

白秋成边走边说：“您瞧好儿吧，大哥，陈佳影想借谈判抢过主导权，咱就让她憋死在自己做的茧里。”

2

赌场内，陆黛玲等人七嘴八舌地争吵着。

陆黛玲说：“有陈佳影在手什么条件都能提。”

瑞恩说：“适可而止好吧。”

诺尔曼说：“只要外事机构介入进来就行。”

该隐说：“让关东局进来日下步滚蛋！”

陈敏正说："你有病啊，要这样就谈不拢了。"

"那就宰了王大顶！"陆黛玲一句话就让大家停了嘴，"告诉日'满'方，我们是玩儿真的，剩下个陈佳影，让他们自己看着办。"

陈敏章说："呃……"

陆黛玲说："苏联人有赦免也能恩泽到你们，虽然你们屁都不是。"

正在这时，外面有人大声喊："别拦着我！"

陆黛玲等人一齐走到门口往下看，只见在四楼的楼梯拐口处，刘金花与宪兵们正在推搡着。刘金花说："我要上去！别拦着我！"

宪兵说："你不能上去！"

这时，窦警长与白秋成走进临时指挥部，日下步与野间转身看着他们。白秋成说："报告！刘金花想要闯去五楼，被在场宪兵堵截。"

"刘金花？"日下步愣了片刻，对野间说："关东局的报告你先起草。"说完，日下步匆匆向外走去。

刘金花蹬着腿朝上喊："让我上去，我要跟王大顶在一起。"

日下步怒冲冲带着白秋成与窦警长从楼下上来。

日下步呵斥刘金花说："他们在楼上谈判，你胡闹什么？再看到你撒野，就用刑讯室那些刑具给你做规矩！"

这时楼上传来陆黛玲的喊声："日下大佐！"日下步循声侧身，案板后的陆黛玲冲下喊："日下大佐！既然您在下面，我们就直截了当了吧，陈佳影及其姘夫王大顶已被我们扣押。我们的条件很简单，就是让几国外事机构与关东局互派人员进入饭店，和平解决事态。"

日下步、窦警长与白秋成都仰着脸听着。陆黛玲说："一小时之内，我们要看到外事人员、关东局相关人员进入饭店，并做出调停承诺，否则，你方即被视为拒绝和解，人质将被陆续枪杀！"

日下步回身看着白秋成和窦警长说："怎么会变成这样？"

见窦警长不出声，日下步狠狠说："回指挥部与野间商量挽救措施。"说着，他折身下楼，窦警长与白秋成跟了下去。

他们匆匆走进临时指挥部，日下步对野间说："那些家伙拘禁了陈佳影和王大顶，威胁称若条件不能满足，就开始处决人质！”

“什么？”野间惊愕地站了起来。

日下步转对窦警长说：“窦警长——”

窦警长抢话说：“刘金花是我故意放上去的。”他转对野间，“她被我激得歇斯底里，因为我预料陈、王二人进入那些人当中就会是这个结果。”

日下步与野间不解地对视了一眼。窦警长说：“不觉得奇怪吗？那些家伙既然是硬碰硬，就会早早地跟我们下通牒，为什么非要在我激出刘金花，惊动了您后，才放下狠话，为什么？”

野间说：“也许他们做这个决定的时间跟你们巧合上了。”

窦警长说：“只要有陈佳影，就会巧合。”他转看日下步，“您要拿肖弦做文章，尸体就恰巧被劫走，恰巧之后陈佳影和王大顶全都外出，而宪警方恰巧因为搜捕劫尸的唐凌人手匮乏，几乎就对他俩失去监控……”

野间“砰”地拍案说：“窦警长！”

窦警长说：“我不是恶意针对谁，只是担心别一个巧合又一个巧合，把时间给耽误了。我们无非想借石原的死拿下那些家伙，查清财款下落，可现在却被耗上了，时间一长，钱就飞了。他们在外可都有策应的人，那个共党唐凌保不齐也盯着这笔钱呢，否则怎会纠集出一票人马来？”

3

桥底下，唐凌、大当家、傻狍子和肩扛一把钢钳的煤球正走进排污口。大当家对唐凌说：“这个排污口一直通到和平饭店底下。”

唐凌说：“作为侦查，我们人手有点儿多了。”

大当家说：“傻狍子望风，煤球钳断你说的铁栅栏后备做传讯，你我进入饭店侦查，入夜时突袭即可隐于其中作为内应，人手多吗？”

唐凌说：“你能打消入夜突袭这个计划吗？”

大当家说：“我当然希望不动干戈就能把我哥带出来，如果进去之后诸事不宜，那就只能来狠的了。”

唐凌刚要开口，大当家抢话说：“闭嘴吧，你！‘富贵险中求’是我们绿林界不变的真理。”

赌场的一个套间里，陈佳影轻轻走到王大顶身边蹲下说:“王大顶，他们扣下我们想干什么？后果会怎样？咱得拿出办法来。”

王大顶说:“陆黛玲把我们扔进来前门是关的,对吧？”

陈佳影想了一下说:“好像是。”

陈佳影缓缓走近房门,上下左右地端详了一下,随后又看门后的地面。陈佳影说:“嘘,你看地毯上这个脚印。”

陈佳影与王大顶一起蹲下,面前地毯上有个脚印清晰可见。

陈佳影说:“这个脚印很新,但不是我们留下的。”

陈佳影蹿身扑到门轴侧,手指探摸门框边沿。她摸到一个铜质拉环,用手指勾住,拉了一下,身后一声轻响,木质压条分成三格,后头是一个软包墙面。陈佳影轻声说:“这里应该有机关。”

陈佳影瞥了一眼墙夹角说:“那人关门同时就忙不迭去拉机簧开关,说明他想要以最快速度隐藏。”陈佳影转身,模拟关门,同时转身扑到墙夹角处迅速虚拉了一下拉环,随后急急扑到中间格软包墙面,然后重重按了一下,中间格墙面忽然后移开,里面是一个狭窄的密室！墙上绘有希特勒的画像。

陈佳影眯着眼睛看着画像说:“应该是后来画的，和平饭店落成时，希特勒离元首的位置还很遥远。”

王大顶说:“应该是饭店的设计者,或者所有者画的。”

陈佳影说:“和平饭店是犹太人的资产,密室里却供着希特勒？”

王大顶说:“或许不是供的呢,用来扎针儿,听说过扎小人儿吗？”

陈佳影说:“放纵一下想象力,面对这个大魔头,你最想做什么？”

王大顶举拳便对着希特勒的裆部“啪”地拍了一下,“呼！”整面墙画连着画框往上迅速升起,露出内墙以及中间的一个门洞,门洞中悬着钢索,往下深不见底,两边墙壁对面的内壁有钢轨。陈佳影对王大顶说:“这是个电梯井,按空间看,电梯应该很小,仅供一两人出入。”

王大顶在边上寻找着电梯的开关。陈佳影说:“你再察看一下,我去把门,防备他们中途进来。"说着,陈佳影走出密室。

赌台后,陈敏章对陈敏正低声说:"陆黛玲把大伙儿全裹挟了。"

陈敏正说:"陈佳影是拿石原案做幌子来确定钱款下落,我们投靠她至少能保命吧?可陆黛玲让局势大变,我们只能跟大家捆死了。"

不远处的包间里,瑞恩和乔治白也在小声说着话。乔治白说:"陈佳影说得很明白,我们自己暴露了'财富'是谁,现在就算杀了她和王大顶,日本人也依旧可以锁定老犹太,现在只能祈求外事机构强势介入。"

瑞恩说:"陆黛玲劫持他们给谈判加码,结果只有两种,一是日下步妥协;二是日下步被彻底激怒,他多残暴大家都见识过!如果是第二种结果,陆黛玲难道就不害怕吗?"

轮盘桌一侧的陆黛玲看看该隐,又看看沃纳,小声说:"日下步就算疯了又能怎样?无非就是不再顾忌伤亡采取强攻,打起来我们就藏好,他们都被拿下,我就不会曝光了。"

该隐皱眉说:"你是借刀杀人?"

陆黛玲说:"既然到了这个份儿上,何乐而不为?"

楼梯口的案板后,巴布洛夫小声对诺尔曼说:"我不知道该怎么说,我总感觉你现在有点儿古怪。"

诺尔曼说:"对现在的局势,我想不出比陆小姐更好的办法。"

巴布洛夫说:"你心事重重并非因为这个。"

诺尔曼说:"如果那笔钱飞了,我们怎么办?我们客观上戏弄了斯大林,我们还有什么筹码为自己开脱?"诺尔曼忽然想到了什么,愣了一下,说:"你在这里守着。"她转身向大门奔去。

诺尔曼奔进大门,看到赌桌已无人把守,便急忙向里奔去。

诺尔曼快速环视了一圈说:"老犹太呢?谁看见老犹太了?"

瑞恩与乔治白大惊对视。

陈敏正皱眉说:"扣了陈佳影和王大顶之后,紧接着就跟日下步对峙,好像那会儿就没看到他了……"

话音未落,诺尔曼便调头往外厅奔去,她拿起赌桌上的一支枪,其他人也纳纷纷抓起枪。诺尔曼恼火地对众人说:“大家务必把老犹太找出来,否则,我们性命难保!”

众人在赌场里搜寻着,可找遍了每一个角落,还是没看到老犹太。

诺尔曼突然想起了什么,高喊:“走,去关押他们的套间里看看。”

他们走到套间门前,陆黛玲“哗啦啦”地在解链条,门边的陈佳影听到响声后,转身进密室向王大顶招手,王大顶慌忙蹿出密室。

4

在地下排污渠,大当家、唐凌拎着油灯向里走着,身后跟着肩扛大钢钳的煤球。走了一会儿后,不约而同停下了脚步,只见几米外,一个人的下半身正蹬着墙壁的钢筋脚蹬,又想下又想上。

煤球扔下大钢钳,走过去一把将那人拖了下来。是老犹太。

大当家问:“你是什么人?”

老犹太战战兢兢说:“我是好人……你们别冲动,我是好人!”

大当家提起油灯照了照,突然惊愕地叫了一声说:“谢尔盖?!”

老犹太不由得一怔说:“这位姑娘是……”

大当家说:“我妈是跟你私奔的,走前留过一封信,里面有你照片。”

老犹太惊愕地说:“你是黄玉卿的女儿?”

大当家咬牙切齿地说:“三年前,我才十九岁,我妈就因为你,大当家不做,跟你跑了!把偌大个黑瞎子岭甩给了我。”

“玉卿……”老犹太扑通跪倒在地,“呜呜”地哭了起来,“那年我来度假,有幸结识了玉卿,她是那么的与众不同,她从不说自己的过去,若见不到你,也许我永远都不会知道,她曾经是黑瞎子岭的大当家。当初我以为她只是有段忧伤的过去不愿提及,反正相爱就足够了。我们都以为爱情不过两个人的事,谁知带她回国后,我们的婚姻非但没有受到祝福,反而引发了各种猜忌。她不说自己的过去就通不过审查,于是那些家伙开始迫害我们,玉卿,她无法忍受羞辱,于是自杀了……”

众人默然。老犹太自责地说:“我是个懦弱的人,我没有勇气跟她做一样的选择，而是猥琐地跑到了波兰、日本，然后回到‘满洲’，像个无处安生的游魂。我每天都在计算公式，借此缓解内心的自责。”

大当家看着老犹太，叹出口气说：“呵，老家伙，王大顶是我哥。”

老犹太说：“我知道了。”

大当家说：“他现在什么情况？”

老犹太讲了方才经过，最后说：“陆黛玲把王大顶与陈佳影关进了赌场套间里的时候，我便悄悄溜进设在赌场里的一个密室，这个密室正好通往这个排污渠……”

大当家贴在老犹太耳边，悄声说：“我曾发誓见到你，就杀了你，但现在我放弃了，因为我哥！”大当家一把推开老犹太，咆哮说，“我要你帮我。”

5

在临时指挥部，日下步说：“野间课长，我决定让士兵突袭进去。”

野间说：“我预料到你会有这个决定。”

日下步说：“我想窦警长……”

野间低吼：“去他的窦警长！他想说陈佳影跟那些家伙串通一气，你信吗？我说过，她是要用她的方式挖出钱款的下落，她就差一点点儿了！”

日下步说：“可她和王大顶都被拘禁了！现在他们什么都查不了，反而成了对方要挟的筹码。我绝不能被人要挟！窦警长至少说对了一点，时间越长，我们就越被动，我要速战速决，一口气拿下这帮家伙。”

野间盯视日下步说：“不计伤亡，对吗？”

日下步一时语噎。野间说：“王大顶我不管，可陈佳影若被伤及——”

日下步打断说：“当我不再有顾忌，我就有一万种方式撬他们的嘴！”

6

赌场内，诺尔曼拉开窗，往外探看了下，摇了摇头。陆黛玲狐疑地看着陈佳影说：“其他地方都查了，除了这里。”

陈佳影说：“于是就抓狂了，抓狂的时候逻辑思维好混乱吧？一边解着门把手的链条，一边深信老犹太偷偷进了这里。”

王大顶帮腔说：“万一呢，老犹太进来后使用妖术，双手穿门而出重新拴上链条。”

陆黛玲说：“你们用不着冷嘲热讽，他能逃跑，必然是在大家都没注意的空当，就在我打狗一样放倒你时，大家都被你吸引而忽略了他。”

陆黛玲转对瑞恩说：“大家再分头找一下，现在情况很严重，跑掉一个人，什么意外都有可能出现。”

陈敏正与瑞恩走出门去，该隐与诺尔曼正要跟上，陈佳影却挡住他们说：“等一下。”陆黛玲愣了一下。

“你刚才有个疏忽，陆小姐。”陈佳影看着陆黛玲，“作为行为痕迹分析专家，我有必要给你分析分析。”

陆黛玲冷冷地看着陈佳影。陈佳影说：“你脱口就是老犹太跑掉情况严重，但我恰恰认为这是个值得大家兴奋的事。”

王大顶补充说：“或许这里有出去的路。”

陆黛玲突然用枪指着陈佳影，瑞恩冲了进来，用枪对着陆黛玲的脑袋说：“让她说下去。”

陆黛玲用枪对着王大顶说：“他们都是蛊惑人的高手……”

瑞恩打断说：“放心吧，这里没蠢人。怎么样？都把枪收了。”

陆黛玲回头瞪视瑞恩一眼，把枪递给沃纳，沃纳接过，看了一眼瑞恩，瑞恩也把枪交给了他。陈佳影说：“老犹太人畜无害，几乎公认的吧？我想不出他跑掉对状况已然严重的各位能有什么负面影响。”

诺尔曼嗫嚅了一下。陈佳影说：“他若真的跑掉，而非在哪个角落里睡觉，大家是不是该研究下赌场有没可供溜之大吉的暗道之类？”

陈佳影转对陆黛玲说：“我想说的是，面对这么一个对大家来说都算不错的机缘，你暴露的心态却是情况严重，你在恐惧什么？”

王大顶对赌桌边众人说：“请大家注意专家用的词汇，她说恐惧。”

陈佳影说：“是的，恐惧！王先生说到这里或许有出去的路时，陆小姐本能掏枪进行威胁，试图阻断我们向大家提供积极意义的信息，全然不及思考是否会遭遇大家的抵制。受过良好训练的你,却做出如此愚蠢的举动,说明你方寸乱了,因为恐惧。”

陈佳影转对乔治白与瑞恩说:“你们扣我和王大顶做人质,是不是威胁过日下步会杀掉我们?逼他妥协。”

乔治白说:“呃……”

陈佳影说:“行,我知道了。现在外头给了多少时间?”

瑞恩与乔治白对视了一眼说:“一个小时。”

“你们傻吧!”王大顶高声说,“这么做意味着日下步若无妥协就鱼死网破,问题是他要急了眼不计伤亡,你们能拼多久?能活几个?”

陈氏兄弟、乔治白、瑞恩与若尔曼等人面面相觑。

陈佳影对陆黛玲说:“你不会没考虑到这点吧?但这点,你反倒并不害怕,为什么?除非你希望这个结果出现。他们遭殃,成就了你。你是谋杀石原的凶手!”

陆黛玲愕然说:“你这是栽赃。”

王大顶抢道:“为什么你不害怕日下步歇斯底里,因为你就想这样。打起来,你就躲起来,死人越多越好,把谋杀罪名安到死人身上最简单。”

“王大顶!”陆黛玲怒喝一声,便向王大顶抬腿踢去,这时,“砰”的一声,一把木椅猛地砸在陆黛玲身上,陆黛玲随即倒地,痛苦地蜷起身子,动弹不得。陈佳影双手握着断木椅,盯视着地上的陆黛玲。

大家都惊呆了。陈佳影对王大顶说:“先把她带到套间。”

王大顶抱起陆黛玲走向套间,陈佳影转身对其他人说:“我们将对陆黛玲进行简单处理,你们就外面等着吧。”

进了套间,陈佳影检查了一下昏沉沉的陆黛玲,转身对王大顶低声说:“陈氏兄弟断线是因为陆黛玲截和,那笔钱款一旦流出银行,将会成为真正的政治献金。因为她跟该隐和沃纳的结合说明南京方或南京方某一派系更倾向于联盟纳粹、亲媚日本。”

王大顶狠狠地说:“驴养的。”

陈佳影说:“诺尔曼让我有点儿担忧,她对陆黛玲心存戒备明显不是一路，但对老犹太的话题刻意回避却又极为关注。内因是什么？我有点儿吃不准。先说服那些家伙吧，让我们把陆黛玲带走，从她身上挖出所有信息，暗中交给组织，犹太人的财款就算没救，政治上也能做斡旋。”

王大顶从套间走出来对沃纳与该隐低声说：“陈佳影这个妖孽，让你们费心了吧？”

该隐与沃纳不由得对视了一眼。王大顶说：“没错，她就是栽赃陆黛玲。但这么做是救你们仨的命，你们这个组合谁不好奇？你们那点儿幕后小打算要曝了光，够死在当场了吧？”

远外角落乔治白对陈氏兄弟说：“我们其实也对陆黛玲心存恐惧。”

陈敏正说：“所以她是谋杀石原的凶手，对大家来说毫无坏处。”

瑞恩说：“把谋杀石原的凶手交出去，这场对峙对日本人就失去了道义上的合理性。我们再宣布有条件投降，暂时扣押陈佳影与王大顶，等待各方外事机构介入。反正我们不再有牵挂了，不怕等。”

这时，诺尔曼走进门来说：“大家注意了，有人要上来！”

7

在消防通道，一名士官和若干宪兵沿着楼梯快速向上奔行。

在西北楼的楼梯间，两名日兵正用手雷炸开防火门。

饭店房间内，刘金花虎着脸看着窦警长。

窦警长说：“刘金花，你听好了，我和陈佳影一样都是潜伏在敌人内部的共产党人，所以之后你必须跟我配合……”

刘金花说：“这种鬼话留着逗你媳妇儿去，傻×！”

窦警长说：“打个赌吧，你的王大顶一定会死在我前面，跟他的陈佳影。”说着，窦警长转身离开。

在饭店北侧，日下步背着手看着前方，他身旁是白秋成。

这时，窦警长小跑着向日下步走来说：“大佐。”

日下步说：“突袭准备已经就绪，我需要一个人进入敌方内部，吸引住所有人后鸣枪传号，我方即强行突入——”

窦警长打断说："大佐，那个进入敌方内部的人是我，对吧？"

日下步一时语噎。

窦警长瞥了眼白秋成说："我早料到是我了，置身于那些家伙中间，众目睽睽下只管鸣枪传号，不用考虑会不会被他们干掉，舍我其谁？"

日下步说："你为帝国做些牺牲，难道不值得吗？"

窦警长说："那我只好服从命令了。"

日下步对白秋成说："你带窦警长到403房间做好战前准备。"

窦警长跟着白秋成进入403房间，白秋成将一把微型手枪贴在他前臂内侧用绸带捆扎。白秋成捆扎完毕说："微型手枪子弹是特制的，容易辨识，想干掉王大顶他们最好另找枪支，混战中并不太难。"

窦警长下意识地瞥了眼紧闭的大门。白秋成压着声音说："石原案那俩终归是要查的，那俩在查，真相就不可控，这太讨厌了，对吗？"

窦警长盯视着白秋成说："谢谢提醒，兄弟！"

不久，窦警长拎着两串多层食匣，上到四楼楼梯间。

窦警长往赌场方向喊："里面的人听着，日下大佐已跟各方外事机构进行了沟通，正在等待回应，大佐为了表达善意，让后厨烹制了晚餐，让我带给大家，并派我与大家沟通更细致的睦和条件。"

案板后的苏联夫妇与陈敏章都举着枪对着窦警长。

窦警长举了举食匣说："食物很多，拜托各位，让我上去。"

苏联夫妇与陈敏章收枪，将案板拉开了道口子。

日下步、野间与白秋成站在三楼楼梯往上看着。

日下步抬手看了下表说："现在开始倒计时……"

8

窦警长跟随着诺尔曼、瑞恩、陈敏正走进赌场，放下食匣。其他人陆续从内厅走了出来。陈敏正给举着双手的窦警长搜身。陈佳影和王大顶悄悄到了诺尔曼等人的后排站着。

陈敏正一边搜身，一边对窦警长说："日下步派你进行和睦沟通，一定给过你条件底线，直接说出来吧，咱们效率高点儿。”

“日下大佐，”窦警长暗暗解开左腕袖扣，“让我转告，在‘满洲’与宪警方进行武力对峙是绝对不可容忍的，你们必须投降，这是底线！”

陈敏正连忙插话说：“凶手交给你们。”

窦警长顿时一愣说：“什么？”

陈敏正说：“谋杀石原的凶手交给你们，以此表示我们请求有条件投降。”

窦警长错愕地说：“凶手查出来了？”

瑞恩说：“我们武装占据这里，实属无奈之举，我们是为争取到时间和空间，通过排查找出凶手，以免让无辜者被其裹挟，所以宪警方应对我们给予谅解，不要再抱以敌对的态度，认真考虑我们的诉求。”

陈佳影给王大顶使了个眼色，悄然后退，转身闪去了内厅。

这时，已到四楼西北楼梯间的日下步皱眉对白秋成说：“按照预定时间应该鸣枪了，他在磨蹭什么？”

野间说：“别太残酷，大佐，给寻找安全位置的时间，不算过分。”

日下步说：“那就再给五分钟，五分钟后，展开突袭。”

此时，在套间内，陈佳影一口水喷在昏沉沉的陆黛玲脸上，顿时让她一个激灵，睁开了眼睛。陈佳影急急凑近陆黛玲说：“你听好了，陆小姐，我栽赃你是为了带你脱身，我知道你代表了南京方亲日的需求，那么满铁是你最好的引荐方，所以告诉我，李佐在哪儿？这会让你跟满铁接触后少去很多盘问，迅速获得信任。”

陆黛玲冷冷开口说：“你给我上了不错的一课，恐惧会让人暴露内心最深处的东西。”陈佳影刚要开口，陆黛玲抢话，“是你想掌控我！你越拿满铁说事，就越让我觉得你不可告人之心。你在恐惧什么？或许是你想掌控我，但忽然做不到了，所以你忙不迭想套出李佐的下落，你现在的信息库里就缺这个了吧？”

赌场大厅里，墙上的挂钟“当”地响了一声，窦警长转脸看向墙上的挂钟，他鬓角渗着大团汗珠。

第二十六章

1

赌场外厅，王大顶拽着陆黛玲对窦警长说："我们一起带她下去。"

瑞恩说："把她交给窦警长就是了，你跟陈佳影不能走。"

王大顶说："你什么意思？"

陈敏正说："我们是有条件投降，手里若没人质，条件也就没了。"

王大顶大怒说："你们这叫过河拆桥啊！凶手找出来了，事态已经好转，你们居然还要扣押人质，谁会相信这是投降的态度？"

窦警长又瞥了眼墙上的挂钟，一脸的惊悚。

与此同时，日下步抬手看了一下手表，皱起了眉头。

野间说："日下君——"

日下步转脸打断说："我不可能无限制地等下去，这是战斗！"

赌场里，王大顶还在做大家的思想工作："动动你们的脑子吧，把我和佳影逼到彻底对立有什么好处？"

陈佳影说："窦警长一来，自然就不需要我俩带走凶手，算了吧。"

王大顶犹豫了一下，一把将陆黛玲向窦警长推去。窦警长伸手接过陆黛玲，就在这时，王大顶看到窦警长袖口露出的枪柄。

王大顶一惊，随即上前一把攥住窦警长的左腕。

"你干什么？"窦警长甩手挣扎，却不慎让袖珍手枪滑出袖口，落在地上，众人见状，顿时惊呆了。

陈敏正说："窦警长，你不是来讲和的吗？"

与此同时，日下步突然下令说："突击进行！战斗——"

四楼楼梯的士官一挥手，楼梯间最前的两名日兵顶起木质门板便往五楼冲去。

“他们上来了!”站在门板后面的巴布洛夫与陈敏章见势不妙慌忙往赌场里跑。大门被炮弹震开,陆黛玲被一块木板拍中头部倒地,窦警长见状,慌忙掀开门板拖出陆黛玲,对惊慌失措的众人大喊:“往里头跑!”

见日兵冲进套间,众人顿时大乱,纷纷蹿到赌桌后藏身。

“停止!停止!不要伤人!”窦警长冲日兵大喊。

与此同时,赌桌后的王大顶猛见老犹太惊惶地从一个套间里探出脑袋,诺尔曼猫身扑出,猛地将老犹太顶回了门里。

又一股日兵冲进内厅,窦警长继续大叫:“给我停止——”

一名士官随即抬手,示意日兵放下枪。窦警长举着双手,喘着粗气说:“谋杀石原的凶手抓到了,他们有条件投降,请撤销攻击,恢复谈判!”窦警长转身向各赌桌后的众人,“全都往里靠!给他们一个停火的姿态!”

瑞恩与乔治白各自用枪顶住陈佳影与王大顶,拽着他们向躲在最里端赌桌的陈氏兄弟靠拢。

此时巴布洛夫在套间里用身体抵着门,而在狭小的密室里,诺尔曼正用枪顶着一脸惊惧的老犹太的头说:“他就是年初从国内潜逃的核物理学专家,美国佬的‘财富’任务不是政治献金,是他!”

巴布洛夫说:“你还有我不知道的任务?”

诺尔曼冷冷地说:“蒋先生是肃反委员会的人,他派的,我不敢不接。”

老犹太吼道:“我就是个科学家,我只会搞研究。可就因为我是犹太人,因为没做汇报就娶回一个外国妻子,那些肮脏的政客就大做文章。那些人有多邪恶,你们不会不知道,我妻子受不了,被迫害死啦!”

诺尔曼说:“给我闭嘴。”

巴布洛夫刚要开口,诺尔曼低吼:“政治献金是骗局,现在这状况肯定也拿不到钱了,杀了他,没让他逃去美国,我们还能将功抵罪!”

巴布洛夫说:“我忍受你很久了,诺尔曼!不知道从什么时候起,你开始藐视我的尊严,有意无意在人前跟我唱反调,甚至讽刺我们的国家,你变成了与我同床异梦的陌生人!”诺尔曼盯着巴布洛夫,浑身战栗。

巴布洛夫说："核物理不是哪个阵营的专属，它属于全人类！蒋先生的密令，也不是最高指示，否则不会交给有外交身份的人，诺尔曼，他们很邪恶，不代表我们的国家。别为他们杀人，如果我们还有爱情。"

这时，陈佳影走进来，诺尔曼迅速把枪放下。

巴布洛夫对陈佳影说："外头什么情况？"

陈佳影说："每个人都从死亡线上返回了。"

瑞恩与乔治白走了进来，看到密室，以及老犹太与苏联夫妇，都有些发怔。陈佳影说："诺尔曼和巴布洛夫保护了老犹太。"

2

两个宪兵架着昏昏沉沉的陆黛玲扔进刑讯室。

临时指挥部里，日下步气呼呼地说："窦警长，你有什么权力擅自逼停突袭？"

窦警长说："唉，瞧瞧我这人缘儿，要换别人，这得算是有功吧？"

日下步说："就因为你带出来了谋杀石原的凶手吗？"

窦警长说："大佐，若非石原为我求情，我早没资格留在这里了，我对他非常感激，而且我们之间有很深的友谊，所以对我来说，抓获谋杀他的凶手，比什么都重要。但是，这并不代表因此我就屁事儿都不懂了。"

日下步不由得皱了一下眉头。窦警长说："不计伤亡的强攻本来就有政治风险，更何况凶手已经查到，他们已经要求有条件投降，我们唯一的借口不存在了，我们要的是钱而不是他们的命。"

野间对窦警长说："佳影的情况怎么样？"

窦警长说："那些家伙既然有心投降，她和王大顶就都是安全的。"

日下步看向野间说："陆黛玲曾经骗过了所有人，这说明她刺探了更多的秘密，或者有更多秘密需要隐蔽，石原或许就是发现了至关重要的内幕而惨遭其杀害的。"

野间说："等陆黛玲苏醒，先从她下手，楼上那些家伙交给陈佳影和王大顶周旋就是。我们都有宣泄暴虐的欲望，但强者还要懂得克制，尤其是在这片王道乐土上。”

窦警长摆摆手说：“你们先聊着，我先上趟洗手间。”

他进了洗手间，白秋成跟进来说：“大哥，陈佳影他们……”

窦警长说：“我没杀他们，你很失望吧？”

白秋成说：“大哥……”

窦警长说：“让我证明我是对的？这话说得我差点儿就感动了。孙子哎，你要有这份心，就不会撺掇我乘乱干死正在排查谋杀石原凶手的陈佳影和王大顶，你以为我才是凶手，对吗？所以想让我此地无银三百两，然后我完蛋，你就上位，我浑身上下哪个部位告诉你我杀石原了？”

白秋成转开脸避开他的目光。窦警长说：“证明陈佳影是不是共党，我是不是对的，首先得让日下步别为一时冲动丢了位置，所以我顶着子弹逼停了冲突，这才是心眼儿！”说完，窦警长向外走去。

白秋成跟了上去，阴阴地笑着说：“窦警长，我做了细致的调查、测算，石原遇害时，隐藏饭店的所有人里只有您的行踪无法确定。”

3

赌场里，陈佳影对王大顶小声说：“陆黛玲不由我掌控就是灾难，只要她让日下步或野间相信她代表南京媚日势力，已夺取了那笔财款的控制权，并真正将之变为了政治献金，那一切就都完了。”

王大顶说：“得让那些家伙放我们下去封住陆黛玲的嘴，但这得让他们感到危机。”

陈佳影说：“诺尔曼差点儿杀了老犹太，但从当时的微表情来看，她选择放弃并非因为我们正好进来，诺尔曼发现了美国佬的秘密，本可杀了对西方阵营有重大意义的老犹太将功补过，但却放弃了，这意味着他们已无所谓生死，危机对他们不管用了。正义？”

王大顶皱眉说：“让他们选择正义？”

陈佳影说：“他们是苏维埃，不能赌吗？”

王大顶说：“拜托，让他们选择正义就等于暴露了你的属性，让满心危机的美国佬把希望寄托于你也一样,我可不想这么赌。”

陈佳影焦虑地别过脸去,却见不远处角落里的老犹太正看着他们。

陈佳影走近老犹太说:“老犹太,你到底是什么人?”

老犹太说:“我是全球顶尖的核物理学专家之一,是各列强国争抢的对象,得不到就杀掉。”

王大顶说:“我去,这么轻易就招啦?但我没听懂。”

老犹太说:“我当然可以放心说出来,因为陈女士真的就是潜伏在满铁的中共。”陈佳影不禁一惊。

老犹太对王大顶说:“我见到你妹妹了。”

陈佳影对老犹太说:“你是通过密道出去后碰上了他们?”

老犹太说:“对。”他转对王大顶,“你妹妹托我悄悄带走你们,可我没想到返回的时机那么不巧,我为什么答应去问你妹吧,现在没时间解释!你们只管相信我人畜无害就对了。”

陈佳影对老犹太说:“其实我们能走也不会走。”

老犹太不解地看着她。陈佳影说:“我们跑掉就等于暴露,那样刘金花就完了。你反倒是应该跟那些家伙一起走掉。”

王大顶说:“让我妹和唐凌掩护他离境,然后把其他人控制起来。”

陈佳影当即对老犹太说:“力行社!记住,这是个组织。”

老犹太说:“力行社?”

陈佳影凑近说:“他们忙叨完了会来审你,我告诉你怎么说……”

密室里,瑞恩正对着希特勒画像摸摸索索;巴布洛夫与陈氏兄弟说了些什么后,带着诺尔曼走出房间。两人没走几步,便见陈佳影、王大顶与老犹太在交谈。诺尔曼走近说:“老犹太,大家有问题需要你解答。”

这时,陈敏章、陈敏正、瑞恩、乔治白等人已围了过来。陈敏正说:“老犹太,告诉我们,你肯定不是躲密室里睡觉,这里有玄机对吧?”

老犹太犹豫地看着瑞恩和乔治白。“咔嗒”,陈敏章将枪拉开保险。

“你干什么?”瑞恩与乔治白当即举枪对向陈敏章。

陈敏正挡到陈敏章身前说:“你俩有病吧?看不出我哥吓唬他啊?”

陈敏章狐疑说:“瑞恩、乔治白,你俩好像对他格外紧张,为什么?”

乔治白说:“我们怕你枪走火啊!”

瑞恩说:“老犹太,现在我们都捆在一根绳上,如果真有外出的密道,就跟大家说吧。”

老犹太犹豫了一下说:“密道真的有。”

这时,巴布洛夫与诺尔曼拦住陈佳影与王大顶,诺尔曼低声问:“老犹太跟你们说什么了?”

王大顶说:“别用这种态度对我们行吗?你差点儿杀了老犹太,要不是陈佳影瞒了美国人,现场就得火并了吧?”

诺尔曼双眼一眯说:“你们……”

陈佳影说:“我俩只想抢钱,别的不管。日本人还不知道政治献金纯属骗局,但陆黛玲要跟他们勾兑上,一切就不好说了。陈氏兄弟断线是因为被陆黛玲截和,她会让那笔钱款真的成为政治献金。她代表南京方的媚日势力,还勾连着纳粹,你们说会是什么结果?”

诺尔曼说:“巴布洛夫,别因正义感而受迷惑。”

陈佳影说:“但正义的巴布洛夫征服了你,所以即便杀了老犹太可以将功补过,你最终也选择了放弃。”诺尔曼与巴布洛夫一时默然。

陈佳影说:“做个交易吧,放我们下去封陆黛玲的嘴,让我俩纯粹地去抢钱,总比被她得逞了强,而且你们还有堵截我们的机会。”

诺尔曼正要开口,却见瑞恩、乔治白从套间方向走来,便不再说什么。乔治白走近说:“巴布洛夫,出鬼了,你们不想听听吗?”

诺尔曼说:“老犹太都说了什么?”

乔治白说:“他说他见到什么力行社的人了。”

乔治白对她耳语了几句。诺尔曼脸色一变,冲进套间,其他人也跟了进去。诺尔曼一进去就揪着老犹太衣领问说:“你差点儿出去……结果撞上一帮力行社的人,要你悄悄把他俩带出去?”

老犹太说:“对,地下排污通道被铁栅栏封着,他们进不来,但这个密道出口,正好在铁栅栏外边。”

诺尔曼说:“我是说,南京政府的秘密组织力行社,为什么要你把他俩带出去?”

老犹太说:“这就不知道了,我要不干就会被做掉,只能回来。”

巴布洛夫说:“力行社是蒋系的,跟陆黛玲的汪系一直矛盾很深。”

陈敏章说:“我×,跟陆黛玲又什么关系啊?”

诺尔曼说:“你们断线,是她作的梗,她是汪精卫的人,所以政治献金不再是骗局了,他们要用它绑架南京政府,投靠纳粹和日本。”

陈敏正疑惑地说:“难道是力行社得到风声,要抓我过去了解情况?”

巴布洛夫说:“不是没这可能。”

陈敏正转对老犹太说:“老犹太,你别诈我们。”

老犹太高声打断说:“我怎么会诈你?能走我不走,我疯啦?”

套间外,陈佳影对乔治白说:“老犹太一定跟你们说有密道了吧?”

瑞恩说:“告诉我,为什么栽赃陆黛玲?”

陈佳影说:“陆黛玲知道李佐在哪儿,现在只有通过她才能抢到那笔钱,具体她是什么角色你们可以逼供德国佬。”

瑞恩审视着陈佳影说:“那你们又是什么角色?”

陈佳影说:“做个交易吧,你们的‘财富’任务我俩一直保密呢,包括‘财富’是全球顶尖核专家老犹太,我们一概保密,条件是放我们下去。”

瑞恩与乔治白对视了一下,上前把陈佳影与王大顶绑在外厅的椅子上。乔治白说:“先委屈一下你们吧,我们需要跟日本人抗衡的筹码。”

王大顶说:“这么做,对你们真的好吗?”

瑞恩笑了笑,搂着乔治白走了。

这时,老犹太把大家带进密室,往希特勒画像的裆部砸了一拳,整面隔墙迅速抬上,露出里面的门洞和已经升上来的电梯。

老犹太说:“电梯有点儿小,一次也只能下两个。”

陈敏正说:“你是怎么知道这里的?”

老犹太说:“饭店老板是我朋友。”

瑞恩说:“力行社的人,还等在那里?”

老犹太说:“在排污渠的出口等。”

诺尔曼说:“告诉他们,陈氏兄弟在我们手里,要走一起走。”

在赌场外厅,王大顶笑说:“这好像是我俩最烂的一次配合。”

陈佳影说:“何以见得?”

王大顶说:“我们努力包装自己是胆大妄为的贪贼,但依旧散发出了浓浓的正面光辉,这样真的好吗?”

陈佳影说:“还记得上来前我那个问题吗?他们有谁会爱上我?”

王大顶说:“你觉得现在这状态有被爱的成分吗?”

陈佳影说:“这充分说明,你的担忧纯属叽歪,我们并没有因此暴露身份。”

王大顶说:“嗯,他们的多疑淹没了光辉。”

陈佳影说:“王大顶,我骗你了。”

王大顶说:“我知道,从再次进入和平饭店的那一刻起,是否还能掌控局面,其实你已经毫无把握了。”

陈佳影叹了口气说:“之前我就想着你我脱身,万事大吉。美国人的退路铺排好了,政治献金反正是个骗局,搅黄了就是,所以我把事情做绝了,所有真相都攥在手里,却没想到发生意外,又被拎回来了。”

王大顶说:“所以这是最后一次机会对吗?”

陈佳影说:“为了以防万一,那些家伙需要我们当筹码,必然会带着我们一起走,到时候你找机会把我扔下去,然后跟他们一起走。”

王大顶惊看陈佳影说:“为什么?”

陈佳影说:“把任务传递给唐凌,诺尔曼放过老犹太,美国佬的危险就基本解除,犹太人的钱款若无法正确疏导,大不了吓唬他们藏回去,日‘满’方没攥到把柄,想清算他们也不容易,任务并不复杂,只是要快。”

王大顶说:“你真没把握摆平陆黛玲吗?”

陈佳影说:“她是高手中的高手,只能试试看。不管怎样,相信我,我至少可以让刘金花安全脱逃。”有脚步声近来,陈佳影不再说话。

诺尔曼向他们走来说:“的确有条通外的密道,你俩不是要抢钱吗?

那好，我们一起出去，从一个起跑线上出发，看看谁比谁快。”

4

在歌舞厅里，日下步与野间默不作声地看着日兵在整理枪械。

野间瞥了一眼日下步说：“别这么不甘心，中止掉一场有很大概率导致敏感人士伤亡的冲突，不是一个坏结果。”

日下步说：“我只是觉得窦仕骁逼停冲突的动机有些可疑。”

野间说：“你不已在他身边安插了白秋成吗？疑惑由他去解便是。”

日下步惊愕地看野间。野间笑笑说：“石原遇害时，隐藏饭店的所有人里只有窦仕骁的行踪暂且无法确定，而且他还是个有污点的人，所以你对他有所疑虑是正常的。”

野间顿了顿，转身走了。

窦警长走向刑讯室，在通道，他把腰间的枪套解开了扣子，然后走进去。铐着双手的陆黛玲正坐在一套刑具上面无表情地看着他。

“醒了？”窦警长冷冷地问，“看来那块门板没把你砸得太重。”

窦警长猛然攥起陆黛玲的胳膊快步进了一个冷库，将陆黛玲拽到一个担架车边，“呼”地掀开车上盖着的白布，石原的尸体现了出来！

窦警长大吼：“给我看着他！我最好的朋友，他热爱这里，梦想‘满洲’有个璀璨未来，他看不到了，因为你，他死不瞑目，给我跪下！跪下！”

窦警长揪着陆黛玲的头发使劲往下按。陆黛玲忽然目光一定，见窦警长腰间的枪套开着钉扣，露着枪柄。“跪下！”窦警长重重地按下陆黛玲，陆黛玲身体下沉同时，铐着的双手突然摸向窦警长的枪套。突然间，她止了手，转手向窦警长裆部摸去，并猛力一抓。

“啊！”窦警长疼得大喊了一声。陆黛玲紧攥着窦警长的裆部，冷笑说：“枪套是故意打开的吧？好让我一冲动就拔了你的枪，然后我就会因持械袭警被击毙，谋杀石原的凶手就被坐实，对吧？”

日下步、野间与白秋成匆匆拥进门来。日下步喊道：“陆黛玲！”

陆黛玲松开手，窦警长捂着裆部，“咕咚”坐在了地上。

陆黛玲说:“谋杀石原的不是我,那是栽赃,窦某想诱使我夺枪反抗,把我击毙在这里,坐实我的罪名。他拽我来这里不是您的授意吧?”

日下步不由得眉头一蹙。陆黛玲看向窦警长说:“你故意打开枪套钉扣以便我夺枪,很可惜,就是这个细节让我洞悉了你的险恶用心。”

她看向日下步说:“他为什么要配合陈佳影坐实我是谋杀石原的凶手,我不知道,但想必值得探究,这或许可成为我们之间沟通的开始。”

日下步看着窦警长说:“她说的属实吗?”

陆黛玲说:“是否属实很容易检验,下这个套得避免自己真的遭遇危险,我敢担保,枪套里是把空枪,子弹早已被他事先卸掉了。”

日下步、野间、白秋成齐刷刷地看向窦警长。窦警长抹了一把脸,随后从枪套中取出手枪,卸下弹夹,剔下子弹,一颗、两颗、三颗……

陆黛玲说:“看来你下套成功,我已经不能为自己辩解了。”

野间说:“陈佳影协助办案无数,至今没有过错误记录,所以你很难让我对她出具的结果产生质疑。”

陆黛玲说:“我只想说陈佳影和王大顶本来的盘算是跟我一起下来,结果事与愿违,我脱离了他们的视线,他们应该很着急。因为这样我就会直接面对你,而不在他们控制之下。”

日下步说:“陆黛玲,不要再蛊惑了,你只有一条路,就是老老实实交代谋杀石原的动机以及背后内幕,我这话可视为动用酷刑前的警告。”

窦警长接话说:“大佐,我们应该宣布对抗解除,把那些家伙请出赌场,暂时安置于未被破坏的房间,并给予优待,借此把陈佳影和王大顶分离出来,只要他俩回来,一切都好辨析。”

陆黛玲对日下步说:“我怕你们来不及了,赌场里有通外的密道。”

日下步一惊说:“什么?”

陆黛玲说:“窦警长上来前,老犹太神秘消失在赌场里,我们翻了半天也没找到人,后来才知道赌场里有密室。有密室就有逃生通道,那些家伙也一定知道。既然老犹太又现了身,他们势必会刨根问底儿。”

日下步说:“你说赌场内有密道,是想告诉我们你跟那些家伙不是一伙？”

陆黛玲说：“那我还要告诉你们一点，和平饭店所有的住客我都查过底，老犹太年初从苏联来，结果在上面那家赌场里输成了穷光蛋，就再没回去。为什么一个穷光蛋还能在和平饭店住到现在？因为饭店老板是他的好朋友，所以饭店有密道，他知道是很正常的。”

日下步、野间、窦警长与白秋成不由得面面相觑。陆黛玲说：“饭店的建筑图纸应该没有绘上密道的位置，但我分析密道必然通往地下，所以向市政部门要来地下工程图纸，或就可知哪里可以成为出口。”

日下步说：“白秋成，给市政工程部门打电话。”

5

排污口边，大当家靠着桥墩席地而坐。唐凌说：“在想什么呢？”

大当家说：“在想老犹太靠不靠得住。”

唐凌说：“既然托付了人家，就少一点儿猜疑吧。”

大当家说：“你女人的命跟我哥一样就赌在他手里，你要真没有一点点儿的担心，我会怀疑你们之间出了问题。是因为我哥？”

唐凌说：“担心能起到任何作用吗？”

大当家说：“少来这套！我哥是不为女色所动的人，足可托妻寄子。”

唐凌说：“你看，这不挺明白的吗？”

这时，传来傻狍子的喊声：“大当家！”

他们齐齐循声看过去，只见老犹太从排污口里走了出来。

大当家走到老犹太身前，却见排污口里没有其他人，转脸问：“怎么就你出来了？我哥呢？”

老犹太摇摇头说：“你哥暂时不能出来，他与陈佳影要留在那里，先让其他人跟我出来。”

大当家说：“什么？让那些人出来，他们留下？”

老犹太说：“他俩要我谎称你们是力行社的人，骗那些人出来由你们控制。”

大当家说:“我是说他们为什么不走？”

老犹太说:“当时就那么点儿交流时间,没细说,是为刘金花吧。”

大当家皱眉说:“刘金花？”

老犹太说:“刘金花没跟他们在一起，他们这么跑掉就等于暴露身份,那女孩会遭殃的。”

大当家说:“回去给那些人传话时,你这么说,力行社的人要他们带上王大顶和陈佳影,带不走就绑走。”

唐凌不由得皱眉说:“大当家,他们想要留下应该还有其他目的。”

大当家看着老犹太说:“天黑时行动，为免中途遭遇日本人干扰,届时会有武装人员突袭和平饭店,牵住敌方注意力以及行动能力。”

唐凌拽住大当家的胳膊说:“你想好了再做决定。”

大当家一把甩开唐凌的手,对傻狍子说:“傻狍子,召集黑瞎子岭主力,准备天黑时袭击和平饭店。”

第二十七章

1

在赌场里，两边竖着案板的扶墙缺口处，巴布洛夫朝外看了一眼，转身对旁边的瑞恩说："下面的宪兵只留了两个，不再是备战模式了。"

瑞恩说："你我是最后一拨离开，祈祷上帝吧，让这种平静状态持续得再长一些。"

在赌场外厅，王大顶低声问陈佳影："到时候我怎么扔你下去？"

陈佳影说："乘没人看见的时候撞我鼻子，让我见血，然后让他们给你松绑，最后照顾我一下。"

王大顶看着她双眼越睁越大，惊惧地说："佳影……"

陈佳影的鼻血正在涌出，她自己也觉察到了说："看来不用你了。"

王大顶说："什么情况这是？"

"用脑过量了。"陈佳影笑笑。

王大顶高声说："赶紧来人！"

诺尔曼、乔治白、陈氏兄弟和老犹太从密室匆匆跑进外厅，同时瑞恩也从门外奔入。瑞恩说："陈女士，你没事吧？"

王大顶说："屁话！这像是没事儿吗？赶紧给我松绑，我要给她止血！"

瑞恩说："这点小事儿不用你操心。"

他跑去赌场的医疗室找来棉团塞进了陈佳影的鼻孔。王大顶恼火地叨逼叨："都他妈什么人啊？都这样了还捆着我们，没人性的。"

诺尔曼烦躁地说："别叨叨了！"她转对瑞恩，"老犹太说有事传达。"

老犹太顿了顿，说："力行社的人说，他们听说我们当中有满铁的机要人员，就答应让大家一起走了，但陈佳影和王大顶必须一起。"

陈敏章说："这不废话吗？"

老犹太说："反正我就是传话，为了避免中途遭遇宪警方干扰，他们会调派一些武装人员袭扰和平饭店。说是以此帮大家牵制住宪警方的注意力，天黑时，双方同步行动。"

2

排污口边，唐凌和大当家激烈争吵着。唐凌说："王大顶和陈佳影既然决策留下，就必有安全把握不要替他们做主，这会破坏他们……"

大当家说："暂时安全那之后呢？"

唐凌说："我们至少要接触到他们搞清楚方略。"

大当家说："所以你是为了任务，不是你女人的安全。"

唐凌皱眉说："你说什么？"

大当家说："行了，我没时间跟你废话。"

唐凌说："你有什么把握让突袭成功而不是在送死？"

大当家说："我告诉你，突袭方案我早就成熟了，等着看大戏吧。"

这时，煤球大叫一声："大当家，快看！"

大当家与唐凌循声看去，只见三艘带篷手划船正靠到岸边，三名艄公跟着傻狍子跳上了岸，跑到大当家面前，齐齐抱拳喊道："大当家！"

大当家抱拳回礼说："几位辛苦。"

傻狍子说："大当家，传讯已到位，装载黑火药的马车现在新发地，也已经伪装好了。"

大当家转对煤球说："煤球，你跟他们留在这里，等那些家伙出来，迅速解除武装就地制伏，注意老犹太和二当家，还有陈佳影的安全。"

煤球说："是！"

大当家说："傻狍子，你跟我去新发地，今晚这仗咱俩打头阵，玩儿个漂亮活出来。"

唐凌接话说："加上我吧。"

大当家疑惑地看向唐凌。唐凌说："说服不了你，就只好胁从吧。"

3

在临时指挥部，日下步将一摞封面为“地下工程图制详示”的文件递给那警监，随即对围站一边的野间、窦警长与白秋成等人说：“密道唯一出口就是饭店的地下排污渠，其排放口在运河桥下直线距离八百米处，那里仍属市区，若想逃离彻底，需有船只辅助，这或许意味着在外还会有人接应他们。”

野间眯了下眼睛说：“若有接应，来者必非善类，当会排除逃离时被我方撞见之可能性，或许会有人在别处引发事端以事掩护。当然，这都只是猜测，但予以防范或者布网以待，也许就有意外的收获呢。”

赌场里，王大顶低声说：“是我妹出的幺蛾子，你信吗？当然也怪我，总煽呼要打鬼子，搞得弟兄们急赤白脸想干票大的好扬名立万。”

这时，瑞恩从门外进来。陈佳影说：“瑞恩，帮我把脚解开，麻了。”

见瑞恩有些犹豫，陈佳影说：“你总得顺应我一次吧？”

瑞恩顿了顿，来到她身前，为她解了双脚的绳索，但双手依然绑着。

陈佳影说：“美国独立战争胜利之后，吉格斯中将主动放弃权力解甲归田，吉格斯家族曾经的荣耀，来自于他正确的选择，而不是之后创建的财富，因为财富会消失。”

瑞恩一惊说：“我的材料你怎么查到的？”

陈佳影说：“这不重要，重要的是我因此放弃了对你的报复。”

瑞恩审视了陈佳影片刻，然后走到老犹太、诺尔曼、乔治白、陈氏兄弟等人身前说：“时间差不多了，抓紧吧。”

诺尔曼对老犹太甩甩下巴，老犹太带着乔治白进入密室，把他送进排污渠后，又回到赌场内。

“下一个是王先生，陈女士得最后才走，所以别耍花样。”陈敏正一边解开捆绑王大顶双脚的绳子一边说着。

王大顶说：“孙子哎，就你这智商，以后做做小生意得了，别贪大。”

陈敏正说：“借你吉言，我正琢磨怎样往你俩身上推罪过呢，让力行社的人放过我们，宰了你们。”

陈佳影说："知道你俩为何玩儿不转吗？做大骗局，得有大胸怀。"

陈敏正说："你什么意思？"

陈佳影说："人生不如意十有八九，如果这次再有什么意外，上条建议说不定有助于你们活着。来，帮我把手解开。"

陈敏正说："我疯啦？"

陈佳影说："这点儿出息，里外都有拿枪的人守着，我跑得掉吗？"

这时，老犹太快步走过来说："行了行了，我来。用不着这么警惕，她强悍的是头脑不是体质。"说着，便解开陈佳影双手的绳索。

陈敏正攥起王大顶的胳膊跟着老犹太往里走去。陈佳影忽然向大门奔去，大喊："快来救我！"楼梯间内的两名宪兵突然警觉起来。

陈佳影已经奔出大门，巴布洛夫正转身过来，却还来不及拦，便被陈佳影一猛子扎进怀里，一同翻出扶墙缺口。

"砰！"陈佳影压着巴布洛夫的身子坠落在下层楼梯上。巴布洛夫被压得一泡口水飙出，陈佳影轻声说："感谢你曾经做的正确选择。"

两名宪兵从下蹿上楼梯，瑞恩刚架出枪来，便被他们连连开枪打得缩回了头。陈氏兄弟跑上来与瑞恩合力将轮盘赌桌翻起，挡住了大门。宪兵甲乙抬着巴布洛夫向一边走去，陈佳影跟在后面。

野间汇上陈佳影，见她鼻孔里塞着棉团，不由得一愣说："你怎么了？"

陈佳影摘下棉团说："工作超量了，没事了。"陈佳影指着巴布洛夫，"他被我做了肉垫，可能摔在楼梯上时脊椎受了损伤。"

说话间，一名宪兵拎着把狙击步枪推门进来，房间内一名狙击手接过狙击步枪，说："加载远程瞄准镜。"

陈佳影不解地看向野间。野间说："正想问你，赌场是否有暗道，且已被他们发现，是陆黛玲给的判断，日下步已经衍生出了无数猜测。"

陈佳影说："我刚想汇报这事儿，但现在看来没必要了。"

4

一辆卡车开进巷口，车上坐着黑瞎子岭的土匪。与此同时，傻狍子驾着马车，大当家与唐凌坐在中间。大当家握着小陶罐式的东西对唐凌说："这是我们自制的拉炮，捻绳一拽，扔进车斗，两秒钟便起爆，所以听我喊跳车时别犹豫，否则容易伤着，一车斗黑火药可不是玩儿的。"

唐凌说："我建议接近大门时就拉炮跳车，如果马车全速奔行，两秒钟已够闯入大门，而我们人在门外，万一敌方有所埋伏，可及时招呼后面的卡车改变途径。"

大当家说："你当鬼子是大仙儿啊？"

唐凌说："对峙情况下，战术细节必然会有预防敌援这一项。"

大当家说："别啰唆了，鬼子一共三个班能预防到啥份儿上啊？"

马车已靠近和平饭店，卡车也朝和平饭店方向开了过来。唐凌突然抢过大当家手里的拉炮，大当家还来不及反应，便被唐凌猛地顶翻下马车。傻狍子也被唐凌顺势一带一掀，翻落了下去。唐凌单手拽起缰绳，驾着马车冲破上来拦截的两名门岗，飞奔着拐进了饭店空场。

主楼楼顶的一排探照灯"嗡"地打亮。拉车的马一声惊叫，戛止了行进，唐凌因惯性摔下马车，随后就地一滚，往车斗扑去。狙击手扣下扳机，"砰"的一声枪响，唐凌的颈部便飚出血花！接着，四楼的几个窗口陆续冒出枪火，子弹"砰砰砰砰"地全都打在了唐凌身上。

街道上的大当家与傻狍子双双从地上爬起，朝前方全速开至卡车挥手大喊："有埋伏！快跑——"卡车急停，然后往后一倒，开了出去，这时，饭店周围的房顶都响起了枪声，子弹像雨点一样打在卡车上。弹雨中，大当家与傻狍子迅速爬上卡车。这时，司机头部被一颗流弹洞穿，趴倒在方向盘上，卡车失控，"砰"地撞在对面建筑物上，侧翻在地。

大当家跳出车，嘶声朝车里大喊："跑啊——"傻狍子及几个没有中枪的土匪拼命往外跑着，不一会儿，"轰——"的一声，卡车爆炸了。

5

赌场套间里，陈敏章突然一拳砸在瑞恩脸上，然后顶开诺尔曼，拉起陈敏正奔入密室，扑进电梯。诺尔曼对着他们的背影大吼："去死吧！"

这时，“轰”的一声，用来挡门的轮盘赌桌被炸成几片，几名宪兵端枪拥进门来，该隐与沃纳当即举起双手。

此时，陈氏兄弟已乘电梯下到排污渠，只见除了拎着油灯的王大顶，其他人都对着他们举着双手，兄弟俩不由纳闷。王大顶甩甩下巴示意看后边，陈氏兄弟转身，几米外铁栅栏后，一队宪兵正举着枪对着他们。

和平饭店后门空场，日下步正检查唐凌的尸体，陈佳影站在房间的窗边，呆呆地看着这一切。拍拍她的肩膀说：“突如其来一场风波，让我对日下步有些刮目相看了，从军人的角度来说，他很优秀。”

“您是要原谅他的自负吗？”陈佳影边说边转过身，鼻子却在流血。

野间不由一惊说：“你怎么了？在流鼻血。”

陈佳影抬手沾了沾鼻下，看到血，身子一软，扑倒在野间的怀里。

迷迷糊糊中，陈佳影脑海里闪现出她与唐凌一起的一些片段。

这些片段让迷迷糊糊中的陈佳影不觉地露出了笑容。刘金花正弓着身子端详着她。这时，王大顶走了进来对刘金花说：“她怎么样了？”

刘金花说：“吃了药，一直在睡，你怎么样？”

“我们麻烦了。”王大顶吁了口气，“我妹策动了一次突袭，没成功，虽然伪装是力行社的人，但跟她一起的唐凌死了，宪警方有他的照片，也知道他是共产党，我怀疑会露馅儿。”

刘金花说：“怕啥？到现在我也活明白了，这世界真的假的，不看事实就看谁比谁会装，谁疑心咱，咱就跟谁诌，诌明白了算赢，诌不明白认栽，死在演技上那是谁也不能赖的，窦仕骁还说他是共产党呢。”

王大顶说：“啊？”

刘金花说：“驴养的诈我呢，这回我没给你丢人，直接啐他一脸。”

陈佳影突然说话：“难办的是陆黛玲……”

王大顶与刘金花同时转身看向陈佳影。陈佳影说：“野间说日下步打这次埋伏战，是源自陆黛玲的判断，我想她已成功获取了日下步的信任，她的身份、任务接下去会被认可，在该隐和沃纳的协助下，政治献金交易就会成真，汪系与德日的勾结或就由此成形。而现在，我要再有阻拦，就太可疑了,更无奈的是,外头已经没有能帮我的人了。”

王大顶说:“更可怕是那些家伙全部落网,分分钟能出卖我们。”

陈佳影睁开眼睛说:“出卖我们什么?”

王大顶支吾说:“我们散发过不少……正面光辉,我担心——”

陈佳影幽幽打断说:“没有筹码可赌,就只能赌人心了。”

6

地下室刑讯房里,陆黛玲看着日下步说:“还记得我们的约定吗?如果验证结果我是对的,就请放弃对我的所有疑虑,进行下一步沟通。”

日下步说:“是什么?”

陆黛玲说:“饭店再度封锁之前,我、该隐和沃纳本是约了去见路德维希会长,该协会对德国外交政策有多大的影响力,不用我再介绍吧?所以这次会面至少能给我方联合德日的意向有个是或者否的答复。”

日下步惊愕地说:“什么?”

陆黛玲说:“对,现在那笔钱款由我掌控,它将成为南京政权亲和德日的媒介,它真的就是政治献金了。”

日下步不由得皱眉说:“陆小姐,什么叫真的就是政治献金?”

陆黛玲说:“政治献金原本是个骗局,您不知道吗?陈氏兄弟是骗子,之前垂涎犹太人预谋转移的巨额财款,美国佬和苏联人都知道是骗局了,你们不知道?”野间惊愕地与日下步相觑。

陆黛玲说:“哈!那陈佳影和王大顶搅和了一整天,都搅和什么了?”

陆黛玲盯视窦警长,似笑非笑地说:“窦警长,我促使双方斗争升级就希望宪兵们强攻上来我好脱身,谁想突袭却被你逼停了。”

窦警长说:“你闭嘴!”

陆黛玲笑说:“因为陈佳影和王大顶说我是谋杀石原的凶手,于是你觉得凶手已经查出,于是你就中了陈佳影和王大顶的奸计!”

窦警长不由得眉头一跳。陆黛玲说:“在这之前,他俩就意识到冲突不可避免,我也必会脱离出去走入你们中间,所以说是我谋杀石原,就能阻隔你我进行沟通，直到他俩再次把控局面。”

野间不由得紧皱起眉头。陆黛玲说：“事实也的确如此，我被带下来后说什么都像蛊惑，好在我帮你们阻止了一起逃亡事件，证明了自己不是敌人，你们才愿意听我说话。”

野间说：“你是在说陈佳影和王大顶有不可告人之目的？”

陆黛玲说：“共党唐凌所率的自称力行社的武装团伙，非要让那些家伙带上陈佳影和王大顶，不觉得这里的信息量大得有点儿诡异吗？”

窦警长说：“大佐，我请求对陈佳影和王大顶立刻展开突查！”

野间说：“窦警长，你要分清事体的主次！”

白秋成说：“野间课长、大佐，警长他一直在渴望证明自己——”

窦警长抢话说：“没错，我要证明我是对的！但用不着你替我说。”

7

在游泳馆内，窦警长带着众人向唐凌的尸体慢慢走来。

窦警长走近尸体说：“唐凌，宪警方一直在抓他，后来发现他还有团队。他救走了站前广场被我们击伤的可疑男子，他和他的团队自称是反共的力行社，可他们围挟宪警，抢走女共党肖苰的尸体。随后又突袭饭店，试图声东击西带走那些家伙，不，应该是专门要带走陈佳影和王大顶，够矛盾吧？可惜他死了，所以，这些矛盾由陈小姐来替他解吧。”

陈佳影说：“让我看看他。”

窦警长说：“好，看吧，死状有些惨，希望你能克制住情绪。”

陈佳影面无表情地蹲到唐凌尸体边，将白布慢慢打开，见尸体遍布的弹孔，心头不禁微微一颤。

窦警长转看王大顶说：“这个团队还死了些人，我一一检查尸体，发现他们都有一个相同特征，就是小腿肌肉特别发达，这是长期行走山路的人常有的特征，而力行社招募的多为极端学生、帮会人士，少有涉及视野封闭的山民。这个属性可疑的团队其真实出处很耐人寻味。”

王大顶说：“窦警长，有什么想法直接说出来，别那么多铺垫。”

窦警长突然大声说:“是唐凌纠集了黑瞎子岭的土匪想要捞人!”

刘金花惊愕地说:“说啥?”

窦警长转对刘金花说:“还有个受伤的俘虏说起你时口称嫂子!”

“我……”刘金花刚秃噜出口,便见王大顶眉头一皱,当即住嘴。

窦警长说:“你什么?招了吧,回来后你们私底下都怎么商量的?”

刘金花说:“我……我都蒙了,你私下告诉我你是共产党,咋又忽然这嘴脸了呢?”

日下步匪夷所思地说:“什么?”

刘金花说:“下午他偷进我房间,告诉我他是共党,要我配合她。”

窦警长对日下步说:“我当时想诈她,但没成功。”

刘金花说:“所以啊,别再玩儿这手了行不?你有本事就把那俘虏带过来我们当面对质。”

这时,陈佳影沉声说:“都别闹了!过来看。”

众人循声转身,只见唐凌后背文着“民族、民权、民生”的字样。

白秋成说:“民族、民权、民生,三民主义?”

日下步、野间、那警监不由得面面相觑。

陈佳影轻轻放平唐凌的躯体,面无表情,脑海里都闪现与唐凌在一起的情景:

唐凌从上往下解着衬衫扣子,轻声说:“帮我把衬衫脱下来。”

她帮他褪下衬衫,见唐凌后背文着“民族、民权、民生”的字样。她惊愕地说:“你什么时候文的?”

唐凌转过身说:“你申请替换陈佳影那个女魔,我就成了你的守护者。从现在起,我的一切都是为你所准备。”

想到这里,陈佳影面无表情地给唐凌的尸体盖上白布。

那警监对日下步说:“力行社成立初期,一些成员会把孙文的训诫文在身上,以示效忠。”

窦警长指向唐凌的尸体说:“可他救走了广场那名持枪男子!”

王大顶说:“枪上写了共产党仨字儿吗?”

窦警长说："那肖弦的尸体又怎么——"

陈佳影打断说："共党人头对他们很值钱。"转对野间，"记得34-628号档案吗？经证实1933年初开始，他们一些地方组织若无反共业绩，就拿不到经费了。"野间点点头。

陈佳影转对日下步说："陆黛玲说她身负汪系集团的使命对吗？她一定还说政治献金在她掌握之前就是个骗局对吗？"

"告诉我，"日下步说，"杀害石原的人，究竟是不是陆黛玲？"

"我不知道谁杀的石原，但我必须让她在脱离我控制时，背这个黑锅。"陈佳影对日下步说，"为的就是我刚才问你的两个问题。"

地下室刑讯房里，傻狍子躺在钢丝床上，胸肩部大面积烧伤。随队医士将一个空药剂瓶放进托盘说："他现在的生命体征太脆弱，这么大量的强心剂，反而会加快他的器官衰竭。"

白秋成说："能恢复五分钟清醒意识就够，让他说几句话而已。"

第二十八章

1

那警监走到警务局门口，两名警察押着一个白人男子进来。

那警监皱着眉头问："这人什么路子？"

一名警察回道："吸毒过量，在马路边上抽风，被人报了警。"

那警监说："这种人要好好关他几天。"

说完，他上了一辆警车，直到和平饭店。那警监径直走到游泳馆。

游泳馆里，两名宪兵正抬走白布包裹的唐凌尸体，日下步与野间在低声交谈着什么，那警监看了一眼他们，默不作声地站到一边去。

在更衣室门口，陈佳影说："接下去要全力对付陆黛玲。"

王大顶说："佳影，有一个坎儿过不去啊，你隐瞒政治献金是骗局，怎么跟野间和日下步解释？这是硬伤。"

陈佳影说："赌吧，没有筹码可赌，就赌人心。是不是骗局，不能只靠陆黛玲一面之词，他们必然会对相关人等进行核证，那就有的赌了。"

日下步分开野间，来到窦警长身前说："野间说那个众筹项目已有显示大户在疯狂出仓，钱快跑了，别再让这里的局面越搅越乱。我不想要来自主观的推断，悬疑要一条一条排除，要快！"

"那就让对质跟查证同步进行吧。"说完，窦警长转身向更衣室走去，他走近陈佳影说："对你们的判断源自陆黛玲，你们跟她对质吧。"

王大顶瘸着腿与陈佳影走出，刘金花正要跟上，被窦警长抬手阻止说："你就别去了，等在这里，过会儿会有人带你离开。"

2

刑讯室里，陆黛玲正跟该隐与沃纳说："请相信我的判断，窦警长起初想要夯实我谋杀石原这一指认，是因为他很清楚我不是凶手，而且我有九成把握确定凶手或是他想保护的人或者就是他本人。谋杀动机我不知道，也无意追究，当我向他表达了这点并同时把矛头指向陈佳影和王大顶后，他就不会再作梗了。"

该隐说："陆小姐，你为什么提前暴露与德日结盟的意愿？"

陆黛玲说："对，我原本只希望你们把我引荐给高层，但陈佳影来了，野间和日下步本能是偏向她的，我要不表明亲日立场，没法跟她斗。"

该隐皱眉说："我说过，我方高层未必就认可这个方案。"

陆黛玲说："输给陈佳影会死，我还顾忌谁谁的政治意图曝光吗？"

沃纳说："陆小姐——"

陆黛玲打断说："帮我！至少我是真实的。"

这时，"咣啷"一声铁门开，陈佳影带着操控轮椅的王大顶走进来，扑至陆黛玲跟前，"啪"的一记响亮耳光说："你这个卑鄙的家伙！"

沃纳一惊说："陈女士……"

陈佳影咆哮打断说："你们被她骗啦，蠢货！"

这时，窦警长、野间和那警监也走了进来，陈佳影压了压情绪说："对不起，我不该贬损你们的智商，事实上我也差点儿被她骗了。"

陆黛玲说："陈佳影你狗急跳墙了吧？"

陈佳影说："告诉你，我根本不知道谁谋杀了石原，只是栽赃你。"陆黛玲不由得一愣。

陈佳影说："你利用我的专业引诱我相信你是秘密的终结者，是被那些家伙裹挟进了与日方的冲突，其实你跟他们的阵营完全对立。"

陆黛玲刚要开口，王大顶抢话说："她想辩解，但上半身下意识微微后仰，这是被切中要害后因内心恐惧而流露的行为痕迹，对不对？"

陈佳影说："很接近了。"

陆黛玲怒吼："你们胡说！"

陈佳影说："你傍着该隐和沃纳扮演这样的角色，目的就是让我方确信政治献金已被你掌控，并将成为亲德日的媒介，于是我方被你牵下陷阱，陈氏兄弟那头被彻底忽略，于无声处就跟苏联完成交易。"

她转身看向日下步等人说："大家都知道，他们都有双方代表不在场完成交易的备选方案。"她又转身对陆黛玲，"什么汪精卫的人？什么联德亲日？你和陈氏兄弟是南京方安排唱的双簧，你明修栈道掩护他们暗度陈仓，你跟他们是一伙的！"

陆黛玲笑着摇摇头说："拜托啊，陈佳影。在我之前，政治献金就是骗局，陈氏兄弟是广东的翻戏党，是骗子，这个苏联人、美国佬都知道了，你也知道，可你却向日下大佐和野间课长隐瞒，因为什么？哼，因为这样更便于你们脱身，脱身了才能截断那笔财款，是你们想暗度陈仓。"

这时，日下步微皱着眉头走了进来。陈佳影转身问日下步："陈氏兄弟是骗子？真的吗？我开始怀疑我的智商了。"

日下步对陆黛玲说："那些家伙，我们刚刚分别对他们做了警询，他们的口供似乎对你不利。"

"不！你们错了。"陆黛玲焦虑地对日下步和野间说，"陈氏兄弟不是在配合我，他们是在演戏，是为了迷惑你们。"

陈佳影说："闭嘴吧！陈氏兄弟急于给你配合，但显然没机会跟苏联人排练，那两口子就演过头了。他们通过我方问询，临时获知需要把政治献金包装成骗局的信息，于是努力表演受骗者角色，但演穿帮了！陆小姐，你太自负了。甚至不在乎美国佬给不给配合，因为你觉得只要跟陈氏兄弟把双簧唱好，我就万劫不复，审我必然耗费时间，足够外头的人完成交易，更何况你还假模假式儿要跟高层谈判呢。"

王大顶接话说："你的骗局之说，还有个重要目的是掩盖力行社，把他们做成共党这创意的确完美，而唐凌也一直在扮演共党。"

陈佳影说："所以我万劫不复嘛。"陆黛玲气得浑身发抖。

陈佳影继续说："知道你何时露的马脚吗？我明确告诉过你，栽赃你是为让你脱离那些家伙，你不是撒谎者，就该踏实等我回来。而你却因此倍感恐惧，生怕我别有意图坐实你就是谋杀石原的凶手以致骗术无法实施，于是忙不迭地聒噪了窦警长这偏执狂来撕咬我和王大顶。”

王大顶帮腔说：“更重要的是力行社的人本可静候他人脱逃，却偏要分出一路来突袭酒店，有经验的武装怎会搞出这么蠢笨的战术？除非是预先安排，故意为之。据日下大佐描述，你借助老犹太失踪这一情况暗示他予以防范，并认定之后发生的一切足以让你获取信任，你料事如神吗？还是早有预案？所以对将要发生的一切了然于心。”

陆黛玲对日下步与野间咆哮说：“他们在偷换概念！”

陈佳影咆哮说：“给我证明。”

陆黛玲说：“什么？”

陈佳影说：“斗嘴太他妈累了，如果你是南京方，管他哪个派系的密使，承载联合日德这么重大的政治使命，那你至少得随身带一封重要人物的陈情函吧？拿出来，多快好省一切大白。”

陆黛玲说：“等三方接触，一切落到实处时，我自然会拿出来。”

陈佳影冷冷地说：“有图有真相，何必在这里费嘴皮子。”

陆黛玲不禁皱起眉头，无奈地说：“李佐是政治献金的最终经手人，被我策反，为了对我有所制衡，他拿走了我的身份函。”

王大顶说：“荒唐！”

陆黛玲大声打断说：“我可以带你们去找他。”

野间沉声说：“有电话吗？”

陆黛玲说：“我们约定是我的电话即为示警，必须马上逃离。”

日下步冷声打断说：“电话号码！”

陆黛玲急躁地说：“他要跑了，就会让我也找不到！”

日下步沉声说：“电话号码——”

那警监递给陆黛玲一个小本与一支钢笔，陆黛玲接过，快速地写了一串号码，随后将笔和小本递还给那警监。

“那警监，立刻查出号码所在住址，派便衣秘密包围，我会让陆小姐打去电话，如她所言是真，对方接到电话就跑路，便衣可做控制。”日下步看表说:“三点三刻,宵禁时间他该在住所吧?”

3

另一刑讯房,傻狍子两眼睁开,见刘金花站在面前,情不自禁叫了声:“嫂……子……”刘金花惊恐地看向旁边的白秋成与随队医生。

白秋成似笑非笑地说:“这个饭店里,谁能比谁弱智呢?”

关押陆黛玲刑讯室里,那警监匆匆进来说:“大佐,号码所在是马连洼七号公寓三十三室,便衣人员已对该住所进行秘密封锁。”

陆黛玲焦躁地喊:“拘捕李佐会使政治献金的提供人产生警觉。”

野间说:“放心吧,陆小姐。日下大佐布设的行动,虽然略嫌行伍风气,但我相信,他能实施得悄然。如果验证你所言非虚,我想他也有能力化解得悄然。所以无须担心,还是赶紧打电话吧。”

陆黛玲无奈地抓起电话,拨号,却无人接听。

陆黛玲握着话机一脸的惊悚,好半天才将话机慢慢扣下。

日下步抓起电话再拨,李佐家的电话铃声刚响,一个便衣便抓起话机说:“警务局特务科矢野浩二。”

日下步说:“我是日下步,那边什么情况?”

矢野浩二说:“住所没人,具体情况,我们会通过邻居进行了解。”

日下步挂下电话,看了眼野间与那警监,转对陆黛玲说:“陆小姐,恐怕你无法证明陈女士对你的判断是错误的。”

陆黛玲叹了口气说:“要这么说的话,陈佳影和王大顶同样也无法证伪我对他们的指认。”

陈佳影说:“陆小姐,你的自信完全建立在唐凌身上,他把共党扮演得出神入化,甚至让窦警长对夜袭饭店的武装产生出是共党赤化了黑瞎子岭土匪这样的离奇梦想,但对不起,这个梦想现在幻灭了。”

话音刚落,“咣啷”一声铁门开,白秋成与几个便衣抬着傻狍子进来。陈佳影与王大顶都是一愣。

窦警长看向陈佳影与王大顶说:“这个梦想还没幻灭,我说过还有一名俘虏,可你们偏却不信。”

白秋成指着傻狍子说:“他刚睁眼看到刘金花时,叫了声嫂子。”

傻狍子忽然对陈佳影沙哑地喊:“嫂……子……”

大家齐齐将目光投向陈佳影与王大顶。

傻狍子说:“我疼啊,嫂子,疼死我了……”

陆黛玲紧盯着陈佳影说:“嫂子?力行社?哈哈,太有意思了!”

这时,傻狍子突然转对陆黛玲沙哑地喊:“嫂……子……”

窦警长与白秋成都是一愣。傻狍子瞪着陆黛玲说:“我是土匪……嫂子……我没说……力行社……我是土匪……是土匪……是本地的……没有、外来的……我没给你丢人,嫂子——”

傻狍子声嘶力竭喊完后,大股黑血从口鼻涌出,浑身猛烈抽搐,随后头一垂。便衣A蹿到傻狍子身边,探了下颈动脉,对日下步摇了摇头。

陆黛玲见众人齐齐看向她,颤抖着说:“这是骗局……不是这样的,这不是真相……相信我,这不是真相。”

日下步冷冷地对便衣说:“把她跟这具尸体捆一起,让她好好享受死亡气息。”日下步走出刑讯室,窦警长与白秋成跟了上去。

走到半道,窦警长对白秋成低吼:“你不懂回避吗?王大顶和陈佳影杵在跟前,那家伙若跟他们相识,必会撒谎,要先让他们离场啊。”

白秋成说:“他注射了严重超量的强心剂,时间不多呀!”

窦警长摇摇头说:“我装了半天傻×,就指着他清醒过来翻盘!结果他就这么被浪费掉,我现在是真的成了傻×啊!”

白秋成说:“你继续当傻×,没坏处!”

窦警长说:“你说什么?”

白秋成说:“我不知道你对我的仇视源于什么,因为我跟大佐关系贴近吗?那我告诉你,大佐给我的任务是观察你,说难听了是暗中探察你,因为石原被杀时,隐藏于饭店的人员里只有你的行踪无法确定。”

4

微弱的天光下，蒿草丛间，大当家正一动不动地站着。煤球走近说：“大当家，弟兄们已都汇齐，连同唐凌，我方共损一十三人。”

大当家说：“傻狍子也没回来？”

煤球说：“是。”

大当家叹气说：“都怪我，不顾高人劝谏，我这条命欠你们了！”

土匪们纷纷说：“大当家您别这么说。”

大当家抬手说：“什么都别说了，此地不可久留，各位弟兄扔掉枪械，恢复伪装，散分九路，速回黑瞎子岭休养！我等到二当家就回去。”

陈佳影、王大顶及刘金花沿楼梯默默上行。

王大顶说：“陆黛玲若能拿出证明身份的函件，早不会有这番周章，所以你料定她难以证实身份，才会借此翻盘，是这样吗？”

陈佳影说：“原本我没奢望打这张牌就能翻盘，只是为了引出她背后的人脉再做打算，谁知她就卡在了李佐这道坎儿上，让我提前赢了。”

他们走进了316房间。陈佳影说：“如果陈氏兄弟做了正向选择，就会被套牢，不会再改口了，若是这一结果，我们才算真正翻盘。”

王大顶突然“呜呜”地哭了起来说：“我们叫他傻狍子。他就是长得像傻狍子，其实不傻，他贼机灵的一人儿……”

刘金花上前抱住他脑袋埋在怀里。看着这番情境，陈佳影也是热泪盈眶，她想起了唐凌说的那句话：“不管哪种结果，我都是你的守护者……”

在临时指挥部，野间放下电话，转身对日下步说：“到下午闭市，那个众筹项目市值蒸发过半，说明半数政治献金的钱已经跑了，我们原想把钱截在出口，这个方案生生就被耽误掉了。”

日下步说：“控制亚伯拉罕、比雅阁以及其他金主——”

野间厉声打断说：“够了！怎么控制？我们没有任何理由，而且控制他们，钱就彻底被藏起来啦。”见日下步默然，野间沉声说，“现在唯一的机会，就是放他们去跟李佐接触，找到李佐！”

这时，日下步突然想到什么，冲出临时指挥部。握着军刀快步走进刑讯室,奔到陈氏兄弟跟前,狠狠一刀鞘捅在陈敏章腹部。

日下步说:“告诉我,李佐在哪儿?”

陈敏章弯着腰,喘着粗气说:“我们真不知道……我们断线了……是陆黛玲截和的……你们去问她呀……”

“咚!”又是一刀鞘狠狠顶在他腹部。

陈敏正对日下步说:“别打我兄弟了,他没说谎,我们只是翻戏党,陆黛玲那种官方势力出手,我们什么都不可能剩下。”

“啪!”日下步一个耳光抽在陈敏正脸上说:“到了这般田地还想误导我们,你们跟陆黛玲唱的这出双簧早被识破了,混蛋!用她制造联合日德的假象,掩护你们跟苏联交易,多么精确的骗局!李佐在哪儿?”

陈敏正说:“×你妈,老子就不告诉你。”

陈敏章惊愕地看向陈敏正。

陈敏正咬牙切齿说:“陆黛玲没玩儿好,我们继续!有种你打死我们,我们敢接南京的活儿,就他妈不怕牺牲,陈氏家族就没出过孬种!”

5

大当家坐在临江石块上,煤球说:“大当家,弟兄们都已散离。”

大当家说:“你怎么不走?”

煤球说:“您不走,我也不走。”大当家转头看着他。

煤球说:“您看不到二当家,就不会放心,我也是。”

大当家幽幽叹道:“回想起来,小时候我很听我哥的话,是他回来之后,我发现他念的不是军校,而是电影啥的,就开始觉着他不靠谱,再加上他对黑瞎子岭说啥现代化改造,完全背离绿林风格,就更觉得不靠谱了。现在想想,不靠谱的是我,我太封闭,外面的世界变得太快了。”

煤球说:“您别那么说。”

大当家说:“事实就是这样,所以我哥给了我一个高人,要我听从他,高人当然会有很多地方我看不懂,可我却怀疑他,肆意妄为。结果害了弟兄们,也害了他,他知道夜袭饭店就是找死,他是为救我们才死的。我哥若能活着回来,黑瞎子岭全部交由他掌管。”

和平饭店316房间,王大顶来到陈佳影身边,轻声问:“一夜没睡吗?”陈佳影淡淡地笑了下。

王大顶说:“我知道你比我更难受,怕我们丧失信心,还不能哭。”

陈佳影“呼”地睁开眼睛。王大顶有些慌乱说:“我……我想说,以前我对唐凌说过什么不敬的话,我收回……但你得知道,那都不是真心,都是嫉妒使然,其实我很佩服他。”

“我知道。”陈佳影坐起身。

王大顶说:“唐凌对你的爱情——”

陈佳影打断说:“现在不是说这些的时候。”

王大顶说:“能踏实睡到现在就说明陈氏兄弟那边我们赌赢了。”

陈佳影一时无语。王大顶说:“唐凌对你的爱,我感受很深,他可以为你舍弃一切,包括自己,这是传说里那种大爱,跟你一样,为了一切丑恶的行迹无法得逞,不怕牺牲自己,对吗?你不只在斗日本人斗汉奸,你还在修正所有负面的轨迹,为此你差不多在那些家伙面前暴露了,但你已经不再计算危险了。这就是你们这些人的爱!”

陈佳影说:“谢谢理解。”

王大顶说:“所以我跟刘金花商量好了,她没意见,她做小,你做大?”

陈佳影惊得蹿起身来说:“王大顶——”

王大顶抬手打断说:“我知道你很震惊,听我说完。黑瞎子岭需要你这样的人来引领,否则一定完蛋,而你需要唐凌那样的无私呵护,否则我不放心,所以我接替他,我发誓,会做得跟他一样好。”

陈佳影愣愣地看了王大顶半天,才温柔地说:“王大顶,我现在对你有托付……”

刘金花迷迷糊糊睁开眼睛,见床边无人,轻轻向门边走去,听到王大顶在跟陈佳影说话,便悄悄站在门口一角。

王大顶说:“你忽然说托付,很奇怪,是觉得还会有意外吗?”

陈佳影说:“日下步,尤其野间,在我跟陆黛玲的角斗中,主观上是偏向我的，这种偏向性。是因为野间已委派日本的同事向前任课长新佑卫门调查我的情况。新佑卫门的回函一到，真相便大白。在这之前只要我还在他眼皮子底下，做着与他们轨迹相同的事，自然可以放任利用。但我没有把握，在回函到来之前了结所有事项。”

这时，门铃声响起。陈佳影起身去开门，只见野间正站在门外。

陈佳影说：“是有什么新状况吗？”

野间说：“对，所以找你一起商量一下对策。”

6

游泳馆里，与傻狍子尸体绑在一起的陆黛玲轻声哼着小曲儿抑制着阵阵的反胃与恐惧：“毛毛雨，下个不停，微微风呜……”

这时，便衣走过来，用匕首割断捆绑陆黛玲手腕与尸体手腕的绷带，将她双手反铐在身后，拽起她快步走出游泳馆。

日下步、那警监、野间与陈佳影匆匆走进临时指挥部。

日下步说：“关东局来电，德国经济观察团路德维希会长将于今天上午来饭店与我方交涉，关东局要求必须给予令对方感到体面的应对。”

野间说：“德国人来了，苏美的人也会接踵而至，我们有得应对了。”

日下步说：“陆黛玲将立刻秘密看押，我也派人以最快速度运走所有尸体，建筑破坏来不及修补，但要做最大程度清理。关键是政治献金之事尚未调查完整，多国外事机构介入后，该用什么方式继续下去。”

野间对陈佳影说：“不能指望所有人的口供吧？”

陈佳影若有所思地说：“事实上，政治献金之事已聚焦在了一个点上，就是李佐，找到他就是捏住了七寸，其他情况完不完整也无所谓。咱们就假装依旧没有搞清政治献金的取向到底是联苏还是亲和日德，把几国外事机构的注意力引到这个上头，让他们自己纠缠起来，这样就可撑出时间同步展开两方面的工作：一来尽可能地套取那些家伙的口供，二来秘密追踪李佐下落，必须在政治献金的信息扩散出饭店前，找到并对他进行控制。我真的很好奇，众筹项目洗出那么多钱，他怎么运送？”

日下步点了点头说："那就依此方案操作。"

日下步打开面前的文件夹，抽出一张照片推给那警监说："印刷李佐照片，发放全城搜捕。注意，是秘密搜捕，绝不能漏半点儿风声。"

"明白。"那警监拿起照片看了一眼，突然喊了起来，"是他！"

那警监撂下照片，奔向窗边桌旁，抓起电话拨号。那警监说："我是那人先，那个吸毒抽风的白鬼子是个要紧人物，给我看紧点！"

警务局里接电话的警察说："他拘禁时限到了，刚放走了。"

那警监气急败坏地说："赶紧把他追回来！"他刚放下电话，便对日下步说："不久前，我局抓了一个吸毒的白鬼子，他就是李佐！"

日下步说："那现在人呢？"

那警监怯怯地说："刚放了。不过，我的人去追了。"

7

宪兵 A 沿着过道走来，经过洗衣房时，推门进去探看，却见便衣 A、C 昏倒在地上，而暂时关押在这里的陆黛玲却不见了。宪兵 A 抬头往上看，只见墙壁高处排风口的排风扇已被人卸下。宪兵 A 当即转身冲出洗衣房，举起警哨"嘀嘀"地吹了起来。

日下步、野间、陈佳影与那警监等人听到哨声后，纷纷向门边拥去。

窦警长匆匆奔来说："大佐，陆黛玲袭击了两名便衣，逃走了！"

一辆军用卡车沿着街道开过，车尾被雨布遮挡得严严实实。后车厢内，堆放着十几具用白布包裹着的尸体。一具尸体慢慢被推开，陆黛玲从尸体下面钻了出来……

第二十九章

1

陈佳影走进经理室，该隐与沃纳就安置在这里。陈佳影说："该隐、沃纳先生，陆黛玲有没透露过落脚点之类的信息？她现在跑了。"

该隐说："没有，她只是要求会见路德维希会长。"

陈佳影转身便走，却被沃纳叫住。沃纳说："您跟陆小姐那场对质堪称精彩，逻辑完整挑不出任何毛病，可是总让人觉得杀气太重。"

陈佳影说："沃纳，和平饭店的外籍人士当中，恐怕只有你们是真心在爱'满洲'吧？"该隐与沃纳不由得相觑了一眼。

陈佳影说："向东北军走私军火已不是秘密，你们迫切需要业绩来保证你们继续待在这里而不被召回德国，因为希特勒反犹，也反同性恋，这里才是你们的乐土！所以你们轻易被陆小姐迷惑。"

该隐恐惧地说："陈女士——"

陈佳影打断说："放心，我嘴很严。但我要告诉你，陆小姐不是你们的希望，我才是！我相信德国终会因为友邦关系分一杯羹，但关键在于我能否抢到那笔钱！"说着，她转身离去。

2

日下步、陈佳影和一名宪兵走进赌场外厅。陈佳影对日下步说："我早说了，她唯一可以借助逃脱的就是那辆运尸车。"

宪兵附和："大佐，运尸车在樱花道截停后，发现一具尸体有明显人为搬动痕迹，另有两具尸体的白布上留有脚印，极有可能是陆黛玲混入运尸车离开饭店后，于途中逃离。"日下步挥挥手，示意宪兵离开。

陈佳影对便衣D说："陆黛玲最后穿什么衣服？"

便衣D说："应该只有贴身衬衣和底裤。"

陈佳影对日下步说："建议对所有日式浴场与成衣店全面清查，陆黛玲衣冠不整逃脱于中心街道，必先需要获取衣物。为求形迹不被注意，她还会伪装成日籍女子。这些场所若有发现衣物失窃，立刻保护现场，等我前去勘察，以期通过残留痕迹推演其逃遁路径。"

接着，她对那警监说："我将借助王大顶与刘金花的黑道关系网，探查李佐的下落并予以追踪，请派两名便衣随行保护。"

野间忽然打断说："这就不用了吧？"

陈佳影一愣说："怎么？"

野间说："因为情势极为敏感，宪警方已不适合有大幅行动。"

陈佳影蹙眉说："您什么意思？"

野间说："我已确知那个众筹项目已有四亿日元套现撤离，分属三十一名大户。也就是说，整摞整摞的现钞已离开银行分别或汇聚存放在了某个地方，找就是了；而抓捕陆黛玲与李佐，更多是为拿到他们口供，好为我们没收这笔钱款提供正当的、不容置疑的理由。"

陈佳影脸色煞白说："你对我封锁信息？"

野间说："请原谅一个毕生都在从事机要工作的人吧，怀疑是他的本能，对你和王大顶的怀疑，虽然一直无法证实，但依旧盘踞在我心里。"

陈佳影说："所以你们，利用我查明了所有情况，然后卸磨杀驴，可你以为现在真就到大结局了吗？"

日下步说："这个我们自己会做判断。"

陈佳影转对日下步说："别怪我说你愚蠢！陆黛玲和李佐该怎么抓有方案吗？他们要死了呢？谁还能给你们由头去侵吞犹太人这笔钱？"

她转对野间说："三十一名大户，任何一位接到警告电话就能相互串联，迅速将现金化整为零，你们谁有办法让陆黛玲不打这个电话？"

野间说："在我接到新佑前辈的回函电报确证你的信息一概属实之前，对不起，我只能用你到这儿。"

陈佳影说:“用我到这儿?”话音未落,陈佳影忽然走近日下步身后“啪”地打开他腰间枪套的按扣,抽出手枪直顶在了他脑后。

“陈佳影……”惊呼声中,众人纷纷掏枪对向陈佳影。

陈佳影一把勒住日下步的脖子,大吼:“都把枪放下!”

野间慌忙示意众人收枪。陈佳影说:“放到地上,踢到我脚边。”

无奈之下,大家只好照做。

陈佳影对野间说:“叫王大顶上来,我要跟他说话。”

野间对窦警长说:“你去把王大顶叫过来。”

赌场里, 那警监一边用绷带将日下步的右脚与椅子腿捆在一起,一边念叨:“我这纯属被迫,是您的生命安全受胁,不得已为之。”

野间说:“陈佳影,你知道你的行为会有什么后果吗?”

陈佳影说:“新佑前辈的回函早晚会到,那我还有什么可怕的?”

野间皱眉说:“你等于在说自己已经不惜暴露——”

陈佳影打断说:“我是要让你对自己的行为感到后悔!”

这时,窦警长与白秋成握着枪顶着王大顶与刘金花走进赌场。

陈佳影说:“窦仕骁,你知道吗?你遭大佐讨厌是有原因的。”

窦警长说:“我数一二三,把枪放下,否则,我轰掉他俩的脑袋!”

陈佳影盯视着窦警长说:“你是要跟我对赌吗?”

窦警长开始数数:“一!”

陈佳影说:“你敢说你不会后悔?”

窦警长说:“二……”

还没等窦警长数到三, 陈佳影便贴着日下步的脑袋边开了一枪,子弹擦着他耳朵而过!陈佳影揪住日下步的脖领对窦警长说:“窦仕骁,这是对你的警告,这世上没人可以要挟我陈佳影,你懂的!”

野间对着窦警长大叫:“把枪放下!”

窦警长与白秋成相觑了一眼,然后把枪扔在地上。

王大顶低声对刘金花说:“她早有把握的,依据回头再跟你细说。”

陈佳影说:“王大顶,所有人智商普遍低的情况下,我只能靠你了。陆黛玲跑了，我要你迅速阻止她跟所有人的接触，办法你自己想。总之，不能让她发出任何有效信息，然后找到她，还有李佐。你懂的。”

王大顶望着陈佳影，脸色沉了下来。陈佳影说：“你只许成功不许失败，你要让这里所有人都见识到你的卓越，你现在就是我的身家性命，我要你证明，他们有多荒唐多愚蠢，而我永远都是对的。”

王大顶望着陈佳影，双眼里泛起了泪光，此刻，他想起了不久前陈佳影说话的情景。

陈佳影对王大顶说：“我现在对你有托付。”

王大顶疑惑地看着她。陈佳影说：“我会尽快让你和刘金花脱离所有人，甚至也包括我，你要确定你妹和黑瞎子岭一干弟兄的情况，并保证他们与刘金花的安全，除此之外，什么都别管。”

王大顶说：“可你……”

陈佳影说：“离开这里，跑，彻彻底底地跑，然后走你想走的路。我只要求你保持一颗利他的心，就像你对我这样，对待每一个愿意拥抱善良的人，散发正面的光辉，这样你就会感染越来越多的同胞一起成长，变得强大乃至无敌，这就是我对你的托付。”

想到这里，王大顶抹掉了眼泪。

陈佳影说：“王大顶，你记住了，你已被招安，已经被我烫上烙印。我死，你就无处安生，我们早就捆绑在一起了，所以你必须按我的要求去做，哪怕有人会阻拦你蛊惑你。”

王大顶说：“知道吗？佳影，我就担心我们会是这种方式分开。”

野间突然说：“你以蒙冤姿态给王大顶布置任务，显得迫切要证实自己清白，但我怀疑你心中所想完全与此相悖，你是要让他们逃跑。”

王大顶接话说：“那我就带上刘金花吧。”

野间转看王大顶说：“什么？”

王大顶说：“你说他们，当然是说我和刘金花儿咯。”

野间说：“王大顶，你以为这是在游戏吗？”

陈佳影对野间说：“除了答应他，你没得选！你现在只能一赌，赌你疑虑我的是对还是错，但你最好祈祷你是错的，因为日下大佐的性命在我手里，我还会肆无忌惮为他们的离开提出更多保障性的要求。”

日下步痛苦地说：“陈佳影，我发誓会亲手砍下你的人头！”

陈佳影看着王大顶说：“不用担心，自始至终我都会是掌控者。”

3

日式浴场里，陆黛玲身穿和服走出浴场，蹑脚走进一个公寓。她快步奔到床边，抓起枕头，撕开枕套，没发现什么东西。她又拉开衣柜，露出柜后墙上暗槽。她卸下挡板，槽内空空如也，不由得暗暗发怒。

在临时指挥部，王大顶举起一个信封得意地对窦警长说：“这是野间课长亲笔信，还按了手印，证明我在执行特殊任务不得干扰，需要时还当给予配合。”他又举起另一信封，“这是那警监的警务配合令。我有这两封函，在‘满洲’的地界儿办事可畅通无阻啦。”

“你现在哭的心都有吧？”窦警长似笑非笑地跟白秋成对视了一眼，“共产党真好，发现被套牢，豁了命也要把你俩弄出去，很纠结吧？”

王大顶大吼：“滚你妈蛋！”

窦警长笑了笑，说：“乘着陈佳影帮你俩勒索到了官牒，赶紧跑吧，过了这村可就没这店儿了，共党没能逃脱，对我来说就已经赢了。”

4

在赌场里一个套间里，被绑在椅子上的日下步恨恨地看着陈佳影。

陈佳影掏出手枪，到门边冲外喊：“你们可以过来了！”

野间与那警监慌忙走过来，宪兵也纷纷向里拥来。

陈佳影回到双人沙发前坐下，托着枪对着日下步。

野间说：“陈佳影，疑虑固然存在，但我自始至终都没明确说过你是共党，你现在的行为是把自己逼上绝路。”

陈佳影说：“打住吧，从现在起，你该做的是保证王大顶的任何行为在任何时间都处于隐秘状态！若漏半点风声，四亿日元就会飞掉！这笔钱足够再造一座城市，赌不赌，你自己看着办。”

话务兵甲匆匆奔来说：“野间课长，赌场电话线路已经恢复。”

“铃……”说话间便有电话铃声响起，陈佳影抓起话机。

街道上的电话亭里，王大顶握着电话说：“佳影，你还好吗？”

陈佳影说：“说你的情况。”

王大顶说：“我们都已离开饭店，我会依照你的嘱托行事，放心吧。”

陈佳影说：“要快，再见。”陈佳影挂上电话，看向野间等人。

日下步惊讶地看着陈佳影说：“你究竟要他做什么？”

陈佳影说：“发布告示。内容是近日有诈骗集团盯上了几处涉外社区，先制造行窃事件引发恐慌，然后派人打电话或直接上门，伪造各种身份背景谎称对业主采取保护措施，借此骗走财物。告示中还印有陆黛玲的画像，声称这名女贼是诈骗集团的核心人物。”

陈佳影凑近日下步说：“屏蔽了陆黛玲与犹太人的接触，王大顶就争取到了时间和空间，寻找李佐的过程就从容多了。”

日下步说：“为让自己撒下的谎言显得真实，警务局还要分出很多人力假装去侦捕诈骗集团，王大顶逃脱的概率也大了几分。”

陈佳影说：“我早说过，跟我合作办案，就必须忍受我的任性，你我落到这般地步怨不得我，要怨就怨你们自己的复杂，越复杂就越弱智。”

王大顶走出街道旁边的电话亭，向刘金花走去。

王大顶说：“我们要开始行动了，第一步，攒一个局，屏蔽陆黛玲跟犹太人有可能发生的接触，同时摆脱对我俩的所有盯梢，跑他娘的！”

刘金花不解地说：“往哪儿跑？”

王大顶说：“知道为啥选这个电话亭吗？它是黑瞎子岭的传讯点。你看看。”只见挂式机座的侧边有粉笔画的一个圈。

刘金花不解，王大顶笑笑说：“我们的人画的，这是告诉我，我妹安全，她还在城里。”王大顶突然拽起刘金花奔向马路中央！

“嘎吱——”一辆轿车急刹在他们跟前。不远处烟摊边，一个便衣惊愕看着他们。王大顶与刘金花扒开车门，跳进车里。

王大顶对惊呆的司机吼道："看什么看？开车——"

在某处岔口，大当家与煤球默默地看着轿车远去。

在临时指挥部，野间、那警监、窦警长与白秋成等人在开会。

窦警长说："我们要尽快制定营救方案，无论陈佳影把自己包装得多么冠冕堂皇，她的目的只可能是一个，放跑王大顶和刘金花。我怕他们跑了后，陈佳影会跟大佐以命赌命。"

白秋成说："窦警长怀疑这是陈佳影的破釜沉舟之计，她自认为共党身份已然败露，所以先让王大顶和刘金花脱离我方视线，确定二人彻底匿迹之后，再挟大佐为人质强行突围。"

野间忽地抬头大吼："陈佳影是不是共党这个话题，先打住吧。"

窦警长不由得一愣说："野间课长，难道您真的相信一个正常人会因为办案方式的冲突就干出这么不计后果的事儿吗？"

野间说："她捏了七寸，明白吗？政治献金已具体到了实实在在的钱上，钱会跑啊，风吹草动就回银行了。所以找钱、陆黛玲、李佐都得悄悄进行，一点儿风浪都不能有！我们除了跟陈佳影妥协，还能怎样？陈佳影是不是共党，新佑前辈的回函到了就自有分晓，现在用不着纠缠在这上头，你我该做的是：一、牢牢盯住王大顶，若他真在干陈佳影布置的事，等出结果时，锁定即可；二、调用最可靠的力量，做同样的事，以防他失败或真的逃跑导致进程中断。"

这时，电话铃响起。野间起身去接电话："我是野间……什么？王大顶劫持车辆甩掉了跟踪？把你们警务局的哨点全部调用起来，见到被劫车辆立刻相互通知，锁定它的行踪！"

这时，警务局办公室里的电话响起，一名警佐接起电话说："……是……明白……现在全城监控，他不可能逃离我们视线，他……"警佐通过窗户看到一辆轿车拐进大门停下，从车上跳下王大顶与刘金花。

王大顶冲着楼里大喊："我是王大顶，我要见你们的长官！"

警佐握着电话颤抖着说："他的确在视线里……刚到警务局。"

野间说："什么？"

警佐说:“他们现在奔楼里来了。”

野间看向窦警长说:“王大顶和刘金花劫车去了警务局。”

王大顶与刘金花直奔向办公室,门外一堆警察追了过来。

“让我身后的都别闹了!”王大顶边说边将两个信封扔到刚才接电话的警佐身上,“先把这两封信看了。”

警佐看着两个信封说:“不用看了,里面的内容那警监告诉过我了。”

王大顶说:“别提那老白脸儿了!照我的话做,紧急绘制陆黛玲画像,在这期间,吩咐那些点对点的便衣,哪家没人就把哪家翻个底朝天,钱、金条还有首饰全都拿走,最重要的是保险柜,一定给我开咯!懂吗?我是要你的便衣装一回贼,这是第一步。第二步我要你满城发放印有陆黛玲画像的告示,捏造如下内容。”王大顶递给警佐一张纸条,“照抄就是了。”

警佐接过纸条,看了一眼。

王大顶说:“让你这么做,可以把犹太人的警惕心对向诈骗集团,陆黛玲也有了合适公开抓捕的罪名,而且无论她以什么名目去接触犹太人,都会被当作骗子头目而被拒之门外,甚至报警。”

5

在临时指挥部,野间对窦警长等人说:“陈氏兄弟哄骗犹太人转移资产,目的是劫掠,为让对方放心,必会淡化风险,不可能透露还有陆黛玲策应这样的复杂程序,犹太人肯定没见过陆黛玲,这就是设局的依据,可以随便给陆黛玲泼脏水,手段下三烂但的确能堵她的路。”

在某首饰店门前,一名警察正在墙上张贴印有陆黛玲的画像,旁边的店铺门外,一名警察正跟一对犹太夫妇说:“接到相关电话或者有谁直接登门,说什么都别信,直接报警。”

陆黛玲低着头走在街道上,看到一家首饰店的门前墙上贴着印有自己画像的告示。她微皱着眉看了一会儿,低声骂了句说:“卑鄙!”

她转身想走,不远处有两名男子向她奔来。她顿了顿,突然扭头向相反方向跑去。“站住!”两名男子大喊着追了上去,陆黛玲迅速拐进一岔口,没了踪影。

警务局内,王大顶牵着刘金花与警佐扑出办公室,汇进正纷纷奔向楼梯口的十多名警察当中。

“动作快点!女逃犯经一个岔口后便消失了,应该不会逃出太远!”王大顶大声吆喝着,又转身对警佐喊,“忘记通报野间了,赶紧打电话!”

“哦。”警佐应了一声,慌忙转身返回办公室。

警佐刚进办公室,突然悟到了什么,又冲出了办公室。

等警察与便衣们都奔出大门后,王大顶拽起刘金花奔向一房门前,迅速拔下刘金花的发簪子捅进锁眼,打开房门拽着刘金花闪了进去。

王大顶关门瞬间,警佐匆匆奔下楼梯,惶惶地左右环顾了几下后,便往大门方向奔去。此时,门边的王大顶扬扬下巴,示意刘金花看前面,只见屋内叠放着警服、警帽,背板上挂着警棍、手铐等等。

刘金花惊诧地看着王大顶说:“你咋知道屋里有这些的?”

王大顶得意地说:“警务局里怎样个路子都不早早摸透,我还有脸自称是土匪界之翘楚吗?挑件儿合身的,别客气。”

6

“路德维希会长很快就到。”野间带着那警监与窦警长匆匆来到大堂,“我相信美国和苏联的外事人员随后也会不请自来。”

窦警长说:“二楼的办公室全都腾出来了,布置得还算不错。”

野间说:“麻烦的是那些家伙!总得跟他们外事人员接触,政治献金的事儿怎么控制?发生那么多事儿,他们连蒙带猜信息量也不见得比我们少,只要对外接触,想要抢钱的,就不止我们一方了。”

这时,话务兵甲匆匆奔来说:“那警监,警务局来电,王大顶和刘金花二人从警务局逃脱,不知所踪。”

“驴养的!”窦警长咬牙切齿骂了一句,转身便走。

窦警长气急败坏地冲入赌场,陈佳影当即握着手枪对向日下步。说:“窦警长,千万别冲动!”

窦警长挣扎着说:“陈佳影,你这个骗子！”

陈佳影说:“窦警长,我提醒你,控制枪械我不拿手,很容易走火,所以别再有下次！”

窦警长说:“陆黛玲没抓住,王大顶和刘金花还乘机逃脱,他们绕这一圈不是为屏蔽犹太人视听,不是！他们就是为了逃跑,你授意的！”

日下步沉声说:“陈佳影,你真的是个妖孽。”

陈佳影笑笑说:“别让无法选择的事情影响情绪。路维希会长不是要来吗？德国人来,美国人、苏联人也闲不住,这才是当前最大麻烦。”

野间说:“要避免那些家伙跟他们的外事人员有效接触。”

陈佳影说:“什么叫避免有效接触,只要接触就得兜底,就得多几方势力出来抢钱。”

野间说:“你有什么办法吗？总不能连他们的外事人员也扣下吧？”

陈佳影说:“扣他们当然不敢,但可以尽量让他们耗在这里抢钱,不就是抢个时间吗？”

野间不由得眉头一跳。陈佳影说:“我们无法屏蔽接触,但可以延长接触过程,因为有障碍横亘其间,客观存在的障碍。”

野间说:“佳影,我是真心渴望最后证明你是清白的,因为在我身边没有任何人能比你更默契了。”他转对窦警长说,“把陈氏兄弟、老犹太、苏联夫妇、瑞恩、乔治白,包括德国人该隐与沃纳,全部带来赌场。理由是陈佳影劫持日下大佐强行要求他们陪绑,动机不详。”

日下步说:“这样倒是能让我们随意控制接触难度,可是,陈佳影,如果你属性有异,那么你每走一步,罪责就会加重一层。”

陈佳影说:“我的属性是正是反,概率各百分之五十,你怎么选？”

日下步无言以对。

7

不久,一干人统统被带进赌场。他们进了赌场后,便骂骂咧咧起来。窦警长从宪兵手中抓过一杆长枪,朝天开了一枪。

巴布洛夫等人顿时全都惊呆了。

窦警长面色铁青地扫视了下众人说:“我实话实说,自从进来和平饭店之后,我委屈受大了,我现在心理极度扭曲,满脑子的暴力念想!所以最好别给我机会,否则,我保证会比陈佳影疯狂万倍!”

巴布洛夫等人面面相觑。窦警长说:“所有人都给我滚进内厅及大包间以内区域待着,没有我方召唤,谁也不许出来半步。听话,有水有面包,要敢捣乱,老子这条命,给你们陪葬!”

这时,一辆轿车缓缓停在饭店大门外,路德维希会长与他的秘书从车里走了下来。野间急急迎了上去说:“恐怕我得跟您说声抱歉了,路德维希会长,现在的局面变得有些尴尬了。”

8

王大顶带着刘金花走进土地庙里,王大顶给神像点了三炷香,叩了一下头说:“大当家,我回来了!”

大当家从神龛后面幽幽走了出来,身后跟着煤球。

大当家“扑通”一声跪了下来,她身后的煤球也跟着跪下。

王大顶一愣说:“王大花,你干吗呀?”

大当家说:“你以死警示,要我依从唐先生号令,我却妄自尊大,不听劝诫,武断冒进,枉送唐先生及十多名弟兄性命,丧尽黑瞎子岭威名。”

煤球说:“大当家,您也是太想救二当家和嫂子了。”

“给我闭嘴!”大当家喝断煤球,随后闭了闭眼睛,“哥,从今往后,黑瞎子岭由你做大当家,你是决策人,所有人唯你号令是瞻,包括我。”

王大顶说:“老妹啊,祖奶奶有遗训的,黑瞎子岭得女人当家。”

大当家说:“你若不依,我就自杀,追随唐先生……”

王大顶说:“行行行行,我依你,快起来。”

大当家吁了口气,站了起来。

王大顶说:“那你现在就听我的话。”他把刘金花拽到面前说,“她现在确凿就是嫂子了,你们带她回去,我还有些事情要做。”

话音未落，刘金花“扑通”一声跪下了，说：“小姑，陈佳影是唐凌的女人，她是好人，她不顾自己性命，劫持日本大佐让大顶和我逃离虎口，为的就是保留火种。可王大顶不会善解人意！他说有些事情要做，是想单枪匹马去干陈佳影自己都已经放弃了的事情。”

大当家眉头一皱说：“什么事情？”

刘金花说：“是全球政治格局啥的咱也不懂……”

王大顶说：“金花儿，你怎么给我搅和呢？”

刘金花说：“陈佳影让我们跑，就是因为我们做不了，你都说了这事儿她要单干，她都劫持日本大佐了，她一定有自己的办法……”

王大顶打断说：“她是在搏命啊！我得去帮她。”

刘金花说：“王大顶，你说实话，你要做的那些事情有几分把握，能不能保证自己不死？你要能保证的话，我二话没有，这就跟小姑回黑瞎子岭。如果你保证不了，就是妄自尊大、不听劝诫、武断冒进……”

王大顶说：“这话学得也太快了吧？”

刘金花转看大当家说：“小姑，求求你把大顶一起带走！我知道他是怎么想的，他想大不了就跟陈佳影一起死，我不是吃醋，其实我还觉得挺牛×的，但我知道陈佳影不想他这样。”她红着眼圈转看王大顶，“你不明白吗？陈佳影想要你活，她想你的未来更重要，别辜负她！”

大当家叹息说：“哥，我们一起回黑瞎子岭吧。”

王大顶说：“不是，王大花，你不都说听我的了吗？”

大当家说：“人要没了，还怎么听你的？”

第三十章

1

在西餐厅，窦警长与白秋成在喝着咖啡。

白秋成说："王大顶跑了，对您来说是件好事，当然，对我也是。"

窦警长说："没错，他一跑，已让大家对陈佳影的判断更偏于反向。"

白秋成凑前些身子说："野间本就是被迫押注，又一次一次对她言听计从，其实心里比你我都忐忑。所以杀了陈佳影，一切豁然开朗。"

窦警长摇摇头说："别这么说，我们是营救日下大佐。"

白秋成笑了笑说："只要成功，事后也无须多加解释。"

窦警长说："到现在这当口一切都变简单了，抢在陆黛玲之前找到李佐，万事大吉。干掉陈佳影，救出日下大佐，你我可以理直气壮接过这任务，谁也别再废话。"

白秋成说："王大顶失联之前，还像回事儿似的封了陆黛玲的路。"

窦警长说："有便宜赚就一定有遗憾，王大顶的人头只能记下了。"

这时，服务生抱着水罐走近说："窦警长、白警官，蒸馏水灌好了。"

白秋成说句"谢谢"，接过服务生的水罐。

在赌场里，老犹太兴奋地从木条箱中抽出一瓶白酒，说："伏特加、红酒，对抗的时候大家就顾着水和食物，都没心情享用它们。"

乔治白说："老犹太，你有那么开心吗？亚细亚号已经开走了，我俩只能祈祷外事机构能来保人。但他们即便摆出最强硬的姿态，也不会要求连你一起带走，否则日本佬马上就能明白你是一个意义非凡的人，然后结局只有两个，要么终身禁锢在日本人的实验室里，要么死。"

老犹太说："是福不是祸，是祸躲不过。这句中国谚语能让人活明白，如果结局只剩这两个，我就选择后者。懦弱一辈子，总得豪气一回。”

陈敏章与陈敏正小声嘀咕着。陈敏章说：“陈佳影劫持日下步，放王大顶出去抢钱，那圈我们上来干吗？真的是陪绑吗？”

陈敏正说：“管她呢，反正被拎上来，至少不会在地下室被打死。”

巴布洛夫带着诺尔曼从边上凑来说：“你们还没明白吗？布尔什维克才能为肩负的责任不惜性命，我敢跟你打赌，陈佳影是中共的人。”

陈敏章一惊说：“她真的是……”

巴布洛夫低声说：“我左思右想，找不出别的解释，王大顶出去不是抢钱，而是阻止钱款成为绑架南京投靠纳粹和日本的绳索。”

陈敏章说：“那她成功，我俩不就露馅了？我去，刚帮她骗了日本人。”

巴布洛夫说：“这就是她把大家弄上来的原因，一旦出现最坏局面，那俩纳粹就是人质。”

瑞恩、乔治白、老犹太抱着酒箱走过来。

瑞恩放下酒箱说：“来吧，朋友们，闲着也是闲着，不如畅饮。”

巴布洛夫说：“是朋友的话就一条心，看好那两个纳粹。”

巴布洛夫看向在赌场另一边闷闷不乐的该隐和沃纳。

乔治白低声对巴布洛夫说：“灌翻他们，多省事。”

在赌场的套间里，日下步抬头看了陈佳影一眼，说：“这些家伙凑在一起，应能很快推测出政治献金一事目前的状况。”

陈佳影说：“我知道你担忧什么，路德维希来了，苏方、美方也会派人来，屏蔽他们跟那些家伙接触难以持久。早晚都会见面，早晚纸包不住火，而且一旦各方哄抢，犹太人就会惊觉，从而隐匿掉那笔巨款。”

日下步疑惑地看着陈佳影。陈佳影说：“关他们上来不是为了永久屏蔽，而是要拖延出一个时间差，先于各方势力抢钱的时间差，我们已经在行动了，不是吗？只要抢先得手，您担忧的一切都不会出现。”

日下步说：“但你们若是敌人，那结果正好相反。我不可能杜绝这样的猜测，因为王大顶已经失联了。”

2

窦警长边上楼梯边说:“我再复述一遍，进到赌场后我贴墙隐蔽,你敲门,就当是一个人送水。大佐的位置正对房门,你进门后,俯身放下水罐,并就势将日下大佐连人带椅扳倒。然后,我会让陈佳影一枪毙命。”

白秋成点点头说:“我会配合好您的。”

赌场包间里,陈氏兄弟、苏联夫妇、乔治白与瑞恩把沃纳和该隐紧紧摁住给两人嘴里灌着白酒,老犹太一瓶接一瓶地开着瓶塞。

乔治白对该隐说:“让你俩上来就是为了蒙蔽大家对吗?你们肯定来人了,路德维希会长?然后德日双方静悄悄谈判怎么瓜分那笔巨款。”

陈敏章接话说:“你俩跟陈佳影暗中合伙了对不对?”

该隐说:“怎么可能?陈佳影,她劫持了日下步,她肯定是共产党,她跟纳粹合作?”

野间带着路德维希从楼梯间处往回走,那警监跟在后面。

野间说:“四楼的破坏最严重，而您所见都已是清理和整修之后的了。可想如此放浪的对抗,若非我方竭力克制会是怎样的伤亡程度?”

路德维希说:“您渲染他们的过错,是希望我什么都不要过问就打道回府吗?”

野间说:“不,我反倒希望您在这里久留一些。我希望您能更多了解到,在这些时间里,日方为了保护住客们,尤其是德裔住客的安全付出怎样的努力,然后带他们回家。”

窦警长与抱着水罐的白秋成走进赌场大门。他们走到套间外面,窦警长掏出手枪双手握着,贴到套间门边的墙根处。

白秋成敲了敲门说:“陈女士,我是白秋成,给你们送些水来。”

陈佳影在里面喊了声:“进来!”

白秋成看了眼墙根的窦警长,抱着水罐小心翼翼顶开门走进去。

陈佳影喊道:“把水放下,然后自行离开。”

窦警长拉开枪栓,猛地蹿出身子离开墙根。就在这时,包间里,该隐突然抱起酒箱猛地砸向窗户,玻璃碎了一地。窦警长急忙转身,只见该隐刚跑到包间门口，便被瑞恩与乔治白从后面猛地拖回。

“什么情况？干什么？回去！”三名宪兵呵斥着奔来。巴布洛夫从边上酒箱抄起瓶酒大吼：“砸扁他们！”随即包间的窗户全都打开，苏联夫妇、陈氏兄弟、老犹太、瑞恩纷纷向宪兵们与窦警长扔出酒瓶……

听到“乒铃乓啷”的碎瓶声后，路德维希会长及其秘书、野间与那警监等人慌忙追了上去。野间说：“路德维希会长，上面危险！”

路德维希说：“我必须知道发生了什么！”

野间一下子冲到路德维希会长前面，朝着赌场里大喊：“都给我停止！”

野间带着紧握手枪的那警监、路德维希会长与其秘书奔进赌场内厅。野间冲包间里大吼：“我们是来跟大家讲和的，赶紧停手！”

包间内众人这才纷纷停了手。

野间看向窦警长说：“窦警长，这是怎么回事？”

窦警长丧眉耷眼地将手枪收回腰间，不知该说什么。

就在这时，该隐猛地顶翻乔治白，踉跄着向包间门口扑去，大喊：“野间课长，救命！”他这时已经看到了路德维希会长，哭了起来，“路德维希会长，救我们下去——”

套间内日下步对陈佳影说：“该隐怎么啦？”

陈佳影说：“估计受到了其他人的威胁，要求路德维希会长带他们下去。他们下去，路德维希会长分分钟就得知道我们的事。”

“八嘎！”日下步懊恼地骂了一声。

3

在废弃船坞，王大顶对大当家说：“你哥我虽貌似不太靠谱，但在绿林界小有名声也不是毫无原因的，没有通盘考虑怎可能决心出手？”

大当家说：“哥，你遇事行事太过梦幻，你明白吗？”

王大顶说：“有梦，生命才有光彩，你这辈子没有过梦吗？”

大当家幽幽地说：“哥，咱妈死了你知道吗？她带着梦跟人远走他乡，结局却是异常的残酷！”

王大顶凑到大当家面前说：“谁告诉你的？”

大当家把从老犹太那是听来的一五一十地跟王大顶说了。

最后，大当家闷闷地说：“这些都是老犹太亲口对我说的，所以别做梦，你愿为爱赴死，你爱的人却未必会与你共长眠。”

王大顶说：“你说你发誓要杀了带走咱妈的人，为什么他出现在面前了，你却放弃？”

大当家说：“为了救你，也因为他是在负疚中度日的可怜虫。”

王大顶说：“你愿意我也一样吗？”

大当家说：“什么？”

王大顶说：“陈佳影的事我都跟你说过，你想想看，还有希望的情况下，我却害怕冒险，放任她自生自灭，我这一生将背负多大的歉疚？”

大当家说：“是还有希望吗？”

王大顶说：“你要是她，孤军奋战之时，会不会渴望一个英雄披荆斩棘帮你打开一片通途？”

大当家眉头一跳，唐凌的形象一闪而过。王大顶说：“如果陈佳影死了，我将变成一辈子负疚煎熬的可怜虫，这个结果，你愿见吗？”

刘金花突然上前从大当家腰间拔出驳壳枪对向自己的太阳穴大吼说：“王大顶，你要是不跟我们走，我就打死自己！”

王大顶说：“你他妈要反了？”

刘金花咆哮说：“我要你跟我一起走，你走不走？”

王大顶说：“我不能抛下……”

刘金花嘶喊着就要扣下扳机，大当家猛地勾脚挑起条凳砸中刘金花手腕，枪掉到了地上。随即，刘金花“哇——”地哭了起来。

王大顶不由得叹了口气说：“金花儿，我不知道该怎么描述我对陈佳影的感情，我只想说因为有她，我学会了怎样爱你；因为有她，我渐渐发现，我有太多牵挂的人，让我想为他们去拼，甚至像她一样，拿了命拼。”

他又看向大当家说：“老妹，我的确无法保证一定能活着回来，但我保证，我现在一定比过去更强大，利众生者无敌，她说的，我想试试。”

4

煤球操控着一艘小机船靠到岸边，王大顶说：“你跟大当家、嫂子一起回黑瞎子岭。”

煤球一愣，看向大当家。大当家叹了口气，对煤球点了点头。

王大顶说：“老妹，这不算我行我素，我有信念了。”

他又对刘金花说：“我也有预感，找到李佐，一切都会改变，相信我。”

刘金花说：“你一定要回来啊！”

王大顶点点头说：“等我。”

在临时指挥部，那警监压着声音数落着窦警长与白秋成：“你俩二不二啊？野间本来已经可以跟德国大佬喝茶扯淡玩儿拖字诀了，你们非搞那么一档子事儿，非让该隐和沃纳跟主子会上面儿，有病吧？你们！”

白秋成说：“我们是想救出日下大佐——”

那警监低喝：“他是你爹啊？日本人不缺大佐，日下哽儿屁，还有日中日上呢，你们瞎积极个啥？现在步骤乱了，责任全得算你们头上。”

窦警长说：“那警监，王大顶都失联了，他跑啦，谁最想拖？陈佳影啊！拖到确定王大顶彻底逃离高兰城后，再以大佐为要挟，放走所有住客，然后大家去抢钱，然后犹太人惊觉了，钱飞了，共产党于是扬名立万！”

那警监说：“唉，你怎么还不明白呢？即便是这结果，你不出头，就跟你没关系，懂吗？‘满洲’的老大不是咱们。”

这时，野间皱着眉头走了进来说：“我跟关东局通了电话，他们认为，以现在的情况，只能送个顺水人情，跟德国共享这笔钱，好在美苏还未介入，尚能暗箱操作。”

窦警长瞪着野间说：“如果抢不到钱，谈何共享？那时德国人只会把你当骗子！”

野间若有所思地看着窦警长。窦警长继续说：“犹太人敏感得就像狐狸，声浪一大，钱就飞了，陈佳影若是敌人，这就是她的策略，不但放走了王大顶,还用王大顶耗死了我们所有人。”

野间皱着眉头说:“可真若如此,届时她又该如何脱身?”

窦警长说:“你真没看出来?从劫持大佐那刻,她就不要命了。”

这时,便衣D匆匆进来,对野间说:“苏联领事馆、美国满洲事务观察组,都已派人前来。”

野间皱眉说:“什么?”

在赌场套间里,陈佳影对日下步说:“节奏忽然被打乱,无法弥补,与德国共享恐怕是唯一办法。课长他电话上来,不是商量,只是告知。”

日下步说:“不,他只是因为内心忐忑,其实关东局的这个意愿让他非常为难。因为这个意愿建立在我们成功的基础上,但他却把赌注押给了你的王大顶,而王大顶却已不知去向。”

陈佳影说:“对此我只能建议,放下一切猜忌,抓紧时间,现在只有德国发难,要等美苏掺和进来,那就真的无法收拾了。”

5

在经理室里,野间、路德维希会长与刚刚进来的苏联男士及美国女士正在激烈地争执着。

窦警长与白秋成站在经理室外监视着里面的动态。说:“真是怕什么来什么,野间没来得及传达关东局的意图,结果德国佬嘴就没把门儿地骂起了大街,什么都漏了。”

窦警长说:“陈佳影得逞了,现状已被多方获悉,接下来有能力抢钱的去抢钱,没能力抢的就给你毁,最后就是竹篮打水的一场闹剧。”

那警监说:“没事儿,都是陈佳影搞的鬼,跟咱屁关系没有,届时咱还能说咱们早已识破陈佳影是共党,甚至不顾个人安危试图营救日下大佐,阻断其阴谋。”

窦警长说:“但日方阴晴不定,黑白不分——”

那警监慌忙打断说:“反正陈佳影没跑了就还好办,到时候一枪毙了怎么说都行。”

窦警长说："我要求对日下大佐公然展开营救，并以安保措施为借口，将几方外事人员一同安置于饭店，其间由我和秋成出去寻找李佐追截钱款，这么做，或许还有希望。"

那警监说："什么希望？"

窦警长说："在现在的窘境中胜出的希望。"

这时，话务兵甲奔来说："快通知野间课长，有王大顶电话进来！"

窦警长、白秋成与那警监惊愕地相觑一眼，朝总机房方向奔去。

他们冲进总机房的同时，话务员甲已经接通了赌场里陈佳影身边的电话，两人正在通话。

王大顶说："佳影……"

陈佳影说："你怎么又打电话进来？"

王大顶说："对不起，我没有听你的话。"

陈佳影说："你让我心情变得很复杂，知道吗？我生气你乱卖弄本事甩掉盯梢，开心的是很多家伙为此紧张到半疯，这让我好解气。"

王大顶说："我会找到李佐，帮你把事做圆满，放心吧。"

陈佳影柔声说："你这个混蛋。"

王大顶说："你是不是该改变风格了？"

陈佳影说："我愿意为你而改变。"

王大顶说："等我回来。"

陈佳影说："好。"

日下步盯视着陈佳影说："又接到他电话很意外吗？"

陈佳影说："他当然会打电话的，他要确定我是否已被蠢货们弄死。"

日下步长长地吁了口气，不再说话。

窦警长对设备台前监听的话务兵甲说："有暗语交流吗？"

话务兵甲说："听着有些怪怪的，但应该没有暗语交流。"

6

王大顶走进鸦片馆，拉开一扇门，躺在软榻上抽着鸦片的熊老板手下瘦子惊恼地翻起身来。

王大顶说："我是黑瞎子岭二当家王大顶，你们熊老板很想要我的人头。"不一会儿工夫，王大顶就将瘦子制伏。

瘦子带着王大顶进入一家会所，熊老板正在这里悠闲地抽着大烟见了王大顶一愣。他的那些喽啰准备冲上去，被熊老板制止。

王大顶说："熊老板，听说这瘦子是一悍将，谁想才打几下，他就告诉我您在这儿了。"

熊老板说："王大顶！我总算见着活人了，谁给你的胆子？竟单枪匹马就敢杵我面前。"

王大顶从怀中掏出两个信封扔到他身边说："满铁和警务局的官牒，看看我现在有多屌。"

熊老板打开信封看了看，抬头说："你到底想干什么？"

王大顶说："李佐，一毒品贩子，白洋人，求熊老板帮忙，替我找出他的下落。"

熊老板笑笑说："王大顶，滚吧，把控不住，保不齐我也会失手杀人。"

王大顶说："找到李佐的下落，最快速度，都是贩毒界的，不难吧？"

熊老板对手下们咆哮说："赶走！"

王大顶说："我拿人头跟你交换！"

熊老板连忙抬手止住手下们说："谁的？"

王大顶说："我的，你最想要的。从现在起，我王大顶人头就挂你账上，找到李佐办完事儿，我自己登门儿，你随便取，若有食言，雷劈祖坟。"

熊老板说："王大顶，我惦记着你的人头呢，这事就这么定了。"

王大顶笑笑说："我就说嘛，熊老板不是尿货。我走了，等您的信！"

王大顶一走，熊老板便对手下说："尽快给我找到那个李佐。"

7

在赌场包间内，瑞恩对苏联夫妇叹了口气说："呵，反倒让德国佬跑了，这算是搬起石头砸自己的脚吗？"

巴布洛夫低声说:“算吧,不过这回你的确够朋友。”

诺尔曼说:“同仇敌忾会显得大家只有政治献金这一件事儿,其他的就能被掩盖掉,对吗?”

瑞恩说:“老犹太说,你俩是好人,虽然我不那么认为。”

诺尔曼瞥了眼不远处独自喝酒的老犹太,笑了。

另一端,陈敏章、陈敏正与乔治白在喝着酒。陈敏章说:“还好灌酒时咱举的是政治大旗,否则德国佬下去,我们暴露,陈佳影也暴露。”

乔治白说:“陈敏章,当时你就逮着窦警长砸酒瓶子,是因为看到他手里握着枪,你怕他要杀陈佳影。”

陈敏章说:“我俩被她套牢啦,当然是怕她死咯。”

这时,窦警长与白秋成走到套间门外,陈佳影握着枪坐在日下步身边。看到窦警长与白秋成,冷冷地说:“没能杀掉我,你们很难受吧?”

窦警长说:“陈女士,我们不是来跟你道歉的。”

“八嘎!”日下步对窦警长大吼,“你的愚蠢已让形势无法收拾了!”

陈佳影对窦警长说:“你的逻辑是若没有王大顶那个电话,我现在就该以大佐为要挟,放走所有住客,让他们各找各的主子,各用各的途径去抢钱了,对吗?于是犹太人惊觉了、钱飞了、共产党又扬名立万了,问题是我怎么保证犹太人就一定能惊觉?你个蠢货!”

窦警长盯视着陈佳影,腮帮子咬得直响。陈佳影说:“告诉野间课长,设法让楼下的各方势力相互扭打,直到王大顶回来。”

8

会所台球房,王大顶与熊老板正在打台球。熊老板的一手下匆匆奔进门来说:“熊老板,我们查出那个李佐在六安渔港有藏身场所,是一艘中型渔船,编号078,今儿一早,有人看到他去了那里。”

熊老板看向王大顶说:“山里,是你的地盘;城里,是我的,怎么样?”

王大顶说:“借辆车呗。”

熊老板对手下说:“给王老板备车。”

不一会儿,一辆轿车就停在会所的门口,王大顶上车,司机一踩油门,直奔渔港开去。轿车到了渔港附近,王大顶下了车,朝着渔港方向走去。他四处寻找着,一个船头画着编号078的小型渔船映入眼帘。王大顶登上船,里面却空无一人。

王大顶有些懊丧地皱了一下脸,转身就要离开,身后忽然蹿出一个穿海魂衫的洋人,猛一枪托砸在了王大顶后脑上,王大顶晕过去。海魂衫洋人正是李佐,他拖着不省人事的王大顶扔进积水的舱底。

不久后,在某公馆内,李佐与一个中年犹太人在商量着。犹太人说:"除我之外的其他人,会借由布鲁塞尔世博会组团离开'满洲'。"

李佐说:"重复一遍,晚上九点半离境,别晚,我一分钟都不会等。"

在公馆外的墙拐处,陆黛玲悄悄地走开。

第三十一章

1

煤球操纵着小机船从一片芦苇后驶出，慢慢滑入水道。

刘金花幽幽地说："王大顶要是死了，我也不活了。调头，回去，帮王大顶。"

煤球看了一眼大当家，大当家点点头。煤球便调转了船头。

在和平饭店经理室，野间正与路德维希会长、美国女士、苏联男士严肃地交谈着什么，这时，那警监悄悄走了出去。

站在经理室窗边的窦警长也带着白秋成迎了上来。那警监说："野间课长真乃神人也，他说如果无法证明犹太人那笔钱有反日的政治用途，就没理由进行封缴，于是德苏美三方果然就自己掐起来了。"

窦警长说："野间对陈佳影可真是言听计从啊。"

那警监皱眉说："你看，他们掐架，我们就赢取到时间了呀。"

窦警长冷冷地说："陈佳影是要给王大顶赢取时间，不是我们。"

浸泡在舱底水里的王大顶昏昏沉沉地醒了过来，他抓住舱梯的栏杆稳住身子，一个劲儿地往外咳水，许久，才喘着粗气站直起身。他顺着舱梯攀上舱口，顺手从旁边的工具架上抽出一把铁杵。

海魂衫洋人听到动静跑过来，双手握枪对着舱盖，还没来得及开枪，王大顶手中的铁杵便"噗"地扎穿了他的脖子，海魂衫洋人一命呜呼。

2

在赌场套间里，陈佳影用水杯喂了日下步几口水。

陈佳影说："课长这么一放话，德国佬会认为日方更愿意维护犹太人在‘满洲’的投资，而美苏会怀疑日方与纳粹早有默契，有的扯皮呢。”

日下步说：“毋庸置疑，你成功地赢取到了时间。”

陈佳影说：“合乎逻辑，我是共党，劫持您的步骤就应是：一、放走王大顶，保他安全；二、放走所有人，搅黄您，哦不，日本帝国主义的事儿。”

日下步摇摇头说：“王大顶出现说明他不想你死，不想你死唯一的途径就是圆满完成任务并且回来，既然如此，我还有什么必要去猜测你的属性呢？反正新佑卫门的回函一到，这个悬疑就会揭晓。”

陈佳影说：“那么，您会原谅我的劫持吗？”

日下步说：“如果圆满，我会当它是一场游戏，可我担心你会作茧自缚，因为押宝在王大顶一个人身上，赌的成分太大。”

陈佳影说：“知道我为什么如此信任王大顶吗？”

日下步笑笑说：“但愿不是被爱情冲昏了头脑。”

陈佳影沉默了会儿，说：“或许您永远都不会理解这份感情，但这无关紧要，重要的是我相信他的能力。虽然我招安了他，但我打心底里不想让他为我冒险，我希望他没灾没祸长命百岁，可他想让我看到他是英雄，否则他会遗憾，为此他宁愿不成功，便成仁。”

日下步说：“别告诉我，他不成功你就陪他去死。当然，这很浪漫，但不负责任。很多优秀的女人，都死于盲从情感，我不希望你成为又一个案例。”

野间、那警监、美苏代表及随从陆续走进赌场内厅，白秋成也跟在后面。野间对着包间里的人说：“里面的各位，大家可以打消对我方的负面猜测了，我方从来都无意屏蔽你们与所属机构的接触。但鉴于你们与我方以及你们自己之间的种种误会，我希望你们与所属机构代表的接触能是公开的。”

瑞恩说：“您可以直说不许我们单独接触。”

野间说：“两名德裔人士酒精中毒尚未恢复，我不希望你们之间再因为相互不透明导致误解，发生类似状况。”

苏联男士对苏联夫妇说：“野间先生表示，如果无法证明犹太人的钱款有反日用途，日方可能不会进行封缴。”

巴布洛夫打断说："算了吧！他没把握才那么说的，钱款但凡能截住，就一定会被吞掉。"

乔治白对美国女士说："珍妮，纳粹会不会跟他们分这笔钱，不知道；但这案子我们追了很久，付出很大代价，我希望结局至少是公平的。"

美国女士看了眼乔治白，点点头说："我明白您的意思，我会留在这里，等待日方追踪钱款的结果。"

苏联男士说："我也会留在这里，等待结果。"

野间对美苏代表说："既然双方代表意见一致，那就暂且下楼，等待最终结果。"野间带着他们往外走，经过套间时，停了一下，看向陈佳影，"只是工作方法上的争议，何必如此，二位请尽量克制吧。"

日下步忽然开口喊道："白警员！你留下吧。"

其他人离开后，白秋成说："大佐，您让我留下，有什么吩咐吗？"

日下步说："其实我有些心里话想跟陈小姐说，我怕之后事情太多，这些话不再被记忆，所以要你做个见证，我竟是如此敬慕于她。她如此聪慧、料事如神，事实证明，她每一步都是对的，我们每一个逆反的举动，都会造成麻烦，于是陷入了现在这个无奈的局面。"

陈佳影微眯双眼看着日下步。日下步说："知道愚笨的我是怎么忽然开窍的吗？感觉太默契啦，所有人！纳粹想瓜分钱说得过去，但美苏也赤裸裸介入，甚至连表面的虚伪都没有，那就太不像话了。所以这是一个局，目的是让我方把目光都拴在钱上！于是藏在后面的更大的秘密，就悄无声息被掩盖。什么秘密比钱重要？就是那些家伙当中，有一个人很重要，其价值远远超过四亿日元，足够打造一支庞大的舰队。"

陈佳影刚要开口，日下步打断说："这人是谁？因为什么如此重要？也只能猜测，但我想列强争霸的时代，这个人如果是敌人，必然就是灾难。知道吗？陈女士，我的这些判断无论对谁都没有说服力，届时人走楼空，我再没时间和机会去证明我是对的。所以我真的敬慕你，陈女士，但我更多是惋惜，惋惜你是我的敌人。"

陈佳影苦笑了一下说："您说得这么惊悚，仅就因为一个感觉？"

日下步说:“没错,就是一个感觉,但却如此强烈在告诉我,我无比正确。所以,白秋成,你去我房间,我的军刀在那里,它象征我的权力,现在它归你了,所有宪兵见刀如见我!我要你瞒着楼下所有人,以最快速度,让这里发生一场意外灾难,这里所有的人都要死,包括我!”

白秋成惊讶地说:“什么?”

日下步说:“连我都死在这里,谁还会怀疑灾难不是出于意外?”

白秋成为难地说:“大佐——”

日下步沉声喝断:“白秋成!知道我为什么选择你吗?因为我了解你,你充满了野心,可惜出身低微,所以你会想要这个机会,赌一个向上的阶梯,哪怕自己也有可能丧生在这场灾难里。”

陈佳影说:“白秋成,他疯了,你给我出去,就当他什么都没说过!”

日下步沉吼:“按我说的去做!”

陈佳影紧握着枪说:“你信不信我会开枪?”

日下步淡定地说:“我当然信,但有用吗?我已决意去死,可你要开这一枪,无疑就告诉了所有人,我是对的。”

陈佳影顿时恐惧起来说:“白秋成,别这么做,我求你!请相信我,他是错的,他会把你,把野间课长,乃至整个‘满洲’都送上不归路。”

白秋成沉声打断说:“对不起,我只听日下大佐号令。宪兵——”

内厅中一名宪兵转身小跑过来。白秋成说:“守在这里,只要她对大佐有一丝的伤害行为,立刻击毙!”

宪兵刚要开口,便听日下步沉声说:“听从他的安排。”

3

机场外街道,一辆巴士缓缓停下,大当家、刘金花和煤球走下车。

刘金花对大当家说:“您真能确定李佐的隐秘途径是这儿?”

大当家说:“这问题我琢磨很久了,‘满洲’鸦片贸易和经营都是垄断的,所以对毒品走私查得很严,李佐能混到现在,连南京都得托他,说明他的秘密运送途径极为保险,最保险的途径不在线路,而在于免检。”

大当家指了指前面，只见斜对面有一个场院，场院内的楼体上方用日文写着：满洲航空株式会社。不久，一辆人力车在场院外停下，车上一个女子走了下来，正是陆黛玲！

刘金花低声说："那个女人叫陆黛玲，跟李佐是一伙儿的。"

这时，在楼与楼的夹道内，一个白人飞行员从李佐手中接过一摞钱，收进怀中。俩人交谈了几句后，飞行员向远处走去，李佐环视了一下周围，也走开。李佐刚拐出夹道，便看到陆黛玲向他走来。

陆黛玲说："谁能想到，李佐的隐秘路线居然是最不隐秘的地方。"

李佐说："最隐秘的，永远都是人心，不是吗？"

陆黛玲说："别废话了，我的东西呢？"

李佐说："我早就给你准备好了，走吧。"他领着陆黛玲向储存箱区走去。他们进入储存箱区后，李佐打开一个储存柜，从里面取出一个信封。

李佐说："这就是你要的东西，你的身份函。"

李佐将信封递给陆黛玲，陆黛玲抽出里面信纸辨识了一下后，收了起来。说："关东局辖署跟宪兵队在一个楼里，我直接找过去出示函件来证明身份，一切问题就都解决了。"

李佐说："晚九点半，航班起飞，应能准时抵达天津，让你的人准备好迎接，哦不，转手，这笔天大的财富吧！"

陆黛玲说："我警告你，李佐，别用这种口气跟我说话，我们不是用这笔钱给德日上贡，而是为了营建一个平等、亲善的国家关系！"

李佐说："这跟我无关，我只为酬金。"

陆黛玲面无表情地说："天津那边的翻戏党已被我们的人干掉，届时我会通知我们的人今早去机场安排……"

此刻，大当家走近刘金花与煤球，说："这个洋人，应该就是李佐吧，他给了陆黛玲一封信，貌似很重要的样子。"

刘金花眉头一跳说："王大顶说过，她有证明身份的信函，但没在饭店。"大当家不由得眉头一蹙。

李佐与陆黛玲一同走出岔道到了街上，一个走向车站，一个反方向离去。大当家转脸对刘金花说:“咱们盯谁?”

刘金花说:“当然是陆黛玲!”

这时,王大顶正走在街道上,当他走到胡同口时,一辆人力车拦在了他的前面。熊老板从车上抻出脖子打量着王大顶说:“没事吧?”

王大顶说:“我要是喂了鱼,这颗人头你就拿不到了。”

熊老板说:“为你这颗人头真操老了心了,李佐那货在机场跟一女的碰了头,然后分开走了。”话音未落,王大顶突然撒腿奔了出去。

4

白秋成沿着楼梯下行,便撞见疾步上行的窦警长。

窦警长说:“德美苏三方居然就坐等分钱了,知道吗?”

白秋成没有答话。窦警长说:“你没觉得,这就是陈佳影最想看到的局面吗?王大顶在外抢钱,现在连一点点儿干扰都不存在了。”

白秋成说:“大哥,我知道你是对的,但我……唉……您尽量说服野间和那警监吧,我被大佐拴上头做服务生了,一点儿忙帮不上你。”

窦警长说:“什么情况?”

白秋成说:“他说他和陈佳影都得有人伺候。”

窦警长急匆匆地走进临时指挥部,野间与那警监转头看着他。窦警长说:“野间课长,我要求和白秋成一同出去,补充王大顶的单线行动。”

野间皱脸眉说:“什么?”

窦警长说:“警察也有警察的线人渠道,我们的速度不见得就比王大顶慢。我方抢到钱,分不分?怎么分?如此重要的环节,您居然在赌王大顶,您的底气在哪儿?陈佳影的命吗?那我再说一遍,她若是共党,她就已经不要命了!为了这笔巨额钱款能被她的组织获取,日本那头即便回函让真相大白,但有什么用?王大顶带着钱跑啦!在日下步临时办公室,白秋成从刀架上取下军刀,匆匆走出去。

此时,陆黛玲出现在宪兵队传达室,向值班宪兵说明自己身份。

陆黛玲对值班宪兵说:“请借电话一用,外线。”

在总机室里，话务兵甲接通了野间电话说："野间课长，陆黛玲从宪兵队传达室打来电话，要找陈佳影，我们准备接过去。"

野间与窦警长飞奔出临时指挥部，进入总机室。

野间匆匆走向设备台说："打开扩音器！"

设备台前的话务兵甲戴上耳机，抬手拨开一个按钮。

在赌场套间，电话铃声响起，陈佳影紧张地抓起话机说："谁？"

陆黛玲握着话机说："陆黛玲！打个赌吧，你、我，谁是最后赢家。"

陈佳影说："告诉我，你在哪里？"

"猜。"陆黛玲笑盈盈地说了一句，随后挂下了话机。

野间与窦警长转脸相觑。野间说："陆黛玲难道真是被诬陷？"

窦警长说："答案还不够明确吗？退一步讲，陈佳影不是敌人，我出去又能怎样？警察、土匪各凭各的渠道，我能给王大顶造成什么干扰？"

野间与他对视了一会儿，一言不发地转身离去。

在赌场套间里，日下步满脸讥笑地看着陈佳影说："我很庆幸陆黛玲的出逃，能有机会证明她被你陷害。"

陈佳影说："大佐，我如是共产党，我这就跟你下去，我们没你想象得那么智慧，请不要选择疯狂！"

日下步冷冷地说："不要表演了，陈佳影，假装自己恐惧死亡，削减不了我对真相的坚持，带你下去，你就换回大家成就了大义，因为野间课长会在各种政治权衡之下，最终选择息事宁人。"

话音刚落，白秋成握着军刀匆匆进来说："大佐，我回来了。"

5

陆黛玲从宪兵队走出来，煤球向她飞奔过来，把她撞了个踉跄。陆黛玲好不容易才站稳，煤球却已飞奔而去。陆黛玲刚要发作，意识到什么，摸了下口袋，脸色大变，朝煤球的方向追去。

陆黛玲拐进岔口，发现胡同内无人，一记关门声传来，她循声走去。前面有土地庙，她上去推开木门，小心翼翼走进去。她扫了一眼未见人迹。她紧张地捏了捏双拳，小心翼翼向神龛走去。她刚走近神龛，刘金花闪身而出，接着，大当家与煤球握着枪也从神龛后面走了出来。

陆黛玲惊讶地看着刘金花说："你就是王大顶的女人？"

刘金花说："怎的？不信我能嫁入豪门吗？"

刘金花指着大当家说："隆重介绍一下，黑瞎子岭大当家，我小姑子！"又指着朝煤球，"这位人称煤球，曾卧底扒手界两年，溜门掏包无不精通，迎面一个碰撞，他就能瞬间掏取你怀中信函。"

陆黛玲说："你们想要怎样？"

大当家掰开驳壳枪保险说："跪下！双手背后！"

陆黛玲与大当家对视了一会儿，咬咬牙，双膝跪下，将双手背到了身后。煤球从龛台下抽出一根绳索，把陆黛玲双手捆绑住。

大当家说："煤球，去给二当家留封密讯，他说的日狗，抓到了。"

"是。"煤球对大当家抱了下拳，走开。

此时，在临时指挥部里，野间皱着眉头说："陆黛玲主动联系关东局，然后又跑掉了，搞什么鬼？"

那警监说："那她是敌人，力行社武装再没人落网，她得意忘形了。"

野间顿了顿说："说实话，我现在更倾向她不是力行社的人，甚至连力行社都是谎言。我们过多纠结在陈佳影的单线上，差点儿忽略了这个人，但回头再想，她或许就是证伪陈佳影最快捷的途径。"

窦警长对那警监说："如果陈佳影是敌人，陆黛玲就是友人，她去哪里王大顶就需追堵到哪里，请通知事发地区域所有便衣，若发现王大顶，立刻拿下，无须任何顾虑，他手里的官牒作废了！"

那警监当即转身向电话机走去。"等等！"野间抬手叫住那警监。

窦警长说："别纠结了，野间课长，难道您还对陈佳影抱有幻想吗？请让我负责在外行动，晚了就来不及啦！"

野间说："石原遇害时，埋伏饭店的人里只有你行踪无法确定。"

窦警长说："所以我的任何主张都会被打折扣，对吗？你们安排白秋成来监视我，我就不说了，而陈佳影无法自证的地方多了，你们对她要有对我一半戒心，事态也不会发展到这个地步！”

野间说：“我对陈佳影也一直都有存疑。”

窦警长说：“那么我和她斗到现在了，你选谁？”

野间与窦警长四目对视，那警监怯怯说：“要不我先打电话安排吧？”

6

在宪兵队对面的小街口，王大顶荡荡悠悠溜达过来，一个小贩正在墙拐边坐着，胸前挂着排放香烟的木匣。

王大顶快速扫视了下两边，凑近小贩低声说：“我是警务局的便衣。”他从怀里掏出带有陆黛玲画像的告示在小贩面前抖开，“有没跟这画像相仿的女人在附近出现过？”

小贩说：“看下面，王大顶。”

王大顶不由得一愣，往下看，只见小贩藏在木匣后的右手，正握着一把手枪对着他。小贩说：“我是警务局便衣，我的任务就是抓你。”

王大顶说：“你找打吧？老子有那警监和满铁机要课长野间亲笔签写的任务函。”

小贩说：“对不起，作废了。”小贩在木匣后的手掰下了手枪保险，这时，突然“砰”的一声，有两只大手掌从后猛地合拍了下小贩的太阳穴，小贩晕倒在身后一壮大身躯里，来人正是煤球！

煤球说：“二当家，我正要去给您留密讯呢。”

王大顶说：“你怎么回来了？大当家和刘金花呢？”

煤球说：“一起回来了。”

王大顶说：“什么路子这是？”

煤球说：“咱离开这里再说行吗？我们绑了个女的，叫陆黛玲。”

王大顶一惊：“啊？”王大顶与煤球一起往土地庙方向赶去。

他们刚进土地庙，却看到大当家与刘金花双手被绑着跪在地上，陆黛玲手握大当家的驳壳枪指着大当家的头，似笑非笑地站在后面。

王大顶一愣说：“煤球，我有点儿恍惚……”

煤球发蒙地说:“我没撒谎,我我……”

陆黛玲接话说:“我证明,他出去的时候,情境正好是相反的。”

接着,她指指王大顶与煤球说:“来,跪下说!”

王大顶瞥了眼大当家与刘金花,无奈地跪了下去,煤球也跪下。

陆黛玲哈哈大笑说:“你们知道情节是怎么翻转的吗?”

陆黛玲饶有兴趣地讲述起刚刚发生的一幕。

煤球走出庙门后,陆黛玲将目光转向大当家与刘金花。

大当家说:“日狗,告诉我,犹太人海量的现金怎么运上飞机?”

陆黛玲说:“别用‘日狗’这两个字,否则我一定让你付出代价。”

大当家走近陆黛玲说:“当强盗抢钱,我没资格骂你,可抢钱是为了送日本人卖好儿,那就下贱到了极处,不叫你日狗叫啥?”

陆黛玲说:“我们是在谋求和平!和平,才能有发展,才能有机会迎头赶上,懂吗?”

大当家说:“算了吧,和平不是求出来的。”

陆黛玲说:“您说得太对了!”

陆黛玲忽然抬腿踢飞大当家的手枪并借力空翻,把刘金花顶向大当家。大当家来不及躲闪,与刘金花一起倒在地上。陆黛玲用身体重重地压向她们,接着,用牙咬开了绳索……

7

在赌场包间里,老犹太突然走进来说:“包间里的酒没了。”

瑞恩说:“我们进储藏间时,好像烈酒也都搬走了,只剩下红酒。”

“好大的酒味。”诺尔曼抽着鼻子说了一声。

大家当即都抽着鼻子闻了几下,顿时预感到了什么,都惊慌了起来。

这时,在赌场内厅,宪兵也正在往包间及他处墙下倾倒白酒。

白秋成边指挥边说:“事故原因已经想好了,是瑞恩与乔治白等人纵酒时,不慎打碎一箱白酒,并被点烟后未灭的洋火引燃,之后火势又祸及储存的大量白酒,加之赌场内易燃物品众多,从而无法控制。点火后必须留守场内，包间内若有人闯出，开枪击毙，若无此情况发生，诸位战士亦请坚守岗位，陪伴日下大佐同赴黄泉……”

陈佳影一脸惊悚地看着日下步说：“日下大佐，我恳求您，给我最后一次机会，等王大顶回来，他会给你所有真相，事后我任您处置。”

日下步淡淡说：“没用了，你说得越多，我就越觉得我猜对了。”

第三十二章

1

在临时指挥部，窦警长对野间说："野间课长，其实您已经把陈佳影的轨迹分析出来了，对吗？"

野间不由得眉头一跳。窦警长说："我恳求您给我一个机会。"

野间说："你当知道如果陈佳影是敌人，对我来说就更加棘手，日下大佐就在她枪口之下，我什么举措都不敢有。"

窦警长说："那就像曾放纵她那样，放纵我吧。"说完，转身便走。

那警监说："你干吗去？"

"武力夺回人质！"窦警长头也不回地奔出门去。

那警监慌忙要追，却被野间抬手拦住。

那警监丧着脸说："他可是个急眼了就不管不顾的人啊！"

野间说："或许现在需要的就是不管不顾吧。"

那警监咆哮说："他要误伤大佐，您没事，我可得兜着走！"

那警监甩下野间奔出门去，快速追上已走到楼梯口的窦警长。

那警监说："窦仕骁，你有病啊？野间都偏向你了，不就行了吗？"

窦警长边走边说："进赌场后我就破门，破门声响起，大佐就会仰倒身体配合，我就可以枪击陈佳影的非要害处将她制伏。"

那警监说："你怎么知道破门声响大佐就会配合你？"

窦警长说："他是军人，这点儿素质应该会有。"

两人说着已上到了五楼楼梯口，守在那里的宪兵抬手拦住他们说："你们不能上去。"

"什么情况？"那警监盯视宪兵，"我们去看看大佐不行啊？"

窦警长大吼:“我必须拿下陈佳影!”

宪兵说:“你们不能上去!”

这时,白秋成喊了一声:“让他们上来吧。”

窦警长与那警监抬头看着白秋成,只见他脖颈上系着湿毛巾,并握着日下步的军刀站在大门边。那警监说:“秋成,你怎么拿着大佐的刀?”

白秋成淡淡地笑了一下,得意地说:“刀,是权力的象征!”

2

在土地庙里,陆黛玲用枪抵着大当家脑袋说:“胜败已见分晓,你们注定要死在我的手里。”又对王大顶说,“你,转身背对煤球,然后煤球你解裤带,把他手捆上。”

王大顶蹭着双膝侧转身,煤球看了一眼大当家,抽出腰间裤带。

刘金花急了说:“王大顶,你不会反抗啊?”

王大顶说:“反抗个屁啊?她枪顶着我妹脑袋呢。”

刘金花说:“咱这地儿在市区,她敢开枪啊?”

陆黛玲当即移开枪口对空开了一枪。

王大顶说:“陆黛玲,你有病啊?她嘴贱你也当真?”

陆黛玲俯身对刘金花说:“解释一下我为什么敢开枪,因为证实我身份的函件就在煤球身上,所以不怕惊动军警,惊来了反倒省我事儿了,省得我还要亲自送你们去宪兵队。”

陆黛玲上前用绳索把煤球捆了起来,她从他怀中掏出那个信封,来到王大顶跟前,扬了扬说:“我们主张议和,有人就骂是媚日派投降派。我懒得跟你解释联德亲日会有怎样一个中国,我只想告诉你,这封身份函会让我改变世界,让你们这些阻挡历史车轮的残渣死无葬身之地。”

王大顶说:“知道你们跟陈佳影这些人的区别在哪里吗?你们沉迷黑暗,他们只想拥抱光明。”

陆黛玲说:“一群草寇,乌合之众,老娘没兴趣跟你们浪费时间,一会儿通知俩宪兵让他们代劳吧。知道为什么不杀你们吗?因为你们活着,陈佳影就能死快一些。”陆黛玲“咯咯”地笑了几声，转身走了。

王大顶忽然大声朝陆黛玲喊：“你确定信封里的是原件儿？”

陆黛玲冷笑了一声说：“你少来这套。”

王大顶说：“那就随便你吧。”

陆黛玲头也不回地走了。当她走到一个十字口时，从怀中掏出信封，抽出信纸看了一眼，只见信纸上竟是毛笔草绘的一头猪。

“王八蛋！”陆黛玲咬牙切齿地骂了一句，掉转身，向土地庙方向跑去。她跑进土地庙，煤球和王大顶同时向她撞来，她被扑翻在地，在正要起身的一刹那，王大顶滚身蹿起，双腿绞住她的脖子，然后双腿猛地转向一拧，“嘎啦啦”的颈椎断响声中，陆黛玲软软地栽倒在地。

大当家对王大顶说：“这女的尸体怎么处理？”

王大顶说：“先藏这里吧，当务之急是赶紧想办法去救陈佳影。”

他们把陆黛玲的尸体处理好后，走出了土地庙。

他们来到河道边，跳上了停在河道边的小机船。

王大顶说：“伪装小贩的那名便衣说得很明白，我的两封官牒作废了。警务局已有抓捕我的密令，这说明陈佳影那边出了大麻烦。”

刘金花说：“她原本是想鱼死网破，所以没给自己留后路。”

王大顶说：“但知道我没走之后，她答应会调整方案。”

刘金花说：“得有一个谎，盖住之前所有的谎！”

王大顶站起身说：“咱们兵分两路，老妹和煤球儿去机场劝阻跟机的那名犹太人，金花儿与我去帮陈佳影圆谎。”

3

在赌场外厅，窦警长盯着白秋成说：“什么？制造一场火灾事故？”

白秋成说：“大佐把军刀赐给了我，让我替他行使权力。”

那警监接话说：“瘪犊子，给你你就接啊？”

白秋成说：“那警监，怎样说我都可以，但在军刀前，请尊重一点儿。”

那警监皱了一下眉头。白秋成继续说：“大佐也要同归于尽啊！”

窦警长说："你这是危言耸听。"

陈佳影听到声音，喊："窦警长，是你吗？"

窦警长转看宪兵立枪把门的套间说："日下大佐……"

陈佳影大喊："窦警长，大佐他疯了，阻止他们！"

日下步咆哮说："给我闭嘴！"

陈佳影说："我跟那些家伙斗到现在，他说我跟他们合谋，我不顾一切让王大顶出去抢钱，结果成了掩护什么重要人物，这逻辑成立吗？"

日下步接话说："我不是空穴来风，陈佳影，军方也有强大的情报机构。去年苏联逃亡了一名核物理专家，虽然苏方屏蔽了所有信息，但风声还是传了出去，之后各列强国，一直都在寻找这个人。"

陈佳影说："世界那么大，这人凭什么就在'满洲'？在和平饭店？"

日下步说："和平饭店就是全世界的缩影！"

陈佳影说："然后你就烧了这里，向全世界宣战吗？"

日下步说："真相就在这里，可看破真相的人就像个疯子，这个荒唐的现实，就是我出此下策的原因啊。"他接着喊了声，"白秋成。"

白秋成一个激灵说："有！"

日下步沉声说："控制窦警长与那警监，然后尽快实施行动。"

白秋成连忙转身走开，高声吩咐宪兵们说："酒精有太多挥发，再继续倾倒，并加上柴油。"

在包间里，一直偷听套间动静的苏联夫妇等人怔怔从窗边退开，看向一边静默的老犹太。诺尔曼低吼："把老犹太交出去！"

她看着错愕的众人说："都别误会，我的意思是，真的把老犹太交出去，这件事才像是假的，真戏假做，大家都是聪明人，怎么做不用我再说了吧？"

瑞恩说："不不，这太冒险了。"

诺尔曼说："日本人这次是来真的。"

大家相觑了一下，纷纷扑向封闭的窗边，"砰砰"地拍打起来喊："放我们出去！""我们投降！""我们谈判，放我们出去！"……

4

在赌场外厅，白秋成指着大门说："那警监、大哥，大门没封，你们退到那儿会相对安全一些。"

那警监说："白秋成，他疯你也疯吗？"

窦警长说："妈的，陈佳影都现形了，我们赢啦！有没大佐说的那人？是不是合谋掩护？我们可以用其他途径查明，用这损招真的好吗？"

白秋成说："大佐说得还不明白吗？那人是谁不知道，可那些家伙都有政治庇护，跑一个就败三分，不管抢钱成功与否，都会是这结果。"

这时，陈佳影扯着脖子喊："窦警长，谁都不会相信这是事故！日下步死了，'满洲'和日本被全世界当敌人，这个黑锅最后就得你来背。"

日下步大吼："给我击毙她！"

话音未落，陈佳影在日下步太阳穴上猛砸了一枪柄，把枪头按在了昏沉沉的日下步头上，大声对宪兵呵斥："你开枪试试看？信不信最后结果是什么都没有，白白死了你的大佐，还有我！"宪兵一下子呆住了。

窦警长说："秋成，陈佳影是敌人，但我这次确实不能赞从大佐。"

白秋成打断说："你知道陈佳影很会蛊惑——"

那警监抢话说："你真觉得日下步靠谱吗？"

白秋成一脸庄严地向那警监高举起军刀说："大哥、那警监，大佐给了我这个任务，不管怎样，我都得执行，你们退到门边去！"

那警监看了眼白秋成身边的宪兵，沉着脸跟着窦警长退到大门处。

白秋成扫视一眼内厅，从裤兜里掏出一个打火机，沉声地说："大家准备——"厅中央的宪兵们纷纷拉起湿毛巾遮住口鼻。

这时，陈佳影大喊："窦警长——"

"去你妈的！"窦警长忽然大叫一声，一个鱼跃将白秋成扑倒，随即一掌将他击晕。内外厅的宪兵纷纷举枪向窦警长围来。窦警长抓起白秋成手里的军刀，挥刀格挡开宪兵们的枪，大吼："你们是蠢货吗？我是在挽救大佐的荣誉，还有你们，你们以为这样去死很壮烈吗？错！如果大佐判断有误，他死了也得是个笑话，包括你们，都他妈是冤死鬼！"

那警监试探转身奔出大门，一口气跑进经理室，野间、苏美代表都抬头看着他。那警监气喘吁吁地说："野间课长，日下大佐在楼上搞演习，但我觉得这种演习有一定的危险性。"

野间有些蒙圈地看着那警监，那警监皱着眉向他连点了几下头，野间当即意识到不妙，慌忙向门外奔去。苏美代表相觑了一眼，也随即起身追了上去。

此时，包间外的窦警长举着军刀对着封窗的木板一通猛劈，没多久木板被劈断。窦警长大吼："给我出来！核什么专家的，给我出来！"

包间里面的陈敏章说："核什么家？你倒是说清楚啊。"

乔治白说："他说是核专家，对不对？"

窦警长说："别他妈给我装蒜！不站出来就烧死你们所有人！"

包间里顿时大乱。窦警长又咆哮说："老犹太，你给我出来！"

老犹太恐惧地说："我不是什么核专家。"

乔治白说："少废话，把他抬出去。"

瑞恩、陈氏兄弟与巴布洛夫抬起老犹太扔出了包间。

窦警长对旁边的宪兵说："把他抓起来。"

几名宪兵扑来，把老犹太按在地上反拧了胳膊，老犹太挣扎哭喊着说："我真的不是什么核专家啊！"

窦警长看了一眼老犹太，然后扔掉军刀、掏出手枪向套间方向走去。这时，野间带着美苏代表急匆匆走了进来，正好撞见窦警长。

野间恼然对窦警长吼道："这是怎么回事？"

"玩儿大了！"没等窦警长开口，套间内的陈佳影便对野间大吼。

窦警长当即举枪转对向她说："陈佳影！"

陈佳影对窦警长和野间等人说："我输了行吗？到此结束！"

她手一松，手枪掉落在地。上前一把将日下步连人带椅往后一拉，然后扭身将陈佳影扑倒，掏出腰间的手铐把她铐上。

几名宪兵将日下步连人带椅拖开，并帮他解开绳子。

日下步扫了一眼众人，对美苏代表们艰难地挤出一个笑容说："别紧张，我们只是演习了一种极端方式，吓出了共党。”接着，他看向老犹太，“以及他们身边潜伏的反日、极端分子。”

美苏代表看向包间，包间窗内，巴布洛夫等人向他们点了一下头。

5

某公馆内，一名中年犹太男士和一名少女拎着两个行李箱走下楼梯，一名中年犹太女士边解着围裙边从餐厅方向走来，两人放下行李箱。这时，大当家与煤球从壁炉里爬了出来，两人满脸满身都是灰。

少女和犹太夫妇对视了一眼，当即拧身往一边跑去。

大当家慌忙阻拦说：“别跑！”

少女已奔到电话台边，一把抓起电话。

大当家指着少女喝道：“报警，你们就走不掉了！”

犹太男士对少女低喊说：“伊萨！”伊萨犹豫了一下，放下话机。

大当家说：“柯林斯巴先生，我们不是坏人，是来帮你们的。”

柯林斯巴蹙了下眉头说：“你怎么知道我的名字？”

大当家说：“门牌儿上有。”

煤球快速接话说：“你们不能把钱交给李佐的人，必须交给我们，因为那头是套儿，这边是好人。”

柯林斯巴冷冷地说：“我不知道你们在说什么。”

大当家说：“啊？还不明白吗？就是你们那笔惊动了全地球的巨款，不能听原先那拨人的，他们是骗你们的，你们连人带钱跟我们走。”

犹太女士凑近丈夫，低声说：“警方有过告示，我们可能遇到了诈骗集团。”

柯林斯巴抬眼对伊萨说：“伊萨，报警！”

伊萨一把抓起话机。大当家从腰间掏出枪来说：“你再动那电话试试，跟你爹妈站一块儿去！”伊萨吓得一把挂下话机，跑到犹太夫妇跟前。

大当家对犹太夫妇说：“你们全都按我说的做！”

不久，一辆轿车驶出公馆。柯林斯巴面无表情地开着车，煤球坐在副驾，大当家与犹太妻女坐在后排。

车开出没多久，柯林斯巴忽然一个急刹，紧接着，快速换挡，倒车，又急刹，快速调头，搞得煤球与大当家前扑后仰，完全乱了手脚。

“给我停住！停下！”煤球挣扎着抢起了方向盘，“我们是好人！”

大当家也大叫说：“停车！我有证据，跟和平饭店那老犹太谢尔盖私奔的是我妈，她叫黄玉卿——”

“嘎吱——”轿车一个急刹，停了下来。柯林斯巴看向后视镜说：“谢尔盖告诉过我，他一生只深爱过一次，是个中国女人，叫黄玉卿。”

大当家说：“嘿，你俩还真认识！”

柯林斯巴说：“他赌博输了我很多钱，但因为这个伤感的故事，我免了他所有欠债。”

大当家说：“我有一事不解，四亿日元怎么装得上飞机啊？”

柯林斯巴说：“还是换个地方聊吧。”柯林斯巴把车开进一个密室。

进去密室后，柯林斯巴打开小皮箱，里面有一个小匣子，里面竟是两排钻石！柯林斯巴说：“财富的荒谬就在于一支舰队与一盒石头，居然能够等价，或许这就是独裁者迷恋战争的原因吧。”

6

在船务公司办公室里，桌上的电话铃声响起，王大顶一把抓起说：“喂？不用对暗号儿了，是我……”他突然瞪大双眼，“钻石？嗯，好，告诉犹太人就按原先的方案出境，直飞天津！我们现在占领了‘两江汇’这家船务公司，就是因为这里可俯瞰渔港，又有不错的通信设备。”

在街边电话亭里，大当家握着电话说：“‘两江汇’是日本人扶植的，小心一点儿！”

“知道。”王大顶挂下话机，拽过旁边铁板推车对向大门方向。

他对刘金花说：“一会儿你给那个号码打电话。”

刘金花点头后，便向大门冲去，王大顶紧跟在后。当刘金花一把抽出两个门把手间的铁棒时，王大顶用推车顶开大门，撞向门外一群手持棍棒的打手，随即接过刘金花递来的铁棒，踩上推车挥舞着纵身出去。

刘金花一把关上大门，奔回电话边抓起话机并拨号。

青岛住宅里，电话铃响起，老年男子快步过去抓起电话。刘金花急切说：“没时间解释这号码咋来的，反正陈佳影她男人的活儿现在我们接了，马上通知你们在天津的弟兄，晚上去接飞机，‘满洲’来的……”

老年男子挂了电话，若有所思地对少年说：“我们的号码以及钉子是陈佳影的丈夫，这都是绝密，报讯人不管什么身份，应该是可信任的。”

接着，老男子拨了一个电话号码。

这时，在哈尔滨邮局某办公室里，老左接起电话说：“您好……”

老男人握着电话说：“今夜九点三十分，满洲航空株式会社一架至天津的客机，载有三名犹太裔人士……”

老左说：“明白，我马上安排！”

船务公司大门“砰”地打开，刘金花应声转身，只见满身血污的王大顶疲惫不堪地走进门里。“掐的点儿真好，李佐回来了。”刘金花冲窗外甩甩下巴。下方渔港，李佐正穿梭在密集排列的渔网与鱼干架之间。

刘金花说：“因为宪警方裹乱，李佐就在眼皮子底下跑掉再没了音讯，于是犹太人的钱也就此匿迹。如果炮制出这样的假象，陈佳影那边是不是就能盘活了？”

王大顶说：“我们这份心情陈佳影不会不理解，所以她必然会给予配合。宪警方到现在都没有整体行动的迹象，说明依旧被陈佳影拴着，我想她是在等待一个合适的机会，一蹴而就。”

接着，刘金花搀扶着一瘸一拐的王大顶，一路交错过满地横七竖八、动弹不得的打手，大摇大摆地走出船务公司。

7

野间边与那警监领着美苏代表、苏联夫妇、瑞恩、乔治白及陈氏兄弟沿走廊边走边解释着：“这次临时策划的演习，在安全防范上十分严谨，绝不可能真的引发火险，但对各位造成的惊扰，我依旧表示歉意。”

话务兵甲从电梯间匆匆走出来说:“野间课长,有您的电话。”

“哦!”野间应了一声,对那警监说,“那警监,请带大家下去休息。”

在地下室刑讯室,窦警长一把揪住陈佳影的头发,狠狠地说:“你终于现形了,嗯?!”

陈佳影说:“窦仕骁,我怎么说你才好,刚才在上头还挺聪明的,现在一下来就犯浑了。”

窦警长说:“别说你是为了阻止大佐故意炸雷的,来不及了!”

“当然会变成这样!”日下步满脸恨意地走了进来,窦警长一声“大佐”还没叫完整,便被他挥着带鞘的军刀狠狠抽在肩上,“你这个混蛋!我想要的全被你毁了,现在她可以是屈招,那些家伙也可以说是生命受胁迫不得已推出了老犹太!”

窦警长大吼:“是真相就盖不住!人逮了,你他妈气急败坏干什么?”

这时,野间虎着脸从门外走进来。

野间低沉地说:“我刚才接到电话,一名犹太金主,叫柯林斯巴,将携妻女于今晚九点三十分乘坐客机飞离‘满洲’去往天津。未发现钱款,我们就无法予以抓捕,否则一旦有错,整个‘满洲’的外资环境都会乱掉。”

窦警长说:“如果柯林斯巴是操办人,那就是在做幌,四亿现金不可能由飞机运载,必是跟着毒枭李佐离境,然后柯林斯巴再去会合。”

日下步说:“野间课长,我们现在有了更大的发现——”

野间打断说:“我尊重您的直觉,大佐,但我不能因为您的直觉,就放弃我们花费巨大代价已追溯到了接近完整的政治献金一案。”

日下步刚要开口,野间却转对窦警长说:“窦警长,陆黛玲到现在还没消息,这让我感到惊悚。你说警察也有警察的渠道,那就请在王大顶前头找到李佐,证明我现在偏向于你的判断是对的。”

窦警长敬了个礼说:“是,野间课长。”

陈佳影大喊:“不能让他出去!”

8

在洗手间里，白秋成在对着水龙头“哗哗”地冲着头。

窦警长走了进来，面无表情地说：“头还晕吗？”

白秋成说：“您下手那么狠，能醒过来就不错了。”

窦警长说：“别说屁话了，咱走个实在的，我刚才打了一圈儿电话，有线人说王大顶曾去找过熊金斗，之后熊金斗的几个堂口都有出人查找李佐的线索。我现在被允许出去行动，你怎么想？”

白秋成说：“明白，窦警长，大佐要证明自己的判断，而您想表忠心，这个事儿，正好可以立竿见影。”

窦警长拍拍他肩膀说：“那走吧，我们一起去找李佐。”

此时李佐踏上标有“078”字号的渔船，向驾驶舱里喊：“戴维，咱们得换地方了。”无人回应，李佐走上甲板，沿着舱梯走了下去，这时，他猛地看见海魂衫男子的尸体泡在水里。李佐惊惶地转身向上爬去，刚攀上舱口还没站稳，便被一只手从后面扒转了身，随即便是一拳迎面击来。李佐“扑通”一声，栽倒在甲板上。王大顶站在李佐面前，旁边是刘金花。王大顶在李佐腰间摸索，搜出把左轮手枪，甩开弹仓，倒出子弹。

此时，在会所里，熊老板和另三名大佬正玩着纸牌，窦警长与白秋成闯了进来。窦警长说：“熊金斗，告诉我王大顶在哪儿？”

“真他妈不开眼……”熊老板厌烦地吩咐手下，“把他俩弄出去！”

窦警长抽出手枪，对空连开三枪。三名大佬都掏出枪，窦警长大步迎前说：“来来来，你们打我，我打他，大家玩开心咯，要不要？”

说话间，窦警长的枪头已经指在了熊老板眼前。

窦警长说：“我窦仕骁，小小一个警长而已，各位宰了我沉江里，顶多也就算个失踪人口，所以都给我想清楚咯，我既然敢闯进来，背后就肯定得有翻江倒海的底儿！”熊老板与另外三个大佬面面相觑。

第三十三章

1

一艘运砖的小机动船在傍晚的江面行驶着，船里坐着从哈尔滨来的老左。老左对船夫说："我奉天地下组织遭遇严重破坏后，幸存的同志仍旧不畏凶险，与敌人展开坚苦卓绝的斗争，他们之前曾两次发来暂缓前往的警示，但我渴望能有尝试的机会。若成功营救，或协助他们自救，将是我革命生涯中的无上光荣。"

船夫说："我们都已做好了赴死的准备！"

另一渔船里，王大顶对李佐说："醒啦，兄弟？抱歉，下手有点儿重。"

李佐说："你们是谁？"

王大顶说："这么说吧，你先帮骗子五鬼运财，又卖了骗子勾搭汉奸，这些事儿全曝了，现在我们要保护犹太人的钱不被抢劫，还想给你一个立功赎罪的机会。"李佐突然身子一挺，便要往舱门跑，却被王大顶一把拽回说："给我老实点儿！听好了，李佐，陆黛玲死了，日本人不可能知道四亿日元会以什么形式出境，我也敢保证天津机场会有人捷足先登带走柯林斯巴一家。处心积虑最终却竹篮打水一场空，南京方、日方、德国、苏联、美国佬，都会对一个叫李佐的毒贩子咬牙切齿，而你的照片，他们都不陌生，那么你自己琢磨，你还有活头吗？"

李佐一下子蒙了。

王大顶松开他说："我可以给你一条活路，但作为交换，你得配合我小小地演一出戏。"

李佐说："那怎么演戏？"

王大顶想了一下，转对身边的刘金花说："过会儿你去报警，就说'两江汇’的堂口被人端了。”他又转对李佐说，“等警察来了，咱俩假装追逃、撞上警察，然后你劫持我，退上船，开船……”

李佐不解地看着王大顶。王大顶说：“我是宪警两方都挂了号儿的人，至少现在他们还不想我死，所以劫持我管用。开出一段距离，咱就弃船，摆个方向让它自己开着。我们悄悄下水，右边隔三条船，岸下有个涵洞，游进去，从那里跑。届时警察们的注意力都在船上，只要下水下得悄然，就不会被发现，当然，我不会游泳，得靠你多帮衬。”

刘金花说：“王大顶，你这样算不算自作主张？我没发现任何迹象显示陈佳影那边有配合我们的反应。”

王大顶说：“但我们这路子应该没错吧。被宪警方搅得人财两空就能盘活陈佳影，你说的呀，说得炮制这样的假象。”

他忽然看到什么，说：“得嘞，陈佳影给反映了。”远处有两辆军用卡车亮着车灯，停在船务公司小楼旁，宪兵、警察纷纷从车里拥出。

王大顶奔向驾驶舱说：“李佐，李佐！”李佐应声走出驾驶舱门，王大顶拔出腰间手枪扔给他说：“把船锚收上来，演出开始了！”

2

在会所里，熊老板正对窦警长说着什么。

窦警长眉头一挑说：“六安渔港？”

熊老板说：“小的们也就是探着李佐在那儿出没，至于是不是他固定藏身处，王大顶是不是去那里会合上了他，就得靠你自己去查了。”

窦警长说：“我不明白啊，熊老板，你跟王大顶有仇，口口声声要拿他人头喂狗，你现在吃错什么药了要帮他？”

熊老板说：“他说自己给我人头，你胸脯子拍红了也没能给我。”

窦警长摊了摊双手说：“送我出去。”

熊老板说：“那走吧。”

走到会所外面，窦警长带着白秋成撒腿就跑，边跑边说：“李佐是用船运钱款去天津汇合柯林斯巴，你打电话请求增援六安渔港！”

在刑讯室，陈佳影咄咄逼人地对野间说："您比所有人都清楚，追这笔钱如走钢丝，关键点上却一再与我悖逆。您忽然偏向窦仕骁，是因陆黛玲那个电话？还是日下步差点儿把'满洲'和日本国推向深渊的臆想？"

野间说："陈佳影，一切都已经明白了，不是吗？"

陈佳影说："好，我是共党，这样的话，您的胜率又是多少？"

野间无言以对。陈佳影说："局面到了这个地步，我们在外的行动若败，日下步的疯狂行为就会被所有人用来大做文章。"

这时，"咣啷"一声门开，日下步说："陈佳影，现在老犹太对自己的身份供认不讳，陈氏兄弟已经承认与你合谋，苏联夫妇、瑞恩和乔治白因有外间庇护未加刑讯，但问询中，对此也并无否认。"

陈佳影说："那恭喜你，接下去您要做的就是呈报关东部，您从美苏手中截获有重大成就可能的核专家一名。"

日下步顿时语塞。陈佳影恼怒地对日下步说："除了陆黛玲这一疏忽之外，和平饭店这些人里我放过谁了？"

她转对野间说："野间课长，江口合香给过您关于老犹太的资料。"

野间说："老犹太，全名谢尔盖·威斯，半年前由日本入境，持波兰护照，携带十万美元现金，因痴迷于赌博，钱不到一个月就输精光了，好在和平饭店老板是他朋友，所以一直提供住宿及日常生活帮助。"

日下步说："野间课长，说这些是什么意思？你又开始顺应陈佳影暗示的——"

陈佳影厌烦地打断说："行啦，我是共党！我在保护他，帮助他，甚至为此策反了南京政府的代表以及美苏两大对立阵营。"

这时，那警监匆匆进来说："野间课长，美方代表声称为了避免误会越来越多，决定放弃跟踪政治献金一事，带瑞恩与乔治白离开饭店，苏方代表也有类似表达。"

陈佳影嘲讽地说："哈，无比重要的核专家被抛弃了。"

日下步说："悬案未解，他们就想跑吗？"

野间说："大佐，您也说了和平饭店是当今世界的缩影，它所有事都牵涉国际关系，即便退一步讲，你我也不能仅凭感觉来武断事务。”

日下步说：“不仅仅是感觉！”他指着陈佳影，“我只是没办法像她那样叙述，但我很清楚我是对的。”

野间说：“一切斗争都要有依据。”

日下步说：“依你们的做法，我们永远不会拥有‘满洲’！”

野间刚要开口，一直站在边上的便衣A忽然说：“野间课长、大佐，我忽然想起，最早搜查房间时，一些可疑物品我们做了暂扣，物品所有人都有签字认定。我们在老犹太房间发现一些撕掉的稿纸，满满都是数字和公式，显得很神秘，于是就拼接完整暂存了下来。”

“数字和公式？”日下步冷笑地看向陈佳影。

3

窦警长带着白秋成及若干个警察、宪兵直奔渔场。“拉开直径！扩大包抄范围！”一到渔场，窦警长便指挥队伍展开搜索。

“给我站住！”这时，王大顶从船头纵身一跃，把李佐扑倒在地。

“那边有人！”宪警们纷纷朝着声音的方向跑去，只见十多米开外，李佐正一脚蹬开王大顶滚身爬起。窦警长伸手一指说：“抓住他们！”

见有人追来，李佐将刚要爬起的王大顶拖到身前，一手勒脖一手用枪直顶住他的太阳穴，大喊：“别过来，都给我站住，否则我就打死他！”

王大顶挥手喊：“都给我退后！退后！他有枪！”

“去他娘的！”窦警长嘟囔了一声，抓过边上宪兵的步枪，向王大顶这边对来。王大顶见势不妙，忙将身子后顶，带着李佐后仰着栽倒。

“砰”的一声枪响，一颗子弹从李佐与王大顶中间穿过。“不要——”李佐握着枪，呼唤着。王大顶惊惧地看向李佐，大喊：“放下枪！”

“砰”的一声，一个宪兵朝李佐开了一枪，李佐当即后仰着栽倒在地。王大顶见状，连忙“扑通”一声扎进了水里。

与此同时，刘金花撒腿奔进驾驶舱，一把拉下了挡杆，马达声响起，渔船倒着开离出了岸边。“船上有人！”一宪兵大喊，宪警们纷纷向岸边追去。

刘金花猫身蹿出驾驶舱，翻过栏杆纵入水中。

不一会儿，王大顶与刘金花的脑袋钻出水面。他们喘着粗气对望了一会儿，然后相拥着往涵洞深处走去。

此时，窦警长匆匆走进船务公司，白秋成刚好挂了电话，对窦警长说："水警单位来电，他们已拦截逃跑船只，除底舱内一具欧洲裔男子的尸体外，未见其他人踪，而且这是条空船，没有运载任何货物。"

窦警长不由得皱起了眉头说："秋成，我们中计了！"

4

在机场，多国考察团人员与拎着大小皮箱的柯林斯巴夫妇以及女儿准备登机。一名航空男职员与便衣 A 小跑着来到柯林斯巴一家跟前。

男职员说："先生、女士，请跟我们来一下，不会耽搁太久时间。"

柯林斯巴说："有什么问题吗？"

男职员说："只是一些常规检查，打搅了。"

柯林斯巴与妻女相觑了一眼，随男职员向安检室走去。

进入安检室，男职员与便衣 C 将柯林斯巴一家的两个皮箱平放上案台，便衣 D 面无表情地站在一边盯着行李箱。便衣 C 打开大皮箱，快速在箱里摸索了一番，对便衣 D 摇了摇头。便衣 D 打开小皮箱，摸索一番后，也没发现。这个箱里原本放着一个小匣子，此刻却已不见了。便衣 C 对柯林斯巴说："很抱歉，打扰了，你们可以走了。"在飞机驾驶舱里，机长将一个小匣子放入操作台下的小柜里。

5

在临时指挥部，便衣 A 打开一个档案袋，抽出一张被撕成七八块又重新拼接粘贴的信纸，纸上密密麻麻写着数字和公式。野间接过信纸看了一会儿，递给日下步说："这些都不是物理公式，是数学公式。"

日下步想了想，对野间与那警监说："我们一起去看看这个专家吧。"

他们下到刑讯室，老犹太见了他们，吓得直发抖。

日下步举起那张信纸说："告诉我这是什么？"

老犹太说："这是我算概率的稿纸……我曾经想，轮盘赌应该能算出概率……"

日下步说："轮盘赌算概率？你就用它掩盖你是物理学家？"

老犹太惊恐地看着日下步说："我、我就是想赢钱……那时我又想不到有今天，掩盖什么呀？"

日下步说："好，你说不是掩盖，那证明给我看，你真的会算概率，野间课长有很好的数学基础，他能鉴定。"

老犹太说："不不，我并不精通我只是想尝试……"

日下步说："还是你根本就不会？"

老犹太哆嗦着说："出题、不要难过轮盘赌……"

野间吩咐一边的宪兵说："给他松绑。"

野间给老犹太出了一道题，不一会儿，老犹太便算出来了。

野间对日下步肯定地点了点头说："他数学基础并不比我差。"

"不！"日下步狂躁地吼了一声，"那就不是他！是别人！在其他人中间，他们都知道，所以陷害老犹太。"

野间紧抱着日下步说："大佐，您太疲劳了，需要休息。"那警监对随队医士使了个眼色，对方打开药箱，里面已有一支灌满药水的针筒。

日下步挣扎着说："不，我相信我的判断，核专家就在他们中间……"

随队医士一针扎进日下步颈部。日下步闷吼一声："你干什么？"

随队医士拔出针管说："对不起，野间课长来前让我准备了镇静剂。"

"你们……你……"日下步渐渐软下了身子。

"报告！"这时，便衣A推门进来。野间说："有什么事吗？"

便衣A说："警务局来电，是找日下大佐的。"

野间示意那警监架起昏沉的日下步，随后跟着便衣A离去。

6

野间走进刑讯室，陈佳影看着野间，疲惫地说："直接告诉我，老犹太到底是不是核专家？这事儿已经让我开始怀疑自己的智商了。”

野间说：“就是在胡扯。”

陈佳影说：“谢天谢地，我的大脑还健康着，您的呢？”

野间说：“柯林斯巴一家已经乘飞机离境，他们没有，当然也不可能携带四亿日元，而且多国考察团的成员同行，众目睽睽之下，不能作无理由扣押。但你也清楚，他的确就是操办人，当然运送钱款的是李佐。”

陈佳影说：“您到底想表达什么？”

野间说：“李佐在六安渔港有艘船，但未发现载有任何货物。”

陈佳影说：“李佐运毒多年，秘密途径轻易就被发现，不觉荒唐吗？”

野间说：“那会是什么？”

陈佳影说：“等王大顶抓到李佐，应就可以知道。”

野间说：“李佐，死了。”

陈佳影一惊说：“什么？”

野间说：“围捕时，发生冲突，被击毙，王大顶在场，后来，他跑了。”

陈佳影说：“虽然您隐隐晦晦，但我知道您找我是想求援，感谢您这颗摇摆的心又倒向了我。但对不起，我现在掌握的信息不可能比你们更多，事情发展到这个地步，我已爱莫能助。”

柯林斯巴一家下到梯底，机长将一个礼品盒递到他手中。

柯林斯巴接过礼品盒，说了声“谢谢”，拖着小皮箱向洗手间奔去。进了洗手间，柯林斯巴把包装纸扯去，正是那个装着钻石的小匣子！

柯林斯巴连忙将匣子塞进小皮箱中，然后拎着小皮箱走了出去。一个维修工向他走来，说：“柯林斯巴先生，我是来接机的，请跟我走。”

机场外面，陆黛玲安排来截柯林斯巴的人不见他出来，便走了。

7

在废弃船坞，王大顶与刘金花相互搀扶着走进屋里，他们浑身湿漉漉的。刘金花说：“你妹说这是唐凌的窝儿，相对安全。”

王大顶摇了摇头说：“我心里难受，真的很难受！”

刘金花说:“就想他是一个毒枭,你没想他死,但他命里该死。”

王大顶说:“要挟他时,我注意过他的眼神,他想活,想变成善良人。”

刘金花轻轻搂过他,让他跟自己贴得更紧。这时,大当家与煤球走了进来,看到王大顶与刘金花相拥在一起,显得有点尴尬。

这时,屋外传来“哒哒哒”的小机船引擎声。煤球撒腿奔进厨间,扒窗看去,只见外面河道,一个船夫正操控着带篷小机船停在了河岸边。

煤球转身说:“有人来了!”大家隐藏了起来。

过了一会儿,船夫与老左走进屋里,见屋内无人。

老左环视了一下屋内,对船夫说:“东西两处墙面及地面都有未被尘灰遮盖倚坐的痕迹,说明有人来过这里,至少三人,应该是刚离开不久。”

这时,王大顶与煤球举枪向他们扑来说:“都别动!”

王大顶说:“你俩什么来路?怎么知道这里的?”

老左说:“我没猜错的话,你就是王大顶吧?”

王大顶一愣。老左说:“唐凌描述过你的样貌。”

刘金花说:“别逗了!光听人说就能辨出样貌,你大仙儿啊?”

老左笑笑说:“你是往山东打电话报信的那名女士。”

刘金花也愣了说:“你咋知道?”

老左说:“对声音、样貌,或者未见样貌的形体,专业描述方法是抓住被描述者非典型性特征,这方面我只略通皮毛,陈佳影才是高手。”

王大顶等人面面相觑。刘金花说:“我相信他了。”

大当家说:“为啥?”

刘金花说:“说话你听不懂,又听着很玄乎,跟陈佳影一个路子。”

王大顶收起枪,对老左说:“唐凌死了。”

老左说:“我们猜到了,所以过来,你们需要帮助,陈佳影亦是。”

8

日式糕点房里,窦警长从盘子里抓起一片烤面包咬了一口。白秋成凑前些身子,低声说:“陈佳影若把责任全都推到我们身上,至少能洗脱自己吧？劫持大佐，胁迫大家任由王大顶单独行动，她都有完整逻辑，而大家对她是共党的判断却始终没有证据。”

窦警长烦躁地说：“行了，她躲不过去。算算日子，她前任课长新佑卫门的回函应该到了吧？她和王大顶的关系从夫妻变到合杀亲夫的奸夫淫妇，一谎盖一谎，盖得越多距离真实就越远，而回函揭示的是她原始信息，那里必然有她对不上的地方。”

白秋成不由得眉头一跳说：“王大顶的事儿还没完。有没这个可能？王大顶想劫走回函，然后调包成伪造过内容的假回函，掩盖住所有谎言。李佐死了，大家会急于寻求新的途径查找那笔巨款，陈佳影若能洗脱自己没准儿又会受宠，找个办案的借口就能溜之大吉。”

窦警长若有所思地点点头说：“陈佳影在满铁的身份不低，关于她的回函，应会使用一般收发报人员无法翻译的高级别密码直接交由野间审阅。我们打电话给野间，如果是这样的话，就请他和大佐同意在回函交送途中设局，引诱王大顶现身抢夺，予以擒拿！”

白秋成说：“这是妙计！我现在就跟日下步汇报。”

在临时指挥部，野间愤愤说：“回函既能证实陈佳影之黑白，安全送到就是，设什么局？窦仕骁是搞砸了事情歇斯底里了吗？”

日下步说：“歇斯底里的何止是他？我从入睡后，和平饭店所发生的一切，都在我梦境中浮现，就像是放电影，一幕一幕。醒来后，我意识到自始至终整个过程，我们都在错乱中行进，因为陈佳影和王大顶的不正常关系导致的猜疑。因为陈佳影太能干了，所以这份猜疑令人恐惧，甚至在恐惧中将她神化，于是做出种种失措的行为。”

野间说：“大佐……”

日下步摆了摆手说：“我们至今还在赌啊！万一他们是共党，王大顶若看不到营救陈佳影的希望，就会彻底匿迹。或许他还掌握着钱款的什么信息，或许没有，但对共党来说，我方未能得手，他们就算赢了，然后美苏立刻翻脸不认人，南京方也会很配合地否认他们才是始作俑者，反过头来鞭挞我们，于是‘满洲’的外交从此沦丧。”

野间说:“呵。现在您倒考虑起外交了。”

日下步说:“让我们抛弃成见好吗?野间课长,事到如今,连万一的可能性都不能疏忽了,王大顶必须回来!”

野间吁了口气说:“如果新佑前辈的回函最终证明陈佳影是清白的,那我们就都切腹谢罪吧。”

在西餐厅一角,路德维希会长正跟对面的该隐与沃纳低声说:“日本人没追到钱,整个事件我们要重新权衡了。”

该隐瞥了眼不远处瑞恩那一桌,说:“那些家伙差点儿被日下步烧死,要防备他们借题发挥,把我们跟日下步的疯狂行为挂上钩。”

此时,乔治白正跟美国女士低声说:“政治献金事件以失败告终,按正常的逻辑,我们应该准备撤出了。”

美国女士说:“乔治,为了不让日方再有一丝怀疑,我不能同时带走谢尔盖,人道主义的理由会很牵强。”

瑞恩叹了口气说:“呵,我们用政治献金掩盖‘财富’任务,没想到‘财富’最终却还要靠自己。”

这时,陈氏兄弟从厅门外走了进来,巴布洛夫跟他们打招呼说:“你们出来了?”

陈敏正淡淡地说:“广东陈氏兄弟是有名望的,日方必须得有顾忌。老犹太也离开地下室了,但健康状况似乎不是太好。”

9

在满铁野间办公室里,女秘书将对折的电报纸塞进信封,然后对信封进行一些复原技术处理,旁边的窦警长与白秋成满意地点了点头。窦警长对女秘书说:“你的路线是昭和道、樱花道、正和路,然后进和平饭店,你一个人走,搭乘我们安排的人力车。”

女秘书显得有些不安。

白秋成说:“安全问题你尽管放心,整条路线,警务局都已安排了便衣,而且我也会相隔一定距离在后跟随。”

窦警长说："当然，你只是诱饵，扮演送交文件而已，回函暂时由我保管，事后我会带去和平饭店。"

不一会儿，女秘书按照窦警长的安排，上了一辆人力车，假扮成"车夫"的便衣拉着车，不紧不慢地小跑着。

澡堂里，腰下围着浴巾的王大顶来到熊老板身边。

王大顶说："真心夸一句，你这家澡堂子不错。"

熊老板说："少他妈废话，你这颗人头该给我了吧？"

王大顶说："最后帮我个忙，然后人头拿去，拖不过今天。"

王大顶对熊老板耳语。

熊老板疑惑地说："你确定那什么回函在窦仕骁手里？"

王大顶说："女秘书手捧印有绝密字样的档案袋却独自出门，还叫的是人力车。而在她十分钟前，窦仕骁先行离开大楼，走的是后门，还换了便衣玩儿低调。你要是我，你赌谁？"

熊老板说："你要我怎么做？"

王大顶说："窦仕骁放置回函的拎包会被扒手当街顺走，我会现身帮他夺回拎包，于是他不会再追扒手，而是要连我带回函一并拿回和平饭店。这时索要我人头的你，就带着手下轰轰烈烈地出现了。"

熊老板说："我有点儿不明白。"

王大顶说："简单说吧，你做的就是，带走我们，当着窦仕骁的面完成你的心愿，砍下我的人头。在这过程中，将那封回函偷偷调包。"

熊老板匪夷所思地看着王大顶。王大顶说："你表现出来的目的很明确，就是要我人头，所以穿不了帮。"

熊老板说："你当我神仙啊？你说那回函用的是密码——"

王大顶打断说："废话，你懂啊？"

熊老板接话说："废话，我就是不懂啊！密码不懂，内容不知道，掉个哪门子包啊？"

王大顶笑了笑说："调包，只是为了让人看出被调包，内容你照抄，纸不一样就行了。事成后，我人头就是您的啦。"

熊老板说:“你到底是在为谁？连命都可以不要。”

王大顶看着熊老板说:“我不知道你这一生当中,有没有这样一个女人,她永远跟你保持着距离,却生根在你心里。她永远不会被你占有,却融化在你每一个毛孔里。因为她,你变得柔软,愿意去爱护所有梦想,渴望这个世界简单而安详,没有暴虐、污浊、恶欲……”

熊老板说:“你知道吗？王大顶,男人赤裸相对过之后,就很难互相再下杀手,可你设的局,却偏偏扣死在你命上,妈的,能改吗？”

王大顶说:“这封回函至关重要，任何意外都会引起窦仕骁警觉,除非我的血光之灾切切实实在他眼前发生。”

熊老板说:“真叫邪了！见过找死的,没见过不找死还不乐意的。”

10

在日式糕点房,电话铃响起,窦警长抓起话机说:“喂？”

在和平饭店,白秋成握着话机说:“警长,江口合香已经到达和平饭店,整个过程没有发生任何险情,包括可被发现的险情迹象。”

窦警长失望地叹口气。白秋成说:“王大顶没出现,怎么办？”

窦警长说:“等我回去再说。”

窦警长挂了电话,朝橱窗柜前的店主说:“警戒解除。”

说完,窦警长拎着包向店门外走去。窦警长刚走上街道,煤球便从斜刺里向他撞来,在窦警长踉跄的瞬间,煤球夺了他的拎包飞奔而去。

“站住!”窦警长拔枪追出去。眼看煤球越跑越远,王大顶忽然从岔口内扑出,将煤球扑倒,翻滚时夺下了拎包。煤球一骨碌爬起奔入岔口,王大顶起身便要追去。窦警长举着枪奔来说:“王大顶,你给我站住！”

王大顶说:“你有病吧？”

窦警长大吼:“手抱头,蹲下！”

王大顶愣了下,然后双手抱头蹲下。窦警长夺过他手中的拎包。

接着,他举起枪对向王大顶的额头说:“我打死——”

这时,熊老板带着十几个打手气势汹汹地向他们奔来。打手们纷纷掏枪向窦警长走来。窦警长一愣说:“你们干什么?我警告你们,现在我要务在身,妨碍者死!”

熊老板走近说:“窦警长,别这么紧张,我就是要带走这王八蛋。”

窦警长说:“王大顶得跟我走!”

熊老板冷笑说:“他这脑袋在面前晃着呢,你说我能让你带走吗?”

窦警长说:“他的人头,我会拿了给你。”

熊老板厉声打断说:“滚他妈蛋!就你这倒霉玩意儿,啥正经事儿敢交给你啊?”

窦警长说:“熊金斗……”

熊老板对手下们说:“把王大顶给我拿了!”

窦警长说:“你试试看。”

熊老板指着窦警长大吼:“一块儿拿了!”

这时,瘦子从后面用枪顶住了窦警长的脑袋。窦警长顿时僵了,瘦子随即卸了窦警长的枪,扔给一名手下,然后,夺了他左手的包。糕点房店主看到这一切,惊慌失措地扑到低柜边,一把抓起话机,拨号……

第三十四章

1

在废弃船坞内，老左与船夫将匣式收发报机装入一个木条箱里。

大当家对老左说："我们这是要离开这里吗？"

老左说："我们要离和平饭店，离陈佳影和王大顶更近一些。"

熊老板与几名手下押着王大顶走进会所地下室，后面跟着窦警长，窦警长不时紧张地瞥看瘦子手里的拎包。瘦子拉过铁栅栏门关上，随手将拎包撂到门边铁皮柜架上。窦警长瞥了眼拎包，做不经意状往边上蹭了两步，站到柜架边。王大顶被按到一张桌上。

王大顶狂叫着说："熊金斗，我日你祖宗！你不得好死——"

熊老板拎着把消防斧走近，冷笑说："是你答应给我人头的。"

王大顶声嘶力竭地说："我是给日本人做事的，我死，包你吃不了兜着走，除非你把姓窦的也灭了口！"窦警长不由得一个激灵。

"去你妈的！"熊老板猛地举起了斧头。

窦警长顿时抬头看，只见熊老板一斧头下去，剁下王大顶扒着桌子的一截小指。"啊——"王大顶猛地挣开手下们的钳制，抱着满是鲜血的左手栽倒在地，痛声号叫着满地里打滚。

窦警长看着王大顶直是发呆，却没注意到此刻有人从铁栅栏外伸进手来，快速探进拎包抽出一个信封。

熊老板指着窦警长说："窦仕骁，你给我做个见证！没拿他人头，我熊金斗不是不敢，而是顾忌日本人那头儿。这颗人头，还记在账上，回去告诉日下大佐和野间，这王八蛋算我借给他们的，啥时候没用了，还我！"

窦警长冷笑说："哼，熊老板可真让我开眼哪，明明是尿了，还尿得这么气宇轩昂，真是佩服！”

熊老板说：“窦仕骁，我劝你别用这种口气跟我说话，你卖命卖到这个份儿上，日本人也没敢强令我减免你的高利贷。在这个地界儿上，你、我，对日本人来说，孰轻孰重，大家心里都有数吧？”

过程中，窦警长全没注意到又有捏着信封的手伸进铁栅栏，悄然将信封塞回包内。

“我可以带他走了吗？”窦警长冷冷地说了一句，忽就意识到什么眉头一跳，当即回头，见拎包依旧在，不由得松了口气，又看向熊老板说，“我还忙着呢，没时间陪着你玩儿。”

说着，窦警长一手拎包，一手握住王大顶，带他离去。

走进大堂，白秋成和几名宪兵快步迎了上来。

窦警长对白秋成说：“先把他关起来。”

2

会议桌边，野间从窦警长手中接过那个信封，翻过封底看了眼蜡封。

野间对窦警长说：“蜡封完整。”

窦警长说：“整个过程，放置回函的拎包都未离开过我的视线。”

野间瞥了他一眼，将信封塞进怀里，一言不发转身出门。

在地下室通道，两名宪兵攥着包扎了左手的王大顶快步走着。快到刑讯室时，王大顶撑住双脚大声说道：“我要见陈佳影，我要见她！”他扭脸对白秋成，“窦仕骁说她被关在另一间刑讯室了，我要见她！”

挣扎中，王大顶突然发力，猛地挣出宪兵钳制，冲到关押陈佳影那间刑讯室铁门前，拍打铁门说：“陈佳影——”

“王大顶！”陈佳影惊呼一声，当即向铁门奔来。

宪兵和白秋成七手八脚要抓王大顶的手脚，王大顶却拧着身子左突右挡，喊着：“新佑卫门的回函到了！他会还你清白，赔你公道。”

陈佳影蹭着身子贴到铁门边，吼道：“顺我者昌！逆我者亡！”

“啪！”王大顶被白秋成重重一警棍打在头上，顿时晕了过去。

白秋成挥起警棍还要打，却听身后一声呵斥："够了！"野间铁青着脸走过来。宪兵架起王大顶，往另一间刑讯室里拖去。

接着，野间走进关押陈佳影的刑讯室，面无表情地走到陈佳影跟前，说："新佑前辈的回函到了。"

在熊老板的会所里，一个中年女子看着两名手下将一台收发报机装进木条箱子。熊老板走了进来，从怀中掏出一个厚厚的信封，递到中年女子手中，说："谢谢你，梅姐。以你的能力，在公务机构应能有很好的位置，而这么多年你却甘心为我造假文件，做假报表，真的委屈你了。"

梅姐笑了笑，说："装电报的信封，背面有盖印的蜡封，我是用吹风机从下梢稍烘软，再用薄刀片剔开的。回封的过程也很精心，不仔细看，应该察觉不出被动过手脚。"从怀中掏出那张对折的电报纸："这份电报使用非通用的代码序组，而且未经翻译，应是只有极少数人掌握的高级别密码，梅姐我才疏学浅，真的是看不懂，只能照着原样重打一份。调包的电报跟这封原件，除了纸不一样之外，没有任何区别。"

3

在刑讯室，野间无力地挥了挥手里的电报说："新佑前辈亲自发送的回函电报，内容非常详尽，字里行间还多有对你的夸赞，你怎么忍心欺骗一位如此欣赏你、爱护你的长者？因为你是中国人？因为你的组织？"

陈佳影的眉头微微抖动了一下。

野间说："电文中对你的讲述，与你对自己的阐述基本一致，唯独这条信息，你所谓的丈夫王伯仁，是新佑前辈改组山东站时与你一同虚拟出来的，这个人根本不存在。一个不存在的人，死了？因为撞见你和王大顶的婚外关系发生冲突，结果被你们一同杀死，竟还有尸体！这一条就够了！你从头到尾所有的谎言，一条信息就全破了。"

陈佳影说："让我看看这封电报。"

野间把电报递给陈佳影。陈佳影看了一会儿，冷冷地说："口口声声仰慕我，考验来时，却屡屡站到我对立面，而且你还了解因什么而任性。"

野间皱眉说："你想表达什么？"

陈佳影说："狗神密码已被破译，应是内部泄露，关联机构需立刻展开彻查。"野间刚要开口，陈佳影低吼，"电报是伪造的！"

野间一惊说："什么？"

陈佳影说："复杂的内心永远是颠沛的，永远无法自信，永远渴望由外力来支撑信念，于是疑似强大的外力来时，你甚至连起码的检验措施都忽略了。再看看您手里这张赝品吧，机构内部的电报都有专用纸张，而这一封是邮局使用的普通电报纸。"

野间举起电报纸，抖了几下，脸色煞白地说："电报被人调包了？"

在刑讯室，窦警长看着王大顶，说："能耐啊，一个在外、一个在里，愣就能相互配合着把事儿搅黄，还差点儿把我设局成罪魁祸首！"

王大顶说："你不是吗？"

窦警长说："你觉着有人信吗？"

王大顶说："我可是主动现身要回来的。"

窦警长说："出去两个，回来一个，刘金花呢？藏了吧？如果心里坦荡荡，你藏她干吗？"

王大顶说："你怎么不懂人事儿啊？弄出去了，我还往回带，陈佳影她能干吗？"

窦警长说："真是不见棺材不掉泪，详解陈佳影的回函电报都到野间手里了，你就自求多福吧！"

这时，日下步和野间走到刑讯室门口。野间说："窦警长，你出来一下。"

窦警长跟着日下步与野间走了出去，刚走出几步，野间与日下步便转身看了窦警长一眼。野间低声说："窦警长，事关重大，所以我想确定一下，回函电报交付之前，一直都在你手里吗？"

窦警长说："熊老板带人挟持我和王大顶时，放置电报的皮包曾脱离过我的手，但一直在我视线之内。怎么？电报有问题吗？"

野间吁了口气说："呵，真是一封致命的电报啊！"

4

码头里，一艘小机船停在河岸边，老左正整理着货箱。

大当家说：“老左，我想来想去，对您这招儿还是有些担心。是，纸不一样，日本人会相信电报被掉过包，可是我觉得没有毛用，日本人贼得很，一定会去核实，一核实，不就露馅儿了吗？”

老左说：“野间一定会去核实，但核实到的内容，一定会不一样。”

大当家与刘金花不解地看着老左。老左说：“陈佳影知道电报被调包，就会知道我们来了，就会明白我们在配合她颠倒乾坤。因为有她，我们一些人其实早已掌握了‘狗神’密码，有能力改动电报内容。正因为野间必然会做核实，所以内容改动绝不能在调包的电报上，而应该是他向哪里核实，我们就在哪里操作。因为功率有限，从日本到这里的电报需要通过中继站进行人工转发，野间核实内容最快捷的途径也是通过中继站，通过那里得到我们伪造的内容，就会深信不疑，从而认定被调包的电报从纸张到内容全都是假的，全都是为了嫁祸陈佳影而为之，因为人的潜意识更偏信于自己求证来的信息。”

就在这时，在中继站所处的岛屿上，几名身穿和服的日本妓女陆续踩着甲板下了船，与兴高采烈迎来的几名日兵会合到一起，然后有说有笑向不远处的小排楼走去。甲板边一个叫车恩吾的男子，踏着甲板上船到驾驶舱边，贴到驾驶舱门用指轻叩了几下，只见驾驶台下的一个柜子里钻出一个小个子男子。车恩吾与小个子男子比画了一下后，两人悄悄向小排楼摸去。

一个士兵守卫在一楼楼梯口。车恩吾笑盈盈地走向这名士兵，说：“秋元君。”

秋元对车恩吾笑了笑。两人交谈起来。

他们交谈之际，小个子男子蹑手蹑脚走到收发报室门口，掏出万能钥匙开门进去，他蹿到一排档案柜前，从抽屉里抽出一个硬纸插袋，然后从插袋内取出一张打印有电码及对应字码的电报。小个子男子从怀中掏出一个橡皮软夹，抽出里面一张也打印着电码及对应字码的电报纸，然后快速修改及置换。完事后,小个子男子迅速溜出档案室。

在楼梯口,车恩吾看到小个子男子闪身走出了收发报室,便拍拍秋元的肩膀说:“等下好好享受吧。”

野间与日下步走进总机室。野间带着日下步到桌边,抓起电话,从一旁抓过记录簿,边从上衣兜掏出钢笔边说:“我是野间平二,有封电报需要核实一下编码内容……”

野间一手抓着话机,一手在纸上飞快记录着,眉头越皱得紧。

野间沉默了一会儿,闷声说:“派人把电报快送过来!”对日下步,“原电报内容与这封被调包的完全不一样。”

日下步与野间匆匆回到临时指挥部。野间长长地吁了口气说:“中继站的那个函件里,新佑前辈也讲述了陈佳影的亡夫王伯仁不是虚拟的,而是调包电报的人希望我们相信他是虚拟,因为陈佳影和王大顶合杀亲夫太过荒诞而我们都有存疑,拿这个做文章,一击即中!”

日下步说:“窦警长说装载电报的皮包一直在他视线里,他在强调电报绝无动过手脚的可能。”

野间说:“别忘了石原被杀,还是个无头案呢。”

日下步说:“你的意思是——”

野间说:“案发时,无法证明行踪的只有窦警长。”

日下步不由得皱眉说:“你是说窦仕骁才是真正的共党?”

野间说:“至少把别人栽成共党,真正的共党就能脱身。”

这时门开,那警监和野间女秘书走了进来。女秘书走近野间说:“课长,我刚回办公室,犹太银行被我们收买的那个统计员就托人送来一份报告。有一个情况非常值得重视,从那个众筹项目中流出的四亿日元并未套现,而是转入了一个幽灵账户,转账同日,全球最大财阀罗斯柴尔德家族寄存于犹太银行一批等价的钻石,秘密销账。”

野间一惊说:“等价钻石?政治献金已转为钻石?”

5

装载着各类货箱的小机船在河道中行驶着。船上，老左跟煤球、大当家、刘金花围坐一起说着话。老左说："根据王大顶的描述，我想陈佳影最初的计划只为惊扰犹太人将四亿日元流回金融市场，然后分批分量慢慢地转移出'满洲'。正是王大顶和你们毅然决然回来，让她有了信心和条件，与犹太人换了钻石，按原设途径带出'满洲'。"

老左看了眼刘金花，又看大当家说："柯林斯巴一家及其携带的钻石安全之后，我党组织会第一时间曝光政治献金的秘密，南京方面惊慌之下亦会在第一时间进行所谓的辟谣，他们的声音很快就能传到'满洲'，这会形成一个对陈佳影和王大顶极为有利的环境条件。"

和平饭店 411 房间，美国女士对瑞恩与乔治白说："刚接到来电，南京政府向美使馆做出声明了。"

418 房间，苏联男士对苏联夫妇说："南京方发表声明，公开对政治献金之谣言及散布谣言者予以抨击。"

野间与日下步匆匆走进经理室，陈佳影正静静地坐在沙发里发呆。

野间说："犹太人的四亿日元，不是现金而是十二颗等价的钻石。柯林斯巴一家抵达天津后六小时，中共曝光政治献金一事，南京方紧接着公开辟谣，而柯林斯巴一家所乘航班的机长随后失踪。我们执念于现金而忽略了兑换品，所以搞反了，李佐才是幌子，真正的秘密途径就是一个被买通的意大利机长。"

陈佳影看向日下步说："柯林斯巴离境关键时段，您跟野间课长却在跟老犹太研究数学，而我被捆在一堆刑具前头无聊到怀疑自己的智商。"

日下步尴尬地说："这个……"

陈佳影说："柯林斯巴乘坐客机空运钻石出境，并且整个过程都有得到中共的帮助？我们晚了一步，若李佐不死，我们就能拷问出这条秘密途径，柯林斯巴就跑不了。"

野间说："你的意思是窦仕骁从中搞鬼？"

陈佳影说："有这怀疑，但还不能确定。"

日下步沉声打断说:“陈佳影,你还没资格说这话。”

陈佳影转看野间说:“看来真正的回函电报内容已经核实了,谢谢。”

陈佳影看向日下步说:“您满肚子尴尬,却还故作强势,说明您最后那点儿自以为正确的判断也在真相中沦丧,于是对我无所适从。”

日下步盯视着陈佳影说:“别忘了陆黛玲,我依旧无法相信你对她的定性,虽然她下落不明,无法证实自己与陈氏兄弟实非同流。”

陈佳影说:“你要告诉窦仕骁电报被调包,他也会咬住陆黛玲这件事不撒嘴。”

日下步说:“你想表达什么?”

陈佳影说:“我们都需要得到答案。”

日下步缓缓直起身对野间说:“走吧,叫窦仕骁到指挥部来一趟。”

窦警长走进临时指挥部。

野间说:“你拿回来的电报被调包了!”

窦警长一惊说:“什么?电报被调包?”

野间说:“电报纸张非本机构专用,材质有明显差异。”

窦警长说:“可蜡封是完整的呀?”

野间说:“完整拆封并还原,有较高的技术难度,但并非做不到。”

日下步说:“你不说它一直都在眼皮子底下吗?”

窦警长一愣,回想当时的情景,突然明白了什么,转身撒腿奔出门去。他跑到会所,找到了熊老板,劈头盖脸问:“熊金斗,你他妈的那天是不是与王大顶一起演戏来骗我,然后把那个电报给调包了?”

这时,野间、日下步带着宪兵走进来。熊老板咆哮着说:“放你娘的屁!我熊金斗吃了蜜啦?没事儿跟你调包玩儿游戏?我知道电报在包里吗?你告诉我的啊?你他妈狗急跳墙?咬谁不好,你咬我!”

窦警长悻悻说:“少装蒜!你剁王大顶手指就是为了转移我注意力。”

熊老板说:“转移个屁!没你我早剁他人头了。他王大顶什么货色?黑瞎子岭土匪!每年劫我两趟货,我帮他调包?你脑壳里都是屎啊?”

“熊金斗!”日下步喝止了熊老板,随后看了眼窦警长,“有话好好说,只是了解些情况而已，有必要这么激动吗？”

窦警长指着熊老板说：“你给我等着！”

6

野间等人来到游泳馆，陈佳影已被宪兵带到这里来。

窦警长怒指陈佳影说：“你们想栽我，对吗？因为电报在我眼皮子底下被调包，因为李佐疑似被我带了人裹了乱，结果死掉了对吗？”

陈佳影讥讽地说：“你真有逻辑。”

窦警长咆哮说：“就像之前你们栽了陆黛玲一样。”

野间与日下步不由得对视了一下。窦警长说：“打个赌吗？陆黛玲就是南京亲日派的密使，她所说的一切都是真的，陈氏兄弟是骗子，而她截转了主导权后，犹太人的钱才真正有了政治意图，而你却栽赃她是在跟陈氏兄弟唱双簧，混淆大家视听，阻挡她的脚步。”

陈佳影说：“嗯，你还会说陆黛玲逃跑纯粹是我逼的。”

窦警长说：“否则她不会主动联系关东局，也不会打电话向你示威！”他又看向日下步，“我们有谁踏踏实实确证过，陈氏兄弟到底是不是骗子？”

陈佳影说：“打赌是吗？好，我应！跟那些家伙的恩怨，也该了结了。”她转对野间，“但我需要在大庭广众之下应这个赌，希望您把扣押的所有人及各国的代表都带到这里来。”

野间对一个宪兵说：“你去通知他们把人带到这里来。”

过了大约半个时辰，白秋成指挥着宪兵，把人全都带到了游泳馆。

陈敏正说：“我就知道迟早又得绕回到这个问题上来。”

陈敏章说：“我们说过自己是骗子，谁也不信。结果我们说不是，现在反过头来又不信，这是个死命题啊。我兄弟俩客居异乡，怎么在一群不相信我们自己是自己的人中证明我们自己是自己呢？”

窦警长说：“别废话，你们的身份函呢？”

陈敏正说：“烧了，在你们刚察觉政治献金事件的时候。”

窦警长冷笑说：“真是好借口！”

陈敏正说:“即便留着也是伪造的,在阴谋论者眼中。”

陈敏章说:“所以就是死命题咯。”

巴布洛夫说:“他们当然不是骗子,否则我跟诺尔曼怎会与他们接洽?我方机构非常严谨地核查过他们的身份,确证无疑,但所谓政治献金来路很不道德,所以早早就给予了拒绝。”

苏联男士对日下步说:“恰因为是政治性往来,钱款来源必须正当。”

美国女士说:“我方也调查过他们的身份,一直密切追踪,试图阻止这场背德的交易,甚至一名本地观察员为此付出生命代价。”

乔治白对巴布洛夫:“你们什么时候拒绝这场交易了?”

诺尔曼说:“否则我们不会等在这里,监督日方在有可能截获这笔钱款的情况下,合乎道义地进行处置而非与纳粹合伙吞没。”

日下步皱眉说:“诺尔曼夫人——”

陈佳影打断说:“言归正传吧!”转对窦警长,“这样可以了吗?”

窦警长说:“该隐、沃纳先生,陆黛玲小姐一定还有更多阐述吧。”

沃纳说:“仅就是一面之词。”

窦警长皱眉说:“你们因为一面之词就要带她会面路德维希会长?”

沃纳说:“只为进一步了解真相而已。”

窦警长看到野间和日下步耳语着什么,越来越惶然。

陈佳影看向日下步说:“日下大佐,这就是我为什么要在大庭广众之下对赌的原因,我知道那场令人惊悚的演习,源自您对一种难以理解的默契所产生的迷惑,那么现在这种情境应能让您有所了悟吧?默契并不需要阵营融合,或者共同目标,当环境条件迫使出口只剩唯一,默契就天然存在。就像现在,各大青楼没赚到钱,就不约而同地立起了牌坊。”

日下步微眯着眼睛,若有所悟。

7

熊老板边走边对瘦子说:“那天你被王大顶暴打,然后屈从带他找我,当时我很没面子,知道为什么现在你还能像以前一样在我左右吗?”

瘦子说:“因为您后来换了想法,开始相信这是一种缘分。”

熊老板笑道:“刚才日下步嘱咐我别把今天的事情说出去,我就顺带套了些话,我终于知道王大顶在为谁而战了。他说是为女人,别逗了,他在介入历史!”

瘦子不解说:“历史?”

熊老板点点头说:“他要搞大事儿了!”

此刻陈佳影在经理室里咆哮着说:“顺我者昌,逆我者亡——”

野间、日下步与那警监正站在她身前,都显得有些尴尬。

陈佳影说:“要么别找我,找我就得忍受我的任性,我说过很多遍了,主导者必须是我,因为我不会左右摇摆,不会被复杂吞噬掉智商!”

野间说:“好了,佳影,克制一下情绪。”

陈佳影说:“我怎么克制?我挖出一个大案步步推进,却处处被人设障、搅和,逼得我只能押宝给既没经验还瘸着条腿的土匪。要说这样算是让他建立功勋也就罢了,偏就那么多人揪着我俩关系无限遐想,无比亢奋地搞着内斗,成功就在眼前,偏就让它毁于一旦!”

野间说:“佳影,好了,既然不可挽回,很多事情就让他过去吧。”接着,他转身对那警监说,“那警监,先解除王大顶的禁锢吧。”

陈佳影说:“不要!”

野间说:“什么?”

陈佳影说:“还不到时候。”

野间刚要开口,陈佳影咆哮着说:“窦警长是共党,我要查他!但我现在不能表现出来,这道理还用讲吗?”

野间与日下步不由得对视一眼。陈佳影说:“石原被杀后,我和王大顶就开始怀疑他了,但都只是分析,之后事儿赶事儿的,也没机会进行佐证。”她看向日下步,“无论我跟王大顶做什么,都会被他绕到我俩是共党这个主题上,共党在哪儿呢?您眼睛盯着我俩都快盯出血了,就不想想很多次他牵强附会目的是什么吗?”

日下步尴尬地说:“其实……咳,我们也是有怀疑的……”

陈佳影说:“有怀疑你还放他出去杀李佐换电报?”

日下步说:“那是野间课长的决定,当时你在场。”

野间说:“佳影,凡事都有两面性嘛,电报若是没被调包,他也不会这么快暴露出来。”

陈佳影说:“窦警长他激怒我了,我要让你们亲眼见他怎样一步一步现出原形!”

日下步疑惑地看着陈佳影。陈佳影说:“老犹太就是那个核物理学专家,如果大佐依旧坚定于这个执念,那么现在时间所剩不多,执念亦不受任何人支持,您会怎么做?”

日下步说:“我会用老犹太的命来证明自己。”

陈佳影对日下步说:“关键是让窦警长知道您要这么做后,他会怎样?尤其是在您给予他信任,让他操刀这事儿之后。”

日下步蹙眉说:“你是说用这个方式让他现形?”

陈佳影说:“如果他是共党,当他确信一个不管有用没用的老犹太将要横死,他就会尽最大努力助其摆脱厄运,共党从骨子里相信自己要解救全人类,这就是他们的软肋。别忘了跟您的小朋友白秋成打好招呼,以便配合。”

8

在临时指挥部,日下步将一杯茶递到窦警长面前说:“明知道自己是对的,以致为此不惜生命,而你和所有人在惑心者的聒噪下却把我当成疯子。就像你现在,比谁都更像敌人,你怨恨所有人瞎了眼蒙了心,也怨恨自己做不到像陈佳影那样善于蛊惑,晦涩到绝望。”

窦警长苦笑说:“没想到最后唯一信任我的居然是最讨厌我的人。”

日下步说:“否则王大顶早就解除禁锢了。他和陈佳影要接着打配合,情况就更复杂了。知道我为什么在矛头全都指向你时却不下判断吗?恰就因为我讨厌你!你恃才放旷、目无尊卑,甚至连香雉将军都不惮顶撞!如果你心有反念,怎么敢?”

窦警长叹息说:“其实我也在改啊。”

日下步闭了闭眼睛说:“老犹太就是那个核物理学专家,请相信我,陈佳影和那些家伙玩的把戏,拿你们中国人的话说叫‘灯下黑’,故意把他扔出来让人以为他就是个一文不值的草芥,那么,既然这样,就对赌吧。”

窦警长说:“您希望我做些什么?”

日下步说:“他心脏不适,需要送院治疗。你和白警员负责这事儿,到医院后制造机会放他走,然后跟着,看他去哪里跟谁接触,如果与美苏任何一方机构有关,就立刻杀掉。怎么做得不露痕迹,你们自己想。”

窦警长说:“如果不是呢?”

日下步说:“一样杀掉,然后我要让瑞恩、巴布洛夫那些家伙亲眼看到他的尸体,他们当时的反应,就是我验证自己对错的参照。”

日下步走出指挥部,直奔入经理室,陈佳影轻轻关上房门。

陈佳影说:“我没猜错的话,窦警长第一时间会扑向王大顶。”

日下步说:“应该是这样的。”

陈佳影说:“这就是我暂时不给王大顶解除禁锢的原因,王大顶现在的处境就代表我们当前的态度,他必须要做验证。”

几乎与此同时,窦警长冲进刑讯室,面无表情地看着王大顶说:“你跟陈佳影都知道老犹太的秘密,对吗?”

王大顶说:“我去,老犹太又怎么啦?”

窦警长说:“你心知肚明。”

王大顶咆哮说:“窦仕骁,你少来这套!没招了,是吧?弄个十三不靠的老东西来诈猛子,有点儿出息行吗?”

话音刚落,白秋成挥起警棍雨点般打向王大顶。

窦警长对白秋成说:“克制一下!”

说着,窦警长匆匆走了出去,白秋成跟了上去。刚走到关押老犹太的刑讯室门口,那警监和两名抬着担架的宪兵也正好从里面匆匆出来。那警监看到他们后,喊道:“窦仕骁,你干吗呢?”

窦警长说:“我们来看看老犹太。”

那警监小声地说："老犹太有冠心病，现在出现休克反应，含了两颗硝酸甘油没见缓解，得送医院。这种心源性休克，服用对症药物后恢复会很快，所以放他行动是可以的。大佐啥想法已经私下里跟我说了，唉，草菅人命的事儿都他妈让满警去干。"

白秋成"呼"地拽停窦警长说："大佐给你布置任务了？"

窦警长说："孙子唉，他还信任我让你特失望，对吗？"

一辆救护车开进场院，老犹太被抬上救护车。

此时，在一个房顶，蹲在烟囱边的煤球正遥看着饭店这边……

9

窦警长与白秋成走向病房。窦警长说："其他病人都换去了别的楼层，只剩老犹太，办公室留两名医护人员即可。"

一名医生与一名护士从病房里出来，正与窦警长他们打了个照面。医生说："刚给病人注射了药剂，应该很快恢复。"

窦警长瞥了眼病房内床上的老犹太说："谢谢。"

接着，窦警长与白秋成往走廊走去。窦警长说："楼层一共三个出口，两个出口的门都已上锁，只留西头这个出口。"

窦警长瞥了眼病房外的警察 B、C 说："林东和段有清我调回来了，自己人，好用。我吩咐过他们，见老犹太恢复差不多时，假装疏忽，给他创造逃跑条件。"

窦警长打开门，带着白秋成沿楼梯下行说："老犹太只能走这个出口，所以二楼和一楼梯堂附近各设一名便衣就行了。"

过了一会儿，窦警长与白秋成走出大门。窦警长说："我俩守外头，尽量隐蔽一点儿，等老犹太出来之后，尾随盯梢。"

两人来到附近一棵大树边站定，窦警长说："院内和前后门外都布有便衣，但人数不多，所以咱俩得打起十二分的警惕，懂了吗？"

白秋成点点头。

在医院的备件室，一把万能钥匙在锁眼里转了几下，随即"咔嗒"一声轻响，门被打开，老左与刘金花闪了进来。

老左与刘金花走进储衣柜，各挑一件白大褂穿上。

在病房里，老犹太睁开眼睛，细细地吐了口气，缓缓抬起双手。

门外的警察 B、C 对视了一眼，故意大声说："咱抽根儿烟去？"

两人向走廊一端走去。

老犹太蹑脚走到门边，探出脑袋朝两边看了一眼，往走廊右端走去。当他走到应急通道时，门突然打开，一只手伸出猛地将他拽了出去，没等老犹太喊出声来，便被装扮成医生的老左捂住了嘴。随即一身护士装扮的刘金花也现出身来，老犹太顿时瞪大眼睛不再挣扎了。

刘金花对老左说："他认出我了，松开吧。"

刘金花把一件白大褂递给老犹太说："把衣服换上，咱跑。"

在医院楼外的大树边，窦警长向楼门方向看了看，又往小楼右端看了一下，那边的便衣朝窦警长点了下头。不远处的小楼侧门，俩医生和一护士走了出来，边交谈着边向楼后走去。他们正是老左等人。他们走到停车场，煤球正靠站在一辆救护车边。他们上了救护车，煤球把救护车开出了医院。

这时，窦警长抬手看了一下表，对白秋成说："从进和平饭店到现在，九天了，短短九天时间，所有人背后嘴脸都露出来了，也都回不去了。"

白秋成说："你真的认为大佐对老犹太的判断是对的吗？"

窦警长说："跟你想帮他烧人一样，无所谓对错，表忠而已。我当时想吧，就算只有万分之一的概率，如果对了，就算没有错过。"

白秋成说："我刚才一直在琢磨，你安排放人、跟人，然后杀人，完全依循大佐的指示，可你就没想过吗？万一大佐是对的，那老犹太那么重要的人物，除了跑，没人营救吗？"

窦警长与他对视一眼，突然想起了什么，撒腿向楼门奔去。

窦警长和随后跟上的白秋成奔到台阶边，却见警察 B、C 跑出门来。

窦警长说："你俩怎么出来了？"

警察 B 说："您怎么还在这儿？"

白秋成说："老犹太离开了？"

警察C说："你们没见他吗？"

窦警长一惊，急忙跑进病房，看到空荡荡的病床，转身奔了出去。这时，白秋成走到应急通道，打开了门喊："窦警长，这门没锁。"

"什么？"窦警长向白秋成奔去，"怎么回事儿？我亲手锁的。"

白秋成对便衣说："联络院外便衣，看那边有没有什么可疑情况。"

便衣应声跑开，白秋成转对窦警长说："窦仕骁，你彻底现形了！"

窦警长说："你说什么？"

白秋成大吼："给我拿下！"

警察B、C当即扑上去，将窦警长抵到墙根，钳制住胳膊。

窦警长挣扎说："你们疯啦！给我放开！"

话音未落，白秋成的手枪已抵到了窦警长嘴前。

白秋成对警察B、C说："给我押走！"

在临时指挥部的日下步接到电话，挂下话机后，咬牙切齿地说："窦仕骁！果然是窦仕骁！"

10

在刑讯室，宪兵给王大顶打开了手铐。

与此同时，在土地庙里，大当家正用铲子给陆黛玲尸体撒石灰。这时，老犹太扑进庙门，后面跟着刘金花、煤球与老左。

大当家放下铲子，迎了上去说："谢尔盖！"

"大当家——"老犹太加快脚步扑进大当家怀里，哭了起来，"谢谢你救我！呜呜呜……"

大当家轻拍着他的后背说："现在没事了，别怕！"

老左悄然往外走去，刘金花与煤球跟了出去。

老左笑了笑说："陈佳影要发起总攻了，把窦仕骁变成共产党，让蛇吞进自己的尾巴，如此妖孽的策划，也只有她敢付诸实施。"

刘金花撇撇嘴说："还不是仗着我家王大顶。"

老左说："当然，还有你、大当家、煤球，很多人，我们从来都不孤独。"

刘金花说："可我还是有点儿担心，栽窦仕骁毕竟就是个诡诈，一时得手容易，但能撑多久，真不好说。他们栽完窦仕骁，转身就能走吗？"

老左说："陈佳影做攻略非常整体，天时地利人和都会斡旋。当她通过那封电报确定集体的力量已在紧密配合时，她就知道柯林斯巴的脱险，效果会是爆炸式的，辐射到和平饭店，野间和日下步将应接不暇，所以她要在这个当口发起总攻，以快打快、乱中取胜。"

"而且她知道有很多人变成了朋友。"这时，老犹太边说着，边与大当家走了出来，"困在和平饭店的那些人帮了我，也会帮助她。"

11

在临时指挥部，众人围坐在一起。

野间惊愕地说："什么？苏联领馆发表公开声明？"

巴布洛夫说："是的，布洛维奇同志刚接到电话。"

诺尔曼说："苏维埃社会主义共和国联盟从来、也永远不会对犹太人及其财产怀有伤害性企图，但我们必须提防可能来自饭店内某些势力的抹黑和中伤。说政治献金一事是某方势力抹黑，已经算很克制了。"

乔治白对野间说："苏联领馆先声夺人，美国当然会有所对。"

那警监一脸无奈说："发表声明之前，就不能跟日方商量一下吗？"

瑞恩说："对不起，我们也是声明发表之后才被告知的，封闭在饭店里，信息终归会有些滞后。"

野间恼火地说："可你们有什么必要在声明里敬告日本国不要效仿，这样很容易让人联想到政治献金的谣言有其真实一面。"

乔治白看了眼美国女士说："苏联人暗示政治献金事件是故意抹黑他们的谣言，美方未予揭露就算不错了吧。"

该隐说："德方认为这是一场彻头彻尾的骗局，是美苏势力以羞辱德国为目的联手导演的一场骗局，而日'满'方也因其对德国的暧昧态度而被利用为操手，对此我们已向关东局提出强烈抗议！"

那警监惊恐地说:“这又何必嘛!”

野间接话说:“算了,那警监,输了,就是这个结果,就得承受。”

12

在刑讯室,日下步、白秋成等人站在一旁,看着陈佳影审讯窦警长。陈佳影说:“谁是共党?你便是!从头到尾你都在用你警长的身份混淆视听,文编辑逃脱后,你想把我和王大顶错判成共党了事。”

窦警长咆哮说:“你颠倒黑白,我知道你早有预谋!你利用我的忠诚引诱我出去,借我之手灭口李佐,从那时起,你就打好栽我的算盘了。”

陈佳影说:“情报贩子内尔纳之死疑点重重,你却急于草草结案,因为你发现同党正暗地里追踪一桩足以影响世界格局的政治献金交易。”

窦警长说:“别逗了,结案是大佐的命令,但这只是虚晃一枪,当时我心领神会——”

陈佳影冷声打断说:“谁能给你证明?”

窦警长顿时一愣,有些支吾地说:“石、石原他知道的……”

陈佳影说:“哈,一个死人?”

窦警长说:“大佐,您还没看清楚吗?她依仗满铁的机要身份蒙蔽我们很久了。”

日下步冷冷地说:“警务局七级警佐,也是你一直的身份。”

窦警长怔然说:“您这算给我定性了吗?”

日下步面无表情说:“我希望你能完整回应所有质疑。”

陈佳影说:“你吓坏了,对吗?当我展示出你闻所未闻的专业之后,你穷凶极恶加以阻挠,你捏着我和王大顶的关系竭尽演绎之能事,就想把我俩迫害致死,让调查终止。当我俩一次一次证明自己的属性之后,你甚至不惜扮演一个报私仇的混蛋!这个与你一贯表现的职业素养完全相悖的行为,让你从此一步一步陷入被动,最终害得你那同党肖苰迫不得已自曝身份。”

她转对日下步说:“我始终觉得当初肖苰那张传讯字条毫无必要,现在才明白，她是舍车保帅，保护这位甚至已掌握了‘狗神’密码的高级卧底。”

她又转对窦仕骁说：“否则那时候，你就应该露马脚了！肖弦暴露并死于香雉将军刀下之后，你开始变得低调，不再对我和王大顶死缠烂打，因为你得接续肖弦的使命。你也意识到你必须依靠我们才能破解政治献金的秘密，为此那些职业或半职业的国际间谍暴动时，你甚至不顾个人安危强行阻止了日下大佐的突击。”

窦警长环视一下日下步与白秋成等人说：“所有人都知道我阻止进攻的原因，因为你声称陆黛玲是谋杀石原的凶手——”

陈佳影接话说：“所有人都知道那是扯淡，是我为了把陆黛玲从那些家伙中间弄出来玩的下三烂，我们由此揭开陆黛玲和陈氏兄弟在唱双簧，而你却想乘机干掉她，为什么？你告诉我！”

窦警长说：“陆黛玲那么说是别有用心。”

陈佳影说：“因为你知道谋杀石原的人是谁！”

陈佳影转身对门边宪兵说：“开门，放王大顶进来。”

王大顶被宪兵带了进来，似笑非笑地说：“是要我回顾石原被杀现场的勘察吗？”

窦警长说：“王大顶，你们不要串通一气！”

白秋成冷冷地说：“除了与陈氏兄弟对质，他俩都未有过近距离接触。”

窦警长说：“白秋成，你变脸真快啊。”

白秋成说：“我是警察，我只服从真相。”

王大顶说：“凶手经验丰富，他穿越过401房间，到了403房间，那个假导演龚自朝是关键证人。”

他又看向陈佳影说：“当时我们离答案只有一步之遥，但遗憾的是，我们去找因袭击窦警长而被便衣击伤的龚导演时，他已经无法开口了。”

陈佳影说：“在场所有人里，窦警长对龚导演的状况最为紧张，为什么？原因值得大家玩味，关键证人导演重伤不治也充满了蹊跷！”

日下步狠狠瞪了一眼窦警长。陈佳影说：“当时暴动刚起，我方楼内人手有限，忙乱之际，窦警长支走了几个便衣，自己却留下来，为什么？”陈佳影转向窦警长说：“龚导演臀部有伤，下地困难，即便落在房间内也难构成威胁，激斗时刻，你去找他干什么？”

她转对日下步说：“当时的状况二人明显是在搏斗，而且竟是他被打倒夺了枪！试问连下地都有困难的龚导演怎会忽然爆发如此巨大的力量？”她转而盯视窦警长，“关键证人龚导演是发现你要灭他的口，才拼了！”

窦警长大吼：“你血口喷人！我怎么会杀石原？我有病啊？”

陈佳影说：“通过现场分析发现这个疑问后，我一直都在追问，宪警方假意撤走的那一时段，窦警长、石原几人是受命潜藏于饭店监视动向，他们是幽灵，发现可疑情况应及时地秘密地向外传报，究竟有多紧迫的事态，足以让石原不惜暴露整个监视计划直接现身抓人？”

王大顶接话说：“石原选择空置的401房间与凶手进行交互，说明他并不想对凶手以外的人暴露踪迹，他跟凶手也不是偶然遭遇。”他转对窦警长，“他是在401房间堵你，因为你经401房间去403房间与龚导演接触，还会经401房间离开，这是一条最不容易被发现的路线。”

陈佳影盯视窦警长说：“你告诉龚导演宪警方是假撤离。不是共党，你搞什么小动作？”

窦警长脱口而出说：“我就是想卖他情报……”

话音未落，窦警长便意识到秃噜了嘴，顿时愣在了当场。

陈佳影微笑说：“所以，石原要抓你，你就宰了石原，对不对？”

窦警长恐慌地对日下步说：“不是这样的，大佐！”

陈佳影说：“卖情报？当时我都没有值钱的情报，你拿什么去卖？”

窦警长刚要开口，陈佳影提高声音说：“什么是致命的？不是情报，是你的共党身份！所以你要杀掉石原，所以还要灭口龚导演，因为有他，我们就能倒推出你杀害了石原。”

“王八蛋，我杀了你——”窦警长暴怒地向陈佳影扑来。王大顶猛地蹿出轮椅，一记重拳砸在窦警长脸上，窦警长栽倒在地。

日下步咬牙切齿地说：“把他带下去，否则，我很难控制自己不当场杀了他。”

这时，野间一脸焦虑地快步走进来说：“日下大佐，香雉将军来电，他将亲自听取你我对和平饭店近期所发事端的陈述。”

日下大佐不由得怔然说：“香雉将军亲自？”

13

王大顶与陈佳影一起又回到了316房间。门铃响了起来。

陈佳影说：“请进。”

野间握着一个信封走了进来，对陈佳影说：“审议团的决定下来了，你将在下月二十一号正式调往印度，在这之前都休假吧。”

野间将信封递给陈佳影说：“明早的火车票，到朝鲜的，两张，带不带王先生，你自己决定。”陈佳影打开封口往里看了看。

野间说：“司机一会儿接你们回公寓，并负责保护，明早送站。”

陈佳影说：“迫不及待打发我走，是不想我跟关东局说上话吗？”

野间说：“政治都是复杂者的游戏，谁做得到彼此坦荡？若没有新佑前辈的回函电报，恐怕我永远都不会知道，你还是国策会社的观察员，每季都会有秘密报告发回日本，以供他们对我和其他机要长的评估。”

野间叹了口气，瞥了眼王大顶，转身离去。

14

在临时指挥部，日下步扫视围坐在一起的众人说：“不要都把脏水泼向我们！围绕政治献金事件的所有内幕，大家心知肚明，我们要盖不住，在座所有人也没那么容易都甩干净。声明、抗议、宣布态度，这会让一些人心安，也会让一些人更偏向于阴谋论。那么，既然如此，我们就都统一口径吧，政治献金事件就是一个我方在和平饭店排查共党过程中，间接帮助你们破解的一个谣言。我们平稳着陆，你们几方避免尴尬。所以，就此了结吧，大家在‘满洲’，都有想要的利益，对我方穷追猛打，没什么好处吧？”

乔治白说："当然，我们是联手破解谣言的人，谁也没想穷追猛打。"

日下步点点头说："和平饭店是和平的。"

在310房间，那警监对陈氏兄弟："咱们直话直说吧，和平饭店里发生的这一系列糗事儿，需要变成一个多方团结共同赢取胜利的故事，你俩若能口径绝对一致，我相信应是百利而无一害。"

陈氏兄弟对视了一眼。那警监说："政治献金一事子虚乌有，南京政府也就什么污点都不存在了，这样的结果，应该算是皆大欢喜吧？"

15

在土地庙院前，老左抬手看了下表说："差不多该走了。咱们就此别过，各接各的人。"

大当家说："你确定他俩万无一失？"

"正义的人，天地相佑。"老左对大当家点了点头，拉开庙门。

"哎！"大当家叫住老左，"老犹太都能安排，你们到底有多少人？"

"很多，而且越来越多！"老左笑了笑，走出了庙门。

在和平饭店大门口，野间目送着陈佳影离开，心内默念说："我现在心情非常复杂，陈佳影，我本该欣慰，因为你证明了自己的属性，但不幸的是你同时证明了权力在傲慢和恐惧下的荒诞，明早你们坐上火车，就永远不会回来了。抱歉，你们会在一场事故中丧生。"

陈佳影搀扶着王大顶坐进了停在门口的轿车。轿车缓缓启动，开走。不久，轿车在一个公寓楼前缓缓停下，陈佳影与王大顶下了车。

司机将轮椅推给二人说："我先进您公寓检查一下。"

陈佳影点了点头，司机转身向门洞走去。

王大顶说："这回真是分手了，我知道。"

陈佳影笑了笑。王大顶说："我请求你一件事儿。"

陈佳影说："什么？"

王大顶说："走的时候脚步慢些，让我可以一目一步地送，分离是注定的，我知道，但那刻我肯定想最后看一眼你的样子。"

陈佳影说:“你记住,陈佳影不是我,我是替换掉了这个恶魔,我叫南门瑛。”王大顶吃惊地看着她。

陈佳影说:“如果你想记住我,就记住我这个名字,记住我对肖弦、唐凌,以及黑瞎子岭那些弟兄的牺牲有多悲痛。你也必须记住,我始终没有因为一次次骗过日‘满’方而骄傲过,包括最后颠倒乾坤大翻盘。”

王大顶有些不解地看着陈佳影。陈佳影说:“因为这是无奈,因为我们弱小,所以不得已用尽机巧。而我梦想的是一个强大的、阳光的中国,人们不再有生存的危机,没有恐惧,无须撒谎,简单从容地相互面对,放心去爱、率真去活,智商只用来发明创造。”

这时,司机正好下楼,听到这些话,惊愕地放轻脚步,摸到一楼拐角。陈佳影忽然转身冲向拐角说:“小坂,你过来!”

司机怔怔地绕出拐角,向他们走过来。陈佳影说:“难道你不希望也有这样一个日本国吗?与世界平和地交往,互惠互利,而不是靠征战强获自以为的尊重,让国民安居乐业,相爱的人不分离。”

司机说:“你……你……你是共产党?”

陈佳影说:“记住,我的名字叫南门瑛!”

司机顿时明白了什么,当即要掏枪,王大顶猛地扑来,将他顶到墙根,劈手打晕。王大顶架起已昏过去的司机,转脸对陈佳影说:“我想他醒来后,会思考你那些话的。”

王大顶将司机拖进公寓,捆绑在床架上,抓起边上一个布团,塞入他口中。王大顶对陈佳影说:“走吧,这里不宜久留。”

16

一辆轿车停在和平饭店后门,香雉晋安从轿车里走了下来。日下步、野间与那警监等人一同迎了上去,并齐齐鞠躬说:“香雉将军。”

香雉晋安扫视他们说:“告诉我真实情况,给我最合逻辑的解释!”

日下步说:“先到指挥部吧,那里已经安排好了相关人员。”

大家进入了临时指挥部。瑞恩、乔治白、美国代表、苏联夫妇、苏联代表、路德维希会长、该隐、沃纳、陈氏兄弟等人已经等在这里。

大家刚落座，瑞恩便吁了口气说："美方公开发表声明也属迫于无奈，政治献金的谣言，其实南京方全可以置之不理，谁知竟会这么大反应。南京方搞公开表态，我们就必须发出声音，否则好像是相关者心虚不予附和。"

巴布洛夫说："哼，资本主义阵营言之凿凿，苏联若不出声，恐怕就会有人乘机做文章了吧？"

诺尔曼看着瑞恩说："对苏联的诋毁我们听多了，无所谓你的解释。"

香雉晋安冷冷地说："听起来就像政治献金的事儿真是谎言一样。"

陈敏章接话说："它当然就是谎言。"

香雉晋安说："什么？"

路德维希会长说："我们之所以抗议，也是愤怒德方在过程中完全被蒙在鼓里。"

陈敏正说："其实这是个局，之前在围捕文编辑过程中，宪警方发现饭店内有中共潜藏，分析其使命必是刺探和收集各国对'满洲'接触的相关情报，于是我和敏章为了避免在排查中被误伤，就向日下大佐提出了这个方案，炮制所谓政治献金交易的谎言，吸引中共追踪，诱其现身。"

陈敏章说："若非事先皆有安排，日下大佐又怎可能信手借用核专家的传闻，炮制试图火烧赌场的假象，将危机顶到高潮，从而让中共分子彻底现形。难道日下大佐疯了吗？竟置所有外籍人士性命于不顾！"

日下步对香雉晋安说："陈氏兄弟建言的这个方案，符合外界对南京方的诸多猜测，既有诱惑性，又有逻辑合理性，所以我就予以了采纳，因为涉及国际关系，所以恳请野间课长给予配合。"

野间接话说："其实一开始，我是拒绝的，但因我部机要人员陈佳影被涉其中，方才介入进来。"

"咚！"香雉晋安一拳砸在桌上，野间却加高声音说："最终证实警务局警长窦仕骁方为潜藏最深之共党，当然，还有那位诸多仰慕者的情色作家肖苰！"

香雉晋安无奈地说:“在和平饭店展开排查中共敌对分子的工作中,我宪警部门与满铁机构精诚合作,以虚拟事件为诱饵,成功地查获中共在我职权机构中的潜伏人员,为‘满洲’之安全、安定,立下汗马功劳。在这次行动的过程中,我方工作得到了国际友人及拥日人士的大力支持,亦可说明大日本国之‘满洲’政策,深受各方之拥戴,而过程中,外界因不明真相而产生的各类杂音,多为阴谋论者庸人自扰,关东局可不予回应。”

香雉晋安话音刚落,指挥部里响起热烈掌声。

接着,野间宣布说:“大家可以自由进出和平饭店了!”

又是一阵掌声,紧接着,大家起座离去。

野间、日下步与那警监都长长地松了口气。

17

夜色中,陈佳影与老左坐在小机船上,船夫在船尾悠闲地抽着烟袋。老左说:“老犹太已由负责接应的同志护送出境,之后去向我们将遵循他的意愿给予安排。”

陈佳影说:“感谢组织冒着巨大风险越境营救。”

老左说:“是你的自救方案足够机智,我们才有外围配合的余地。我也应该感谢王大顶他们,甘为你我,将生死置之度外。”

陈佳影说:“更要感谢窦仕骁同志。”

老左一愣说:“窦仕骁!同志?”

陈佳影说:“他是我们的同志,若非他自我牺牲,我再聪明,也无法做到颠倒乾坤。当时我劫持日下步,其实就是控局无望采取的下策,一是让王大顶和刘金花离开并惊扰犹太人隐匿钱款,二是暗示瑞恩他们把掩藏和保护老犹太的默契坚持到最后。窦警长应是意识到了这点,于是在擒拿我时,用摩尔斯密码传达了他的意图及我们的密码!”

接着,陈佳影向老左讲述窦警长机智之举的那一刻。

窦警长攥着陈佳影被反铐的一手,猛地反拧右手无名指快速地在陈佳影被反拧的手上有节奏地点击着一串密码，陈佳影默默地解读着：同志、救我！

陈佳影讲到这里，眼睛红了。她对老左说："我当场就相信这是真的，因为有个疑惑在我脑中瞬间解开，我早已断定是他杀的石原，但因动机不解暂未予揭露。而日下步欲烧死所有人包括自己的疯狂行动若是得逞，石原的死就会变成一件谁也顾不上的小事，这对凶手来说应该乐见其成，但他却强行予以破坏。"

老左说："你因此就判断他是同志？"

陈佳影点点头说："我后来回忆，窦警长确定是同志。我在满铁的机要身份曝光后，就想乘着败绩给予放行。不巧此时瑞恩等人的小动作让石原有了解疑内尔纳之死的希望，我的专业还偏偏不可或缺，他也万没想到，随后便有政治献金之事浮出水面，于是我主动地投入了其中。"

老左不解地看着陈佳影。陈佳影说："政治献金一案步步推进，我与王大顶的关系却被证伪，只能一个谎言盖一个谎言，之所以挺得到最后，一来仰仗唐凌的帮助，二来也因为窦警长过程中不断在给他们搅局，为此他不惜自我抹黑，把自己表演成一个丧心病狂的报私仇者。"

老左说："这么说，窦仕骁真是一位好同志！"

陈佳影说："他很清楚因我没留后路，再回和平饭店已无控局把握，一切都是悬崖边行走，于是他表演得更焦虑，更狂躁，更令人讨厌，更像心怀不可告人之事，用他的方式帮我封陆黛玲的嘴，帮我把敌人的视线牢牢锁在政治献金一件事儿上，帮我营救我要保护以及万幸与我默契了的人。做了这一切，最终还让敌人对他的猜忌开始从品质转到了属性上，为我最后反陷他时能被轻信，打下了基础。"

陈佳影抹了下眼泪，继续说："从下决心开始，直到时机成熟通知我翻盘，他这个过程才是真正的艰苦卓绝。他要拿捏每一步的分寸，稍轻一点儿无效，稍重一点儿又有可能暴露，检验每一步的效果是相关人员的反应，于是被恶待、被喝骂、被羞辱，甚至来自于他要营救的人的羞辱。为了不给我反对的机会，通知我前，他没向我透露半点儿信息，而且这么长时间竟就没让我觉察出半点儿端倪，他得有多辛苦才能做到，别忘了我可是行为痕迹分析专家！现在我、王大顶，我们都脱险了，他成功了。”

18

在宪兵队刑讯室里，白秋成与几个宪兵正在对窦警长用刑。

白秋成说：“你的组织网络如何分布、本地还有多少同党、是通过什么途径掌握的‘狗神’密码等等，罗列的问题有很多，我可以慢慢来，把各种酷刑使一个遍，直到你交代得一干二净。”

窦警长沙哑着声道：“白秋成，你可算逮着上位机会了，是吧？”

白秋成说：“你少来这套，其实我早意识到你有问题了。都说你暴虐成性，但仔细回想就会发现，在很多需对未确定身份人士采用警戒手段的场合里，其实你相当克制，有时甚至堪称怀柔，为什么？为了有朝一日，回到你那个总在控诉别人暴力的组织后不至被人诟病。”

窦警长嘶吼说：“还要我说多少遍？我不是共党，我是被栽赃的。”

“都到这份儿上了，抵赖还有什么用？你不是共党，谁是？陈女士吗？人家是机要人员背景，审核比你严格一百倍。人家一次次被你往共党上栽却不慌，为什么？人家有底气。反倒是你，一会儿说报私仇，一会儿说卖情报，还杀了石原队长。你原想捏个软柿子，结果发现惹的是高手，于是你就完全凌乱了，知道吗？”白秋成逼近窦警长说，“为什么杀石原？他发现你卖情报吗？别逗了！他发现了你是共党，于是，被你灭口。”

满脸冷汗的窦警长，垂着眼帘喘着粗气，他脑袋里闪现杀石原前的一幕。

石原说：“都是假的。”随即从兜里掏出一张字条，“我看到你在歌舞厅的音箱后面放的这个，上面写着‘秘密还是秘密、快走’。这是什么秘密？是陈佳影没有破解，还是破解却隐瞒，她知道，你也知道……”

窦警长恐惧地说：“不不、我不知道，我只是猜测——”

石原低吼打断说：“快走？你让他们快走？陈佳影在外的部署是忽略他们全力盯梢苏联人和陈氏兄弟，你在配合她，她是中共，你们都是！”

想到这里,窦警长闭了闭眼睛,困难地咽下些口水。

夜光中,刘金花一阵快跑,扑到一瘸一拐向她迎来的王大顶身上。刘金花像考拉一样双手勾着王大顶脖子,双腿勾着他腿,一动不动。直到大当家与煤球从后面走上来,刘金花才松开王大顶。

大当家说:“还是先走水道,然后穿西山,回黑瞎子岭。”

王大顶说:“不,走前还得办件事儿。”

大当家与煤球不解地看着王大顶。

王大顶说:“窦仕骁就他一条命不够本儿,我要杀他全家。”

刘金花说:“这事儿像是很有土匪风采,我陪你去。”

日下步与野间走进刑讯室。

日下步对白秋成说:“情况怎么样?”

白秋成说:“还没交代,我已吩咐队医准备强心针,继续拷问。”

野间皱眉说:“动作快点儿吧!整个满铁能够读解‘狗神’密码的也仅七人,他是怎么掌握的,这对我来说至关重要!明白吗?”

白秋成说:“明白。”

日下步说:“把他妻儿都带过来吧,有亲人在场,效率会高很多。”

19

小孩在床上睡着,窦妻坐在床旁哼着摇篮曲。门铃声传来,窦妻起身去开门,见王大顶与刘金花正站在门口,倒吸了一口凉气。

王大顶说:“我,王大顶,应该不会忘吧?”

这时,小孩跟了出来,窦妻慌忙一把把孩子搂进怀里。

王大顶与刘金花跟进屋里。王大顶说:“我以后不做土匪了,所以得干件大事儿,给自己的过去画个句号。”

窦妻恐惧地瞪大了眼睛,王大顶从怀中掏出手枪。“砰”一声枪响,紧接着便是孩子的尖叫声;“砰!”又是一声枪响,安静了……

白秋成赶到窦家时,却见小院被外头的一辆消防车挡着。车后浓烟升腾,消防员正举着水管朝小楼喷水。几名消防员抬着两个担架从车头前走出，担架上盖着白布，白布下是一大一小两具尸体。

白秋成向一名围观群众与一名消防员了解一下情况后，又在窦家院子周围察看了一圈，接着，他上了摩托车，赶回宪兵队。回宪兵队后，白秋成马上向日下步与野间汇报："根据附近邻居的叙述，先后听见两记枪响，出来探看情况时，窦家已经起火，消防人员的判断是人为纵火。"

日下步与野间对视了一眼。白秋成说："火灾现场搬出两具尸体，一名成年女性、一名小孩，皆已烧成焦炭，无法辨认容貌及形体，但两具尸体头部都有土产盒子炮的枪击创伤。结合相关邻居所提供线索及消防人员的勘察，应可判断，至多两名凶犯乘夜潜入窦警长家，将窦妻及其幼子施以枪杀，然后纵火焚屋。勘察时，我们在窦宅的院门外墙柱发现绘有摸点标记，标记为黑瞎子岭土匪惯用。"

日下步惊悚地看野间说："黑瞎子岭？王大顶的黑瞎子岭？"

这时，一宪兵带着士兵秋元匆匆进来。秋元将一个档案袋递给野间说："野间课长，这是送我站的那份电报中继件，请你查收。"

野间接过文件袋，从里面取出电报。对秋元说："嗯，两名经手人签字，内容也与你们电话汇报的一致……"

话音未落，他觉察到不对，"哗"地翻过纸看，又抖了抖说："秋元下士，中继件使用的不是专用电报纸！"

秋元惊说："什么？我们没有其他电报用纸呀。"

野间皱眉说："当时岛上可有外人来过？"

秋元紧张地说："不，不算外人……是劳军艺妓和领班车恩吾。"

野间不由得微皱起脸说："我明白了……天哪……"

他转对日下步说："真正做手脚的地方在中继站！敌人算准我们发现窦警长手里的电报被调包后，势必要向中继站核实，所以派人在那里调包了，中继站都是假的！我们得到的新佑前辈对陈佳影的阐述是假的，什么国策会社的观察员全是假的，伪造的！"

白秋成说："难道窦警长调包的电报才是真的？他根本就不懂'狗神'密码，所以内容是真的，纸张是假的，而我们因为纸张问题怀疑内容也被伪造，于是向中继站核实，于是就相信了真正被伪造的内容！”

野间说：“现在我更相信这边的电报也不是窦警长调包的。”

日下步对白秋成说：“你刚才说，黑瞎子岭？”白秋成点点头。

野间大声说：“王大顶！他和陈佳影在一起，走，去陈佳影公寓！”

众人一下子拥了出去，直奔陈佳影公寓。

“砰！”门被重重推开，众人拥入，随即，看到那个司机呈大字形被捆在床上，嘴里塞着布团。

白秋成和警察B扑上去，七手八脚为司机解开捆绑。

野间问司机：“陈佳影和王大顶去了哪里？”

司机两眼失神地傻笑说：“在床上。”野间等人面面相觑。

20

窦警长红着双眼朝日下步等人咆哮着说：“我×你们大爷！我妻儿是你们杀的！

那警监支吾说：“是共党陈佳影……还有王大顶，以及他们的党羽，太过狡诈，利用政治献金一事儿暂时燃发外交性质的混乱，制造骗局，诬陷于你——”

窦警长咆哮着打断说：“都他妈驴！驴——”

窦警长瞪视日下步说：“哪一次我没接近真相？我揭露他们是假夫妻，证实王大顶是土匪！”

他对野间说：“你的机要人员爱上土匪，还合杀亲夫，这种故事猪都不会信，陈佳影都劫持大佐啦，你还当她是宝，她给你脑里灌汤啦？”

窦警长又转对日下步吼道：“我就这么不招你待见吗？我赴汤蹈火冲在前面，还有错啦？对，我就是一个小小的警佐，她是机要人员，行为痕迹分析、专家，你们但凡对我公平一点儿，这个专家就败露了！”

日下步讷讷地说：“窦警长……”

窦警长说：“我报私仇怎么了？我要王大顶的人头怎么了？他一投共的土匪！他绑我老婆、儿子，害我欠下高利贷，你对我有过说法吗？他一土匪说我杀石原，你们听得心花怒放，你们这叫什么病？结果宪兵队的酷刑我一个没落下，真正的共党，你们又配车又配司机地给送出去，他王大顶就杀我家人啊！现在你们明白了，呜呜呜……刘金花没回来，你们不当回事儿，她是去叫帮手了，知道吗？”

面对号啕大哭的窦警长，野间、日下步、那警监都是一脸的尴尬。

许久，日下步闷闷地开口说：“那警监，对于警务局警佐窦仕骁在与中共敌对组织的斗争中所做的努力，我们应该给予褒奖，对其所付出的牺牲，当给予抚恤。我要求警务局立刻恢复其警职并建议晋升，对其所欠债务应拨款助援金，代为偿还，对此尽忠康德之士，警务局当有最优之绩评，以示王道之公义、提振警务人员之士气。”

不久，窦警长在两名宪兵陪同下，洗了个热水澡。医士给他左手进行细致包扎，然后宪兵帮他穿上了制服。

日下步、野间与那警监一起，送窦警长走出宪兵队的楼门。

窦警长沿着院墙向前走着，离开门岗一段距离后，越走越快，几乎是小跑着拐入墙拐后。不远处一棵树边，停着一辆人力车，车夫装扮的煤球正站在车边朝他招手。

日下步对野间说：“野间课长，对关东局的报告，还要重新调整。”

野间却微眯着眼睛看着前方说：“我隐隐觉得哪里不太对……”

那警监疑惑地说：“哪里？”

野间说：“不知道，就是一种感觉，王大顶屠杀窦警长家人，不会被陈佳影阻止吗？”

日下步与那警监不由一愣，接着，三人同时撒腿向场院大门奔去。他们刚拐过墙拐，便看到不远处的一棵树上，窦警长的警服、警帽正挂在树枝上。对视一眼后，全都像泄了气的皮球，蔫了！

21

煤球带着窦警长到了一个小岛上，陈佳影、王大顶、刘金花、大当家、老左，还有窦妻与窦子等人已经等在这里。窦警长上前抱起儿子，在他脸上重重地亲了一口说:“宝贝儿哟,再亲下,再亲下……”

王大顶走过去,拍拍窦警长说:“咱俩这算扯平了吧?”

窦警长抱着孩子,向大家逐一打着招呼。

王大顶说:“远走高飞,熊老板的高利贷也追不着你了,完满吧?”

窦警长说:“少废话,那两具尸体哪儿来的?”

王大顶笑盈盈地转看刘金花说:“与你相会之前,我先后处决了四名出卖抗联的奸细,最早一个当陈佳影的虚拟丈夫王伯仁用了,缘分的是另三个里头有一对夫妻,男方是个侏儒。有小孩儿在,我就不细说了,反正你知道这是必须烧你房子的原因之一。”

窦警长笑着用包扎着的左手在王大顶胸口轻捶了一拳,王大顶把他拉到一边说:“想听听你与你家人如何脱险吗?”

窦警长说:“我正纳闷这事呢,快说!”

于是,王大顶便跟窦警长讲述了起来。

王大顶看向倚站在梳妆台边的陈佳影,笑笑说:“走吧。”

陈佳影点了点头说:“好。”

王大顶又要开口,陈佳影抢话说:“知道了,脚步慢些。”

王大顶点点头说:“窦警长怎么脱身,交给我。”

陈佳影说:“我相信你有办法让他及其家人都能脱险。”

王大顶进入了窦家。

王大顶说:“我以后不做土匪了,所以得干件大事儿,给自己的过去画个句号。”

王大顶从怀中掏出手枪,随即门开,煤球与大当家拖着两个鼓囊囊的麻袋,拎着两桶汽油进来,关好门。

窦妻恐惧地说:“你们要干什么?”

王大顶说:“别紧张,我是来还债的,麻袋里的两坨东西,用来替换你们娘儿俩,你俩疑似遇害,你丈夫就没事儿了。”

窦妻说:“我丈夫怎么了?”

王大顶说:“他是英雄。”

窦妻不由得有些发愣。王大顶看向孩子说:"小伙子,叔叔一会儿呢,会朝天开两枪,第一枪响,你就大叫,第二枪响,你就停,听明白了吗?"

孩子怯怯地点了点头。

于是,王大顶缓缓举起手枪,对向房顶。

不久厅门开,王大顶、刘金花、窦妻牵着小孩出来,快步走出小院。

厅内,大当家抱着汽油桶沿着墙根浇着汽油,煤球解开麻袋,拿起身边汽油桶,往麻袋里外地浇……

王大顶讲述完,窦警长说:"谢谢了,土匪!"

朝阳映着的江面上,一艘小机船正在远去。

岸边,王大顶、刘金花、大当家与煤球默默地目送着小机船。

王大顶说:"昨晚分手时,她果真走得很慢,让我能够一步一目地送,直到消失在路灯光外。这个女人就像妖孽,她让我柔软,无法抵御眼泪,让我想要变作伟岸的神,保护我身边的爱人、亲人,乃至国家,乃至那些卑微的沉静的激昂的放浪的义勇的灵魂,乃至永远。"

王大顶、刘金花、大当家与煤球沿着芦苇荡间的小路,慢慢消失在霞光里……

………… 全文终 …………